Norbert Horst

Splitter im Auge

Kriminalroman

GOLDMANN

FSC
www.fsc.org
MIX
Papier aus verantwortungsvollen Quellen
FSC® C014496

Verlagsgruppe Random House FSC-DEU-0100
Das FSC®-zertifizierte Papier *Holmen Book Cream* für dieses Buch
liefert Holmen Paper, Hallstavik, Schweden.

1. Auflage
Originalausgabe August 2011

Umschlaggestaltung: UNO Werbeagentur München
Umschlagfoto: © plainpicture/STOCK4B
BH · Herstellung: Str.
Satz: DTP Service Apel, Hannover
Druck und Bindung: GGP Media GmbH, Pößneck
Printed in Germany
ISBN: 978-3-442-47546-9

www.goldmann-verlag.de

Für meine Frau Elke

Erklärung

Die Schauplätze der Geschichte in diesem Buch sind real, die handelnden Personen und die Handlung dagegen reine Fiktion. Das gilt insbesondere für die im Buch genannten Angehörigen der verschiedenen Polizei- und Strafverfolgungsbehörden, die ausnahmslos erfunden und auch ausdrücklich niemandem nachempfunden sind.

Sollte es dennoch Parallelen oder Ähnlichkeiten geben, sind diese zufällig und nicht gewollt.

1

1983

Der Kopf seines Bruders steckte auf der rostigen, dünnen Stange, und ganz langsam begann dessen Blut, daran herabzulaufen. Es sammelte sich an der Stelle, an der das Eisen aus dem lang gezogenen Betonfundament ragte, der Fleck wurde kriechend größer, und die Langsamkeit, mit der er sich auf dem Grau ausdehnte, gab ihm etwas Lebendiges.

Der restliche Körper rührte sich nicht mehr und lag verrenkt auf der lehmigen Erde, die den Beton umschloss und in der die Spuren der groben Profile von Bauarbeiterschuhen zu sehen waren. Der linke Fuß war noch in einer der Leitersprossen verhakt und so verdreht, dass die rote Sohle des Turnschuhs zu sehen war.

Er blickte von oben auf das Bild hinab, und einen Moment war es, als hätten sich seine Augen von seinem Körper getrennt, den das alles nichts anzugehen schien, was er sah, denn er war nicht imstande, sich zu bewegen oder zu schreien.

Sie hatten seit dem Morgen im Wald gespielt wie schon den ganzen Sommer, waren zu zweit durchs trockene Laub gerannt und hatten an den Felsen Steine in den Spalt geworfen, um deren Aufprall zu hören.

Als sie zum Haus zurückkamen, hatte er das Gerüst an der Rückseite der Villa gesehen, und weil heute Sonntag war und sie keine Arbeiter störten, war es seine Idee gewesen. Noch nie war er in solchen Situationen als Erster gegangen, weil sein Bruder nicht nur der Ältere, sondern auch der Mutigere, der weniger Vorsichtige war. Aber heute, zum ersten Mal, war er vorangegangen, hatte sich oben umgedreht, die Holme der Aluminiumleiter, die von der Nachmittagssonne ganz warm waren, festgehalten und das lächelnde Gesicht seines Bruders unter sich gesehen, wie es zu ihm heraufblickte. Dieses Gesicht, das dem des Vaters so sehr ähnelte. Er hatte seinen Bruder beobachtet, wie er ihm entgegenstieg und übermütig Faxen machte, sich nach hinten lehnte und so tat, als ließe er los, dabei aber immer näher kam und ihn fast erreicht hatte, so nah, dass er das Gefühl hatte, auch sein Bruder müsste es hören können.

Aber dann war das Lachen gewichen, und der Körper hatte sich von ihm fortbewegt, wie von einer unsichtbaren Kraft gezogen, als würde er fliegen. Er hatte den aufgerissenen Mund gesehen und den Schrei vernommen, der mit einem Geräusch endete, wie er es noch nie gehört hatte.

Das Hausmädchen, das am Sonntag frei hatte und sich auf der Wiese hinter dem Haus in die Sonne legen wollte, war die Erste, die es sah und sofort zu schreien begann. Dann kamen sie alle. Die Mutter, der Fahrer, die Köchin und als Letzter der Vater. Sie knieten und beugten sich über die leblose Gestalt und wirkten hilflos wie Kinder, weil keiner wagte, den Kopf anzufassen. Er hörte die Köchin wimmern, und das einzige Wort, das er verstand, war »tot«.

»Was ist passiert?«, schrie sein Vater ihn an, und zum ersten Mal in seinem Leben sah er diesen Mann die Kontrolle über sich verlieren. »Was ist passiert?«, schrie er wieder, und in seinen Augen war Angst.

»Ich weiß es nicht«, sagte er.

2

2010

Steiger fiel das blaue Holzmesser ein.

Er trat das Gaspedal bis zum Anschlag durch und fluchte. Es war immer dasselbe, entweder sie schliefen, oder sie wurden hektisch. Das aufgesetzte Blaulicht zuckte für Sekundenbruchteile auf glotzende Gesichter in Seitenscheiben, das Martinshorn jaulte mit Mühe den Weg frei. Er überholte rechts, links, wieder rechts, hatte endlich freie Fahrt, aber nur bis zur nächsten Ampel. Zwei Meter, bevor er sie erreichte, schlug sie auf Rot. Steiger rauschte in die Kreuzung, ein Lkw von links bremste hart, Steiger sah im Rückspiegel, wie der Fahrer hinter ihnen herbrüllte. Jana Goll auf dem Beifahrersitz krallte sich am Griff über ihrem Kopf fest, sie schwieg.

Die Konradstraße war verstopft, er bog ab, rammte den Bordstein, jagte mit Vollgas die Automatik durch alle Gänge, erwischte die nächste Ampel wieder bei Rot, aber endlich waren keine Rücklichter mehr vor ihnen.

Auf der Einfahrt zur Residenz brach der Wagen aus, das Hinterrad fräste einen fein gezirkelten Bogen in den Rasen. Steiger bremste, Steinchen flogen, er stolperte hinaus.

Die automatische Glastür öffnete sich so langsam, dass er sie mit der Schulter rammte und fast aus der Laufschiene riss. In der Eingangshalle hinter dem kleinen Tresen saß eine Frau, die er kannte, deren Namen er aber vergessen hatte. Als sie ihn kommen sah, trat sie nach vorn, stand ihm gegenüber, und von ihr ging diese Stille aus, die er befürchtet hatte. Er war nur ein paar Schritte gelaufen, aber atmete schwer. Die Frau ging auf ihn zu und fasste ihn am Arm auf eine Art, die auch den letzten Zweifel beseitigte.

»Zu spät, ja?«, fragte Steiger.

Ihr Gesicht über dem weißen Kragen blieb bewegungslos, der Blick war weich und ohne Furcht. Ein paar Sekunden wischten noch die Intervalle des Blaulichts über ihre Züge, dann erlosch es.

»Verflucht.« Steiger schnaufte und schmolz mit jedem Atemzug ein wenig in sich zusammen. »Es war kein Durchkommen, das Übliche, die A40, dieser verdammte Verkehr, jetzt zum Feierabend, und all die Idioten, die … ach, eben alles«, sagte er.

»Sie wären eh zu spät gewesen, Herr Adam. Als wir ihn fanden, schlug sein Herz schon nicht mehr. Wir haben noch alles versucht, aber … Meine aufrichtige Anteilnahme.« Sie sagte es geübt, aber nicht ohne Wärme. »Sie wollen ihn jetzt sicher sehen, oder?«

Ihre Hand löste sich von seinem Arm, Steiger folgte ihr. Er kannte die Flure von seinen Besuchen, den Geruch nach scharfen Putzmitteln und würzigem Essen, die leeren Rollstühle in den Ecken, die Kinderzeichnungen an den Türen. Auf der obersten Stufe der Treppe blieb sie stehen und drehte sich ihm zu.

»Sie waren schon länger nicht mehr hier, oder? Aber Sie kennen sich ja aus. Wir haben ihn schon ein wenig hergerichtet.«

Steiger nickte, seine Schuhe quietschen auf dem Kunststoffboden, und vor einer Tür ohne Zeichnung blieb er stehen. Behutsam drückte er die Klinke nach unten, ging dann doch zügig hinein. Im matten Licht der Nachttischlampe lag sein Vater da, wie sie daliegen, die Toten, wenn man sie hergerichtet hat. Gerade, den Kopf ausgerichtet, die Hände artig auf der Brust gefaltet. Mit einem weißen Tuch hatten sie ihm den Unterkiefer hochgebunden, es erinnerte Steiger an alte Zeitungswitze, in denen Figuren mit großen Nasen mit Zahnschmerzen in Wartezimmern saßen und leidende Gesichter hatten. Das Gesicht seines Vaters war nicht leidend, es war tot. Sie sehen tot aus, nicht schlafend, schon bei seiner ersten Leiche hatte er das gedacht. Tot und ruhig und weit weg, wenn sie nicht gerade auf die Idee gekommen waren, sich mit dem falschen Gift die letzten Minuten zur Hölle zu machen.

Durch den Fensterspalt bewegte der Wind die Gardinen. Mit kleinen, wackeligen Schritten ging Steiger zum Bett, blickte auf die käsige Gesichtshaut, die fleckigen Hände und nahm ihm die Witzfigurenbinde ab. Zu spät. Er sah nach oben und suchte die Decke ab.

Bist du da noch irgendwo? Das sagen sie doch alle, die Zurückgekommenen, dass sie sich von oben gesehen haben, wie sie daliegen mit all den Leuten drum herum. Na?

Die Vorstellung war ihm immer kindisch vorgekommen, jetzt hätte sie etwas Linderndes gehabt, was ihn wunderte. Zögernd und mit leichtem Zittern fasste er die kalten Hände an, streichelte sie erst, knetete sie dann. Das Nagelbett war an einigen Stellen gerissen und wurde schon blau. Aber es war sauber, nicht mehr schwarz wie früher, wenn er vom Pütt nach Hause gekommen war. Das Holzmesser hatten diese Hände geschnitzt und es hinterher angepinselt. Den Griff mit einem Rest blauer Farbe aus dem Schuppen und die Klinge mit Silberbronze, dass es fast echt aussah. Na ja, fast eben. War bei den Jungen in der Siedlung eine große Nummer gewesen, das Ding. Nur Henners Gewehr hatte noch mehr Eindruck gemacht mit dieser alten Haltestange vom Treppenläufer, die aussah wie ein echter Lauf. Und geschlagen hatten diese Hände ihn, dreimal geschlagen. Einmal wegen eines geklauten Kaugummis beim Kaufmann die Straße runter, der deswegen einen Affenaufstand gemacht hatte. Die beiden anderen Gründe hatte Steiger vergessen. Aber das war alles lange her. Jetzt lagen sie hier gefaltet und wurden nicht warm, solange er sie auch rieb und drückte.

Irgendwann ließ er sie los, ganz plötzlich, schob dem Alten das Tuch wieder unter das Kinn und verließ das Zimmer, ohne sich umzudrehen.

Im Foyer saß die Frau mit dem weißen Kragen wieder hinter der kurzen Theke, sie stand auf, als sie ihn kommen sah. Er unterbrach kaum seinen Gang, alles Weitere konnten sie auch morgen früh regeln, telefonisch, natürlich. Bei ihren letzten Worten war er schon durch die Glastür.

Jana Goll hatte den Ford in eine Parklücke gefahren und das Blaulicht wieder unter dem Sitz verstaut. Sie stand an den Kotflügel gelehnt und rauchte. Als sie Steiger kommen sah, bekam ihre Haltung etwas Starres, und sie sah ihn mit banger Scheu an. Er setzte sich hinters Steuer, lehnte den Kopf einen Moment an die Stütze. Jana trat ihre Kippe aus und stieg ein. Er hatte die Hände aufs Lenkrad gelegt, blickte geradeaus durch die Scheibe ins Leere.

Nach einer Woche hatte er das Messer verloren, damals. Vielleicht war es ihm auch geklaut worden, vielleicht sogar von einem der Jungen aus der Siedlung, waren schon einige dabei, denen er es zugetraut hätte. Jedenfalls war es weg, nicht mehr auffindbar, obwohl er wie ein Idiot danach gesucht hatte. Wochenlang war der Alte mit Anklagegesicht rumgelaufen damals, sobald er das Haus nach der Arbeit betreten hatte. Kaum ein Wort und ständig dieses Gesicht.

»Ist er tot?«

Jana reichte ihm den Schlüssel, ihr Atem roch angenehm nach Nikotin.

»Ja.«

Er sagte es, ohne sie anzusehen.

Dann startete er den Wagen und fuhr los.

3

Für den Rückweg nach Dortmund hatten sie die 42 genommen, da lief es meistens besser. Obwohl sie ein paar Haftbefehle dabeihatten, waren sie danach ohne Ziel durch die Stadt gefahren, es war zum Glück auch sonst eine tote Nacht. Bis kurz nach eins im Westfalenpark zwei Betrunkene von drei Jugendlichen abgezogen worden waren. Einer der beiden Saufkumpane hatte gemeint, sich wehren zu müssen, und war jetzt mit einer Stichwunde auf dem Weg ins Krankenhaus. Der andere Trinker hatte am Hals des Stechers eine Tätowierung gesehen, eine dreiköpfige Schlange, die etwas spie. Nicht viel, aber Steiger hatte es gereicht.

»Wir stehen jetzt bei Wenzel.« Jana wartete die Quittung der Einsatzleitstelle ab, legte das Mikrofon in die Schale zwischen den Sitzen und löste den Sicherheitsgurt erst, als der Wagen stand. Es hatte angefangen zu regnen. Steiger ließ das Seitenfenster ein kleines Stück nach unten fahren, riss den roten Schwefelkopf an der Reibefläche entlang. Die kleine Flamme fingerte um das Ende des Zigarillos, in der Stille war das leise Knistern zu hören. Wie ein Flaschengeist zwängte sich der Rauch durch den zwei Finger breiten Spalt ins Freie. Steiger warf das Streichholz hinterher, es landete in einer Pfütze.

Janas blonder Bubikopf lehnte am Seitenfenster der Beifahrertür. Sie blinzelte durch die Schlieren auf der Windschutzscheibe, der abfließende Regen ließ die drei Straßenlaternen zu undeutlichen Lichtklecksen verschwimmen, die sich ständig bewegten.

»Lief es gut mit euch beiden?«

Steiger war seit der Rückkehr aus Gelsenkirchen still gewesen, stiller als sonst. Sie hatte es verstanden und ihn gelassen. Jetzt, fand sie, war genug geschwiegen worden.

»Was ist schon gut?«

Mit aufeinandergepressten Lippen blies er einen endlosen dünnen Rauchfaden in die feuchte Wärme des Wagens.

»Also lief es nicht gut?«

Er sah sie an, selbst in diesem Zwielicht leuchtete ihre helle Iris, als sei dahinter eine glimmende Lichtquelle. Das war eine dieser Situationen. Unzählige Male hatte er das in zweiunddreißig Dienstjahren erlebt, und er wusste immer noch nicht, woran es lag. Solche Fragen kamen immer in solchen Situationen. Vielleicht hatte es damit zu tun, dass man Tage und Nächte nebeneinander durch die Welt fuhr, dasselbe im Auge, den Geruch des anderen in der Nase, die gleiche Müdigkeit im Innern. Vielleicht damit, dass man so viele Menschen in Momenten erlebte, in denen das Leben sie von den Füßen geholt hatte und sie meistens am wahrhaftigsten waren. Er hatte keine Ahnung, aber es schien eine Nähe herzustellen, die manche nicht einmal im Bett miteinander erlebten, wenn man nachts in einer Blechkiste auf irgendetwas wartete, Löcher in die Dunkelheit stierte und nur als gemeinsamer Rufname existierte.

»Er hat mir mal übel genommen, dass ich zur Polizei gegangen bin«, sagte er.

»Gott, das muss ja Ewigkeiten her sein. Und seitdem lief es mies?«

»Ich hatte das Gefühl, es war manchmal kurz davor, dass es hätte besser laufen können …«

»Aber …«

»Es kam immer irgendwie was dazwischen.«

Sie schreckte auf, zuckte mit dem Kopf nach vorn, ihr Blick war plötzlich wach. Steiger ließ den Scheibenwischer laufen.

»Nicht unser Mann, zu groß«, sagte er und rauchte weiter.

Die dunkle Gestalt vor dem Haus auf der anderen Straßenseite kam gemächlich von rechts ins Bild, blieb stehen, wartete, bis der fette, kleine Hund noch eine Markierung gelegt hatte, dann verschwanden beide steifbeinig zwischen den Autos. Jana sank wieder zurück, der kleine Adrenalinstoß hatte ihre Müdigkeit vertrieben. Aber nur einen Moment.

»Was war er von Beruf, wenn er keine Polizisten mochte?«

»Er war Bergmann. Einer der letzten Steiger auf Zeche Hugo in Gelsenkirchen.«

Sie machte ein Aha-Gesicht und lächelte zaghaft. »Daher dein Name?«

»Daher der Name.«

»Sie nennen dich echt ›Steiger‹ wegen deines Vaters?« Ihr Blick wanderte wieder nach vorn. »Warum fährst du nicht nach Haus an so einem Tag?«

»Was soll ich da?«

»Trauern, vielleicht?«

»Es gibt Schlechteres zum Trauern als den Dienst.«

Im Funk ein kurzes Rauschen und Pfeifen, dann waren wieder nur der Rhythmus des Regens und Steigers Atemgeräusche beim Inhalieren zu hören. Als die Scheibe beschlug, startete er den Motor und stellte das Gebläse auf drei. Die warme Luft trieb den trüben Saum langsam nach oben und erinnerte ihn an die Computergrafik eines Eroberungsfeldzuges.

»Noch 'ne halbe Stunde, dann brechen wir ab. Wenn er dann nicht nach Haus gekommen ist, pennt er irgendwo anders.«

Er stellte den Motor ab, nahm noch einen letzten Zug und schnippte den halben Tabakstängel nach draußen. Der rollte ein Stück und endete qualmend neben dem Streichholz.

»Das ist er«, sagte Steiger und beeilte sich auszusteigen.

Aus dem Dunkel des Parks bewegte sich eine Gestalt mit schnellen Schritten auf das Haus zu, sah sich vor der Tür noch einmal um, die Kapuze des Shirts teilte sein Gesicht in hell und dunkel. Sie rannten los, Steiger wollte etwas rufen, aber die Gestalt war schon im Haus verschwunden. Die Tür fiel ins Schloss, das Treppenhauslicht erleuchtete die kleinen Fensterquadrate bis in den fünften Stock. Steiger klingelte Sturm in der Wohnung unten links, Jana flüsterte in ihr Funkgerät, brachte die Einsatzleitstelle und die anderen Fahrzeuge auf Ballhöhe. Nichts tat sich.

»Halb zwei, ist doch für die Gegend hier keine Zeit«, sagte er. »Eigentlich pennen die doch alle tagsüber und müssten jetzt so langsam den zweiten Kasten Union in Angriff nehmen, normalerweise.«

Zuerst war der Summer zu hören, dann ein Klacken, und die Tür öffnete sich. Na also. Durch den Spalt der Wohnungstür links erwarteten die beiden zwei misstrauische, verquollene Augen unter einer zerstörten Frisur. Die Frau hielt den Bademantel unterm Kinn zusammen, blaue Blumen auf Rosa.

»Adam, Kripo Dortmund.« Steiger hielt ihr seinen Ausweis hin. »Wir wollen nur ins Haus, Frau, weiterschlafen.« Auf dem Klingelschild hatte kein Name gestanden.

Sie verschwand ohne ein Wort. Die beiden stiegen die Stufen nach oben, im nächtlichen Treppenhaus klang jedes Geräusch störend und laut und fremd.

»Ganz oben?« Selbst Janas Flüstern zischte scharf über die Stockwerke.

Steiger blieb auf halber Treppe zum fünften Stock stehen, schnaufte. Das funzelige Licht glänzte auf seinen Geheimratsecken, zog die Falten in seinem Gesicht nach.

»Natürlich ganz oben, wo sonst?« Er stützte sich mit den Händen am Geländer ab. »Alter Hartz-IV-Adel. Schon Oppa Wenzel hat von der Stütze gelebt, wie alle in diesem Rattennest. Wenzel junior hab' ich zum ersten Mal mit vierzehneinhalb hoppgenommen, als er seit fünf Monaten strafmündig war. Da haben wir ihm knapp dreißig Einbrüche nachgewiesen.« Seine Erinnerung kam wieder, er blickte geradeaus an die schmierige Wand. »Schon ein paar Jahre her. Komm!«

Vor der Tür tippte er mit der Fußspitze auf drei Tropfspuren und feuchte Schuhabdrücke auf dem Grau der Fliesen. Er nickte seiner jungen Kollegin zu, klopfte heftig an die Tür.

»Polizei, aufmachen!«

Fünf Sekunden später dröhnte es erneut über alle Etagen, es dauerte nur einen Moment, bis eine Frau mit jungen Augen und altem Gesicht die Tür öffnete.

»Gott zum Gruße, Frau Wenzel, Adam, Kripo Dortmund, Sie erinnern sich?«

Steiger ließ ihr keine Zeit zum Erinnern, drückte die Tür auf, und sie standen in einem düsteren, stickigen Flur. Jana hatte die Hand an der Waffe. Im trüben Licht einer 25-Watt-Birne war zu erkennen, dass von dem Raum fünf Türen abgingen. Die direkt neben ihnen stand auf, im Dunkel war undeutlich ein Bett zu erkennen, auf dem etwas lag.

»Wir suchen Ihren Sohn Benni, Frau Wenzel, er hat …«

»Vorher muss ich Sie noch belehren«, sagte Jana, »dass Sie nichts aussagen müssen, Frau Wenzel, wenn Sie Ihren Sohn damit belasten sollten. Sie können sich einen Anwalt nehmen.«

Sie sah dabei ihren Kollegen an. Dessen Blick ruhte weiter auf dem müden Gesicht der Frau.

»Das weiß Frau Wenzel, hat sie schon öfter gehört, den Spruch, stimmt's?«

Frau Wenzel ignorierte Steigers Frage mit stillem Trotz.

»Wir suchen Ihren Sohn, weil er wahrscheinlich Scheiß gebaut hat. Und wir wissen, dass er zu Hause ist. Sein Zimmer war doch da hinten rechts, richtig?«

Als es an der Wohnungstür schellte, ließ Jana ein uniformiertes Pärchen herein. Man kannte sich, und sie brachte die beiden mit zwei Sätzen auf den neuesten Stand.

Steiger ging zur Tür hinten rechts und klopfte. »Benni Wenzel, hier ist Thomas Adam von der Kripo Dortmund. Wir kennen uns.«

Es tat sich nichts.

»Ich komme jetzt rein.«

Jana war mit zwei schnellen Schritten hinter Steiger, zog ihre Waffe, in dem Augenblick öffnete sich die Tür, und ein dunkelblonder Bursche in Unterhose und T-Shirt kam heraus, nicht besonders groß, aber drahtig und mit muskulösen Armen. Er kratzte sich am Kopf, tat verschlafen, aus dem weißen Kragen kroch an der linken Seite des Halses eine dreiköpfige Schlange, die etwas spie.

»Guten Morgen, Benni«, sagte Steiger. »Na, neuerdings bei der evangelischen Laienspielschar Aplerbeck?«

»Hä?« Benni Wenzel machte ein dämliches Gesicht.

»Oder willst du uns ernsthaft erzählen, du hättest gepennt?«

Steiger ging an ihm vorbei, machte Licht im Zimmer und hob die Klamotten auf, die vor dem Bett lagen. Er reichte sie Jana und einem der Uniformierten. Der Stoff war kühl und feucht. Aus einer der Hosentaschen pulte er ein paar Geldscheine, aus der anderen ein Handy.

»Ist das deins?«

Benni ließ sich Zeit mit der Antwort, tat gelangweilt.

»Natürlich ist das meins. Müssen Sie mich nicht siezen?«

»Sonst noch was? Siezen ... Ich hab' dich schon beim Scheißebauen erwischt, da hast du noch in die Windeln gekackt, wenn welche im Haus waren. Also ...«

»Äh, ich weiß überhaupt nicht, was ihr von mir wollt.«

»Okay, zieh dich an, du bist festgenommen wegen gefährlicher Körperverletzung und schwerem Raub.«

»Wegen des dringenden Tatverdachtes darauf«, sagte Jana und steckte ihre Waffe ins Holster am Hosenbund. Jetzt sah Steiger sie an, aber er schwieg. Während Benni sich anzog, durchsuchten die anderen das Zimmer, aber außer einem uralten Autoradio unterm Bett war nichts zu finden, auch das Messer nicht.

Als der Junge wenig später im Flur vor den Augen seiner Mutter Handschellen angelegt bekam, konnte Steiger sehen, dass das Gesicht der Frau müde, aber ohne Schmerz war.

»Was iss'n da los, Scheiße?«

Die Stimme kam aus dem Dunkel des Zimmers gleich neben dem Eingang. Dem Zungenschlag nach tippte Steiger auf etwa zwei Promille, die kurzen Atemzüge klangen nach zweihundert Kilo und zwanzig Reval, mindestens.

»Die Polizei ist hier. Sie holen deinen Sohn.«

Aus dem Loch kamen ein gleichgültiges Grunzen und das kurze rhythmische Wippen einer Matratze, das entsteht, wenn sich jemand umdreht. Dann war es wieder still. Steiger sah, wie der Kollege in Uniform den Kopf schüttelte, aber er war auch der Jüngste.

Als sie ihren Sohn hinausführten, stand Frau Wenzel mit verschränkten Armen da und schwieg, nur aus der Höhle kam noch ein Laut, der nach »Ruhe« klang.

»Ihr habt's auch immer auf dieselben abgesehen, was?«, fauchte sie Steiger schließlich an, der als Letzter die Wohnung verließ. Er blieb stehen und sah sie an. Ihre Augen waren tatsächlich jung, aber das lag vielleicht auch am Zorn.

»Wir sind nicht die Bösen, Frau Wenzel«, sagte Steiger und blieb ganz ruhig dabei. »Aber ist doch 'ne alte Weisheit: Die erste Hälfte des Lebens versauen einem die Eltern, die zweite die Kinder.«

Ein rotziges Zischen war alles, was sie für ihn übrighatte, bevor die Tür ins Schloss fiel.

Das Treppenhaus war zum Leben erwacht, aus einigen Türspalten schoben sich Gesichter und sahen der Prozession mit einer Mischung aus Feindseligkeit und Solidarität zu, aber außer einem anonymen »Scheißbullen« blieb die Feindseligkeit stumm.

In der zweiten Etage streifte sein Blick im Vorbeigehen einen jungen Kerl mit arabischem Aussehen, der in Unterhose und rotem T-Shirt am Türrahmen lehnte und die Tür dann gemächlich hinter sich schloss. Erst dachte Steiger, es sei der fast künstliche Glanz der Haut oder ihr schöner Kontrast zu der leuchtenden Farbe des Stoffes gewesen, der ihm aufgefallen war, aber zwei Treppen weiter wusste er es. Es war das Gesicht im Halbdunkel des Flures hinter dem Araber. Er kannte dieses Gesicht. Es gehörte einer Zeugin in einer Mordkommission Monate zurück, und sie war damals nicht zu einem Termin erschienen. Eine süchtige Fünfzehnjährige vom Drogenstrich war tagelang verschwunden und später übel zugerichtet gefunden worden. Er ging zurück und schellte, selbst der Name fiel ihm wieder ein. Der Araber öffnete, und Steiger hielt ihm seinen Ausweis hin.

»Adam, Kripo Dortmund. Ich hätte gern Frau Svenja Thon gesprochen.«

Der Mann zog eine Miene, als habe er nicht verstanden. Steiger trat einen halben Schritt näher heran.

»Mein Herr, es ist mitten in der Nacht, ich bin müde, draußen ist es kalt, es regnet, und ich habe keinen Bock auf Spielchen. Ich habe sie eben hier gesehen, also. Svenja!«

Den Namen rief er dicht am Kopf des Arabers vorbei in die Wohnung. Svenja Thon kam Sekunden später mit lautlosen kleinen Schritten, murmelte beschwichtigendes Zeug.

»Svenja? Thomas Adam, Kripo Dortmund, du erinnerst dich?«

Sie zog an ihrer Zigarette. »Seh' ich so aus, als ob ich Alzheimer hätte, oder was? Natürlich erinnere ich mich. Müssen Sie mich nicht siezen?«

»Sechzehnjährige siez' ich nicht …«

»Siebzehn, ja?«

»Siebzehnjährige auch nicht. Warum bist du damals nicht gekommen, wir hatten einen Termin im Präsidium vereinbart, weil du mir was erzählen wolltest?«

»Ich konnte nicht an dem Tag. Ist mir wahrscheinlich irgendwas dazwischengekommen, keine Ahnung.«

»Warum hast du nicht angerufen?«

»Herrgott, keine Ahnung, das ist Monate her. Außerdem hattet ihr den Kerl doch nach zwei Tagen. Ja, genau, haben doch alle erzählt damals. Warum sollte ich da noch kommen, hab' ich mir gedacht.«

»Als ich dich auf der Straße gefragt habe, hast du gesagt, du hättest Caroline mit einem Kunden gesehen, an dem Abend, als das Gewitter war.«

»Weiß nicht mehr so genau, kann schon sein. Ja, genau, an dem Abend, es fing schon an zu regnen.«

»War das ein Schwarzer?«

»Nein, hab' ich doch damals schon gesagt. Ich weiß heute nicht mehr genau, wie der aussah. Irgendwie normal wahrscheinlich, aber es war kein Schwarzer. Sie ging nie mit Schwarzen, kaufte auch keinen Stoff bei denen. Caro hasste Schwarze.«

»Nicht mehr genau ...«, sagte Steiger, »Weißt du es noch ungefähr?«

»Nein, Herrgott«, sagte sie, war genervt, überlegte aber trotzdem einen Moment. »Größer war der, glaub' ich, und trug eine Mütze.« Sie zog an ihrer Zigarette.

»Und du bist sicher, dass es Caroline war, die du gesehen hast?«

»Natürlich. Sie hatte doch wieder ihr Dirndl an. Da standen sie drauf, und manche zahlten extra dafür. Und wenn man mit fünfzehn schon solche Titten hat, kann man das auch tragen.«

Steiger strich sich mit der Hand durchs Gesicht, nahm seine Unterlippe zwischen Daumen und Zeigefinger und machte ein paar Schritte zurück in den Flur. Am Abend des Gewitters. Er wandte sich wieder Svenja zu. »Und du wohnst jetzt hier? Schon länger?«

»Ist 'ne Wohnung von 'ner Freundin. Kann ich benutzen, solang ich will. Oder wollen Sie mich wieder ins städtische Heim bringen.«

»Da haust du ja doch wieder ab.«

»Worauf Sie sich verlassen können.«

Steiger verabschiedete sich wortlos und ging.

»Ach ja.« Er war schon ein paar Stufen nach unten gegangen, als sie hinter ihm herrief. Sie kam ein Stück aus der Tür und blieb am Geländer sehen. »Sie hat den Abend auch noch eine SMS geschickt, das hab' ich hinterher gehört. Nicht mir, aber der Nicki.«

»Wer ist Nicki?«

»Sie heißt Nicola und mit Nachnamen Ahlers, glaub' ich. Ich kenn' sie nur von der Szene im Westpark.«

»Und was stand da drin?«

»Keine Ahnung. Sie hat es nur mal erwähnt, als wir darüber sprachen.

»Wo wohnt Nicki?«

»Keine Ahnung. Habe sie jetzt auch schon länger nicht gesehen.«

Wenn sie noch einmal »keine Ahnung« sagt, nehm' ich sie fest, dachte Steiger, verabschiedete sich ein zweites Mal und ging.

Draußen hatten sie Benni Wenzel schon auf dem Rücksitz des Ford verstaut. Steiger sprach sich kurz mit den beiden Kollegen ab, dann setzte er sich daneben, und sie fuhren los.

4

Um fünf vor elf am nächsten Morgen ging Steiger im Landgericht vor Saal 17 a auf und ab, um die Müdigkeit zu vertreiben. Er wartete seit zwei Stunden darauf, seine Aussage zu machen. Die beiden anderen Kollegen aus der Mordkommission Brache waren schon früh hereingerufen worden, er war der Letzte. Damit war auch die Chance auf einen Zigarillo in der Raucherecke am Eingang dahin, wenn er seinen Aufruf nicht verpassen wollte.

Die Mordkommission Brache war die erste seit fünf Jahren gewesen, in der Steiger mitgearbeitet hatte. Die Leute vom KK 11 hätten auch dieses Mal lieber Bulthaup oder Rosenberg oder jemand anderen vom Einsatztrupp dabeigehabt, aber es war Urlaubszeit, und außer Steiger war in der Woche niemand sonst abkömmlich gewesen. Beim Einsatztrupp hatten sie es meistens mit anderen Kalibern zu tun. An manchen Tagen vollstreckten sie Haftbefehle, weil Leute sich trotz Offenbarungseid eine Waschmaschine bestellt hatten und das Ding nicht bezahlen konnten. Oder sie sperrten Idioten ein, die in Kindergärten eingebrochen waren und die Kaffeekasse geklaut hatten, hin und wieder war sogar ein Serienschwarzfahrer dabei.

Damals in der Polizeischule hatten die Lehrer bei so etwas immer von Hühnerdiebstahl gesprochen, und sie alle hatten überlegen gelacht, als hätten sie schon ganze Schiffsladungen von Schwerkriminellen in den Bau gebracht.

Nur in der Rotlichtszene hatten sie es noch mit richtigen Drecksäcken zu tun. Hatte sich in den letzten Jahren zwar einiges geändert in dem Geschäft, früher waren es mehr die großen Häuser und abgetakelten Kneipen, heute die Wohnzimmerpuffs mit illegalen Teenies aus Osteuropa, aber die Abwesenheit von Menschlichkeit war dieselbe geblieben.

Nachdem sie Benni Wenzel in der Nacht verarztet hatten, war Steiger nach Hause gefahren, aber auch nach zwei DAB Export war an Schlaf kaum zu denken gewesen. Schon deshalb hätte etwas Nikotin gutgetan. Er setzte sich auf die polierte Holzbank, als die Tür zum Gerichtssaal geöffnet wurde und die Besucher herausdrängten. Der Justizwachtmeister kam auf ihn zu und teilte mit, dass auf seine Aussage verzichtet worden sei. Die Plädoyers seien schon vorbei, in einer Viertelstunde werde das Urteil gesprochen, ob er Auslagen habe. Hatte er nicht.

Nach zwei süßen Kaffee und einem eiligen Zigarillo saß Steiger eine Viertelstunde später zwischen einer Schulklasse und den üblichen Rentnern auf den Besucherbänken und wartete auf das hohe Gericht. Gärtner und Fennel vom KK 11 waren ebenfalls geblieben, sie redeten in der Reihe vor ihm mit einem Zeitungsmenschen, der kumpelhaft tat und sich zwischendurch Notizen machte. Der Staatsanwalt las irgendwelche Akten. Ihm gegenüber auf der Anklagebank flüsterte der Verteidiger mit professionell zuversichtlichem Gesicht auf den Dolmetscher ein, der zwischen ihm und seinem Mandanten saß und nach jedem Satz übersetzte. Bakary Yameogo hockte daneben, starrte auf seine Hände, und keine Reaktion verriet, ob er zuhörte. Bei der Festnahme vor fünf Monaten hatten sie einen Asyl suchenden Kleindealer erwartet, dann aber einen Feuer spuckenden Krieger vor sich gehabt, einen Fighter, der nur mit der

Hilfe dreier Kollegen zu bändigen gewesen war. Jetzt saß er da wie ein Zootier, das sich noch an die Freiheit erinnern konnte, eingefallen, verwelkt und blass, obwohl das bei einem Mann aus Burkina Faso wie ein übler Glatzen-Scherz klang, ging es Steiger durch den Kopf.

Die Tür hinter dem Richtertisch wurde geöffnet, und alle im Saal erhoben sich. Im Stehen und im Namen des Volkes verkündete der Vorsitzende kurz und schmerzlos, dass Bakary Yameogo wegen Mordes zu lebenslanger Haft verurteilt werde. Alle setzten sich. Steiger sah, wie der Dolmetscher dem Angeklagten etwas zuflüsterte, und fragte sich, ob es wohl ein Wort für »lebenslänglich« in Yameogos Sprache gab. Er beobachtete, wie dieser den Dolmetscher etwas zu fragen schien, der anschließend auf den Boden sah und nach einer Weile nickte.

In der folgenden Sekunde verwandelte sich Yameogo wieder in den Kämpfer, den Steiger kannte. Er schrie, nahm seinen Stuhl und schleuderte ihn in die Mitte des Saales. Der Dolmetscher floh sofort Richtung Richtertisch, der Verteidiger versuchte seinen Mandanten zu beruhigen und fing sich einen unkontrollierten Schwinger, bevor die beiden Wachtmeister zur Stelle waren. Aber auch sie brachten ihn erst zur Strecke, als Gärtner und Fennel dazukamen und den Schwarzen professionell aufs Kreuz legten. Yameogo spuckte, schrie, ihm stand Rotz vor dem Mund, und er kämpfte wie um sein Leben. Nach zwei Minuten hatten sie ihn zu viert nach draußen verfrachtet, und allmählich kehrte wieder Ruhe ein. Der Verteidiger tupfte sich mit einem blauen Taschentuch das Blut von den Lippen, und für die Schüler war es eine solche Obergaudi gewesen, dass sie sich kaum beruhigen konnten. Einige ärgerten sich, es nicht mit dem Handy aufgenommen zu haben. Der Richter ermahnte sie zur Ruhe, fragte den Verteidiger, ob er einen Arzt brauche, aber der Mann winkte ab.

Dann machte er mit der Urteilsbegründung weiter.

In erster Linie stützte sich das Urteil darauf, dass nicht nur Yameogos Sperma überall in und an Caroline Thamm zu finden gewesen war, auch andere DNS- und Faserspuren ließen keinen anderen Schluss zu. Außerdem hatte das Opfer im Todeskampf den Täter gebissen, eine Wunde an seiner Hand passte zweifelsfrei zum Zahnschema des Mädchens. Das Motiv war ein sexuelles gewesen, alle Spuren am Körper der Fünfzehnjährigen hatten darauf hingedeutet und darauf, dass sie über mehrere Tage die Hölle erlebt haben musste.

Wo das alles passiert war, wussten sie bis heute nicht, auch ein paar andere Fragen waren offengeblieben, trotzdem bestand kein Zweifel. Dieser afrikanische Asylbewerber war ein grausamer Mörder.

Der Richter klappte die Akten zu, die Sitzung war geschlossen.

5

Für September war es ziemlich warm an diesem Morgen. Die Sonne schien durch die Wolkenlücken, aber das Licht hatte nicht mehr die Brillanz des Sommers. Die Tische der Cafés waren um diese Zeit spärlich besetzt, und er wählte seine Position so, dass er die riesige Fläche des Kennedyplatzes, auf der sich die Leute verloren, im Blick hatte. Die Uhr zeigte kurz vor zehn, und bisher war es ein erfolgloser Tag gewesen. An den Haltestellen der Schulbusse war das übliche Durcheinander gewesen. Manchmal sah man sie in diesem Gewusel besonders gut, weil sie nicht Teil desselben waren, aber heute hatte er nichts Brauchbares entdeckt. Auch unter den Nachzüglern und Einzelgängern, denen, die immer allein hinterhergingen und Selbstgespräche führten, war kein Objekt gewesen.

Jetzt war noch etwas Zeit, bis die Kaufhäuser öffneten und die ersten Schulschwänzer sich in den Elektronikmärkten an den Spielkonsolen rumtrieben. Er bestellte sich einen Kaffee und zahlte gleich, was er immer tat, um im Fall des Falles sofort gehen zu können, aber danach sah es im Augenblick nicht aus. Die Essener City wirkte wie alle Innenstädte um diese Uhrzeit. Die meisten Menschen hatten es eilig, hin und wieder schoben junge Mütter Kinder vor sich her, die weder in der Schule noch im Kindergarten abgegeben werden konnten. Manchmal war auch ein Vater dabei, nur die wenigsten hatten ausgeruhte Gesichter.

In diesem Augenblick sah er auf der anderen Seite des Platzes ein Objekt, das ihn sofort aufspringen ließ. Selbst auf diese Entfernung zeigte das Mädchen alle Merkmale. Es ging Richtung Kettwiger Straße, und er versuchte zu folgen und den großen Vorsprung zu reduzieren, ohne besondere Aufmerksamkeit zu erregen. Kurz vor dem Bahnhof war er bis auf fünfzig Meter herangekommen, trotzdem erwischte das Mädchen die Fußgängerampel noch vor ihm und verschwand in der Eingangshalle. Als er endlich Grün bekam, war in dem Gewimmel nichts mehr zu sehen. Langsam ging er an den Läden vorbei, stieg die Treppe zu Bahnsteig sechs hinauf und ließ seinen Blick wandern. Das Mädchen stand auf Bahnsteig neun, dem Bahnsteig für die S-Bahnen, und er las auf einem der Abfahrtspläne, dass als Nächstes von dort in fünf Minuten ein Zug nach Wuppertal abfuhr. Über die Gleise hinweg beobachtete er das Objekt noch eine Minute weiter, ob sich der Aufwand tatsächlich lohnen würde. Dann stieg er in die Unterführung hinunter und anschließend zum Bahnsteig neun hinauf. Es lagen jetzt vielleicht dreißig Meter zwischen ihm und dem Objekt, aber die Sicht war frei.

Früher hatte er sich bei seinen Fahrten Notizen gemacht, hatte jede Kleinigkeit notiert, die Orte, an denen er sie gesehen hatte, die Straßen und Adressen und erst recht die Besonderheiten, wenn es welche gab. Dabei hatte er sie aus Sicherheitsgründen Objekte genannt, als seien es Häuser oder Grundstücke. Bis er bei der Fahndung nach einem Bankraub zufällig in eine Polizeikontrolle gekommen war und die Bullen sich das Heft angesehen hatten. Sie hatten natürlich keine Ahnung, was es tatsächlich zu bedeuten hatte, aber danach waren ihm auch diese Aufzeichnungen wegen der Adressen zu unsicher geworden, und er hatte sich ein Merksystem zurechtgelegt, das ohne Papier auskam. Sie im Kopf Objekte zu nennen, hatte er beibehalten.

Der Zug rollte in den Bahnhof, er wartete ab, ob sie diese Bahn nahm, und stieg zwei Wagen hinter ihr ein. Im Zug zog er sich am Automaten ein Ticket und ging langsam nach vorn.

Sie saß mit weißen Stöpseln in den Ohren auf einem Fensterplatz und sah der Landschaft beim Vorbeiziehen zu. Er setzte sich ein paar Reihen weiter in eine Bank gegenüber, sodass er verdeckt war, ihr Gesicht aber zwischen zwei Kopfstützen im Blick haben konnte, wenn er wollte. Sie war wahrscheinlich keine Ausländerin, leider, das machte es oft leichter. Ausländerinnen in diesem Alter waren sehr an Autorität gewöhnt. Vom Alter her passte es, sie war vielleicht dreizehn oder vierzehn. Auch die Figur war im Rahmen, aber es sah nicht so aus, als ob sie Drogen nähme, dafür hatte er ein Gefühl. Drogen erleichterten die Sache ebenfalls, vor allem den ersten Kontakt.

Nach einer Weile rief sie irgendjemanden mit dem Handy an und stieg wenig später in einem Nest aus. Er las im Display über der Tür, dass der Ort Velbert-Rosenhügel hieß und folgte ihr. Es war ein moderner Provinzbahnhof in der Pampa, und sie ging sofort zur Straße und wartete dort. Keine zwei Minuten vergingen, als ein dunkler BMW-Kombi kam und auf ihrer Höhe hielt. Sie stieg ein, und trotz der Spiegelung auf der Windschutzscheibe konnte er erkennen, dass sie den Mann am Steuer umarmte. Der war älter, gut gekleidet, soweit er das beurteilen konnte, und lachte. Sie lachte auch. Welch eine wunderbare Vater-Tochter-Idylle, welch rührende Fürsorge, dachte er.

Noch bevor der Wagen anfuhr, hatte er sich umgedreht und war wieder zum Bahnsteig gegangen.

Zwölf Minuten später kam eine S-Bahn in Richtung Essen. Auf der Rückfahrt löschte er alles aus seinem inneren System, ihre Haltung, ihre Gestalt, das Gesicht und Velbert-Rosenhügel.

Manchmal irrte man sich halt.

6

Paul Battaglino war der bestaussehende Polizist im Land. Dieser Meinung waren jedenfalls die meisten Kolleginnen, mit denen er im Laufe der Jahre zusammengearbeitet hatte. Wahrscheinlich lag es an der seltenen Mischung, die ihm sein italienischer Vater und seine deutsche Mutter mit auf den Weg gegeben hatten, denn früher hatte er ausgesehen wie der junge Gregory Peck mit blauen Augen. Diese Kombination schien große Wirkung auf die weibliche Fantasie zu haben, und er war sich selten zu schade gewesen, bei deren Verwirklichung behilflich zu sein.

Bis er 1992 Britta traf. Sie war blond, hübsch und an einer roten Ampel dem Vordermann ins Heck gefahren. Paul hatte den Unfall aufgenommen und sie ein Jahr später geheiratet. Und weil Britta die Erbin mehrerer Autohäuser war und ein Ehevertrag ihre uferlose Liebe in ihren Augen verraten hätte, war das, was er nach der Scheidung zehn Jahre später auf seinem Konto vorfand, selbst dann noch siebenstellig, als er die ihm zustehende Summe von sich aus auf ein Viertel reduzierte, um nicht als Schmarotzer dazustehen. Das hatte ihm selbst den Respekt seines Schwiegervaters eingebracht, der die Ehe seiner Tochter mit einem jungen Polizisten italienischer Herkunft von Anfang an für eine Schnapsidee gehalten hatte.

Bei der Namensgebung hatte sich seine Mutter wie immer durchgesetzt, und so hieß er Paul statt Paolo, aber seit er vor zweiunddreißig Jahren in den Polizeidienst eingetreten war, nannten ihn alle, die ihn näher kannten, Batto.

Steiger und Batto kannten sich exakt seit diesen zweiunddreißig Jahren. Sie hatten am selben Tag mit einem Koffer und zu langen Haaren vor dem Tor der Polizeischule gestanden, und weil die Zimmer nach Alphabet vergeben wurden, fanden sich Adam und Battaglino gemeinsam in einer der öden Stuben wieder. Das bedeutete, dass man von einem Tag auf den anderen auch bei den intimsten Dingen nicht mehr allein war. Man wusste, welche Geräusche der andere beim Schlafen machte oder wie oft er seine Unterhose wechselte. Für beide war das okay, sie mochten sich, verbrachten viel Zeit miteinander und hatten viel von dem blödsinnigen Zeug gemacht, das man in dem Alter so anstellt.

Einmal hatten sie so viel süßen Likörwein gesoffen, dass sie beim Heimweg von der Kneipe bis zur Unterkunft eine rote Spur in den Schnee gelegt hatten. Immer, wenn sie später davon erzählten, mussten sie lachen und fühlten sich einander nah. Die Leute unterschätzten einfach die verbindende Wirkung, die solche Erlebnisse über die Jahre hatten, auch wenn es nicht nach einer großen Sache klang, sich in einer kalten Winternacht Seite an Seite die Seele aus dem Leib zu kotzen. Es war bei ihnen einfach so, dass jeder mit dem anderen über die richtigen Dinge reden konnte, von Anfang an, und dass jeder von beiden wusste, worüber man besser das Maul hielt.

In der ersten Zeit hatte es noch Momente gegeben, in denen sich Steiger neben Batto gefühlt hatte wie das Grünzeug, mit dem man Blumensträuße auffüllt, damit die Blüten besser zur Geltung kommen. Aber Batto hatte ihn nie so behandelt. Nicht, weil er ein besonders edler Mensch gewesen wäre, eher schon, weil sich das bei einem guten Freund von selbst verbot, vor allem aber, weil er seine Attraktivität wie eine Alltagshose trug und ihm solche Dinge gar nicht auffielen.

Um Viertel nach vier war Steiger auf dem Rückweg von Gelsenkirchen und rechnete nach, dass Battos Truppe an diesem Mittwoch Spätdienst haben musste. Er war nach dem Gerichtstermin noch einmal zur Residenz gefahren, um die Dinge für die Beerdigung zu regeln. Seinen Vater hatten sie schon in einen kühlen Raum im Keller verlegt, und er war noch einmal eine halbe Stunde bei ihm gewesen. Er hatte es für möglich gehalten, weinen zu müssen, aber es waren ihm keine Tränen gekommen. Er wusste nicht, was er davon halten sollte.

Auf der Wache verarztete eine junge Kollegin einen Fahrraddiebstahl am Tresen, Batto saß in seinem Glaskasten hinter dem Wachtisch und erledigte irgendwelchen Papierkram. Er sah Steiger kommen, legte den Stift beiseite und lehnte sich zurück. »Ich habe das mit deinem Vater gehört«, sagte er. »Tut mir leid. Alles in Ordnung bei dir?«

»Schon okay«, sagte Steiger und setzte sich auf die Schreibtischkante. »Ich war grad' noch mal dort, hab' ein paar Dinge geregelt. Er wird verbrannt.«

»Verbrannt?«

»Er wollte es so. Und dann im Meer verstreut.« Steiger zuckte mit den Schultern. »›Ich war lange genug unter der Erde, das brauch' ich nicht mehr‹, hat er gesagt, solange ich denken kann.«

»Warst du bei ihm, als er starb?«

Steiger schüttelte den Kopf.

»Habt ihr noch mal geredet, vorher?«

Wieder Kopfschütteln. »Du weißt ja, reden war nicht unsere Stärke, noch nie.«

Batto nickte, er wusste das.

Ein junger Polizist mit Gelfrisur kam vom Wachtisch und wartete artig in der Tür, bis Batto ihn ansah.

»Wir haben einen Unfall mit mindestens einem Toten, Chef, auf der B1 an der Brücke am Westfalenpark. Der Typ ist wahrscheinlich von der Brücke vor einen Lkw aus der Ukraine gesprungen. Hajo hat die Fahrbahn Richtung Duisburg komplett dichtgemacht. War nötig, sagt er. Ob du …«

»Ich bin sofort da«, sagte Batto und stand auf. »Wollen wir heute Abend ein Bier trinken?«, fragte er und zog sich nebenbei die Uniformjacke an. »Ich denke, dass ich um zehn hier raus bin, wenn wir bis dahin dieses Ding erledigt haben.«

Sie verabredeten sich im »Totenschädel«.

Auf dem Weg zu den Räumen des Einsatztrupps suchte Steiger sich eine einsame Ecke im Treppenhaus. Er wählte auf dem Handy eine Nummer und wartete. Nach dem dritten Summen meldete sich eine Frauenstimme. »Ja?«

»Toni? Bist du in der Nähe?«

»Ach, du bist das. Lange nichts von dir gehört. Hast du was im Angebot?«

»Auf der B1 ist ein Unfall mit Toten. Hört sich spektakulär an. Möglicherweise ist einer von der Brücke zum Westfalenpark gesprungen, könnte ein Suizid sein.«

»Ich seh' es mir mal an, könnte was sein.«

»Zur Info: Die B1 Richtung Bochum ist voll gesperrt, solltest du bedenken.«

Er drückte das Gespräch weg und ging zum Fahrstuhl.

Antonia Sawitzki war freie Fotojournalistin und überall da, wo etwas los war. Damit war sie die natürliche Feindin der meisten Polizisten. Aber sie hielt sich an die Regeln und kannte sich aus. Bei einer Bankraubserie vor Jahren hatte sie Steiger entscheidende Tipps geben können, weil sie aus demselben Viertel kam wie die Täter. Seitdem hatten sie einen Deal. Wenn es zu vertreten war, brachte Steiger sie ins Spiel. Ein Unfall wie dieser fiel für ihn eindeutig in diese Kategorie.

Beim Einsatztrupp waren nur Gisa Kracht und Jana Goll anwesend. Die Chefin saß in ihrem Büro über einer Akte, Jana las im Besprechungsraum Haftbefehle, wie es aussah.

Gisa sah auf, als er an ihrem Büro vorbeiging, winkte ihn herein und bat ihn, die Tür hinter sich zu schließen. Sie stand auf und gab ihm die Hand, was sie sonst niemals tat. »Mein Beileid, Steiger. Ich habe das mit deinem Vater gehört. Wenn du in den nächsten Tagen Zeit brauchst, um irgendwelche Dinge zu regeln …«

»Danke, es wird schon gehen. Es ist alles auf den Weg gebracht, erst mal.«

»Trotzdem, kann ja immer mal was sein, nur, damit du es weißt.« Sie strich sich ihre fast weißen, kurzen Strähnen hinters Ohr und setzte sich wieder an den Schreibtisch. »Dann bittet uns das KK 11 um Unterstützung. Vielleicht könntest du dich noch bei Renate Winkler melden, bevor du deinen anderen Kram erledigst, sie ist bis fünf Uhr da. Es geht um eine Vermisstensache, bei der sie uns gerne mit ins Boot holen würde. Nimm Jana mit.«

Steiger nahm die Anweisungen seiner Chefin ohne erkennbare Reaktion entgegen. Viele im KK 11 hielt er für Wichtigtuer, Renate Winkler gehörte nicht dazu.

»Und dann noch eine unangenehme Sache«, sagte Gisa, setzte sich aufrecht hin und sah ihn an. »Gegen dich ist ein Dienstordnungsverfahren eingeleitet worden.«

Sie sagte es mit einer Selbstverständlichkeit, mit der man Fußballergebnisse mitteilt, fand Steiger, und wie etwas, das sie nicht überraschte, und damit lag er ziemlich richtig.

»Weshalb?«

»Wegen der Sache bei der Übung, vorletzte Woche.«

»Deshalb? Wegen so einer Scheiße vergeuden sie wertvolle Arbeitszeit?«

»Wegen so einer Scheiße?«, wiederholte Gisa. »Mensch, Steiger, du bist tausend Jahre im Dienst. Wie soll die Behörde denn auf so eine Nummer reagieren? Stell dir vor, das macht Schule.«

Es entstand eine kleine Pause, und sie sah ihn an, wie man jemanden ansieht, von dem man glaubt, dass er im Leben schwer zurechtkommt. Steiger störte dieser Blick.

»Sonst noch was?«

»Das Beste zum Schluss. Ermittlungsführer ist Peter Schulze.«

Steiger nickte einmal kurz und verließ wortlos das Büro.

Peter Schulze war der Leiter des KK 11 und Steiger so unangenehm, dass er lieber bis in den sechsten Stock die Treppe nahm, wenn er sah, dass Schulze im Fahrstuhl stand, und er war sich sicher, dass es umgekehrt genauso war. Sie waren in den Jahren einige Male aneinandergerasselt, und er konnte sich nicht erinnern, dass es irgendwann einmal so etwas wie eine Versöhnung gegeben hätte. Wenn man Schulze nun zum Ermittlungsführer gemacht hatte, hieß das, dass Steiger in den nächsten Tagen in dieser idiotischen Sache bei ihm zur Vernehmung anzutanzen hatte. Er beschloss, sich nicht darüber aufzuregen.

Ohne in den Besprechungsraum zu gehen, rief er nach Jana, und seine Stimme klang zorniger, als er es wollte.

7

Renate Winkler bearbeite Vermisstensachen schon so lange, dass Steiger nicht mehr einfiel, ob sie vorher mal irgendwas anderes gemacht hatte. Ihr Büro sah aus, als sei sie darin zu Hause. Überall waren Pflanzen, es gab eine Kaffeemaschine, einen Wasserkocher, und auf einem Schrank am Fenster standen mehr Teesorten, Gewürze und Lebensmittel als in Steigers Küche. Vielleicht braucht man das, ging es ihm durch den Kopf, wenn man ständig mit Leuten zu tun hat, die immer abhauen und sich nirgendwo zu Hause fühlen.

Sie bot ihnen Kaffee oder Tee an, was beide ablehnten.

»Es geht um eine Fünfzehnjährige aus dem städtischen Heim, Celina Gerber«, sagte sie. »Die ist schon seit Jahren immer wieder abgehauen, aber dieses Mal wirkt es irgendwie anders.«

Steiger sah sie ungläubig an. »Jetzt ist es anders. Was soll das heißen?«, fragte er.

»Na, genau das, was es heißt, Steiger.« Sie lächelte ihn an. »Du meinst, wie kommt die Alte darauf, dass eine kleine verkrachte Existenz alle drei Tage die Biege macht, irgendwo rumlungert, dann wieder auftaucht, und ausgerechnet dieses Mal soll es was anderes sein als sonst, oder?«

Vielleicht war dieses Lächeln der Grund dafür, dass Steiger sie mochte. Sie hatte ein rundes Gesicht mit glatter

Haut und eine wirre Kurzhaarfrisur, wie viele Dicke sie trugen.

»So ungefähr, ja«, sagte er und versuchte, dabei freundlich auszusehen.

»Auch wenn es völlig bescheuert klingt: Mein Gefühl sagt mir das. Sie ist eine absolute Einzelgängerin und war sonst immer spätestens nach zwei Tagen wieder da. Außer, dass sie manchmal säuft, nimmt sie keine Drogen und ist eigentlich auch nicht in dieser Szene unterwegs. Vielleicht könntet ihr mal hier nachsehen.« Sie reichte ihm ein Bild des Mädchens und einen Zettel mit einigen Orten in der Stadt, dann noch einen zweiten. »Auf dem anderen Zettel stehen ein paar Anschriften von Kerlen bzw. Ehepaaren, bei denen diese Mädchen ab und zu pennen, wenn sie abgehauen sind und nachts nicht von 'nem Streifenwagen aufgegriffen werden wollen.«

»Wie, die pennen da?«

»Na, die Typen lassen die Mädchen bei sich pennen.«

»Das sind doch alles Minderjährige.«

»Nein, nicht bei sich im Bett, jedenfalls nicht alle. Sexuell läuft nicht zwingend was. Vielleicht lassen die Mädchen sich mal anfassen, oder hier«, sie zeigte auf eine der Adressen, »Georg Brenner, der ist schon über siebzig, und den nennen sie den Bademeister, weil er ihnen beim Duschen zusieht, mehr aber auch nicht. Du kennst doch solche Mädchen, das sind alles keine Kinder von Traurigkeit, Steiger. Wenn du sie darauf festnageln willst, bestreiten sie alles, weil sie dann natürlich ihre Möglichkeiten zum Unterschlupf verlieren, wenn sie wieder mal abgehauen sind.«

»Warum machen die das dann, die Kerle, meine ich?«

»Na, in dem Alter noch 'ner Fünfzehnjährigen beim Einseifen zuzusehen, ist doch schon was, oder? Und es sind manchmal gar nicht nur die Kerle, bei einem ist auch die Ehefrau dabei, und bei der Familie Gehrmann läuft in der Beziehung nichts, da wird nur gesoffen. Und warum die das machen? Keine Ahnung. Wir haben doch mit so vielen Irren zu tun, Steiger, ich hab's aufgegeben, die verstehen zu wollen.«

Steiger sah sich die Adressen an, sie lagen ziemlich verstreut über das Stadtgebiet, meistens in normalen Gegenden.

»Aber das hört sich doch nach 'nem brauchbaren Deal an«, sagte er. »Warum hast du dann kein gutes Gefühl?«

Renate Winkler verzog den Mund. »Weil ich glaube, dass sie da nicht ist. Ich habe heute Morgen selbst bei drei Adressen nachgesehen, aber der Vormittag ist natürlich nicht die relevante Zeit. Vielleicht könntet ihr es heute Abend noch mal überprüfen.«

»Um auszuschließen, dass sie da ist?«, fragte er.

»Ja, deshalb. Wenn das der Fall ist, muss ich langsam anfangen, mir was zu überlegen.«

Sie sah abwechselnd Jana Goll und Steiger an, als habe sie etwas Unmögliches verlangt. Steiger schätzte Renate Winkler auf Mitte vierzig, ein bisschen zu jung, um schon zur ganz alten Garde zu gehören. Vielleicht war das der Grund ihrer Freundlichkeit, denn bei den Alten hatte der Einsatztrupp den üblen Ruf der Fahndung übernommen und bis heute nicht verloren.

Früher war der ET mal der Elefantenfriedhof der Behörde gewesen, ein Sammelbecken für alle in der Kripo, die man irgendwann woanders nicht mehr haben wollte. Die Säufer und faulen Säcke, die Stinkstiefel, Kollegenschweine und die, die man nach dem siebten Disziplinarverfahren immer noch nicht rausschmeißen konnte. Und der Job hatte auch nicht dazu beitragen können, dass sich die Einschätzung der Kollegen grundsätzlich änderte. Meist hatte der Dienst am Nachmittag angefangen, und sie hatten sich bis in die Nacht in den Kneipen rumgetrieben, in denen sonst nur Pack verkehrte, um an Informationen zu kommen, was nicht selten geklappt hatte. Dass dem ein oder anderen dabei manchmal die Grenze verrutscht war, war meistens nur ein Gerücht unter den anderen Kollegen gewesen. Aber wen hatte das schon gekümmert. Heute sah das alles ein wenig anders aus. Die Dienstzeiten waren zwar noch dieselben, nur wurde der Einsatztrupp, den alle nur ET nannten, jetzt von den anderen Dienststellen oft um Unterstützung bei Aktionen gebeten, die in den Abend oder die Nacht fielen. Bei den Alten allerdings war der Ruf derselbe geblieben. Renate Winkler schien das nicht zu stören. Vielleicht war sie aber auch nur ein freundlicher Mensch.

Obwohl es schon nach fünf war, fand Steiger Peter Schulze in seinem Büro. Das passte für ihn ins Bild, denn wer wenig auf der Pfanne hatte, musste wenigstens fleißig sein. Fleiß und Pünktlichkeit waren meist die Tugenden der Unbegabten, dafür hatte es genug Beispiele in seinem Leben gegeben, und für Schulze traf das in jedem Fall zu. Verheiratet war er mit Frau Dr. Grösche von der Gerichtsmedizin. Über aufgesägten Schädeln und herausgenommenen Organen war man sich eines Tages nähergekommen. Sie hatte auch die Obduktion in der MK Brache durchgeführt, die Schulze geleitet hatte. Das war ungewöhnlich, denn in der Regel waren die Kommissariatsleiter bei den Mordkommissionen nicht im Geschäft. Aber es war Urlaubszeit gewesen, und zwei andere Fälle hatten die verbliebene Mannschaft des KK 11 schon ziemlich in Anspruch genommen, da blieb keine andere Wahl als dieses Familienunternehmen.

Die Tür stand auf, und Steiger trat vor Schulzes Schreibtisch.

»Was willst du, Steiger?«, fragte dieser und sah nur kurz von seiner Akte auf.

»Ich würde gern noch einmal einen Blick in die Handakte der MK ›Brache‹ werfen.«

Jetzt sah Schulze ihn an und lehnte sich zurück. »Die Sache ist gelaufen, der Täter ist heute Morgen zu lebenslänglich verurteilt worden.«

»Ich weiß das, ich war in der Verhandlung. Ich will nur noch mal etwas nachsehen.«

»So, so, du willst noch mal was nachsehen?« Schulze schob die Unterlippe nach vorn. »Was soll das bringen, der Käse ist endgültig gegessen, endgültig. Der Bursche wird seinen schwarzen Arsch die nächsten fünfzehn Jahre nicht in Freiheit rumtragen.«

»Schulze«, Steiger konnte sich nicht erinnern, ihn jemals mit seinem Vornamen angeredet zu haben, »gib mir einfach das Ding, du kriegst sie morgen wieder.«

Peter Schulze sah ihn noch einen Moment an, dann ging er wortlos zu einem Aktenbock in der Ecke und legte einen Ordner vor Steiger auf den Schreibtisch.

»Aber morgen, alles klar. Ich will den ganzen Kram beenden und runterbringen.

Steiger nahm die Akte und ging. Als er schon auf dem Flur war, rief Schulze seinen Namen. Steiger kam zurück und blieb wortlos in der Tür stehen.

»Ich habe heute dein Diszi als Ermittlungsführer auf den Tisch bekommen. Wir müssten in der Woche noch einen Vernehmungstermin machen.«

»Schreib mir 'ne Mail. Aber nicht vor zehn.« Bei den letzten Worten war er schon wieder draußen.

»Ich weiß nicht, ob das möglich ist«, rief Schulze hinterher. Aber er bekam keine Antwort mehr.

8

1978

Am Morgen des achten Geburtstags seines Bruders Maximilian hörte Robert Trampe es zum ersten Mal. Es war der Moment, an dem alle um den Tisch standen und die Geschenke noch nicht ausgepackt, die Kerzen noch nicht ausgeblasen waren. Aber er sprach mit niemandem darüber, auch später nicht.

Robert Trampe war immer ein stilles Kind gewesen, von Anfang an. Nicht nur, dass er kaum weinte, auch dieses kindertypische Gurren, Blubbern und Quieken hatte es bei ihm nicht gegeben. Er fing einfach irgendwann an zu sprechen. Erst einzelne Wörter, die nur hier und da noch ein wenig ungelenk und holprig klangen, bald schon ganze Sätze. Als habe er bis dahin nur zugehört und alles innerlich so lange dahergesagt, bis es richtig schien. Allerdings sprach er auch danach nicht viel, schon gar nicht aus reiner Lust am Reden, aus Freude am Klang der eigenen Stimme oder aus Neugier auf das Neue, das da aus seinem Mund kam. Er sprach auch nicht, um einfach nur ohne Zweck oder Absicht mit anderen in Kontakt zu treten, er sprach immer nur dann, wenn es nicht mehr zu umgehen war.

Dafür hatte er die Menschen schon früh mit einem Blick angesehen, der nicht zu einem Kind passte. Viele, die er ansah, hätten hinterher nichts zu der Form seiner Augen sagen können, zur Farbe der Iris oder ob er lange oder kurze Wimpern hatte, und es wäre ihnen schwergefallen, das zu benennen, was ihnen aufgefallen war. Sie wussten nur, es gehörte nicht in den Blick eines Kindes, und es war kaum zu ignorieren, obwohl er nur still dasaß, sich nicht bewegte und einen ansah.

Dabei waren seine Augen blau. War es anfangs noch das dunkle, diffuse Blau, das alle Neugeborenen haben, verwandelte sich die Farbe schon nach wenigen Monaten in das helle Grünblau der Augen seiner Mutter. Auch das blonde, lockige Haar und die klare Linie der Lippen hatte er von ihr.

Ein paar Wochen nach seinem zweiten Geburtstag war sie mit ihm für einen Behördengang nach Regensburg gefahren. Annemarie Trampe war eine ängstliche Frau, und weil sie sich nicht auskannte und ohnehin Angst hatte, in der Stadt Auto zu fahren, nahmen sie den Zug. Außerdem empfand sie es als gute Gelegenheit, ihrem Kind diese Erfahrung zu schenken. Sie war bei ihrer ersten Zugfahrt etwa im selben Alter gewesen und erinnerte sich gern daran. Etwa auf halber Strecke stieg ein Greis ein, dessen Augen unstet wanderten und nichts festhalten konnten. Der Mann war offensichtlich verrückt, stank nach Alkohol und Schweiß und setzte sich auf den Platz gegenüber. Ununterbrochen brabbelte er wirres Zeug und gestikulierte, aber in der Sekunde, als sein Blick den des Jungen traf, war er still. Ein paar Augenblicke blieb er davon gefangen, dann wandte er sich ruckartig ab und stierte stumm aus dem Fenster. Jeder Faser seines Körpers war anzumerken gewesen, wie unwohl er sich fühlte, schließlich stand er auf und floh von dem Platz, lange bevor er an der nächsten Station ausstieg.

Immer, wenn Annemarie Trampe jemandem diese Geschichte erzählte, wunderte sich niemand darüber. Ihr Mann erfuhr nie davon.

Sie hatte sich schnell an das ruhige Kind gewöhnt, das auch mit ihr nicht anders kommunizierte, denn sie war selbst ein stiller Mensch und hatte kein großes Verlangen nach Gesellschaft oder Austausch. Die Tage, an denen ihr Mann Leute in ihr Haus einlud, was selten vorkam, sich aber aus geschäftlichen Gründen nicht völlig umgehen ließ, ertrug sie mit demselben Gleichmut, mit dem sie alles in ihrem Lebens ertragen hatte, was sie sich anders gewünscht hätte. Sie verließ das große Anwesen nur selten, denn im Hause Trampe gab es Menschen, die all die Dinge erledigten, die in einem solchen Haus erledigt werden mussten. Es gab eine Köchin, ein Hausmädchen, und wenn etwas zu besorgen war, besorgte das Georg, der eigentlich der Fahrer ihres Mannes war, aber auch für andere Erledigungen in Anspruch genommen wurde. Auf ein Kindermädchen verzichteten sie, weil Albert Trampe das für die Aufgabe der Mutter hielt, und so übernahm sie sie auch.

Das Haus war eine Villa aus der Gründerzeit mit großem Park, die versteckt in einem Wald lag und nur über eine einzige Straße erreichbar war. Befuhr man diese Straße in den Monaten, in denen die Bäume Laub trugen, hatte man das Gefühl, durch einen Tunnel zu fahren. Erst kurz, bevor man das Haus erreichte, bog die Straße in eine lichte Allee ab und gab den Blick frei. Es war ein stilles Haus.

Dass diese Stille manchmal vertrieben wurde, lag an Maximilian Trampe, den alle nur Max riefen, alle, bis auf seinen Vater, dem das nie über die Lippen kam. Zwar tolerierte Dr. Albert Trampe diese Kurzform noch, wenn andere sie benutzten, bei »Maxi« aber war sein Verständnis zu Ende, und er wies alle, die seinen Sohn so nannten, auf den vollen Namen hin, ernst und bestimmt, wie es seine Art war, und mit leisem Stolz.

Max Trampe war zwei Jahre älter als sein Bruder Robert und hatte nicht nur die Hände seines Vaters, sein kindlicher Körper ließ schon früh erkennen, dass auch seine Statur, die Form seiner Schultern und vor allem sein Gesicht Albert Trampe ähnelten, als gäbe es den Mann wie bei einer russischen Matrjoschka-Puppe noch einmal in einer kleineren Version, allerdings mit einem Unterschied:

Albert Trampe war ein ernster Mensch. Er führte das Chemieunternehmen Trampe in der dritten Generation, trug nur dunkelgraue Anzüge und Krawatten in gedeckten Farben und hielt sich für einen gerechten Mann. Sein Büro war nicht größer als das seiner Abteilungsleiter, er war jeden Morgen der Erste an seinem Arbeitsplatz, und wenn er hin und wieder in der kleinen Gemeinde predigte, in der sie jeden Sonntag den Gottesdienst und einmal in der Woche eine Bibelarbeit besuchten, sprach er gern über den Gott, der gerecht war und den man fürchten musste als sündiger Mensch. All das hatte seinen Zügen eine Härte gegeben, die dem Gesicht seines Sohnes noch völlig fehlte und vielleicht immer fehlen würde, denn Max Trampe war eine Ausnahme in diesem stillen Haus. Er war laut, und wenn er über die langen Flure rannte und das Geräusch eines Autos oder Flugzeugs imitierte, wenn er von Treppen sprang und dabei johlte, oder wenn er einfach nur sang, war er gern laut, er war es mit Freude, wie er bei vielem, was er tat, Freude empfand, und er empfand sie so, dass alle das sahen. Seine Mutter ermahnte ihn dann häufig zur Ruhe, nicht, weil sie das Geräusch störte oder weil sie Angst um die Gesundheit ihres Sohnes gehabt hätte, sie verstand es einfach nicht, und sie hatte das Gefühl, das habe mit Erziehung zu tun.

»Lass ihn«, sagte Albert Trampe, wenn er die Ermahnungen seiner Frau mitbekam, und solche Dinge sagte er meistens in einem Tonfall, der es schwer machte, ihm zu widersprechen, für seine Frau sogar unmöglich. In diesen Momenten aber fehlte diese Strenge. Das lag daran, dass er seinen Sohn und dessen Freude stets mit einem Lächeln betrachtete. Es gab wenige Dinge, die Albert Trampe lächeln ließen, was vielleicht normal war bei einem Mann, der die Meinung vertrat, man müsse Gott zunächst einmal fürchten; aber in den Zeiten, wo er seinen Sohn Maximilian in seiner Nähe hatte und ihn beobachtete, fühlte er eine Leichtigkeit, die ihm bis dahin in seinem Leben unbekannt gewesen war.

So war es auch an diesem Tag. Albert Trampe hatte sich den Luxus gegönnt, nicht als Erster in der Firma zu sein, sondern diese kleine Zeremonie am Morgen mitzuerleben. Er stand da, hatte seine Hände auf die Schultern Maximilians gelegt, fühlte die kleinen Erhebungen der Schlüsselbeine, roch den aufsteigenden, milden Körpergeruch seines Sohnes und lächelte.

Es ging etwas Leichtes von Maximilian Trampe aus, das war auch an den Gesichtern der anderen abzulesen und daran, wie sie sich verhielten, als könne man in seiner Gegenwart freier atmen, als verlören die Dinge ihre scharfen Konturen, wenn er im Zimmer war.

Robert stand dabei und sah seinen Vater an, diesen großen, schlanken Mann, sah, wie dessen Hände auf den Schultern seines Bruders ruhten. Er sah ihn zärtlich lächeln, voller Hingabe, und der Vater lächelte, das war ganz deutlich, weil er diesen kleinen Menschen ganz dicht bei sich hatte, weil er ihn anfassen konnte. Robert konnte seinen Blick nicht davon lassen, und er wusste, was gleich passieren würde. Das erste Mal war es vor etwa einem Jahr passiert, an einem Tag, als Max in der Schule eine gute Note bekommen hatte. Er hatte seinem Vater davon erzählt, und dieser war in die Knie gegangen und hatte sich die Begeisterung seines ältesten Sohnes angehört, während er unentwegt dessen Hände streichelte. Robert hatte etwas abseits gestanden, und in diesem Augenblick war es fast von allein geschehen. Sein Körper bewegte sich, ohne dass er eines seiner schmalen Glieder oder auch nur den kleinen Zeh gerührt hätte, wie auf einer Schiene auf seinen Bruder Maximilian zu, immer dichter, so dicht, dass sie ineinander übergingen und man kaum mehr sehen konnte, dass es zwei Körper waren, so dicht, bis er fast dieser Körper war, dessen Hände gestreichelt wurden, der angelächelt wurde, dem sein Vater alle Aufmerksamkeit schenkte.

Die erste Zärtlichkeit in seinem Leben, an die Robert Trampe sich erinnern konnte, war eine Berührung seines Bruders gewesen. Es geschah, als er auf dem Schoß seiner Mutter saß, sein Bruder vor ihm stand und ihm das Gesicht streichelte. Max hatte dabei gelächelt. Danach gab es vieles, was Robert Trampe zum ersten Mal erlebte, wenn sein Bruder Maximilian dabei war, was ein normaler Vorgang ist, denn in vielem sind ältere Jungen die Lehrmeister ihrer kleinen Brüder. Meist geschieht das aber mit Widerwillen der Älteren, die es hassen, die kleinen Nervtöter ständig um sich zu haben und ihnen etwa zeigen zu müssen, wie man Schuhe zubindet oder gegen einen Fußball tritt. Bei Max war das anders. Er nahm seinen kleinen Bruder mit derselben vorbehaltlosen Wärme an, mit der er allen Menschen gegenübertrat, mehr noch, er fühlte, wie dieser kleine, stille Mensch in seiner Gegenwart öfter lächelte als sonst, was ihm gefiel.

So verbrachten die Brüder viel Zeit zu zweit miteinander, denn die Abgeschiedenheit des Hauses tat dazu ein Übriges.

Auch als Max zur Schule kam, stellte das keine besondere Zäsur im Leben der beiden dar. Max war zwar jetzt morgens nicht da, aber es gab ja noch die Nachmittage, die weiterhin den Brüdern gehörten. Auch deshalb, weil sich nur selten ein Mitschüler oder ein anderes Kind auf das Anwesen verirrte. Das hing damit zusammen, dass man als ein Kind, das an vielen Tagen von einem Fahrer zur Schule gebracht wurde, beglotzt und beneidet, natürlich auch bewundert oder vielleicht manchmal bedauert, aber selten als Spielkamerad gesucht wurde. Zwar hatte Max auch in der Schule schnell Freunde gefunden, wenn die aber zu Hause ihren Vätern, die Schreiner oder Werkzeugmacher waren, erzählten, mit wem sie spielen wollten, redeten die ihnen das aus, und die Kinder blieben unter sich.

So wartete Robert jeden Mittag darauf, dass die Räder des Daimlers auf dem Kies der Einfahrt knirschten, und erst danach begann der Tag wirklich für ihn.

Spielten die beiden erst noch meistens im Haus oder im Park, verbrachten sie die Zeit, je älter sie wurden, immer öfter im Wald, der Haus und Park umgab, denn ein Wald ist für Jungen in dem Alter der beste Ort der Welt. In diesem Wald gab es eine kleine geologische Aufwerfung, einen flachen Hügel, voller Felsen, die dort an die Oberfläche gedrückt worden waren. Zwischen zweien dieser Felsen war ein Spalt, dahinter ein Abgrund, der von oben nur als ein dunkles Nichts zu erkennen war. Max hatte oft die Idee, mit einer Leiter dort hinunterzusteigen, aber Robert, der immer der vorsichtigere der beiden war, hielt ihn stets davon ab. So warfen sie nur Steine hinein, hörten deren Aufschlag, bauten sich dann anderswo Baumbuden oder hoben Erdlöcher aus, um daraus Fallen zu konstruieren. In all diesen Dingen war Max das Vorbild, das Idol Roberts, der diese Kumpanei, diese Intimität mit seinem Bruder genoss, dieses Gefühl, gleich zu sein, das stets in dem Augenblick endete, wenn sie wieder unter Menschen waren, wenn er erkennen musste, das alle völlig anders auf dieses fröhliche Kind reagierten als auf den Jungen mit den fremden Augen, der kaum sprach. Die Stunde der bitteren Wahrheit kam für ihn jeden Abend, wenn der Vater seine Kinder begrüßte, die er an vielen Tagen in diesem Moment zum ersten Mal sah.

Denn Albert Trampe hielt seinen Sohn Robert für eine Strafe Gottes. Er konnte sich an keinen Tag erinnern, an dem er sich diesem Kind verbunden fühlte und nichts Trennendes empfand. Er hatte sich nie gefragt, warum das so war, es war einfach in ihm, und wie alle Dinge, die er erlebte und nicht verstand, hielt er sie für gottgegeben und akzeptierte sie. Natürlich war er ein aufgeklärter Mann und glaubte nicht, dass in den entsprechenden Bibelstellen tatsächlich von Dämonen die Rede war, die etwa aus einem Mann in eine Schweineherde fuhren, welche sich daraufhin in einen Abgrund stürzte. Natürlich waren das Gleichnisse, Bilder, symbolhafte Erzählungen, die etwas erklären sollten. Aber er war sich sicher, dass man seinen Sohn Robert in den Zeiten des Alten Testaments anders gesehen hätte, dass man in ihm etwas Dämonisches vermutet hätte. Es war nicht so, dass ihm seine Abneigung Sorgen bereitete, dass sie ihn traurig machte oder er sich schuldig fühlte. Er hielt es für einen normalen Vorgang, dass Väter ihren Kindern unterschiedlich gegenübertraten. Hatte nicht auch Jakob seinen Sohn Josef den anderen vorgezogen, ihn sogar als seinen Lieblingssohn bezeichnet?

Hatte er Robert anfangs noch mit mechanischer Beachtung bedacht, mit der man etwa bei einer Besprechung alle Teilnehmer per Handschlag begrüßte, ließ auch das mit der Zeit immer mehr nach, und irgendwann war der Junge in vielen Situationen für ihn einfach nicht mehr da, erst recht dann nicht, wenn Maximilian dabei war.

So wie jetzt, an diesem achten Geburtstag, der in vielen Kulturen ein besonderes Datum für Jungen war. Albert Trampe erinnerte sich, zu seinem achten Geburtstag von seinem Vater ein Buch geschenkt bekommen zu haben, in dem viele dieser Bräuche aufgeführt waren: dass Indianerjungen mit acht ihre ersten Waffen bekamen oder man bei Südseestämmen ab diesem Tag im Männerhaus schlafen musste.

Robert sah, wie alle ein Geburtstagslied sangen, wie sie lachten, wie auch das Gesicht seines Vaters lachte, und in dem Augenblick passierte das, was er nun schon kannte. Sein Körper glitt auf den seines Bruders zu, ging fast in ihm auf, war ihm ganz nah, aber immer so, dass sie zwei Körper blieben. Das Eigenartige daran war, das er sich zu teilen schien, dass er die Hände seines Vaters auf seinen Schultern spürte und gleichzeitig von außen betrachten konnte, wie dessen Hände auf den Körpern beider Jungen ruhten, wie sein Lächeln nicht erstarb, was sonst stets der Fall war, wie es anhielt, wie es auch ihm galt. Und jetzt, am Morgen dieses achten Geburtstages seines Bruders Maximilian, hörte er es zum ersten Mal, erst undeutlich und leise, dann immer lauter. Es war eine Stimme in seinem Kopf, deren Klang ihm fremd war, die er nicht kannte und die etwas sagte, immer wieder, immer lauter.

Die Stimme sagte: »Stoß ihn weg!«

9

2010

Als Steiger kurz vor halb elf zum »Totenschädel« kam, stand Battos weißcr Porsche davor und leuchtete wie eine zu weiß geratene Jacketkrone. Eine der Röhren im Schild »Bei Christa« war seit Monaten kaputt, und Steiger fragte sich, ob das außer ihm überhaupt jemandem auffiel. Vielleicht lag es auch daran, dass die Kneipe eigentlich »Bei Helga« heißen müsste, aber Helga, die jetzige Wirtin, hatte die Kneipe vor mehr als zehn Jahren von Walter übernommen, und da hieß sie auch schon »Bei Christa«. Vermutlich konnte sich von den Gästen niemand mehr an Christa erinnern, nicht mal der Bootsmann, der hier zu wohnen schien, und es war den meisten auch egal. Wichtig war, dass ihnen jemand das Bier hinstellte und sich jeden Sermon anhörte, auch noch morgens um drei, wenn die Zunge spröder war als ein Stück Roheisen.

Drinnen war die Luft zum Schneiden. Das war immer so und lag daran, dass der Laden ziemlich klein war und dass bei Christa noch geraucht werden durfte, was die meisten auch taten. Genauer gesagt waren Nichtrauchergesetze hier noch nie ein Thema gewesen. Selbst der inoffizielle Namensgeber der Kneipe, ein Totenschädel oben im Regal neben den Schnapsflaschen, hatte eine Kippe in einer seiner Zahnlücken. Das Ding sei echt und nicht aus Plastik, beteuerte Helga gegenüber jedem, der es bezweifelte, aber wirklich nachgeprüft hatte es noch niemand.

Batto saß vor einem Bier an der Theke und sah auf den Fernseher, der knapp unter der Decke angebracht war und auf dem ohne Ton ein Fußballspiel lief. Sonst waren noch sechs Gäste da, die meisten kannte Steiger, grüßte in die Runde und bekam mehrfach ein kurzes Nicken zurück. Er hatte kaum auf dem Hocker neben Batto Platz genommen, da stellte Helga ihm ein Bier hin. Helga war klein, zierlich, hatte eine Figur, als ob sie Marathon liefe, und den Teint einer Indianerin. Dabei war ihr Lebenswandel alles andere als gesund. Sie schlief maximal fünf Stunden am Tag, hatte sie Steiger einmal erzählt, trank zwar keinen Alkohol, dafür fast ausschließlich Kaffee und rauchte eigentlich ununterbrochen.

»Na, habt ihr euren ukrainischen Lkw rechtzeitig von der Straße bekommen?«, fragte Steiger, nachdem er den ersten Schluck Bier genommen hatte. »Im Funk hab' ich hinterher kaum noch was gehört.«

»War nicht so problematisch. Ist tatsächlich einer von der Brücke gesprungen. Der Fahrer wollte ausweichen und ist in die Leitplanke gerauscht, hat ihn aber trotzdem noch erwischt. Zum Glück war der Zug noch zu schleppen. Nach eineinhalb Stunden rollte alles wieder.«

Wenn Polizisten zusammenkamen, wurde meistens über den Dienst geredet, jedenfalls am Anfang. Eigentlich war Steiger das schon immer auf die Nerven gegangen, aber es schien so etwas wie ein Naturgesetz zu sein, und er hatte irgendwann aufgehört, sich dagegen zu wehren.

Nach einer Viertelstunde wechselte Vicky, die am anderen Ende der Theke gesessen hatte, mit langsamen Schritten auf den Platz neben Steiger.

»Hallo, Steiger«, sagte sie und sah dabei Batto an. »Na, heute in Begleitung hier?«

Vicky war fast jeden Abend im »Totenschädel« und hatte um diese Zeit schon genug Bier intus, um sich freier zu fühlen, als sie es ohne tat. Wie immer war sie geschminkt, trug für ihr Gewicht zu enge Kleidung und für ihre Beine zu hohe Schuhe. Steiger wusste, dass sie drei furchtbare Ehen hinter sich hatte, aber irgendwie schien eine Beziehung zu ihrem Lebensplan zu gehören, darum versuchte sie es immer wieder. Er hatte keine Ahnung, ob er sie dafür bewundern oder bedauern sollte.

»'n Abend, Vicky«, sagte er und musste lächeln, weil sie ihn immer noch nicht ansah. »Du kannst dir deinen Geifer abwischen und wieder drüben Platz nehmen. Die Sahneschnitte neben mir ist vergeben, wie du dir denken kannst.«

Jetzt sah sie ihn doch an, warf noch einen kurzen Blick auf Batto und zuckte mit den Schultern.

»Und, wie geht's dir heute Abend, was die Sache mit deinem Vater betrifft, meine ich?«, fragte Batto, als Vicky wieder gegangen war.

»Wie soll es mir gehen?«, sagte Steiger. »Du weißt doch, dass wir noch nie so richtig miteinander konnten.«

»Schon, aber wenn gestorben wird, ist meistens emotionaler Zahltag. Es wird dir als Kind ja nicht von Anfang an egal gewesen sein, dass du mit deinem Vater nichts anfangen konntest, und er nichts mir dir, oder? Wenn du jetzt noch mal dreizehn wärst und etwas ändern könntest, was wäre das?«

Steiger überlegte und konnte es nicht sagen. Batto war in diesen Dingen schon immer ein guter Zuhörer gewesen, aber seit er vor Jahren als psychologischer Trainer ausgebildet worden war und eine Zeit in Seminaren mit Kollegen gearbeitet hatte, stellte er auch in manchen privaten Situationen solche Fragen, die normale Menschen nicht stellen. Am Anfang hatte Steiger das gestört, jetzt hatte er sich daran gewöhnt.

Dann erzählte er die Geschichte mit dem Holzmesser, die ihm gestern wieder eingefallen war, nachdem er dreißig Jahre nicht mehr daran gedacht hatte.

»Das Schlimmste war aber die Nummer mit der Gewerkschaftskasse, hab' ich dir die eigentlich mal erzählt?«

Er sah Batto an, der an seinem Bier nippte und den Kopf schüttelte. »Sagt mir nichts.«

Steiger steckte sich einen Zigarillo an und blies das Streichholz mit dem ersten Lungenzug aus.

»Mein Alter war ja schon immer ein extrem Linker, in den Fünfzigern als junger Kerl sogar 'ne Zeitlang KPD-Mitglied. Dann hatte es da aber irgendwie Stress gegeben, und er ist in die SPD gegangen, na, und natürlich Gewerkschaft, was das Zeug hielt. Bei jedem Streik vorneweg und große Fresse. Einmal, ich muss so vierzehn, fünfzehn gewesen sein, brachte er eine Kasse mit nach Hause, in der irgendwelche Kohle von der Gewerkschaft war. Am nächsten Tag kam er in mein Zimmer und sagte, dass in der Kasse dreihundert Mark fehlten. Traute der mir echt zu, dass ich aus der verdammten Kasse Geld klaue, stell dir das mal vor. Mein eigener Vater. Es gäbe keine andere Möglichkeit, hat er gesagt. Wahrscheinlich war er draufgekommen, weil ich mir damals grad' ein Tonband gekauft hatte, so ein teures Revox-Teil, war damals der absolute Renner. Das hatte ich mir aber zusammengespart und hatte auch dafür in einer Spedition malocht. Jedenfalls hat er mir nicht geglaubt. Monatelang hat er dann sein bekanntes Vorwurfsgesicht im Haus spazieren getragen und das Maul nicht aufgekriegt, weil er glaubte, sein Sohn stiehlt und lügt. Irgendwann haben sie dann aber herausgefunden, dass sie sich wohl verrechnet hatten. Verstehst du, die Kohle war gar nicht weg, die Idioten hatten sich verrechnet. Aber meinst du, er hätte das erzählt? Keine Spur. Einer seiner Genossen hat es Mutter erzählt, als sie mal bei uns gesoffen hatten. Kein Wort, keine Richtigstellung, nichts, und weißt du, warum? Damit er sich nicht bei mir entschuldigen musste, der Arsch.«

Als es raus war, erschrak er selbst darüber, seinen Vater, der irgendwo tot in einem kalten Keller lag, so zu nennen, aber sein Zorn nahm ihm die Schuldgefühle bald wieder.

»Nicht ein verdammtes Wort. Weißt du, Batto, es ist schon Scheiße, wenn dein Vater dich für einen Dieb und Lügner hält, ohne dass es dafür einen Grund gibt. Noch viel beschissener ist es aber, wenn du weißt, dass er es besser weiß.«

Er sah Batto an, der nickte nur.

»Wir haben nie wieder darüber gesprochen.«

Sie saßen eine Weile schweigend nebeneinander und sahen den anderen beim Rauchen und Trinken zu. Im Fernseher lief mittlerweile Boxen.

Dann fragte Steiger Batto nach seiner aktuellen Freundin. Manchmal war er da nicht so auf dem Laufenden, aber Anna, die Journalistin, war ihm ein Begriff. Er hatte sie ein paarmal bei Batto getroffen und mochte sie. Das war bei den meisten Frauen so gewesen, mit denen Batto eine Zeit verbracht hatte.

Kurz vor Mitternacht zahlten sie und gingen, weil Batto am nächsten Morgen Frühdienst hatte. In solchen Momenten fragte Steiger sich immer wieder, warum sich Batto das noch antat. Er war inzwischen einer der ältesten Dienstgruppenleiter im Revier, wahrscheinlich im ganzen Land, und hätte schon längst warm und sicher auf einem

Innendienstposten sitzen können, und finanziell hatte er es eh nicht mehr nötig. Aber sie sprachen schon lang nicht mehr darüber. »Das ist das Leben, Steiger«, würde Batto sagen, »in keinem Job bist du so mitten im Leben. Ich hab' nie was anderes gewollt, und es macht einfach Spaß.«

Als Batto gefahren war, stand Steiger unter einem klaren, kühlen Himmel vor der Kneipe und überlegte, ob er noch auf einen Sprung bei Eva vorbeischauen sollte, wenn sie konnte und niemand bei ihr war. Aber er entschied sich dagegen und ging nach Hause.

10

Um neun wurde Steiger durch die Türschelle geweckt. Er hatte wie meistens mehr Stunden wach im Bett verbracht als geschlafen und fühlte sich auch so. Es war der Postbote, der ihm gegen Unterschrift ein Einschreiben von der Notarspraxis Dr. Brosig und Partner überreichte. Steiger nahm an, dass es um das Testament seines Vaters ging, und täuschte sich nicht.

Sehr geehrter Herr Adam,
ich habe vom Tod Ihres Vaters erfahren und möchte Ihnen meine aufrichtige Anteilnahme aussprechen. Herr Artur Adam hatte bereits vor Jahren die Testamentsvollstreckung in unsere Hände gelegt. Bevor es jedoch dazu kommt, möchte ich mit Ihnen auf Wunsch des Verstorbenen ein wichtiges Detail persönlich besprechen. Ich habe die letzten beiden Tage vergeblich versucht, Sie telefonisch zu erreichen, und wähle deshalb jetzt diesen Weg. Lassen Sie mich doch bitte wissen, wie und wann ich einen persönlichen Termin mit Ihnen vereinbaren kann.
Mit freundlichem Gruß
Dr. Arnold Brosig

Steiger hatte keine Ahnung, was damit gemeint sein könnte, und kein gutes Gefühl, als es zum zweiten Mal schellte. Vor der Tür stand Jenny. Jenny besuchte Steiger von Zeit zu Zeit, seit sie vor zwei Jahren einmal ohne Schlüssel vor ihrer Wohnung auf der Treppe gesessen hatte, als er kurz vor Mitternacht vom Dienst gekommen war. Sie wohnte in der zweiten Etage, war dreizehn, wirkte meist scheu und still, war sich aber absolut sicher, dass sie einmal Polizistin werden würde. Deshalb löcherte sie ihn ständig mit Fragen. Jennys Vater hatte sich ein halbes Jahr nach ihrer Geburt aus dem Staub gemacht, jedenfalls hatte sie diese Version von ihrer Mutter, mit der sie allein lebte und die so viel arbeitete, dass Steiger sie noch nie gesehen hatte.

»Stör' ich dich?«, fragte sie.

»Ich bin grad' aufgestanden«, sagte Steiger und hoffte, dass sie verstand.

»Ich kann dir ja einen Kaffee kochen, wenn du willst. Für Mama koch' ich den auch, wenn sie es morgens eilig hat.«

»Müsstest du nicht in der Schule sein um diese Zeit?«, fragte er, als er die Tür hinter ihr schloss.

»Wir schreiben heute einen Mathetest, und ich habe das Thema von Anfang an nicht kapiert«, sagte sie und ging in die Küche.

»Ist deine Mutter zu Hause?«

»Um diese Zeit?«

»Weiß sie, dass du zu Hause bist?«

»Ich hab' ihr gesagt, dass ich meine Tage kriege und Schmerzen habe.«

Etwas an dieser Antwort war ihm unangenehm. Zuerst dachte er, es sei die Peinlichkeit des Themas, er war über fünfzig und hatte keine Lust, mit einer Dreizehnjährigen über ihre Menstruation zu reden. Aber das war es nicht. Es war die unerklärliche Vertrauensseligkeit, mit der dieses Kind ihm gegenübertrat, von Anfang an getreten war. Er hatte keine Ahnung, woher das kam, und fühlte sich zu etwas gedrängt, was er nicht wollte. Vermutlich hatte es damit zu tun, dass er Polizist und damit wohl so etwas wie ein Vorbild war. Konnte auch sein, dass sie in ihm eine Art Vater sah, was er nicht hoffte. Es gab eine Menge Dinge, für die er sich nicht eignete, fand Steiger. Vorbild und Vater sein gehörten mit Sicherheit dazu.

»Und das funktioniert jedes Mal?«, fragte er.

»Nein, manchmal verbringe ich den Morgen auch einfach in der Stadt und komme dann ganz normal nach Hause.«

Sie ging in die Küche, machte einen der Schränke auf und suchte nach dem Kaffee.

»Wenn du alle deine Tests schwänzt, wird es nicht unbedingt leichter, zur Polizei zu kommen.« Er gab ihr die Kaffeedose und die Filter aus dem obersten Fach.

»Ich schwänze nur bei Mathe und da auch nur manchmal.« Sie füllte drei Löffel Kaffeepulver in den Filter. »Und so viel Mathe wird man ja wohl bei der Polizei nicht brauchen, oder?«

Fast hätte er ihr etwas über die Schule gesagt, dass sie wichtig sei und dass es wichtig sei, sich auch mal zu quälen im Leben, wenn man etwas erreichen wollte, aber er fand, dass sich das anhörte, als sei er ihr Vater. Deshalb schwieg er.

»Darf ich dich mal was fragen?«, sagte sie, setzte sich auf einen der Küchenstühle und wirkte plötzlich nachdenklich.

»Sicher«, antwortete Steiger und fühlte, dass er noch nicht ganz wach war.

»Hast du schon mal Drogen genommen?« Sie sah hoch.

Steiger versuchte, in ihren Augen zu lesen, ob sie das einfach nur wissen wollte, oder ob sie wirklich schon Erfahrungen damit gemacht hatte. »Nein, natürlich nicht«, sagte er und dachte daran, dass sein Shit langsam zur Neige ging. »Und am besten lässt du auch von Anfang an die Finger davon.«

Sie sah ihn immer noch an, und er hatte das Gefühl, dass das Gespräch über Drogen damit beendet war.

»Warum fragst du?«

In dem Augenblick, als er die Frage gestellt hatte, wusste er, dass sie idiotisch war.

»Ach, nur so. Ich dachte, du hast vielleicht Ahnung davon.«

Sie ging zur Kaffeemaschine und machte ein paar Handgriffe, die völlig überflüssig waren.

Er überlegte, ob er noch etwas retten konnte. Ihm fiel nichts ein, und er ging duschen.

Zu Dienstbeginn hatten sie im großen Team ein paar Dinge besprochen, und Gisa hatte Aufträge verteilt, aber etwas Eiliges war nicht dabei gewesen. Nur für den Abend war im Westpark eine größere Aktion der Rauschgiftleute geplant, an der sie teilnehmen sollten. Eigentlich hatten sie beim ET keine festen Teams, aber manchmal ergab es sich, dass man eine Zeitlang mit demselben Partner verbrachte, was Steiger im Augenblick recht war. Jana Goll war zwar noch grün und musste viel lernen, und eigentlich hatte er keine Lust, den Ausbildungsonkel zu machen, aber sie war okay. Sie war handfest, ohne männlicher sein zu wollen als die männlichen Kollegen, eine Eigenart, die früher bei der einen Hälfte der Frauen in der Kripo sehr verbreitet war. Die andere Hälfte war die mit Parfumtaschentuch und Pumps am Tatort, und es war schwer zu sagen, welche schlimmer war. Aber das war Jahrzehnte her und heute völlig anders. Jana gehörte zu einer anderen Generation, und er mochte sie. Sie war okay und in jedem Fall besser als Bulthaup oder Krone, da war Steiger sich sicher.

Bevor sie rausfuhren, sagte Steiger Jana Goll, dass sie erst ihren Schreibkram erledigen könne, weil er einen Blick in die Akte werfen wolle. Er zog sich mit einem Kaffee an seinen Schreibtisch zurück. Anders als in allen anderen Dienststellen der Kripo hatten sie beim ET keine Zweierzimmer, sondern arbeiteten alle außer der Chefin in zwei großen Räumen, was Steiger schon immer gestört hatte. Aber er würde das nicht mehr ändern.

Obwohl all das schon zwei Monate zurücklag und die unzähligen Fälle im Laufe der Jahre manchmal in seinem Kopf durcheinandergerieten, fand er sich in der Akte ziemlich schnell zurecht. Das konnte Schulze, eine Akte sauber anlegen, keine Frage. Aber Ordnung war neben Fleiß und Pünktlichkeit wahrscheinlich die dritte Tugend der Unbegabten.

Normalerweise rekonstruierten sie bei Tötungsdelikten den Tatablauf so haarklein wie möglich, das war bei diesem Fall aber nicht gegangen. Zu viele Dinge hatten sie nicht aufklären können, außerdem hatte sich der Täter für einen Teil der relevanten Zeit auf einen Blackout berufen und war letztlich einzig aufgrund der eindeutigen Spurenlage verurteilt worden.

Steiger las die Berichte noch einmal nach, und seine Erinnerung hatte ihn nicht getäuscht. Das Opfer war am 13. Juli, einem Dienstag, aus dem Heim abgehauen und auch an diesem Tag zuletzt gesehen worden, wie ihre Ermittlungen ergeben hatten. Erst eine Woche später hatte man ihre Leiche in der Nähe des alten Hoesch-Geländes gefunden. Bisher waren sie davon ausgegangen, dass Yameogo das Mädchen noch an diesem Dienstag getroffen und irgendwo eingesperrt haben musste, denn dafür gab es einen gravierenden Grund. Er hatte für den Dienstag kein vollständiges Alibi und war am folgenden Tag, am Morgen des 14.7., bei einer Aktion in der Innenstadt mit ein wenig Rauschgift in der Tasche überprüft und festgenommen worden. Erst am 15.7., also am nächsten Tag, hatte man ihn wieder freigelassen, weil der Richter wegen der geringen Menge Marihuana keine Untersuchungshaft bejahte. Am Abend des 14.7. war das schwere Unwetter über Dortmund niedergegangen; das war der Zeitpunkt, an dem Svenja Thon, wie sie Steiger vorgestern Nacht erzählt hatte, Caroline Thamm noch gesehen hatte. Wenn diese Aussage stimmte – und sie hörte sich ziemlich glaubhaft an –, dann stimmte ihre Theorie nicht. Er ging in Gedanken die Szenarien durch, die mit diesen Fakten möglich waren: Yameogo könnte einen Mittäter gehabt haben, das hatten sie ohnehin eine Zeitlang diskutiert, es aber letztlich verworfen, weil kein anderes Indiz und schon gar keine Spur dafür sprachen. Er konnte Caroline Thamm auch nach dem 15.7. getroffen und irgendwohin verschleppt haben. Aber wo war sie dann in der Zwischenzeit gewesen? Zwei lange Tage, an denen sie außer Svenja Thon niemand gesehen hatte, auch nicht aus ihrem Freundeskreis, jedenfalls niemand, den sie ermittelt hatten. Wahrscheinlich würde es eine Erklärung geben, denn dass der Schwarze der Täter war, daran gab es keinen Zweifel. Trotzdem entschloss er sich, die Akte noch einen Tag zu behalten und morgen Jutta zu bitten, sie für ihn zu kopieren. Jutta war ihre Schreibkraft, die sie sich aus Kostengründen mit einer anderen Dienststelle teilen mussten, und morgen war sie beim ET. Schulze musste davon ja nichts erfahren. Steiger legte den Ordner auf seinen Schreibtisch und sagte Jana Bescheid, dass er fertig sei. Sie hatte schon gewartet.

11

Um halb sechs hatten Jana und Steiger die beiden Vollstreckungs-Haftbefehle abgearbeitet, die sie sich für den Tag vorgenommen hatten. Ein Verstoß gegen das Betäubungsmittelgesetz war nicht zu Hause gewesen, aber einen dürren Zwanzigjährigen mit käsigem Gesicht und löchrigen Schuhen hatten sie in seinem Zimmer im Keller des Elternhauses aus dem Bett geworfen. Das Zimmer war eine Bruchbude, die aussah wie ein bewohnter Bombentrichter. Weil der Bursche die Geldstrafe von gut dreihundert Euro nicht bezahlen konnte und seine Eltern ihm das Geld auch nicht gaben, wurde er festgenommen. Manche Menschen fingen bei der Erziehung einfach zu spät mit der strengen Linie an, fand Steiger. Verurteilt worden war er für ein paar Graffiti-Tags, die er an die Fassade einer Bank gesprüht hatte, und weil er blöd genug gewesen war, sich dabei erwischen zu lassen. Steiger fragte sich, was einen Kerl in dem Alter dazu brachte, seine Zeit damit zu verbringen, die Stadt mit unleserlichen Buchstabenkombinationen zu überziehen. Nicht, dass er grundsätzlich etwas gegen Graffitis gehabt hätte, die meisten Bilder waren wenigstens bunt und sahen schön skurril aus, er verstand nur die Motivation ihrer Schöpfer nicht. Wahrscheinlich hatte es etwas damit zu tun, Spuren zu hinterlassen, überlegte er, fand aber im selben Augenblick, dass sich das reichlich nach Hausfrauenpsychologie anhörte.

Mit zwanzig hatte er sein letztes Jahr in der Polizeiausbildung verbracht, und wenn der Dunst der Jahre seine Erinnerung nicht trübte, hatten sie damals noch alle vorgehabt, richtige Polizisten zu werden. Hinter Einbrechern herjagen, sich mit üblem Pack schlagen oder wilde Verfolgungsjagden durch nächtliche Innenstädte veranstalten, diese Bilder hatten sie damals im Kopf gehabt und sich gegenseitig erzählt. Eben einfach zu den Guten gehören, das war das Ziel. Er musste lachen. Es gab ein Foto aus der Zeit, an das er sich erinnerte, aber er hatte es verlegt, wahrscheinlich sogar verloren. Dennoch sah er es vor sich, als hielte er es in Händen. Wie sie dastanden in Dreierreihen und mit glatten Gesichtern, das erste Mal in der normalen Uniform anstatt der grausamen Hausanzüge, die eher wie Sträflingsklamotten ausgesehen hatten. Er ging die Jahre durch und versuchte herauszufinden, wann es aufgehört hatte, aber es gelang ihm nicht. Vielleicht ließ sich das auch gar nicht auf einen Tag festlegen oder eine Woche oder einen Monat, vielleicht war es ganz langsam gestorben. Jedenfalls war bei ihm nicht mehr viel übrig von dem, was sie auf diesem Bild so zuversichtlich hatte aussehen lassen.

Er sah Jana an, die den Wagen gelassen durch den Dortmunder Feierabendverkehr lenkte, und betrachtete sie so lange, bis sie mit einer gespielt misstrauischen Miene zurückblickte. Jana hatte es noch. Aber es war keine Altersfrage, da war er sich sicher, denn Batto und einige andere, die ihm einfielen, hatten es auch noch. Es gab andere Gründe.

»Ist was Besonderes?«, fragte sie und behielt den Blick jetzt auf der Straße.

»Keine Sorge, hab' nur nachgedacht.«

»Darüber, was wir als Nächstes machen, oder was?«

»Du bist doch die junge aufstrebende Kollegin, die noch Initiative zeigen muss. Also los, sag du, was wir machen.«

Sie zeigte ihm einen Stinkefinger mit Lächeln. »Dann schlage ich vor, wir kümmern uns mal um die Sache von Renate Winkler.«

Sie sah ihn von der Seite an. Steiger hatte nichts dagegen.

Georg Brenner wohnte in der dritten Etage eines Mehrfamilienhauses in dem Teil der Mallinckrodtstraße, der gegen Abend von den Osteuropäern zum Straßenstrich gemacht wurde, weil sie auf den Bürgersteigen und in den Hauseingängen ihre Frauen und Schwestern anboten.

»Adam, Kripo Dortmund«, sagte Steiger und hielt Brenner seinen Ausweis hin, als der die Tür öffnete. »Das ist meine Kollegin Goll. Dürfen wir reinkommen, Herr Brenner? Wir hätten was zu bereden.«

Bei den letzten Worten hatte Steiger seinen Fuß schon im Wohnungsflur, und der alte Mann machte einen Schritt zurück. Er war klein, hatte eine Glatze mit grauem Haarkranz und ein freundliches Gesicht. Hätte er in der Zeitung mit Foto seine Dienste als Märchenonkel angeboten, wäre das wahrscheinlich ein gutes Geschäft geworden, dachte Jana.

»Was wollen Sie von mir?«, fragte Brenner, und seine Stimme war unerwartet sanft.

»Herr Brenner«, sagte Steiger, »ich will nicht lange drum herum reden: Wir wissen, dass sie öfter junge Ausreißerinnen bei sich schlafen lassen und sie gern beim Duschen beglotzen. Haben Sie dieses Mädchen in den letzten Tagen gesehen?«

Er hielt dem alten Mann das Foto von Celina Gerber hin. Brenner machte überhaupt keinen überrumpelten Eindruck, betrachtete das Bild und schüttelte den Kopf.

»Ich kenne das Mädchen nicht.«

»Sind Sie sicher?«

»Absolut sicher. Sie war noch nie bei mir.«

»Haben Sie sie mal woanders gesehen in letzter Zeit?«

»Ich sagte doch, ich kenne das Mädchen nicht. Wenn ich sie mal gesehen habe, kann ich mich nicht daran erinnern.«

Brenner sprach wie ein gebildeter Mensch, und Jana hätte gern gewusst, womit er früher sein Brot verdient hatte.

»Okay«, sagte Steiger und ließ seinen Blick durch den Flur wandern. »Haben Sie was dagegen, wenn wir uns hier ein bisschen umsehen?«

»Zu welchem Zweck?«, fragte Brenner in gleichbleibend ruhigem Ton.

»Herr Brenner, ganz ehrlich?« Steiger bückte sich ein wenig und war jetzt dichter am Gesicht des Alten. »Sie lassen hier hin und wieder kleine Mädchen pennen und sehen Ihnen beim Duschen zu. Die Wohnungen solcher Leute sehen sich Polizisten einfach gern einmal an, verstehen Sie?« Er wartete einen Moment. »Und bevor Sie fragen: Nein, einen Durchsuchungsbeschluss haben wir nicht. Wenn Sie also etwas dagegen haben, könnten wir unsere Befragung ja ein wenig ausdehnen, auf Ihre Nachbarn zum Beispiel, und wir könnten dabei auch etwas konkreter werden, wenn Sie verstehen, was ich meine.«

Steiger hörte, wie Jana die Luft durch die Nase einzog, beachtete das aber nicht.

Der Alte sah Steiger mit leiser Verachtung an und sagte: »Was soll dieser lächerliche Einschüchterungsversuch? Ich tue nichts Verbotenes, die Mädchen sind damit einverstanden, und bei mir zu nächtigen, ist allemal gefahrloser als draußen in der Stadt. Aber tun Sie, was Sie nicht lassen können.«

Steiger warf Jana einen kurzen Blick zu und ging ins Wohnzimmer. Brenner sah nicht nur aus wie ein Opa aus der Fernsehwerbung, er wohnte auch so. Im Wohnzimmer stand Eiche satt und schweres Polsterzeugs in Braungrün, dazwischen genug Nippes, meistens Frauenfiguren aus Porzellan oder Glas, dass man hätte denken können, hier wohne auch eine Frau. Aber Brenner lebte allein.

Steiger machte ein paar Schränke auf, und als er nichts fand, was interessant gewesen wäre, nahm er sich die anderen Räume vor. Jana folgte ihm mit einem Gesicht, dem man von der Internationalen Raumstation aus angesehen hätte, dass ihr hier einiges gegen den Strich ging.

Im Schlafzimmer war ebenfalls nichts Auffallendes, und sie waren fast schon wieder auf dem Weg nach draußen, als Jana Steiger am Arm festhielt und auf einen Kleiderhaken deutete, auf dem ein Bademantel und einige andere Kleidungsstücke hingen. Steiger verstand nicht. Sie machte drei Schritte, ließ ihre Hand über ein senkrechtes Muster der Tapete gleiten, und erst in diesem Augenblick erkannte er den dünnen Spalt.

»Was ist das?«, fragte er Brenner, der in der Schlafzimmertür stehen geblieben war. Der Rentner überlegte einen Augenblick, und zum ersten Mal, seit sie in der Wohnung waren, wirkte er irritiert. Er kam mit langsamen Schritten, drückte an einer bestimmten Stelle neben dem millimeterbreiten Spalt, und eine schmale Tür sprang auf. Steiger und Jana blickten in einen Raum, der nicht größer als ein paar Quadratmeter war, mit einem Regal an der Stirnseite, davor ein Stuhl und ein Tisch, auf dem ein aufgeklapptes Notebook stand, daneben lagen CDs und anderer Kram.

»Na, was haben wir denn da?«, fragte Steiger und ging in das Kabuff. In dem Regal standen Ordner, Pappkästen und Bücher, meistens Fotobände mit Aktfotografien, wie er mit schnellem Blick feststellte. »Was ist auf dem Rechner?«

Brenner stand jetzt hinter ihnen in der Tür, und seine Irritation war Resignation gewichen.

»Auf dem Rechner ist alles Mögliche, auch Fotos, aber nichts, was verboten wäre, wenn Sie das meinen.«

»Sie gestatten, dass wir das selbst beurteilen?«, fragte Steiger.

»Was meinen Sie damit?«

»Ganz einfach, Herr Brenner, wir sehen uns das mal an.«

Bei den letzten Worten saß Jana schon am Rechner und hatte ihn eingeschaltet. Mit kundigen Fingern bediente sie das Gerät und hatte nach kurzer Zeit Verzeichnisse gefunden, die voller Fotos waren. Fotos von jungen Mädchen. Auf den meisten waren sie angezogen und posierten mal mehr, mal weniger gelangweilt, einige Fotos zeigten jedoch Mädchen, wie sie sich auszogen, wie sie duschten oder sich abtrockneten. Viele der Badezimmerbilder waren aus einer Voyeur-Perspektive aufgenommen, als beobachte man heimlich durch einen Türspalt. Allerdings waren alle Aufnahmen dezent und keineswegs pornografisch. Steiger fiel auf, dass nur selten eines der Mädchen in die Kamera sah.

»Was machen Sie mit den Bildern, Herr Brenner?«, fragte Steiger und versuchte, neutral zu klingen.

»Was soll ich schon damit machen? Ich seh' sie mir an.«

»Und stellen Sie ins Netz?«

»Ich stelle nichts ins Netz. Sie werden keines dieser Bilder irgendwo anders finden.«

»Mit solchen Bildern kann man Geld verdienen.«

»Ich habe daran kein Interesse.«

»Sie wissen aber schon, dass diese Mädchen meistens minderjährig sind?«

»Über das Alter reden wir nicht, und die Mädchen sind keine Kinder mehr. Keines, ich betone, keines dieser Fotos ist gegen den Willen eines der Mädchen aufgenommen worden. Ich handle nicht mit diesen Bildern, wie Sie vermuten, und gebe sie auch nicht weiter. Ich lasse diese Mädchen nur bei mir schlafen und essen, schütze sie damit vor der Straße. Was wollen Sie mir also vorwerfen?«

»Mein Gott, Brenner, da sind Sie ja fast ein Kandidat fürs Bundesverdienstkreuz, wenn man das so hört«, sagte Steiger und sah nebenbei weiter auf den Bildschirm, auf dem Jana ein weiteres Verzeichnis öffnete und die Bilder durchlaufen ließ.

»Und warum dann diese Geheimniskrämerei mit Geheimtür?«

»Das ist meine Sache. Vielleicht habe ich einfach Spaß daran.«

Der Alte ist nicht blöd, dachte Steiger und überlegte, ob sie den Rechner mitnehmen sollten, aber Brenner hatte recht, es würde kaum etwas dabei herauskommen. Er beschloss, die Sache mit Renate Winkler zu besprechen, ob sie das mit den Fotos wusste. Wenn es dann nötig war, konnte man sich immer noch einen Beschluss besorgen. In diesem Augenblick blitzte auf dem Bildschirm ein Muster auf, das Steiger kannte und das ihn zusammenfahren ließ. Es war ein gesticktes Edelweißmuster auf hellblauem Grund und gehörte zu dem Dirndlkleid, das Caroline Thamm besessen hatte.

»Stopp«, sagte er so heftig, dass Jana zusammenfuhr. »Geh noch mal eins zurück.«

Auf dem Bildschirm erschien ein Foto, auf dem sich ein dunkelhaariges Mädchen in Jeans und T-Shirt auf einem Sofa fläzte und mit Victory-Zeichen in die Kamera lächelte. Am Fußende des Sofas lag ein Kleid, ein hellblaues Dirndl, so ausgebreitet, als wolle es gleich jemand anziehen, und dieses Dirndl sah exakt so aus wie das Kleid, das Caroline Thamm öfter auf dem Drogenstrich getragen hatte, vielleicht sogar am Abend ihres Verschwindens, wenn die Beobachtung von Svenja Thon richtig war, und das seitdem nicht mehr aufgetaucht war.

»Wem gehörte dieses Kleid, Herr Brenner?«

Brenner drängte sich neben Steiger, sah auf den Bildschirm und begann zu nicken, als fiele ihm wieder etwas ein. »Ich weiß nicht mehr genau, wie das Mädchen hieß, sie war nur einmal hier mit der Nicola.«

»Nicola ist das Mädchen, das man sieht?«

»Ja, das ist die Nicola.«

»Nicola weiter?«, fragte Steiger, und seine Ungeduld war jetzt deutlich zu hören.

»Ich weiß es nicht. Ich kenne längst nicht von allen die Nachnamen, weil es keine Rolle spielt. Nicola ist auch erst ein- oder zweimal hier gewesen.«

»Kann man feststellen, wann das Foto gemacht wurde?«, fragte Steiger und legte Jana eine Hand auf die Schulter.

»Wenn man es ein paarmal hin und her kopiert und umbenannt hat, ist das manchmal schwierig«, sagte sie, »aber dieses hier ist laut Eintrag am 13. Juli 2010 um 18.13 Uhr gemacht worden.«

Steiger wandte sich Brenner zu und überlegte, ob er den Alten direkt fragen sollte oder ob es taktisch eine bessere Idee gab. Der Mann hatte das Mordopfer am letzten Tag, an dem es bisher – wenn man Svenja Thons Aussage außer Acht ließ – lebend gesehen wurde, in seiner Wohnung gehabt. Steiger versuchte, Ordnung in seine Gedanken zu bringen und keinen Fehler zu begehen. Konnte dieser alte, geile und abgewichste Greis etwas mit einem schwarzen Asylbewerber zu tun haben, der mit Rauschgift handelte? Konnte er? Wahrscheinlich nicht. Wahrscheinlich war alles ein Zufall.

»Könnte das Mädchen Caroline geheißen haben?«, fragte er dann.

»Ja«, sagte Brenner nach einer Weile, und sein Gesicht erhellte sich, als sei es ihm gerade wieder eingefallen, und es wirkte echt, war Steigers Eindruck. »Caro, ja, jetzt fällt es mir wieder ein. Und das Datum könnte auch stimmen, vor ungefähr zwei Monaten. Ich bin nämlich am Morgen des 16. Juli in Urlaub gefahren, zwei Wochen Karibik. Ich erinnere mich jedenfalls deutlich an das Kleid, weil es ja doch ein wenig ungewöhnlich ist.« Er sah einen Augenblick auf den Boden, dann wieder Steiger an. »Aber was ist so wichtig an diesem Foto, können Sie mir das vielleicht mal erklären?«, fragte er und hatte mittlerweile wieder dieselbe Ruhe wie zu Beginn ihres Besuches.

Steiger sah ihn lange an. »Dieses Mädchen ist ermordet worden. Und wenn das Datum dieses Fotos da auf Ihrem Rechner echt ist, ist das möglicherweise eines der letzten Dokumente von ihr.«

Brenners Gesicht verriet, dass er geschockt war, und auch das wirkte echt, fand Steiger. Wenn man in diesem Beruf etwas lernte, dann in wenigen Augenblicken Menschen in ihren Reaktionen, in ihrer Mimik, darin, wie sie sich bewegten, zu beurteilen und sich auf das Urteil zu verlassen. Das hatte ihn in mancher Situation davonlaufen oder zuerst zuschlagen lassen. Beides war manchmal entscheidend, um nicht als Verlierer nach Hause zu gehen.

»Mein Gott, wann denn?«, fragte der Alte nach ein paar Schocksekunden.

»Irgendwann in den Tagen, nachdem dieses Foto gemacht worden ist.«

»Und wer tut so was?«

»Ein Mann aus Burkina Faso tut so etwas. Er ist gestern verurteilt worden, zu lebenslanger Haft. Lesen Sie eigentlich keine Zeitung?«, wollte Steiger wissen.

Brenner antwortete nicht, sondern setzte sich auf das Bett und legte sich die Hände auf die Knie.

Steiger wandte sich wieder Jana zu. »Sind noch mehr da, auf denen das Kleid ist?«

Sie schüttelte den Kopf. »Nein, das ist das einzige.«

»Und von dem Datum?«

Auf dem Bildschirm erschien wieder das Verzeichnis mit den Daten.

»Mit dem Datum gibt es diese drei.«

Sie rief die Fotos auf, aber auf keinem der beiden anderen war das Kleid oder Caroline Thamm zu sehen.

»Können wir das ausdrucken?«

»Ich habe keinen Drucker«, kam Brenner der Kollegin zuvor. Er stand jetzt wieder in der Tür und schien sich gefangen zu haben.

Jana kramte in ihrer Handtasche und hielt einen USB-Stick in die Höhe.

»Sie haben doch nichts dagegen, Herr Brenner, dass wir dieses Foto kopieren und mitnehmen, oder?«

Hatte er nicht.

Jana kopierte die Fotos auf den Stick, wenig später verließen sie die Wohnung und machten sich auf den Weg zum Westpark. Steiger sah auf die Uhr, sie waren spät dran.

12

Die Saison war zu Ende, jetzt im September, das war ihm klar. Trotzdem hatte er seit der Grenze jeden Parkplatz und jede Raststätte angefahren, aber nichts Brauchbares entdeckt. Für Tramper in dem Alter war es einfach zu spät im Jahr, es sei denn, man hatte großes Glück.

Der Feierabendverkehr war noch erträglich, und er ließ sich einfach weitertreiben auf der B1.

Weder die Ursache war ihm klar, noch hatte er eine Idee, was er dagegen tun könnte, aber immer häufiger wurde er in völlig belanglosen Momenten wie diesem von einem Schwindel ergriffen, einer Unruhe, die an ihm zog, richtungslos, als kreise ein Magnet planlos um ihn herum, als sei die Gravitation durcheinandergeraten. Es machte ihn wirr im Kopf und orientierungslos und erzeugte eine Müdigkeit, die ihn lähmte und die nichts mit Schlaf zu tun hatte. Es war kein Parkplatz und keine Ausfahrt in Sicht, und weil er auf dem Standstreifen zu viel Aufmerksamkeit erzeugt hätte, presste er sich in seinen Sitz, bewegte das Lenkrad mechanisch und wartete, dass es vorbeiging, denn mehr konnte er nicht tun.

Vielleicht hatte es mit seiner Erinnerung zu tun, das hielt er für möglich. Seine Erinnerung hatte er schon früh zu kontrollieren gelernt und war über die Jahre perfekt darin geworden. Dabei war es nicht das Problem, sich zu erinnern, sondern eben, sich nicht zu erinnern, sich wirklich nicht zu erinnern. Er hatte gelernt, Dinge einfach zu löschen. Wenn sie dafür zu groß waren, baute er sich innerlich ein System von Barrieren, die nichts hindurchließen, was nicht hindurchsollte. Er war sich nicht sicher, ob das immer noch funktionierte.

Meist war es nach ein paar Minuten vorbei.

In Dortmund-Ruhrallee verließ er die B1 und ärgerte sich, so weit gefahren zu sein. Dortmund war noch nicht wieder möglich, trotzdem rollte er eine Weile ziellos durch einige Außenbezirke, vielleicht ergab sich etwas für später, aber ein paar Monate sollte es noch dauern. Außerdem fuhr er den falschen Wagen. Der BMW war eigentlich zu gefährlich, aber für eine Erkundung war es okay.

An einer Bushaltestelle sah er ein Objekt, das auf den ersten Blick interessant erschien. Er wendete, rollte noch einmal in normaler Geschwindigkeit daran vorbei, und damit war die Sache erledigt. Mittlerweile konnte er es in Sekunden entscheiden. Mit der Kleidung hatte es weniger zu tun, als er am Anfang gedacht hatte, auch das Gesicht wurde erst auf den zweiten Blick bedeutsam, den ersten Eindruck erhielt er durch die Haltung. Es war die Art, wie sie sich bewegten, wie sie gingen, sich drehten, anderen auswichen, manchmal reichte es ihm sogar zu sehen, wie sie standen.

Er fuhr weiter durch die Vororte, bis die Sonne hinter den Dächern verschwunden war und die Straßenlaternen zu leuchten begannen. Der Drogenstrich kam überhaupt nicht infrage, das war klar, und er entschloss sich zu einem Versuch am Bahnhof.

In einem Parkhaus in der Innenstadt stellte er den Wagen ab, und obwohl er auf den einzelnen Etagen keine Kameras entdeckt hatte, setzte er sich vorm Aussteigen wie gewohnt die Kappe und die Brille auf und ging Richtung Hauptbahnhof.

Auf dem Vorplatz zwischen den Baucontainern war noch hektisches Feierabendgerenne, in einer Ecke soff eine Gruppe Jugendlicher trübes gemixtes Zeug aus einer Plastikflasche. Zwischen den Krawattenträgern mit Aktenkoffern schlurften ein paar Penner über den Platz, einer warf nebenbei einen Blick in jeden Abfalleimer, aus dem letzten fischte er eine leere Flasche. Ein dicker, alter Rollstuhlfahrer mit Kapitänsmütze rollte langsam durch die Menge und imitierte Vogelstimmen so echt, dass einige sich irritiert umsahen. Er erinnerte sich daran, dass es in seiner Kindheit kleine halbrunde Plättchen aus Pappe und Metall gab, die an der geraden Seite eine kleine Folie hatten. Man legte sich das Ding auf die Zunge und konnte damit solche Vogelgeräusche machen, wenn man ein wenig übte.

Eine Viertelstunde später parkte er den Wagen in der Langen Straße am Westpark. Der Gang durch den Bahnhof war vergebens gewesen, aber der Westpark konnte an einem warmen Abend wie diesem ein viel versprechender Ort sein, das wusste er von früheren Gängen.

Es waren noch relativ viele Menschen unterwegs. An einer Bank in der Mitte des Parks trank eine Gruppe Männer, die meisten trugen bunte Sportanzüge, die wahrscheinlich noch nie eine Sporthalle von innen gesehen hatten. Mehr im Schatten der großen Bäume suchten und fanden Dealer ihre Kunden, auch auf der Hundewiese war noch Betrieb.

Er ging weiter und sah sie sofort. Sie saß auf einer steinernen Bank, deren Oberfläche aus buntem Mosaik bestand, und war vielleicht vierzehn, höchstens fünfzehn Jahre alt. Ihre dunklen Haare rahmten das blasse Gesicht ein, sie rauchte und hatte offensichtlich irgendwas genommen.

Wie eine Drogensüchtige sah sie nicht aus, darum tippte er auf Alkohol, das war gut. Er beobachtete sie eine Weile aus der Entfernung, ging dann einmal an der Bank vorbei, danach war es ihm klar. Sie hatte nicht hochgesehen, ihn gar nicht wahrgenommen, sondern weiter an ihrem Nagelbett gezupft, trotzdem hatte er ihre glasigen Augen gesehen.

Nach weiteren fünf Minuten Beobachtung war er sich sicher, dass sie allein war. Er verfluchte sich, den BMW mitgenommen zu haben. Er hatte zwar präparierte Getränke und Spritzen dabei, aber der Sitz war nicht manipuliert, und eigentlich war es zu gefährlich. Die Gelegenheit war jedoch zu günstig. Er zog den gefälschten Jugendamtsausweis aus der Tasche und ging auf sie zu.

In diesem Augenblick kamen von der Nordseite Autos in den Park gefahren, die er auch dann als Polizeiwagen erkannt hätte, wenn ihnen nicht zwei Streifenwagen gefolgt wären. Sie bremsten hart ab, die Türen flogen auf, und die Polizisten liefen zielstrebig los. Im Halbdunkel der Bäume sah er Leute Richtung Rittershausstraße fliehen, wo sie von anderen Polizisten abgefangen wurden, von denen einige Hunde dabeihatten.

Er hatte den Versuch längst abgebrochen und ging zügig in die entgegengesetzte Richtung zum Ausgang Möllerstraße, aber auch von da kam ihm zivile und uniformierte Polizei entgegen. Ruhig bleiben, sagte er sich innerlich, und ging mit freundlichem Gesicht auf zwei der Zivilen zu.

»Guten Abend, darf ich fragen, was der Anlass für diesen Auftrieb ist?« Er versuchte, selbstbewusst und höflich zu klingen.

Der jüngere hatte einen rasierten Schädel, und unter der kurzen Lederjacke lugte die Pistole am Gürtel hervor.

»Wir überprüfen, ob hier Drogen verkauft werden.

Darf ich einmal Ihren Ausweis sehen?«, sagte der Mann, ohne sich selbst auszuweisen. Der ältere der beiden hatte schütteres Haar, trug einen Mantel und sah ihn kurz, aber intensiv an, dann ging er weiter.

»Tut mir leid, Herr Kommissar, Karl-Heinz Schmitz ist mein Name, aber wenn ich mir abends ein wenig die Füße vertrete, habe ich den meistens nicht dabei.«

Das war der entscheidende Augenblick. Er lächelte und bemühte sich um einen Ausdruck echten Bedauerns.

Der Beamte musterte ihn von oben bis unten und fragte: »Haben Sie hier Drogengeschäfte beobachtet, Herr Schmitz?«

Er versuchte, amüsiert zu lachen. »Wissen Sie, Herr Kommissar, wer hier öfter spazieren geht und keine Drogengeschäfte beobachtet, der muss Tomaten auf den Augen haben, aber …«, er wartete die Reaktion des Mannes ab und bemerkte ein leichtes Schmunzeln, »heute habe ich nichts beobachtet.«

Die Gesichtszüge des Polizisten entspannten sich.

»Gut, Herr Schmitz, vielen Dank und schönen Abend noch.«

Er legte zwei Finger an die Mütze, deutete einen militärischen Gruß an und hielt diese Geste für eine gute Idee, dann ging er zum Ausgang Möllerstraße.

Den Wagen würde er in zwei Stunden holen.

13

An diesem Morgen war es Steiger zum ersten Mal aufgefallen. Der Tag hatte begonnen wie viele andere auch. Er war gegen zehn aufgestanden, hatte den Fernseher eingeschaltet und sich durch die Programme gezappt, bis der Kaffee durchgelaufen war. Während einer Reportage über gigantische Sardinenschwärme vor der südafrikanischen Küste hatte er die ersten zwei Tassen getrunken. Dann war er duschen gegangen und hatte sich wie immer vorher rasiert. Er wusste nicht, warum es ausgerechnet an diesem Morgen passiert war, denn er rasierte sich täglich und zog seit Jahrzehnten dieselben Grimassen, um die Klinge sauber führen zu können. Aber als er heute die Mundwinkel hochgezogen hatte, um die Haut unter dem Kinn glatt zu ziehen, sah es wie ein echtes Lachen aus, und in dem Augenblick fiel es ihm wieder ein. Es hatte Zeiten gegeben, in denen er sich selbst im Spiegel angelacht hatte. Er fand allein die Vorstellung schon völlig idiotisch, trotzdem hatte er es immer wieder probiert, hatte sich hingestellt, sich im Spiegel angesehen und gelächelt, zaghaft, ungläubig und fremd, aber bewusst und gewollt. Obwohl er völlig allein gewesen war, hatte die Situation etwas Peinliches. Aber er war sich ganz sicher, dass er es früher getan hatte, sogar häufiger, ganz selbstverständlich und ohne sich dabei wie ein Schwachkopf zu fühlen. Wenn er sich richtig erinnerte, meist dann, wenn er abends auf die Rolle ging, sich zurecht machte und überprüfte, ob er an diesem Tag Aktien haben würde. Er stand da, noch in Unterhose, wusch sich die Hände oder kämmte sich und grinste sich dabei selbst im Spiegel an. Schon damals hatte er sich gefragt, ob er sich tatsächlich selbst anlachte oder irgendwen anders, der ihm im Kopf saß und ihn durch die eigenen Augen im Spiegel ansah. Wahrscheinlich war beides der Fall.

»Herr Adam? Herr Dr. Brosig hat jetzt Zeit für Sie.« Die Frau lächelte ihn an und hielt ihm einladend die Tür auf.

Steiger ging an ihr vorbei, roch ihr herbes Parfum, durchquerte den Raum zur gegenüberliegenden Tür und ging hinein.

Brosig war älter, als er erwartet hatte, jedenfalls dem Gesicht nach. Steiger schätzte ihn auf mindestens siebzig. Aber er war schlank, braungebrannt, hatte weißes, kurzes Haar und einen Schmiss, in dem Steigers Zeigefinger Platz gefunden hätte. Steiger hatte keine Ahnung, wie sein Vater auf Brosig gekommen war. Zu Gewerkschaftszeiten wäre er jedenfalls ganz auf der anderen Seite gewesen. Der Notar stand auf, kam um den alten Schreibtisch herum und begrüßte Steiger mit Handschlag. Auch seine Bewegungen waren jünger.

»Sie werden sich sicher schon gefragt haben, warum ich Sie noch vor der Testamentseröffnung, ja, sogar vor der Beerdigung um ein Treffen bitte«, sagte Brosig, als er wieder hinter dem Schreibtisch saß. »Ich könnte mir sogar vorstellen, dass Sie es als pietätlos empfinden, aber dass dieses Gespräch mit Ihnen so schnell wie möglich nach dem Ableben Ihres Vaters stattfindet, war sein Wunsch.«

»Vor allen Dingen habe ich keine Ahnung, worum es gehen könnte«, sagte Steiger und setzte sich.

Brosig nickte, lächelte zaghaft und beugte seinen Oberkörper nach vorn.

»Eigentlich übernehme ich damit eine Pflicht, die in meinen Augen Ihrem Vater zugestanden hätte, wenn Sie mir die Bemerkung erlauben, Herr Adam, aber in meinem Beruf ist das nichts völlig Ungewöhnliches.«

»Könnten wir mit der Geheimniskrämerei nicht einfach Schluss machen, Herr Dr. Brosig? Worum geht es?«

Der Notar machte noch einmal eine kleine Pause. »Gut, Herr Adam. Da ich auch der Nachlassverwalter Ihres Vaters bin, könnte ich es von der Seite her aufziehen, gesetzliche Erbfolge und diese Dinge, denn da werden Sie sich wie die meisten Leute nicht so auskennen.« Brosig sah Steiger an, der nickte. »Sehen Sie. Es hat zwar tatsächlich auch mit der Erbschaft zu tun, aber in Wahrheit ist es eigentlich eine höchstpersönliche Familienangelegenheit.«

Steiger sah den Mann an und verkniff es sich, ihn noch einmal zu bitten, zur Sache zu kommen.

»Sie gehen vermutlich davon aus, Herr Adam, dass außer einem Onkel, also einem Bruder Ihres Vaters, keine Verwandten mehr existieren. Damit wären Sie selbst dann als Erbe erster Ordnung der allein Berechtigte auf den Nachlass Ihres Vaters, wenn er es nicht sowieso im Testament so verfügt hätte. Aber ganz so ist es nicht. Um es kurz zu machen …«

Na endlich, dachte Steiger.

»Ihr Vater hat das Erbe zu gleichen Teilen auf die beiden existierenden Erben erster Ordnung verteilt, nämlich auf Sie und auf seinen zweiten Sohn, Ihren Halbbruder.« Der Notar zog die Augenbrauen hoch und lehnte sich mit gespannter Miene in seinem Sessel zurück.

Steiger kannte solche Situationen aus seinem Job zur Genüge, wenn jemand mit einer Nachricht konfrontiert wurde, die sein bisheriges Leben nicht nur infrage, sondern manchmal völlig auf den Kopf stellte. Oft genug war er der Überbringer solcher Nachrichten gewesen und hatte erlebt, dass Menschen im ersten Moment reagierten, als sei nichts geschehen, als sei alles beim Alten geblieben, als habe niemand etwas gesagt. Sie boten einem etwas zu essen an oder sagten, dass das nun gar nicht passe, weil man gerade den Hausputz erledigen müsse. Eine verständliche Taktik des Hirns, hatte er sich das immer zu erklären versucht. Wenn einem etwas seine schöne alte Welt in Stücke schlug und sofort eine neue hinstellte, wenn man sich von einem Moment auf den anderen in seinem Kopf überhaupt nicht mehr zu Hause fühlte, tat man erst mal besser so, als existiere dieses Neue gar nicht, als begreife man es nicht.

Steiger begriff es sofort. »Dieser verdammte alte Drecksack«, sagte er, stand auf und verließ Brosigs Büro.

14

Brosig hatte Steiger im Treppenhaus eingeholt und gebeten zu bleiben. Zum einen gab es noch ein paar Fragen wegen der Testamentseröffnung zu klären. Steiger hatte sich überzeugen lassen, und es war ein gutes Gespräch gewesen, bei dem der Notar ein menschliches Interesse gezeigt hatte, das Steiger einem alten Rechtsverdreher, der zudem noch mit Leuten verkehrte, die sich gegenseitig Kerben ins Gesicht schlugen, nicht zugetraut hätte. Viel wichtiger aber war, dass Brosig Steiger noch einen Brief seines Vaters übergeben hatte.

Dieser Brief lag nun vor ihm auf dem Tisch eines Cafés, und Steiger wartete, dass die Kellnerin seinen Kaffee brachte. Er versuchte, seinen Ärger in den Griff zu bekommen und dem Alten nicht von vornherein alle Chancen zu nehmen, aber schon die ganze Nummer mit Notar und Brief ging ihm gehörig gegen den Strich. Als der Kaffee kam, nahm er Milch und Zucker, dann öffnete er den Umschlag. Es war die kantige, spröde Handschrift seines Vaters, das erkannte er sofort. Hatte der Alte sich kurz vor Toresschluss tatsächlich aufgerafft, ihm den ersten Brief seines Lebens zu schreiben. Reichlich spät, fand Steiger.

Lieber Thomas,
wenn du diesen Brief liest, werde ich nicht mehr am Leben sein. Keine Angst, es wird keine Generalab-

rechnung wegen all der Dinge, die zwischen uns passiert sind oder eben nicht passiert sind. Diesen Brief schreibe ich aus einem anderen Grund.
Du wirst nun schon von Dr. Brosig die Nachricht bekommen haben, dass du einen Halbbruder hast. Ich habe diesen Weg gewählt, weil ich wollte, dass es dir jemand persönlich sagt und du es nicht einfach schriftlich erfährst. Ich selbst hätte es nicht gekonnt, aber dazu später mehr.
Ja, wie soll ich beginnen? Vielleicht einfach mit den Tatsachen.
Es gab neben deiner Mutter eine zweite Frau in meinem Leben. Du wirst mich dafür verurteilen, da bin ich mir sicher, aber wenn es dir etwas bedeutet, will ich dir sagen, dass es keine Affäre war, sondern dass ich diese Frau geliebt habe. Du warst damals sechs Jahre alt und Carola zehn. Dann wurde Mara, so hieß die Frau, Mara Stojkovic, schwanger, und einen Monat später starb Carola bei diesem schrecklichen Unfall. Um es kurz zu machen: Ich blieb in dieser grauenhaften Situation bei meiner Familie. Natürlich habe ich Mara und ihren Sohn, den sie Artur genannt hat, finanziell unterstützt. Fünf Jahre später war die Beziehung zu Mara beendet. Ich habe ihr allerdings weiter Geld gegeben, bis der Sohn achtzehn Jahre alt war. Jetzt ist er ein Mann von fünfundvierzig Jahren und lebt hier in Dortmund, so viel hat Dr. Brosig schon herausgefunden. Ich habe ihn zuletzt gesehen, als er fünf war. Er weiß bis heute nicht, wer sein Vater ist, jedenfalls hat Mara mir das erzählt, als ich Ende der Neunzigerjahre zuletzt mit ihr gesprochen habe. Sie ist 2002 gestorben. Siebenundzwanzig Jahre war das alles aus meinem Le-

ben verschwunden, aber ich denke, wenn ich sterbe, werde ich ein letztes Mal Verantwortung für diesen Sohn übernehmen müssen und ihn an dem beteiligen, was ich zurücklasse. Viel wird es ohnehin nicht sein.

So, nun kennst du meine Geschichte mit Mara und mit ihrem Sohn, der dein Halbbruder ist. Gewusst haben davon außer Mara und mir selbst nur mein Bruder und ein guter Freund von mir aus alten Gewerkschaftstagen. Deine Mutter hat nie etwas davon erfahren.

Vielleicht wirst du mich für das, was ich getan habe, noch mehr verachten, als du es ohnehin immer getan hast. Ich habe es damals aus den erklärten Gründen nicht erzählt und später wahrscheinlich deshalb, weil es nicht mehr nötig war, weil ich nicht erwartet habe, dass du es verstehst, und weil ich, ehrlich gesagt, zu feige war. Jetzt kam ich aber nicht mehr drum herum. Es dir persönlich zu sagen, habe ich immer noch nicht fertiggebracht, wie du gesehen hast. Vielleicht verstehst du es aber irgendwann auch ein wenig.

Wir beide haben es uns im Leben sicherlich nicht leicht gemacht miteinander, und ich will auch jetzt nicht so tun, als sei das anders gewesen. Ich habe einen Anteil daran, das weiß ich, und ich hätte es mir manchmal auch anders gewünscht. Aber mein Talent als Vater war zweifellos nicht meine größte Gabe, das habe ich immer gewusst. Du hast darunter sicher mehr gelitten als deine Schwester bis zu ihrem frühen Tod. Leider war ich nicht in der Lage, etwas daran zu ändern, und jetzt ist es dafür zu spät. Vielleicht kannst du glauben, dass es mir leidtut.

Artur

Steiger legte den Brief zur Seite und nahm einen Schluck Kaffee. Er hätte erwartet, dass er zornig würde oder enttäuscht wäre oder dass er den Alten zum Teufel wünschen würde. Aber er hatte den Eindruck, als fühle er nichts, außer vielleicht einem schwachen, innerlichen Brennen, einem Brennen, wie man es spürt, wenn man sich ein Pflaster abreißt, aber das konnte auch vom Kaffee kommen. Irgendwann würde er auf das schwarze Zeug verzichten müssen.

Er versuchte sich zu erinnern, ob es damals irgendein Anzeichen gegeben hatte, das auf dies alles hätte schließen lassen, aber ihm fiel nichts ein. Sein Vater war mehr ein abwesender Vater gewesen, einer, der sich die meiste Zeit im Job und im Gewerkschaftsbüro rumgetrieben hatte und manchmal nur zum Essen nach Hause gekommen war. Aber das war bei den Vätern seiner Freunde auch nicht anders gewesen. Als Sohn brauchte man einen Vater nicht unbedingt zu Hause, er musste nur da sein. Sein Vater war meist nicht einmal da gewesen, wenn er zu Hause war.

Aber das war lange vorbei.

Steiger zahlte und ging.

15

Jana Goll hatte frei. In dem Augenblick, als Gisa es bei der üblichen Besprechung zu Dienstbeginn gesagt hatte, fiel es Steiger wieder ein. Jana wollte ein paar Behördengänge für ihre Eltern erledigen, die auch fünfzehn Jahre, nachdem sie aus Kasachstan ins gelobte Land ihrer Vorfahren gekommen waren, noch nicht mit der deutschen Bürokratie klarkamen. Denn Jana Goll war als Tatjana Golubewa in einem Dorf an der chinesischen Grenze geboren worden, aber anders als ihre Eltern und Brüder hatte sie alles an sich und in sich ausgemerzt, was daran erinnerte. Niemand im gesamten Präsidium sprach ein reineres Deutsch als Jana, niemand schrieb grammatisch so richtig, und rutschte mal jemandem, der darum wusste, ein »Tatjana« heraus, verbesserte sie ihn sofort. Lediglich, wenn ein paar russische Jugendliche nach der Festnahme glaubten, sie könnten sich in ihrer Sprachburg verstecken, zeigte Jana ihnen, dass sie sich geirrt hatten. Nur in diesen Momenten hatte Steiger sie Russisch sprechen hören.

Schon mehrfach hätte er sie fast gefragt, warum das so war, es dann aber gelassen.

Weil Jana nicht da war, fuhr Steiger heute mit Krone, und schlimmer hätte es nicht kommen können. Benno Krone war Gisas Stellvertreter, hatte Steigers Alter und ein einfaches Rezept für seine Arbeit: Alle, die sich nicht benehmen konnten, mussten eingesperrt werden und die, deren

Geburtsort nicht innerhalb der deutschen Grenzen lag, am besten dort, wo sie ihren ersten Schrei getan hatten. »Wenn der liebe Gott gewollt hätte, dass die hier wohnen, hätte er die doch gleich hier angesiedelt«, war einer seiner Lieblingssprüche, die er in Gegenwart von Vorgesetzten meist so formulierte, als sei es irgendwie witzig. Aber jeder, der ihn kannte, wusste, dass es so spaßig nicht gemeint war, was auch für Gisa galt, die ihm das nie durchgehen ließ. Deshalb war der Dortmunder Norden auch so etwas wie feindliches Ausland für Krone, der niemals verstand, wie man dort wohnen konnte. Aber das war nicht das Einzige an Steiger, womit er nicht klarkam.

Sie fuhren die Brackeler Straße Richtung Borsigplatz und waren auf dem Weg zu einem Baumarkt an der Bornstraße. Auf dessen Parkplatz sollte ein Drogengeschäft stattfinden, und weil auf die Schnelle kein mobiles Einsatzkommando frei gewesen war, hatte das Fachkommissariat die Zivilfahrzeuge um Unterstützung gebeten, die in der Behörde greifbar waren. Natürlich war der ET da mit im Boot.

»Wir sind jetzt da«, sagte Steiger ins Handfunkgerät, als Krone den Wagen auf den Parkplatz lenkte. »Stehen in einer Box direkt an der Einfahrt Bergmannstraße.« Jürgen Brüschin vom KK 12, der den Einsatz leitete, und alle anderen Fahrzeuge quittierten. Die Einzelheiten hatten sie vorher in einer kurzen Besprechung festgelegt. Es ging um einen silbernen Audi A4, der mit einer Ladung aus Holland erwartet wurde, die hier weitergegeben werden sollte. Einen der Kuriere kannten sie, wer den Stoff übernahm, wussten sie nicht. Dabei hatte Steiger Brüschin gefragt, ob die Leute bewaffnet seien, er habe keine Lust, in seinem Alter noch SEK-Einsätze zu fahren und sich den Arsch wegschießen zu lassen, nur weil gerade keine Spezialeinheiten greifbar wären. Brüschin hatte daraufhin gesagt, dass der Typ nicht dafür bekannt sei, eine Waffe zu benutzen, er das aber verstehe, und es müsse keiner teilnehmen. Er hatte es ohne Vorwurf gesagt, und Steiger hatte es ihm abgenommen. Brüschin war einer von den Guten, und darum hatte Steiger letztlich klein beigegeben.

Krone stellte den Motor ab, und Steiger ließ das Fenster einen Spalt nach unten gleiten, um zu rauchen. Obwohl Steiger Krone für einen Idioten hielt, gab es zwei Dinge, die es einigermaßen erträglich machten, mit ihm zu fahren. Einmal die Tatsache, dass er Steigers Zigarillos nicht wie die meisten anderen Kollegen für Insektenvernichtungsmittel hielt, weil Krone selbst so etwas rauchte, und dann war Krone kein Schwätzer. So saßen beide da, verwandelten das Innere ihres Zivilwagens in eine Räucherkammer und sahen Menschen zu, die Rindenmulch, Zement oder Schüppenstiele in ihren Autos verstauten.

Steiger hatte die Daten seines Halbbruders am Nachmittag natürlich schon abgefragt und wusste jetzt, dass Artur Stojkovic, geboren am 31. Mai 1965 in Dortmund, polizeilich kein unbeschriebenes Blatt war. Der Mann hatte eine Kriminalakte: Auch, wenn er seit ein paar Jahren die Füße still gehalten hatte, waren doch ein paar Einträge wegen Hehlerei und kleinerer Betrügereien zu finden. Um den Knast war er nur deshalb herumgekommen, weil seine letzte Strafe zur Bewährung ausgesetzt worden war. Steiger wusste, dass er den Mann irgendwann treffen würde, aber das und alles andere, was mit seinem Halbbruder zu tun hatte, war ihm im Augenblick noch so gleichgültig, dass es ihm selbst nicht ganz geheuer vorkam.

»Da kommt er.« Brüschins Stimme kam dünn aus dem Funkgerät, und im selben Augenblick fuhr ein silberner

Audi an ihnen vorbei auf den Parkplatz. Der Fahrer war ein junger Mann mit blonden Haaren, den Beifahrer hatte Steiger nicht erkannt. Der Wagen fuhr langsam eine Runde über den gigantischen Parkplatz, das erfuhren sie durch die Meldungen der anderen Wagen, dann kam er zurück und setzte rückwärts in eine Parklücke. Es waren fünf Zivilwagen auf dem Parkplatz verteilt, aber der Zufall wollte es, dass Steiger und Krone jetzt am nächsten standen. Eine Weile passierte nichts. Trotz der Spiegelung auf der Scheibe war zu erkennen, dass der Fahrer mit dem Handy telefonierte. Eine aktuelle Telefonüberwachung lief nicht, das wusste Steiger, also mussten sie warten, was passierte. Zwischen Steigers Wagen und dem Audi lag nur eine Fahrbahn und ein Reihe parkender Autos. Wieder tat sich ein paar Minuten nichts. Dann kam ein grauer Opel und setzte rückwärts in eine Parklücke nur zwei Autos vom Audi entfernt. Der Fahrer machte keine Anstalten auszusteigen, dafür öffnete sich nach einer Weile die Beifahrertür des Audis. Jetzt konnten sie erkennen, dass der Beifahrer älter war als der Fahrer, schwarze Haare hatte und mit einer Plastiktüte in der Hand in den Opel einstieg. Steiger teilte all das und den genauen Standort in knappen Worten per Funk mit und sagte: »Wenn, dann jetzt, Leute.«

Als von Brüschin das »Okay, Steiger! Ihr den Opel, wir den Audi« kam, startete Krone den Wagen, umkurvte in aller Ruhe die Reihe parkender Autos, um nicht aufzufallen, und stellte sich dann seelenruhig so vor den grauen Opel, dass der kaum noch zehn Zentimeter Rangierabstand hatte.

Jetzt ging alles ganz schnell. Steiger sprang aus dem Wagen, zog dabei seine Waffe, riss die Fahrertür auf und hielt dem Fahrer die Pistole vors Gesicht.

»Polizei!«, rief er, »Hände auf das Lenkrad und sonst keine Bewegungen, klar. Es ist vorbei.«

Dasselbe passierte mit zwei Sekunden Verzögerung auf der anderen Seite, nur dass Krone seine zweihundertzwanzig Pfund gerade noch rechtzeitig vor die Beifahrertür gewuchtet bekam, um den zweiten Mann daran zu hindern abzuhauen. Über die Autodächer hinweg hörten sie die »Polizei«-Rufe der anderen Kollegen, die sich den Audifahrer zwei Boxen weiter geschnappt hatten, dann war alles gelaufen. Sie zogen die beiden aus dem Auto, legten sie auf den Boden und fesselten sie. Ein paar Rentner blieben mit offenem Mund stehen und vergaßen, ihre Fliesen einzuladen, sonst hatte kaum jemand etwas von der Aktion bemerkt.

Am Anfang hatte Steiger nach solchen Situationen oft eine ihm fremde Befriedigung gefühlt, ein fast euphorisches Gefühl dazuzugehören, ein kleiner Teil von etwas Großem zu sein, das sich in eine Richtung bewegte und das meistens siegte. Dabei war es völlig gleichgültig, ob jemand wie Krone auch Teil dieses Organismus war, Typen, die man sonst nicht mochte und mit denen man nach Möglichkeit am Abend kein Bier trinken gehen würde. In solchen Einsätzen funktionierte ein anderer Teil der Persönlichkeit dieser Leute, der damit nichts zu tun hatte und dem man im Zweifelsfall völlig vertraute.

Während er seine Waffe im Schulterholster verstaute, erinnerte er sich an dieses Gefühl, aber es war nicht mehr da.

Ein junger Kollege aus dem KK 12, den er nicht mit Namen kannte, griff in die Plastiktüte und hielt eine braune Platte Haschisch hoch.

Dann war es ja nicht umsonst, dachte Steiger und hätte

gegen ein paar Gramm als kleine Anerkennung nichts einzuwenden gehabt.

Die drei Leute wurden mit drei Autos abgefahren, Jürgen Brüschin sagte, den Rest würden sie mit eigenen Kräften schaffen, bedankte sich für die Unterstützung und fragte, ob Steiger und Krone heute noch etwas dazu schreiben würden, weil sie die drei morgen dem Haftrichter vorführen wollten. Krone sagte das zu, sie stiegen ein und fuhren zur Dienststelle.

Es war niemand da, was um die Zeit normal war, und beide holten sich einen Kaffee.

»Ich werd' den Bericht kurz schreiben und haue dann ab«, sagte Krone und sah auf die Uhr. »Hab' noch was Dringendes zu erledigen.«

Dass Krone die Schreiberei übernahm, kam Steiger sehr entgegen. Die Uhr zeigte kurz vor acht. Er ließ seinen Kaffee stehen, nahm sich die Autoschlüssel und verließ das Präsidium.

Nicola Ahlers war fünfzehn und eine jener Ausreißerinnen, deren Namen alle paar Wochen auf Renate Winklers Tisch landeten. Sie nahm zwar keine Drogen, jedenfalls keine harten, war aber mitten in eine Siebenerreihe von Geschwistern geboren worden und mit Eltern gesegnet, die kaum ihr eigenes Leben in den Griff bekamen, geschweige denn das einer Horde Kinder. Steiger wusste seit gestern, dass sie zurzeit wieder im städtischen Heim untergebracht war, und hoffte, dass das auch heute noch galt.

Er schellte an der Pforte, zeigte seinen Ausweis und wurde eingelassen. Er hatte Glück, Nicola Ahlers war tatsächlich da. Eine der Betreuerinnen stellte ihm ihr Büro zur Verfügung, er setzte sich hinter den Schreibtisch. Er erkannte das Mädchen sofort, als sie hereingeführt wurde, obwohl ihre Haare länger waren als auf dem Foto von Brenner.

»Hallo, Nicola«, sagte er und versuchte, so zahm wie möglich, aber nicht anbiedernd zu klingen. »Mein Name ist Thomas Adam, und ich bin von der Dortmunder Polizei. Kann ich dir ein paar Fragen stellen?«

Sie blieb unschlüssig und ablehnend in der Tür stehen, nickte aber.

»Okay, Nicola, es geht um Caroline Thamm, du weißt schon, das Mädchen, das vor zwei Monaten ermordet wurde. Sie war eine Freundin von dir, oder?«

»Sie war keine Freundin. Wir waren halt nur manchmal zusammen.«

»Okay, dann wart ihr halt manchmal zusammen. Kannst du dich noch an den Abend des 13. Juli erinnern, da wart ihr nämlich zusammen. Ist zwei Monate her, okay, aber ihr wart gemeinsam in der Wohnung von Georg Brenner an dem Abend.«

»Beim Bademeister, ja, das stimmt. Woher wissen Sie das?«

»Ich habe es auf einem Foto gesehen, das an dem Abend aufgenommen wurde.«

»Ach ja. Der Spinner fotografiert ja ständig.« Sie lachte flüchtig.

»Was ist an dem Abend passiert?«

Nicola zuckte mit den Schultern. »Ich weiß es nicht. Wir haben da alle gepennt, sie ist morgens irgendwann gegangen, und ich bin noch geblieben, das war alles.«

»Svenja Thon hat mir erzählt, dass du noch eine SMS von ihr bekommen hast.«

»Wieso erzählt die so was?« Ihr Ton war genervt.

»Weil ich sie danach gefragt habe.« Steiger stand auf, setzte sich aber auf den Schreibtisch, um die Distanz zu wahren. »Schließlich ist Caroline Thamm ermordet worden.«

»Ja, aber …, wieso quatscht die über mich mit der Polizei?«

»Ich würd' gern wissen, was in der SMS stand.«

»Das mit der SMS war aber am nächsten Tag, als das Unwetter war.«

»Wann am nächsten Tag?«

Steiger spürte, dass ihr die Fragerei auf die Nerven ging und dass sie allmählich unruhig wurde.

»Der Sturm war schon vorbei, glaub' ich. Ja, wir waren schon im Bahnhof. Müsste so um zehn gewesen sein. Vielleicht auch später.«

Nicki Ahlers verließ ihren Standort an der Tür nicht und bewegte sich auch sonst nicht.

»Okay, um zehn. Was stand in der SMS?«

»Das war komisch, es waren nämlich zwei SMS.«

»Zwei?«

»Ja, in der ersten stand so was wie ›Hilfe‹ und ›Hilf mir‹.«

»›Hilfe‹?«

»Ja, so ähnlich.«

»Und in der zweiten?«

»Da hat sie geschrieben, dass alles nur ein Scherz war.«

»Ein Scherz?« Steigers Stimme überschlug sich ein wenig.

»Ja. ›War alles nur Spaß‹ oder so ähnlich.«

Er stand auf, ging zum Fenster und sah nach draußen.

»Wie viel Zeit war dazwischen, also zwischen den beiden SMS?«

Nicki Ahlers zuckte mit den Schultern. »Ein halbe Stunde, ungefähr.«

»Warum hat sie dir geschrieben, hast du dafür eine Erklärung?«

»Keine Ahnung. Wie gesagt, so dick waren wir gar nicht miteinander. Wir hatten erst am Tag vorher bei Brenner unsere Nummern ausgetauscht, weil sie ein ganz neues Handy hatte. War sie ganz stolz drauf.«

»Wie, ganz neu?«

»Na, ganz neu eben. Es war noch in der Packung.«

»Warum hast du dich damals nicht gemeldet, als du erfahren hast, dass Caroline ermordet worden war?«

»Ich habe am Anfang gar nichts davon gehört, erst, als schon einer eingesperrt war. Ich dachte, das ist jetzt nicht so wichtig.«

Steiger hatte keine Ahnung, was das zu bedeuten hatte. Die SMS hatte Nicki Ahlers natürlich schon gelöscht, aber Steiger notierte sich die Nummern der beiden Handys.

Dann hatte er keine Fragen mehr.

16

Steiger fuhr die Deggingstraße in östlicher Richtung und dachte an Carola. Das Bild seiner älteren Schwester hatte er schon ewig nicht mehr so klar vor Augen gehabt wie heute, als er ihren Namen im Brief seines Alten gelesen hatte. Das war einmal ganz anders gewesen. In der Zeit, nachdem ein Betrunkener sie damals mitten auf einem Zebrastreifen erwischt hatte, war er lange zu kaum einem anderen Gedanken fähig gewesen. Jetzt hatte er Jahre nicht mehr an sie gedacht und damit auch nicht an ihren Tod, denn beides war in ihm wie verschmolzen. Er erinnerte sich an sie immer als einen Körper, der in einem Sarg in einer Leichenhalle lag, ein buntes Kleid trug, die todbringende Kopfverletzung mit viel Schminke übertüncht, und er hatte das Gefühl, dass das nie anders gewesen war. Es gab keine Bilder in ihm, auf denen sie umherlief, auf denen sie sprach oder lachte, und oft hatte er überlegt, ob sein Vater davor ein anderer Mensch gewesen war. Denn auch davon hatte er keine Bilder in sich, von seinem Vater vor diesem Ereignis, das die Familie getroffen hatte wie ein großer Asteroid die Erde. Es hatte endlos lange gedauert, jedenfalls war es ihm wie eine Ewigkeit vorgekommen, bis die Tage aufgehört hatten, wie schwarze, traurige Träume zu sein, aus denen seine Mutter seltsamerweise als Erste wieder aufgewacht war, was vielleicht daran lag, dass sie schon vorher das Leben als einen Weg der Leiden betrachtet hatte. Irgendwann hatte er damals angefangen zu glauben, an diesem Unglück schuld zu sein, an der Traurigkeit seiner Eltern, an der Abwesenheit seines Vaters, an der Schwere, die auf allem lag. Natürlich war das blödsinnig, aber ein Sechsjähriger begriff das noch nicht.

Steiger parkte seinen Wagen in einer der Buchten am Straßenrand. An der Haustür kam ihm ein Rentner mit Hund entgegen, der ihm misstrauisch hinterhersah, aber offensichtlich nicht den Mut hatte, etwas zu sagen, als Steiger einfach durch die Tür ins Haus ging. Er nahm die Treppe bis zur dritten Etage, schellte direkt an der Wohnungstür, und als sich nichts tat, drückte er den Knopf noch einmal. Nach einer Weile wurde die Tür geöffnet, und Eva stand vor ihm. Sie trug einen Bademantel, den sie sich vorn mit einer Hand zuhielt, und als sie sah, dass es Steiger war, lächelte sie. Ihre Füße steckten in roten Pumps, und wenn das um diese Zeit der Fall war, wusste Steiger, dass sie einen Kunden hatte.

»Ich komme ungelegen, oder?«, fragte er.

Eva nickte wortlos, und in ihren braunen Augen war eine Spur echter Traurigkeit.

»Ja«, sagte sie, »und es wird auch noch eine Zeit dauern.« Sie zuckte mit den Schultern.

»Okay, war nur ein Versuch, ganz spontan.« Er hob die Hand und wandte sich zum Gehen.

Eva machte einen Schritt auf ihn zu und fasste ihn am Arm. »Am Wochenende ist es besser.« Wieder lächelte sie.

Er kannte Eva Kamp seit seiner Zeit bei den Sexualdelikten. Sie hatte schon immer auf eigene Rechnung in der eigenen Wohnung gearbeitet. Dass das nicht ungefährlich war, hatte sie damals am eigenen Leib erfahren, als ein Kunde sie übel zugerichtet zurückließ und erst Stunden später ein Arzt gerufen wurde, weil niemand in ihre Wohnung gegangen war, obwohl die Wohnungstür lange weit offen gestanden hatte. Steiger hatte den Fall damals bearbeitet, weil man den Täter in der Szene vermutete, was aber wohl nicht der Fall gewesen war. Der Schläger war nicht ermittelt worden, aber Steiger hatte Eva Kamp von Anfang an gemocht. Ein paar Wochen später war er das erste Mal privat zu ihr gefahren.

Steiger nickte, versuchte ein Lächeln und sagte: »Okay«, ging die Treppe hinunter und entschloss sich, noch ein Absackerbier zu trinken.

Im »Totenschädel« war die Hölle los. Der Bootsmann feierte Geburtstag und hatte offensichtlich schon einige Runden unters Volk gebracht, jedenfalls waren alle bester Stimmung. Steiger setzte sich an die Theke und bekam sein Bier hingestellt, ohne bestellt zu haben. Helga sagte: »Vom Bootsmann« und zeigte mit dem Stift über die Schulter in dessen Richtung.

Steiger prostete ihm mit Glückwünschen zu, und der Bootsmann prostete zurück. Seinen Namen hatte er bekommen, weil er mal bei der Marine gewesen war, und je mehr Bier er am Abend intus hatte, desto enger drehten sich seine Geschichten um diese Zeit in seinem Leben. Meistens ging es um Kameradschaft und solche Dinge, die er nie wieder so erleben würde wie damals, um Freundschaft und um ein Leben, das unbeschwert war. Jedes Mal, wenn er davon sprach, rettete er ein wenig dieser Unbeschwertheit in die Gegenwart herüber, kam es Steiger vor, und er fand, dass das kein schlechtes Mittel war, um besser durch die Tage zu kommen.

Nach dem zweiten Bier ging er. Es hatte angefangen zu

regnen, und als er seine Wohnung erreichte, war sein Haar so nass, dass er sich den Kopf mit einem Handtuch trocken rieb. Aus einer Schublade der Kommode im Flur nahm er sich ein Päckchen Tabak, Zigarettenpapier und einen kleinen Rest Shit, den er in Alufolie aufbewahrte. Er würde bald neuen brauchen. Damit schlief er wenigstens die ersten Stunden in der Nacht. Nach den ersten beiden Zügen legte er die Kippe in einen Aschenbecher, schob »The Kick Inside« von Kate Bush in den CD-Player und zog sich bis auf die Unterwäsche aus. Er legte sich rücklings aufs Bett, sah dem Rauch dabei zu, wie er an die Decke stieg, und dachte daran, wie er diese Stimme 1978 zum ersten Mal gehört hatte. Noch heute hätte er die Stelle auf der A42 sagen können, wo er gerade fuhr, als der Moderator im Autoradio etwas ganz Neues angekündigt hatte. Und noch heute hätte er sich dafür ohrfeigen können, das Konzert ihrer einzigen Tournee 1979 in der Mercatorhalle verpasst zu haben. Die kommt nächstes Jahr wieder, hatte er gedacht. Scheiße.

Er lag da, rauchte in langen Zügen und wurde langsam müde.

Zwei SMS hatte Caroline Thamm noch gesandt, zwei eigenartige SMS, und war danach nicht mehr gesehen worden. Und das zu einem Zeitpunkt, an dem der Mann, der für ihren Mord verurteilt worden war, achtzehn Stunden im Polizeigewahrsam gesessen hatte. Eigenartig.

Allmählich fiel ihm das Denken schwer, und er drückte die Kippe im Aschenbecher aus. Kate Bush sang »The Man with the Child in His Eyes«, ihre Stimme füllte den Raum.

17

»Du siehst furchtbar aus, Steiger«, sagte Peter Schulze, als Steiger ihm am nächsten Morgen um fünf Minuten nach zehn gegenübersaß. »Solltest vielleicht mal mehr schlafen und weniger trinken.«

Steiger sagte nichts. Sein Kopf tat weh, was nach zwei Bier und etwas Shit am Vorabend sonst eigentlich nicht passierte.

Peter Schulze nahm sich eine Aktenmappe aus der Schublade und schlug sie auf.

»Ich muss dir ja nicht sagen, dass du dir einen Anwalt nehmen kannst und nicht auszusagen brauchst, ja? Ist ja schließlich nicht dein erstes Diszi.«

»Danke, dass du mich erinnerst. Und für so was brauch' ich keinen Anwalt«, sagte Steiger und überlegte, ob er in seinem Schreibtisch noch Aspirin hatte.

»Okay, genug der Vorrede. Ich lese dir den Vorwurf mal vor.«

»Können wir uns das nicht ersparen, wir wissen doch, worum es geht?«

»Nein, können wir nicht«, sagte Schulze, ohne hochzusehen. »Also, dem Kriminalhauptkommissar Thomas Adam wird ein Verstoß insbesondere gegen § 62 Landesbeamtengesetz NRW (Unerlaubtes Fernbleiben vom Dienst) zur Last gelegt: Hintergrund ist die Alarmierung zu einer Übungslage in der Nacht zum 06. August 2010, bei der ein terroristischer Angriff auf den Flughafen Dortmund simuliert werden sollte. Die Übung hatte unter anderem das Ziel, die Alarmierungsprozesse der Kräfte in der ersten Phase der BAO zu überprüfen und ggf. zu optimieren. Gegen 02.30 Uhr wurde KHK Thomas Adam von KOK Dieter Pries telefonisch darüber informiert, dass eine Übungslage durchgeführt werde und er umgehend auf der Dienststelle zu erscheinen habe. KHK Adam sagte daraufhin wörtlich: ›Ich komme auf keinen Fall, für so etwas bin ich zu alt.‹ Auch ein wiederholtes …«

»Das stimmt so nicht«, ging Steiger dazwischen, »das habe ich so nicht gesagt.«

Schulze sah hoch. »Was soll das jetzt werden, Steiger?« Er zog die Stirn kraus. »Das Spiel kennen wir: Hab' ich alles so nicht gesagt, alles falsch wiedergegeben oder aus dem Zusammenhang gerissen. Das sagen sie alle.«

»Ich habe, glaub' ich, wörtlich gesagt: ›Habt ihr noch alle Schweine im Rennen, mich nachts wegen so einer Kacke zu wecken?‹ Und dann hab' ich das mit dem Alter gesagt, das könnte stimmen.«

Schulze schüttelte den Kopf.

Steiger konnte nicht einordnen, ob das Fassungslosigkeit war oder ob Schulze einfach nur dachte, er sei übergeschnappt, aber im Grunde war ihm das auch egal.

»Soll ich das so notieren, Steiger? Ist das deine Einlassung zu diesem Vorwurf?«

Steiger beugte sich ein wenig vor. »Genau, Schulze, das kannst du notieren. Ich bin jetzt über dreißig Jahre im Dienst, ich habe mir unzählige Nächte um die Ohren geschlagen, da war zwar auch mal Scheiße dabei, aber meistens ging es um was. Ich muss nicht mehr üben, klar? Alarmierungsprozesse der Kräfte … Ich lach' mir 'nen Ast. Das sollen sie mit ihren Fachhochschülern durchziehen, die haben von so was noch keine Ahnung, die müssen noch üben, und die schlafen danach auch besser.«

Er sah Peter Schulze an und wunderte sich über sich selbst, wie ruhig ihm das über die Lippen gekommen war. Erst jetzt fiel ihm auf, dass Schulze heute keine Krawatte trug, was nur sehr selten der Fall war.

Peter Schulze schüttelte wieder den Kopf. »Hast du dich eigentlich mal gefragt, Steiger, warum du in diesen dreißig Jahren bei der Polizei auf keinen grünen Zweig gekommen bist?«

Der anmaßend wohlwollende Unterton in dieser Frage störte Steiger, denn er wusste, dass er von Peter Schulze nichts zu erwarten hatte.

»Ich hatte noch nie Interesse an Botanik, Schulze«, sagte er. »Kann ich jetzt unterschreiben?«

»Das soll ich schreiben, ernsthaft? Sie werden dir dafür die Eier lang ziehen, aber wer so blöd ist und so darum bettelt ...«

»Ach, weißt du, in meinem Alter braucht man die Dinger eh immer weniger«, sagte Steiger.

Schulze notierte die Sätze, ließ das Papier ausdrucken und legte es Steiger vor.

Er unterschrieb, ohne es noch einmal gelesen zu haben.

Als er danach noch sitzen blieb, sah Schulze ihn fragend an.

»Ist noch was?«, fragte er.

»Ja«, sagte Steiger und wusste nicht so recht, wie er anfangen sollte. »Es geht um die MK Brache. Du erinnerst dich, dass ich mir vor ein paar Tagen die Akte noch einmal geholt habe?«

»Und zu spät zurückgebracht – ja, ich erinnere mich.

Hab' ich dir letztens schon gesagt, der Käse ist gegessen. Was nervst du mit dieser verdammten Sache?«

Steiger erzählte, was er mehr durch Zufall ermittelt hatte, von der Aussage Svenja Thons, die Caroline Thamm noch am Abend des 14.7. mit einem Kunden gesehen hatte, von den beiden SMS, die das Opfer am selben Abend an Nicki Ahlers verschickt hatte, und dass das alles zu einer Zeit passiert war, in der Yameogo im Polizeigewahrsam gesessen hatte.

»Wenn das stimmt, dann kann der Zeitplan, der in der Akte zugrunde gelegt wurde, nicht stimmen«, sagte Steiger. »Entweder hat er das Mädchen später getroffen und irgendwohin verschleppt, oder es gibt tatsächlich den Mittäter, den wir immer ausgeschlossen haben. Bei dem Handy handelte es sich übrigens um ein brandneues, das sich das Opfer erst an dem Tag gekauft hatte, darum hatten wir es bei unseren Ermittlungen nicht auf dem Plan. Sollten wir nicht einfach mal überprüfen, von wo die beiden SMS gesandt worden sind?«

Peter Schulze hatte sich das alles mit wachsender Ungeduld angehört. »Sag, mal, Steiger, was soll das?«, sagte er. »Wir haben einen Täter, der verurteilt ist. Das Mädchen war übersät mit dessen Spuren, und ich habe nicht ansatzweise Zweifel, dass wir den Richtigen haben. Ich bin doch nicht bescheuert und werde da auch nur irgendetwas machen. Lass mich bitte mit diesen Hirngespinsten in Zukunft in Ruhe. Ausgerechnet du, der abgewrackteste Bulle im ganzen Revier.«

»Und wie erklärst du dir das alles?«

»Du kapierst es nicht. Ich will mir gar nichts erklären, verstanden? Der Fall steht als geklärt in der Statistik. Ende.«

Anfangs hatte Steiger noch gedacht, er hätte den falschen Zeitpunkt, Schulze darauf anzusprechen, erwischt, aber Schulzes Ablehnung war so vehement, dass der Zeitpunkt egal war. Steiger stand auf, verließ Schulzes Büro und ging zur Fahndung.

Auf seinem Schreibtisch lag die Akte, die Jutta für ihn kopiert hatte. Er setzte sich und begann zu lesen.

18

»Mir ist völlig egal, welchen Text Sie lesen, Herr Pfarrer«, sagte Steiger ins Telefon. »Ich bin nicht so bibelfest, müssen Sie wissen, von daher …«

Jana Goll saß vor seinem Schreibtisch, sah Steiger beim Telefonieren zu und wartete schon seit einer halben Stunde, dass ihr Partner endlich alles erledigt hatte.

»Das Hohelied der Liebe, meinetwegen, wenn Sie sagen, dass viele das nehmen. Ob von den Korinthern oder sonst …«, er hielt inne und atmete tief ein, »aus dem Brief an die Korinther, auch gut.«

Vor ein paar Tagen hätte er vielleicht noch gesagt, dass das Hohelied der Liebe nicht zu diesem Menschen passte, aber mittlerweile sah das ein wenig anders aus. Er nickte der Stimme zu, die aus dem Hörer kam, und dachte daran, was sein Vater über Mara Stojkovic geschrieben hatte, und er fragte sich, von welchen Menschen in seinem Leben er das noch gesagt haben könnte.

Der Pfarrer nannte ihm noch die Lieder, Steiger verabschiedete sich und legte auf.

Jana saß vor seinem Schreibtisch, und als er ihren Blick sah, sagte er: »Mach nicht so ein Gesicht, Küken, das macht Falten. Ich muss mich halt um meine dienstlichen Sachen kümmern, das wird ja wohl noch drin sein.«

Jana atmete hörbar aus. »Seit einer halben Stunde warte ich, dass du deine Telefonate erledigt hast. Das letzte grad' hörte sich auch ganz besonders dienstlich an, Kriminalhauptkommissar Adam.« Sie stand auf. »Und wenn du mich noch mal Küken nennst, gehe ich zur Gleichstellungsbeauftragten.«

»Wäre dir Huhn lieber gewesen?«, sagte er, sah sie an und lächelte breit. Wieder fiel ihm ihre leuchtend grüne Iris auf, die in der Nachmittagssonne fast künstlich aussah. Jana war okay, mehr als okay. Alter Polizist mag junge Kollegin, dachte er und überlegte, ob man es so nennen konnte, ob andere, wenn man es ihnen so erzählen würde, wüssten, was gemeint war. Irgendwie schon, fand er, aber irgendwie war es auch völlig missverständlich.

Steiger sah auf die Uhr, es wurde Zeit.

»Komm, lass uns fahren«, sagte er, »es gibt einiges zu erledigen.«

»Ich ahne es.« Jana nahm sich den Autoschlüssel und folgte ihm.

Eines der vielen Telefonate Steigers, die Jana genervt hatten, war ein Gespräch mit Antonia Sawitzki gewesen. Steiger wusste, dass Toni über nützliche Verbindungen verfügte, und nachdem bei Schulze in Sachen Beschluss für die Handydaten nichts zu holen gewesen war, hatte er sich entschlossen, es anders zu versuchen. Sie hatten sich in einem Café in der Hohen Straße verabredet, und obwohl das in der Nähe des Präsidiums lag, nahmen sie den Wagen. Wie meistens ließ Steiger Jana fahren, was nichts damit zu tun hatte, dass er einen höheren Dienstgrad hatte oder älter war, diese Chefattitüde war nie seine Sache gewesen. Er fuhr einfach nicht gern Auto, schon gar nicht zur Feierabendzeit in Dortmund.

»Dauert nicht lange«, sagte Steiger, als Jana den Wagen

geparkt hatte. »Bin gleich wieder da.« Er öffnete die Tür und wollte aussteigen.

»Was soll das?«, fragte Jana. »›Bin gleich wieder da‹? Du willst mich hier warten lassen? Schon wieder?«

Steiger ließ sich zurück in den Sitz fallen, behielt den Türgriff aber in der Hand.

»Ist nur noch ’ne kurze andere Sache, okay?«

Jana atmete hörbar aus und zog ihren Mund zusammen, sodass auf ihren Lippen kleine senkrechte Falten entstanden.

»Auf keinen Fall warte ich heute noch eine Minute allein in diesem Auto oder sonst wo, verdammt. Was soll das, Steiger? Fahren wir zusammen oder nicht? Sind wir ein Team oder nicht?«

Steiger sah sie an, und noch vor zehn Sekunden hätte er ihr gesagt, dass sie doch noch was werden wolle bei der Polizei und es deshalb besser für sie sei, nicht mit reinzukommen, weil man manche Dinge als Polizist einfach nicht machte und am besten auch nichts darüber wusste, weil er sie in nichts hineinziehen wollte und weil sie es doch noch hatte, was er auch bei Batto und einigen anderen noch feststellte, was sie alle mal gehabt hatten auf den alten verlorenen Bildern. Aber er sagte es nicht. Es hatte ihm gefallen, die Worte »wir« und »ein Team« aus ihrem Mund zu hören, gefallen und einen Stich versetzt. Darum sagte er nur: »Gut, dann komm mit rein, aber beschwer dich hinterher nicht, okay.«

Toni Sawitzki saß am Fenster und hatte einen Kaffee vor sich auf dem Tisch. Sie trug wie immer Jeans und Turnschuhe und sah jünger aus als sechsunddreißig, obwohl in ihren kurzen, schwarzen Haaren erste graue Strähnen zu erkennen waren.

Steiger machte die beiden bekannt, fragte Jana, was sie trinken wolle, und bestellte an der Theke.

»Worum geht es?«, fragte Toni, nachdem er sich gesetzt hatte.

»Du hast mir doch mal erzählt, dass du Verbindungen zu verschiedenen Telefonanbietern hast, was die Handydaten angeht, oder?«

Toni Sawitzki nickte. »Zu einigen schon, ja.«

»Okay.« Steiger holte den Zettel mit den beiden Handynummern aus der Tasche. »Es ist ein abgeschlossener Fall, darum komme ich da offiziell nicht weiter. Worum es genau geht, musst du ja nicht wissen. Aber diese Handynummer«, er malte einen Kreis um die Nummer des neuen Handys von Caroline Thamm, »hat am Abend des 14.7.2010 der anderen Nummer zwei SMS geschickt. Ich würde gern wissen, von wo hier in Dortmund.«

»Funkzellenbestimmung.«

»Genau.«

Toni Sawitzki nickte. »Das wird wahrscheinlich gehen. Nur die zwei Monate sind ein bisschen lange her. Außerdem geht es nicht umsonst.«

»Was heißt das?«

»Es kostet was, heißt das. Ist ja nicht ganz so ungefährlich bei dem Theater um die Vorratsdatenspeicherung. Aber mit ’nem Hunni müsste ich hinkommen, und den hast du bei mir eh noch gut.« Sie sah kurz zu Jana. »Die Fotos nach deinem letzten Anruf habe ich nämlich super verkauft, unter anderem an ein Magazin, von daher …«

»Gut, wie lange wird das dauern?«, fragte Steiger.

»Das kann ganz schnell gehen, ich kann dich ja anrufen«, sagte Toni und lehnte sich zurück, sah Steiger an, und ihr Gesicht bekam einen anderen Ausdruck. »Nimm mir die

Frage nicht übel, Steiger, aber du ermittelst in einem Fall, der abgeschlossen ist, ausgerechnet du. Warum?«

Steiger sah das Gesicht von Bakary Yameogo in dem Augenblick vor sich, als der Übersetzer ihm das Strafmaß mitteilte, er sah die ganze Szene, den Kampf, wie der Schwarze überwältigt wurde, wie sie ihn mit verdrehten Armen raustrugen und er sich bis zum Schluss wehrte.

»Ich weiß nicht«, sagte er, »vielleicht will ich nur sichergehen, irgendwie.«

»Ist da 'ne Story drin?«, fragte Toni, wieder sah sie Jana an.

»Noch nicht, vielleicht verläuft auch alles im Sand, ansonsten kriegst du rechtzeitig Bescheid.«

Sie gab sich damit zufrieden.

Steiger nahm seinen letzten Schluck Kaffee, der schon lauwarm war, und sah Jana an. Er wusste, dass er ihr im Auto einiges erklären musste. Aber sie waren ja ein Team.

19

»Manchmal ist das Gefühl kein schlechter Ratgeber, auch nicht für Polizisten«, hatte Renate Winkler gesagt, als Steiger ihr am Nachmittag im Aufzug begegnet war. Celina Gerber war wieder aufgetaucht, hatte sie erzählt, wobei aufgetaucht es nicht richtig beschrieb. Sie wussten jetzt, wo sie war, nämlich in einer Klinik in Holland, in die man sie in komaähnlichem Zustand eingeliefert hatte. Denn Celina Gerber hatte doch Erfahrungen mit Drogen gemacht, vielleicht ihre ersten, wie Renate Winkler vermutete, und die hatten sie ins Koma und in eine holländische Klinik gebracht. Niemand konnte erklären, wie sie dorthin gekommen war, und außer Renate Winkler gab es auch nicht so viele Leute, die das interessierte. »Ich hab' von Anfang an gewusst, dass da irgendwas nicht stimmt, ist doch eigenartig, oder?«, waren ihre Worte gewesen, bevor sie hinter der Fahrstuhltür verschwunden war. Sie hatte dabei ernst ausgesehen.

Steiger sah auf die Uhr. Batto verspätete sich, aber er hatte angerufen. Heute trafen sie sich im »Gala«, einem der Läden, in denen Batto häufiger verkehrte und die Steiger nur in seiner Begleitung betrat.

Nach dem Treffen mit Toni Sawitzki hatte Jana im Wagen eine Weile nur stumm neben ihm gesessen. Er hatte eigentlich erwartet, dass sie ihn löchern würde, mit Vorwürfen, klar, und feurig, wie es ihre Art war. Aber sie hatte nichts gesagt, auch nicht, als er ihr die Sache mit Caroline Thamm von sich aus erklärt hatte. Sie hatte ihn nur angesehen, und er hoffte, dass sie es verstand.

Er bestellte sich sein drittes Bier, und die Bewegungen der Bedienung hinter der Theke erinnerten ihn an Monika. Der Gedanke an sie war so, wie ihre ganze Ehe gewesen war, nichtssagend, neutral, zwei Jahre, die in seinem Leben keine Spuren hinterlassen hatten, und er war sich sicher, ihr ging es damit nicht anders. Manchmal erschreckte ihn das.

Batto kam noch später als angekündigt. Eine Gruppe Obdachloser hatte aggressiv auf der Straße gebettelt, so aggressiv, dass etliche Bürger angerufen hatten. Normalerweise soffen sich diese Leute still ihre Verzweiflung klein, und die Polizei bekam keine Probleme mit ihnen, Batto schon gar nicht. Anders als die meisten anderen behandelte er sie höflich, und wenn er wollte, dass sie den Platz verließen, bat er sie zunächst darum, und damit hatte es sich meistens. Sie gingen, es war schließlich egal, wo man kein Zuhause hatte.

Dieses Mal war die Sache aus irgendeinem Grund aus dem Ruder gelaufen, und sie hatten zum Schluss drei Leute festnehmen müssen. Leider waren zwei von ihnen von oben bis unten verlaust gewesen, und so hatten Batto und zwei andere Kollegen anschließend eine Entlausungskur im Krankenhaus hinter sich bringen müssen.

»Ist das das pralle Leben, das du immer noch suchst im Wachdienst?«, fragte Steiger, als Batto sich ein Bier bestellte. »Ab und zu entlaust zu werden?«

Die Bedienung lächelte Batto an, als sie ihm das Bier hinstellte.

»Läuse gehen doch noch. Vor ein paar Wochen hatten wir einen mit offener TB«, sagte er und nahm einen Schluck. »Haben wir erst hinterher erfahren, als wir uns schon mit ihm auf der Wache gerollt hatten. Das war ’ne Scheißwoche, ist aber noch mal gut gegangen.«

Steiger kannte das von ihm, diese Immer-das-Positive-sehen-Nummer. So war er schon immer gewesen, schon seit sie sich das erste Mal gesehen hatten damals, am ersten Tag, in der Stube, die nach Staub und Holz gerochen hatte und so wohnlich wie ein Bushäuschen bei Windstärke acht gewesen war. »Wenigstens kein Westzimmer«, hatte Batto gesagt und ihm lächelnd die Hand hingehalten, »die sollen im Sommer nämlich so heiß sein, dass man nachts kein Auge zukriegt.« Steiger wusste, dass es Leute gab, die sich eine goldene Nase damit verdienten, in Seminaren einer Horde Verlierern genau das beizubringen, die dann hinterher wie schlechte Schauspieler durch die Welt liefen und alles so positiv sahen, dass es weh tat. Bei Batto war das anders, es war kein Theater.

»Morgen wird dein Vater beerdigt, richtig?«, fragte er.

Steiger nickte. »Eigentlich ist es nur ’ne Trauerfeier, weil er ja noch verbrannt wird.«

»Meine ich ja«, sagte Batto. »Wenn ich es schaffe, komme ich vorbei.«

»Mach dir keinen Stress«, sagte Steiger, aber er wusste, dass er sich freuen würde.

Nach einer Stunde hatten sie ein paar Biere getrunken und sich über Fußball, Frauen und den Tod unterhalten. Beiden fiel auf, dass der Dienst diesmal kein Thema gewesen war.

»Dann lass mich doch noch eine Frage stellen«, sagte Steiger, als sie schon vor der Tür waren. »Mich würd’ einfach mal deine Einschätzung interessieren.«

Er erzählte Batto von Caroline Thamm, von den Unregelmäßigkeiten, den beiden Nachrichten und von Schulzes Reaktion.

»Tja, klingt ein wenig eigenartig«, sagte Batto, »aber bei der Spurenlage wird's dafür wohl 'ne Erklärung geben, denke ich. Denn die ist doch ziemlich eindeutig, oder?«

Steiger sah ihn an und nickte.

»Und du lässt jetzt auf eigene Rechnung und auch noch illegal orten, von wo die beiden SMS gekommen sind?« Batto schüttelte den Kopf und lächelte. »Warum machst du diesen ganzen Zirkus?«

»Keine Ahnung«, meinte Steiger, »ich kann es dir wirklich nicht genau sagen.«

Er musste an Renate Winkler denken.

20

Steiger betrat die Kapelle und war überrascht. Der Innenraum war kleiner, als es von außen den Anschein hatte. Die Oberlichter in der Decke waren alten Fabrikdächern nachempfunden, zwischen zwei Stuhlgruppen hindurch führte ein Gang zu einem kargen, kleinen Altar, vor dem der Sarg seines Vaters stand. Langsam ging Steiger nach vorn und setzte sich in der ersten Reihe auf den zweiten Stuhl von links.

Seinen Kranz hatten sie in die Mitte gelegt, Steiger las die Schleife, er hatte sich für »In stiller Trauer« entschieden, weil er es schon häufiger auf anderen Beerdigungen gelesen hatte und weil es einigermaßen der Wahrheit entsprach. Der Blumenschmuck sah üppiger aus, als er es erwartet hatte. Er zählte fünf Kränze, konnte aber außer seinem nur die beiden von der Gewerkschaft und der Partei an den Schleifen erkennen und fragte sich, wem der alte Mann sonst noch einen Hunderter wert gewesen war.

Als hinter ihm das erste Mal die Tür ins Schloss fiel, wollte er sich umdrehen, ließ es dann aber und verschob es auf später, weil es blöd ausgesehen hätte, fand er. Es waren keine dreißig Sekunden vergangen, da stand ein alter, kleiner Mann in einem braunen Mantel neben ihm und gab ihm die Hand.

»Thomas«, sagte er, und es klang nicht nach einer Frage.

»Ich hab' dich gleich erkannt. Georg Beumer, ich bin ein alter Genosse vom Artur. Mein Beileid, Thomas.«

Steiger nickte, drückte ihm die magere Hand und versuchte sich an Georg Beumer zu erinnern, vergeblich.

Der Mann ging zum Sarg und legte eine Weile die Hand darauf, kam dann zurück und setzte sich neben Steiger, obwohl es eigentlich die Familienreihe war, und begann zu erzählen. Er sprach davon, dass Artur Adam ein feiner Kerl gewesen war, ein Pfundskerl, dass man immer auf ihn hatte zählen können, zu jeder Minute, nur ein Anruf, und Artur stand Gewehr bei Fuß, bei jedem Wetter, für keine Arbeit war er sich zu schade gewesen in der Gewerkschaft, ein echtes Vorbild, ein großartiger Freund, ein ganz feiner Mensch. Und dass er saufen konnte, erzählte Georg Beumer, saufen wie ein Weltmeister.

Das mit dem Saufen wusste Steiger.

Erst als der Pfarrer kam und Steiger und Georg Beumer per Handschlag und mit ernster Miene begrüßte, stoppte der alte Mann seinen Redefluss. Die Orgel begann ein Lied zu spielen, dessen Melodie Steiger schon einmal gehört hatte. Der Pfarrer ging zum Altar, und Steiger sah sich um. Es waren vielleicht fünfzehn Leute gekommen, vier, fünf hatte er schon einmal gesehen. Selbst zwei der Pflegerinnen aus dem Seniorenheim erkannte er in den hinteren Reihen, dahinter, in der letzten Reihe, saß Batto.

»Glaube, Hoffnung, Liebe, diese drei«, begann der Pfarrer, und Steiger war überrascht, dass er das Hohelied der Liebe tatsächlich schon einmal gehört hatte, aber er wusste nicht mehr, wo.

Der Pfarrer las den gesamten Text vor. »Die Liebe freut sich nicht der Ungerechtigkeit«, sagte er, »sie freut sich aber der Wahrheit.«

Steiger kam es vor, als habe er in den letzten zehn Jahren nicht mehr so häufig etwas über die Liebe gehört wie in den paar Tagen seit dem Tod seinen Vaters. Es störte ihn nicht weiter, aber es fiel ihm auf. Selbst der Alte hatte von Liebe geschrieben, Liebe zu Mara Stojkovic, mit der er einen Sohn hatte. Notar Dr. Brosig hatte Steiger die Entscheidung überlassen, ob er seinen Halbbruder bei der Beerdigung seines Vaters dabeihaben wollte. Steiger hatte sich nicht wirklich dagegen entschieden, er hatte die Zeit einfach nur verstreichen lassen, bis es sich nicht mehr lohnte, ihn anzurufen.

Der Pfarrer war fertig. Er bat darum aufzustehen und sprach vom letzten Weg des Verstorbenen. Alle standen auf, die Klappe unter dem Sarg öffnete sich, und die Orgel spielte das Steigerlied. Steiger hörte, dass hinter ihm einige leise und unsicher »Glück auf, Glück auf« sangen. Wäre das jetzt ein Augenblick, in dem einem die Tränen kommen könnten?, fragte er sich. Er hatte es häufig von Menschen gehört, das sei der Moment: wenn derjenige sich tatsächlich auf den letzten Weg machte, wenn man den letzten Blick werfen konnte, für den es in einer Minute, in wenigen Sekunden zu spät war, endgültig. Er hätte es auch jetzt wieder für möglich gehalten zu weinen, er hätte es vielleicht sogar erwartet. Peinlich wäre es ihm nicht gewesen, das wusste er, Peinlichkeit war nicht sein Gefühl. Aber es kamen ihm keine Tränen.

Der Sarg fuhr nach unten und verschwand, und Steiger hatte nur den albernen Gedanken, dass sein Vater in ein Loch in der Erde fuhr und verbrannt wurde, was Steiger an die Hölle erinnerte.

Dann dachte er daran, dass Batto gekommen war. Das freute ihn.

Als die Pforten zur Unterwelt sich wieder schlossen und nur der Blumenschmuck übrig geblieben war, zeigte Steigers Handy mit einem heiseren Piepen an, dass er eine SMS bekommen hatte.

21

Das Dröhnen des Hochdruckreinigers hallte von den weißen Fliesen an den Wänden wider, der scharfe chemische Geruch des Reinigungsmittels stach ihm in die Nase. Mit weißen Schaumschlieren rann das blaue Gemisch Richtung Abfluss, bildete einen kleinen Strudel und verschwand in den Löchern der runden Roste. Noch einmal ließ er den harten Strahl über die niedrige Metallliege wandern und über die verschraubten Stahlringe der Hand- und Fußfesseln. Als der letzte Rest mit einem schlürfenden Geräusch abgeflossen war, nahm er den Plastikeinsatz aus dem Abfluss und ersetzte ihn durch einen neuen. Dann war er sich sicher, dass kein altes DNS-Material mehr vorhanden war.

Er verließ den Raum und verstaute das Gerät in einem Verschlag unter der Treppe. Mit einem Surren öffnete er den Reißverschluss, stieg aus dem Papieroverall und streifte sich die Plastiküberschuhe von den Füßen. Die Flammen in der Brennkammer der Heizung erfassten das Bündel sofort, färbten es schwarz und lösten es schließlich auf.

Hier unten war nun alles getan. Er stieg die schmale Betontreppe empor, verschloss alles und ging hinüber zum Haus.

In der Küche aß er ein Stück Käse mit etwas Brot und trank ein Glas Milch. Beim Blick aus dem Fenster sah er zwei Amseln, die sich stritten und dann im nahen Wald verschwanden, in dem grünen Vorhang war schon der ein oder andere bunte Flecken zu sehen. Einen Augenblick erfasste ihn ein leichter Schwindel, und er dachte, dass es wieder losging, aber er hatte sich getäuscht.

Am Wagen war noch einiges zu machen. Er stellte das Glas in die Spülmaschine und ging durch den hinteren Eingang in die Garage. Die Neonröhre flackerte ein paar Sekunden, dann sprang sie mit einem surrenden Geräusch an und warf ihr kaltes Licht auf die drei Autos.

Er öffnete die Heckklappe des Passat und nahm den Deckel von der Kühlbox, die an der Seite des Kofferraums festgezurrt war. Die Dosen waren noch kühl, und keine der Einstichstellen, die die Injektionsnadeln hinterließen, war undicht geworden. Bei den Energy-Drinks trat das Problem allerdings kaum mehr auf, aber bei den Coladosen war das wegen der Kohlensäure früher öfter der Fall gewesen. Deshalb hatte er sich bei der Cola jetzt für kleine Plastikflaschen entschieden, das Material eignete sich besser. Die Einstichstelle im Deckel war kaum zu sehen und mit einem Industriekleber perfekt zu verschließen, nachdem die Tropfen injiziert worden waren.

Er verschloss die Heckklappe wieder und öffnete die Beifahrertür. Mit einem geübten Griff fasste er neben dem Einstellhebel unter den Beifahrersitz und zog den Mechanismus hervor. Auf einer kleinen Schiene war ein Elektromotor montiert, von dem zwei Kabel herabhingen. Neben dem Motor griffen ein paar Zahnräder ineinander, die an einer Injektionsspritze angebracht waren. Die Kammer der Spritze war leer und die Nadel kürzer als bei handelsüblichen Exemplaren. Er löste sie aus der Halterung, ging zum Wasserhahn und füllte sie randvoll. Dann steckte er sie zurück und schob den Mechanismus wieder unter den Sitz. Er setzte sich auf den Fahrersitz, schaltete die Zündung ein und betätigte den Schalter für die Nebelscheinwerfer. Mit einem leisen Surren drückte sich die Nadel etwa einen Zentimeter durch das Polster des Sitzes, die Spritze entleerte sich mit einem feinen Strahl und verschwand sofort wieder. Das sah gut aus und schien wieder völlig in Ordnung zu sein. Als er die Spritze überprüfte, war die Kammer vollkommen leer, und er nickte zufrieden. Beim letzten Mal hatte sich nur ein kleiner Teil injizieren lassen, und das meiste war zurückgeblieben. Deshalb war auch die Sache mit dem Handy passiert, ein schlimmer Fehler, der böse hätte enden können. Aber die zweite SMS schien gewirkt zu haben.

Auf die Sache mit dem Sitz war er gekommen, als er von französischen Adligen gelesen hatte, die in früheren Zeiten unliebsame politische Gegner aus dem Weg räumten, indem sie giftige Spritzen in Sesseln oder gepolsterten Stühlen deponierten. Auch solle es heute noch Machthaber irgendwelcher Bananenrepubliken geben, die sich aus Angst vor solchen Attentaten ihre eigenen Sessel zu jedem Staatsbesuch mitnahmen.

Er ging zu einem Stahlschrank, schloss ihn auf und nahm ein kleines Fläschchen heraus. Behutsam nahm er die Spritze aus der Halterung und füllte die klare Flüssigkeit in die Kammer, bis sie randvoll war. Dann steckte er sie vorsichtig zurück und verstaute alles wieder unter dem Beifahrersitz

Zum Schluss brachte er noch die anderen Kennzeichen an.

Er würde heute nach Dortmund fahren, vielleicht schon gegen Mittag

22

Die SMS kam von Antonia Sawitzki, das hatte er zwischen den Beileidsbekundungen nach der Andacht kurz überprüft.

Die meisten waren ohne Händedruck gegangen, auch Batto hatte kaum Zeit gehabt, weil er zum Spätdienst musste. Nur die beiden Pflegerinnen aus der Residenz waren auf ein Gespräch geblieben. Der Letzte war Georg Beumer gewesen, der noch ein paar Geschichten von früher erzählt und Steiger dabei ständig angefasst hatte. Aber er konnte sich ums Verrecken nicht erinnern, wo er diesem alten Mann schon mal begegnet sein sollte, der so tat, als würden sie sich seit Jahren einmal die Woche auf ein Bier treffen.

»Hab' Infos, interessant, melde dich.« Das war der Inhalt von Tonis SMS. Ihre Nachrichten waren selten länger, was wohl mit ihrem Job zu tun hatte, denn Steiger kannte sie nur in Eile und immer auf dem Sprung. Toni Sawitzki graste das gesamte Ruhrgebiet nach allem ab, was man als Text, vor allem aber als Bild verkaufen konnte, und sie war gut darin. Sie hatte Verbindungen, über die sie nie sprach, sie war unglaublich schnell, und wenn es darum ging, Zusammenhänge so früh zu erkennen, dass man seine Bilder vor den anderen machen konnte, war sie eine Füchsin; dieser Vergleich, fand Steiger, passte am besten. Anders als ein paar ihrer Konkurrenten aus der Szene hatte sie sich einen Rest Skrupel bewahrt. Er wusste, dass sie einmal Bilder von dem ertrunkenen Kind eines Lokalpolitikers nicht verkauft hatte, obwohl ihr dafür viel Geld geboten worden war. Auch deshalb fand Steiger sie und ihre gemeinsamen Deals okay.

Er erreichte Toni auf der Rückfahrt von einem Fabrikbrand in Bottrop, und sie verabredeten sich im Café am Präsidium.

Er musste zehn Minuten warten.

»Sorry«, sagte sie und bestellte sich schon beim Betreten des Cafés einen Espresso, »nicht mal am Samstag ist die Scheiß-A40 berechenbar.«

Sie setzte sich, legte die Fototasche auf den Schoß und zog aus einem Seitenfach ein Blatt Papier, das sie auf dem Tisch glatt strich. Darauf war eine Karte zu sehen, in deren Mitte das Ruhrgebiet lag. In der Nähe der holländischen Grenze war ein Kreis zu erkennen.

»So, Steiger, das ist dein Mast, von dem die SMS gesandt worden sind. Die erste um 20 Uhr 07, die letzte um 20 Uhr 51.« Sie tippte jedes Mal mit dem Zeigefinger auf den Kreis, der von der Grenze geschnitten wurde und von dem ein Teil auf holländischem Gebiet lag.

Steiger versuchte, sich an Geometrie in der Schulzeit zu erinnern, denn er wusste, dass eine solche Gerade einen Namen hatte, aber er fiel ihm nicht ein. Er wollte den Durchmesser des Kreises in der Realität schätzen, gab es aber auf.

»Kein Irrtum?«, fragte er und sah sie an.

»Ich glaube nicht.« Sie verrührte einen satten Löffel Zucker im Espresso und trank ihn mit einem Schluck aus.

Steiger hatte ein Gefühl, als habe er einen zu großen

Schluck zu heißen Kaffee getrunken, als er sich klarmachte, was das bedeuten konnte. Ihm fiel auf die Schnelle keine Erklärung dafür ein, aber eines war sicher: Nach dieser Nachricht konnten sie die Hypothesen aus der Akte völlig über den Haufen werfen. Was das zu bedeuten hatte, wusste er nicht; das Opfer war übersät mit den Spuren des Afrikaners, daran führte kein Weg vorbei, aber irgendetwas stimmte nicht.

»Kannst du mir nicht mal erzählen, worum es geht?«, fragte Toni, und Steiger bemerkte, dass er in Gedanken gewesen war und länger geschwiegen hatte. »Du hast gesagt, wenn 'ne Story dabei rausspringen könnte, erzählst du es mir.«

Er sah sie an und überlegte. »Es ist noch keine Story«, sagte er, »vielleicht wird es auch gar keine.« Er erzählte ihr dann aber trotzdem von Caroline Thamm, von Bakary Yameogo, von dem fehlenden Tatort und einigen anderen Fragen, die sie nicht hatten beantworten können. Und er erzählte ihr von den Dingen, die er nach der Verurteilung des Täters fast zufällig erfahren hatte. Die Sätze, die er sagte, kamen ihm bekannt vor, fast wie bei einem Vortrag, den man öfter hält, und ihm fiel auf, dass er die Geschichte nun schon das vierte Mal in zwei Tagen jemandem erzählte.

Als er fertig war, sah Toni ihn an und sagte: »Eigenartig.«

Das hatte er schon vorher gewusst.

23

Die BVB-Uhr an der Wand zeigte zehn nach zwei, als Steiger das Café verließ.

Toni Sawitzki war schon eine halbe Stunde vor ihm gegangen, um die Bilder vom Fabrikbrand zu bearbeiten, sie sei wahrscheinlich eh schon zu spät dran, hatte sie gesagt und es auf ihrem iPad überprüft, aber es war noch kein Bild im Netz zu finden gewesen.

Er war noch auf ein Bier sitzen geblieben und hatte nachgedacht. Natürlich war es möglich, dass Caroline Thamm am Abend des 14. Juli nach Holland gefahren und am nächsten Tag wieder zurückgekommen war, vielleicht, um sich ein bisschen Stoff zu kaufen. Natürlich konnte sie erst danach Yameogo getroffen haben und von ihm entführt worden sein, am Donnerstag oder Freitag. Aber warum hatte sie dann niemand mehr gesehen? Oder es gab doch einen zweiten Täter, der sie am Mittwoch mitgenommen hatte, und Yameogo war irgendwann dazugekommen, nachdem er aus dem Gewahrsam entlassen worden war. Aber warum waren dann keine Spuren von diesem zweiten Täter gefunden worden, kein Haar, keine verdammte Hautschuppe, wo das Mädchen ansonsten mit Spuren übersät war? Mit Spuren und Wunden. Wunden. Seine Gedanken blieben an dem Wort hängen. Er hatte den Obduktionsbericht damals überflogen und keine konkrete Erinnerung mehr daran, aber dass es auch um Wunden verschiedenen

Alters gegangen war, das wusste er noch. Er trank sein Bier aus und ging, den Wagen hatte er eh in der Nähe des Präsidiums geparkt.

Es hatte zu nieseln begonnen, er schlug den Mantelkragen hoch und wusste, dass er nach kurzer Zeit aussehen würde wie aus dem Wasser gezogen. Es hatte mit den Haaren zu tun. Seit sie mit den Jahren immer dünner geworden waren, kam es immer schneller zu diesem optischen Eindruck. In der Ausbildung hatten sie damals ständig die Mütze tragen müssen, und wenn man das Teil nach drei Stunden formaler Ausbildung abnahm, hatte man einen Kopf so eckig wie der von Frankensteins Monster; und mit den Striemen auf der Stirn sah man aus, als habe man eine Krankheit oder einen schweren Unfall überlebt. Dabei war es total egal, ob das Ganze bei dreißig Grad im Schatten oder bei Frost stattfand. Seitdem hasste er alle Arten von Kopfbedeckungen, daran änderte auch ein Regen wie dieser nichts, der aus Wolken fiel, die auf den Dächern zu liegen schienen. Es würde ein trübes Wochenende werden, dieses erste Wochenende, das sein Vater nicht mehr erlebte. Da verpasst er wenigstens nichts, was das Wetter angeht, dachte Steiger und ging ins Präsidium.

Er grüßte die Pförtnerin knapp, um nicht angesprochen zu werden. Er kannte ihren Namen nicht, wusste aber, dass ihr Mann eine schwere Darmkrankheit hatte; alle im Präsidium wussten das und wurden, ob sie wollten oder nicht, immer auf den neuesten Stand gebracht. Heute schien alles beim Alten geblieben zu sein, sie grüßte nur kurz zurück.

In den Räumen des ET war niemand, was an einem Samstagnachmittag keine Selbstverständlichkeit war. Manchmal unterstützten ein, zwei Leute irgendwelche Wochenendaktionen der anderen Kommissariate, ohne dass alle davon wussten, manchmal geschah so etwas auch spontan. Jetzt war niemand da, das hatte er gehofft.

Die Kopie der Akte lag in der unteren Schublade, und er überlegte, sich einen Kaffee zu machen, aber weil es ihm zu aufwändig war, ließ er es.

Er steckte sich einen Zigarillo an und suchte den Obduktionsbericht. Der war einige Seiten lang, und weil er nicht wusste, wo genau er es damals gelesen hatte, blieb ihm nichts anderes übrig, als vorne anzufangen. Obwohl viel Medizinerkauderwelsch benutzt wurde, war der Bericht gut zu verstehen. Es fand es immer wieder erstaunlich, wie grausige Vorgänge durch eine technische Sprache ihren Schrecken verloren. Aber vielleicht lag das gar nicht an der Sprache, vielleicht lag es daran, dass man sich als Bulle dreißig Jahre lang acht Stunden am Tag mit etwas beschäftigen musste, was schieflief, was meistens bedeutete, dass Menschen anderen Menschen etwas antaten. Dabei musste es gar nicht immer bis zum Letzten kommen wie hier. Ständig hatte man in diesem Job mit Leuten zu tun, die bluteten, und am schlimmsten war das als junger Kerl auf dem Streifenwagen gewesen. In seiner Erinnerung waren diese vier Jahre eine endlose Reihe von Situationen, in denen Menschen bluteten, all die Kneipenschlägereien, die Ehestreitigkeiten und Familiendramen, all die Überfälle und Kindesmisshandlungen, eine unablässige Folge von blutenden Wunden.

Er fand die Stelle auf Seite sechs des Berichts, und er hatte sich richtig erinnert. Denn auf dem Körper von Caroline Thamm waren Wunden verschiedenen Alters zu besichtigen gewesen. Die ältesten, so hatte die Obduzentin notiert, waren Schnitte im Bereich der linken Brust, deren Heilungsprozess darauf schließen ließ, dass sie mindestens vier, wahrscheinlich schon fünf Tage alt waren. Steiger ging zum großen Urlaubskalender an der Wand und rechnete nach. Caroline Thamm war noch in der Nacht zum 20.7., dem Dienstag, obduziert worden, wenn man fünf Tage zurückging, waren ihr diese Wunden in der Nacht zum 15.7. beigebracht worden, genau die Nacht zum Donnerstag, in der Yameogo im Gewahrsam der Polizei gesessen hatte. Das hatten sie damals auch schon gewusst, und er erinnerte sich daran, dass sie das diskutiert hatten und letztendlich davon ausgegangen waren, dass er ihr diese Wunden vor seiner Festnahme zugefügt haben musste. Was sie damals noch nicht wussten, war, dass Caroline Thamm am Abend des 14.7. noch unverletzt gewesen war und sogar eigenartige Nachrichten per Handy verschickt hatte.

Er lehnte sich zurück, starrte den aufgeschlagenen Ordner an und fragte sich, ob darin wirklich eine Antwort versteckt war, die sie bisher übersehen hatten. Eine Antwort worauf? Was genau war denn die Frage? Gab es überhaupt eine Frage, oder fing er auf seine alten Tage langsam an zu spinnen? Hatte das alles vielleicht mit Peter Schulze zu tun, dem er schon oft die Pest an den Hals und alle anderen Krankheiten an alle Körperteile gewünscht hatte? Und weil die Pest mittlerweile ausgerottet war, Schulze wenigstens beweisen wollte, dass er ein Idiot war und nicht ermitteln konnte?

Allein dass er diesen Gedanken hatte, machte die Sache schon verdächtig, fand Steiger.

Er ließ die Asche und den Zigarillorest in der Toilette verschwinden, weil Gisa beim Rauchverbot innerhalb des Gebäudes keinen Spaß verstand, machte sich jetzt aber doch einen Kaffee und las weiter.

Die Vernehmung Yameogos kannte er noch nicht, sie

brachte aber nichts Neues. Der Mann behauptete, ab Samstag bis zum Montagmorgen einen kompletten Filmriss zu haben, und bestritt auf den vielen Seiten ständig, irgendetwas mit Drogenhandel zu tun zu haben. Steiger hatte fast den Eindruck, dass er die ganze Zeit nicht begriffen hatte, worum es wirklich ging, und hoffte, dass das nicht mit dem Dolmetscher zusammenhing, denn das Leben Yameogos war auch vorher schon kein Spaziergang am Strand gewesen, und seine Angaben zur Person waren ein echtes Drama, wenn alles so stimmte.

Weil seine Eltern zu viele Kinder und zu wenig Geld hatten, war er mit acht Jahren mit fünf anderen Kindern aus seinem Dorf an einen Kakaoplantagenbesitzer aus der Elfenbeinküste verkauft worden. Dort hatte er unter katastrophalen Bedingungen nicht nur sieben Tage die Woche bis zum Umfallen schuften müssen, sondern war zwischendurch auch das willkommene schwache Objekt der Begierde des einen oder anderen Vorarbeiters gewesen, bevor er mit dreizehn nach Nigeria geflohen war und sich jahrelang in den Slums von Lagos durchgeschlagen hatte.

Bei der Urteilsbegründung hatten sie diese frühe Traumatisierung als eine Ursache für Yameogos sexuelle Gewaltbereitschaft zumindest für möglich gehalten. An seiner Schuldfähigkeit hatte das aber nichts geändert.

Na, wunderbar, dachte Steiger. Da hatte das Leben diesem armen Schwein ja gleich ein komplettes Arschkartenspiel zum Ziehen hingehalten, wenn das alles stimmte und er keinen Unsinn erzählt hatte. Darfst deine Kindheit damit verbringen, dir in pestizidverseuchten Kakaoplantagen jeden Tag zwölf Stunden den Arsch aufzureißen, wirst vielleicht noch von irgendeinem Aufseher zu dessen Feierabendentspannung gevögelt, und wenn du aus dem gelobten Land der Väter endlich abhauen kannst, irgendwann, drehen sie dir hier aus genau der ganzen Scheiße, die du erlebt hast, einen Strick. Halleluja.

Er holte noch einen Kaffee und fragte sich, wer die Bohnen dafür wohl gepflückt hatte. Aber eigentlich wollte er das gar nicht wissen.

Als Steiger eineinhalb Stunden später das Präsidium verließ, regnete es Bindfäden. Batto kam mit einem Streifenwagen auf den Hof gefahren und öffnete die Scheibe einen Spalt, damit es nicht zu stark reinregnete.

»Was machst du denn hier? Hattet ihr einen Einsatz?«

»Nee, ich wollte nur kurz was erledigen.« Steiger fühlte den Regen auf seiner Kopfhaut.

Batto sah ihn einen Moment fragend an.

»Wie, was erledigen?«

»Na, was nachsehen halt.«

»Bei deiner Privatermittlung, oder was?«

Steiger zuckte nur mit den Schultern.

»Du bist am Samstagnachmittag hier, obwohl bei euch kein Einsatz anliegt?« Er zog eine Grimasse. »Muss ich mir langsam Sorgen machen, Alter?«

»Musst du nicht«, sagte Steiger und fühlte, wie die ersten Tropfen aus den Haaren übers Gesicht liefen. »Ruhigen Dienst noch.« Er klopfte aufs Wagendach und ging Richtung Auto.

Etwas Umwerfendes hatte er in der Akte nicht mehr gefunden, nur zwei Dinge, die seltsam waren. Sie waren damals auf den Täter gekommen, weil ein anonymer Anrufer von einer öffentlichen Telefonzelle den Hinweis gegeben hatte, Yameogo zur fraglichen Zeit am Fundort der Leiche gesehen zu haben. Der Mann hatte gesagt, er könne seinen Namen nicht nennen, weil er von der Polizei gesucht werde, er wolle aber diese Aussage machen, weil bei Mord der Spaß einfach aufhöre. Außerdem hatte er sich über die Vermittlung verbinden lassen, Steiger hielt es für möglich, dass er glaubte, damit eine Aufnahme seines Anrufs zu verhindern. Ohne diesen anonymen Hinweis wäre es schwer geworden.

Dann gab es noch die Spur 77, eine Spur, an die Steiger sich erinnerte, die damals aber ein anderes Team bearbeitet hatte. Ein anderer Asylbewerber, ein Landsmann Yameogos, wollte gesehen haben, dass dieser am Samstagmorgen zu einem größeren, blonden Mann mit Mütze in einen silbernen VW Passat gestiegen war, er hatte sich sogar das Kennzeichen des Autos gemerkt, es war ein Wagen aus Düsseldorf gewesen. Als sie den Halter dazu befragt hatten, konnte der durch Zeugen und eine Rechnung zweifelsfrei nachweisen, dass sein Wagen zu der Zeit in Düsseldorf in einer Werkstatt und nicht in Dortmund gewesen war, also hatten sie einen Ablesefehler angenommen, und wer falsch abliest, täuscht sich vielleicht auch bei den Personen, die in solch ein Auto einsteigen. Dabei hatte der Zeuge eine ungewöhnliche Begründung geliefert, weshalb er sich das Kennzeichen gemerkt hatte, denn die Buchstaben seien nicht nur die Initialen seines Namens gewesen, sondern die Ziffern wären auch noch mit seinem Geburtsjahr identisch. Er hieß Daouda Bamogo und war 1982 geboren. Eigentlich irrte man sich bei solchen Sachen nicht, fand Steiger.

Er stieg in seinen Wagen, die Uhr zeigte ihm, dass er die letzte Stunde der Sportschau noch sehen konnte, und er dachte an das Derby morgen auf Schalke, für das er eine Karte hatte.

Heute Abend würde er es bei Eva versuchen.

24

1982

Es war ein Sommer so warm wie seit Jahren nicht mehr. So warm, dass selbst Georg, der Fahrer, oft seine Jacke auszog, die dunkle Krawatte lockerte und nur mit Weste und Hemd bekleidet seiner Arbeit nachging. Ständig sagte er, es sei der wärmste Sommer seines Lebens, dabei wischte er sich meist mit einem Stofftaschentuch die Stirn ab, was bei einem so hageren Menschen unpassend aussah. Nur wenn er Albert Trampe fuhr, war er wieder korrekt gekleidet.

In diesem Sommer wechselte Robert Trampe von der Grundschule zum Gymnasium. Für die Brüder war das die Chance, sich von nun an auch wieder am Morgen sehen zu können.

Am ersten Tag hatte Robert mit neuem Schulranzen neben seiner Mutter in der Aula der Schule gesessen und war von der Direktorin und anderen Lehrern begrüßt worden, die so viel lachten und von Freude sprachen wie sonst im ganzen Jahr nicht. Sein Vater war nicht dabei, aber das war so normal wie bei den meisten seiner Mitschüler, nur hatte es bei ihm einen anderen Grund.

Robert war an dem Morgen nicht aufgeregt gewesen und schon gar nicht ängstlich. Er vermutete, dass die Dinge, die dort auf ihn zukamen, kein Problem darstellten, wenn es mit dem vergleichbar war, was er in den letzten vier Jahren erlebt hatte, ebenso wenig wie die vielen neuen Mitschüler. Es würde eine Zeit brauchen, bis sie begriffen, dass er nicht mit ihnen rumtobte, keine Bilder von Fußballern oder Autos tauschte und auch zu keinem ihrer Kindergeburtstage kommen würde, aber irgendwann kapierten sie es.

Auch die Sache mit den Kopfreisen, so nannte er es selbst, machte ihm keine Sorgen und würde sich genauso einspielen wie in der Grundschule. Denn wenn es ihm zu langweilig wurde oder eine Sache ihn nicht interessierte, verließ er den Raum. Nicht, dass er aufstand und tatsächlich ging, so etwas tat er nie. Seiner Mutter wurde bei jedem Elternsprechtag gesagt, dass er ein ruhiges Kind sei, vielleicht ein wenig zu ruhig in manchen Situationen, aber er störe wirklich nie. Und wenn er manchmal abwesend scheine, sei das bei den Leistungen wohl kein Problem für ihn. Nein, Robert reiste innerlich. Er verließ den Raum und war in diesem Augenblick woanders.

Robert hatte sich daran gewöhnt, dass in seinem Kopf manchmal eigenartige Dinge vor sich gingen, seit die Sache mit seinem Bruder zum ersten Mal passiert war. Er hatte noch nie mit jemandem darüber gesprochen, aber etwas sagte ihm, dass es nicht in Ordnung war, dass es anders war als bei anderen. Die Stimme kam jetzt öfter und auch in Momenten und Situationen, in denen er sie früher nicht gehört hatte und an denen er selbst gar nicht beteiligt war.

Nicht lange nach dem Schulwechsel stand er in einer großen Pause oben auf dem langen Flur der Schule und sah durch das Fenster den anderen auf dem Schulhof zu. Das Gewimmel und Gerenne dort unten hasste er, und manchmal gelang es ihm, sich auf der Toilette zu verstecken, bis alle Lehrer und Schüler verschwunden waren, dann kam er wieder heraus. Schon gleich am Anfang hatte er den Platz am Fenster hinter einer Säule entdeckt, die ihn auch vor

Blicken schützte, wenn noch Nachzügler ins Lehrerzimmer gingen, die ihn sonst nach draußen geschickt hätten. An diesem Morgen stand er wieder hinter der Säule und fand Maximilian in dem Gewusel, der mit anderen irgendetwas spielte und durch die Menge rannte. Dabei stieß Max einen größeren Jungen so heftig an, dass beide umfielen. Der größere stand auf und war sauer, das konnte Robert auch auf die Entfernung sehen. Max redete mit dem großen Jungen, es sah sogar so aus, als ob er sich entschuldigte. Aber der Große schien immer ärgerlicher zu werden, und irgendwann lagen beide auf dem Boden. Max versuchte, sich aus dem Griff des Jungen zu befreien, aber kam nicht los. Robert blieb wie angewurzelt stehen. Nie hätte sein Bruder einen Streit begonnen, das wusste Robert, und eigentlich fing auch nie jemand einen Streit mit ihm an. Dieses Mal war etwas schiefgelaufen, dachte er, dieses Mal hatte ihn sein Lachen nicht geschützt. Der Junge war mindestens einen Kopf größer, und Max hatte keine Chance. Schon nach kurzer Zeit packte ihn der andere von der Seite und hielt seinen Kopf fest in der Armbeuge, so fest, dass Max sich kaum noch bewegen konnte. Robert blickte auf die Szene und hätte hinunterlaufen und seinem Bruder helfen können, er hätte den anderen von hinten packen und ihn wegzerren können. Aber nichts drängte ihn dazu. Stattdessen dachte er: Würg ihn, würg ihn fester, würg ihn, bis er sich nicht mehr bewegt.

Wenn solche Situationen vorbei waren, fühlte er sich immer leer und krank, als wenn er sich übergeben hätte, und es war, als ob sich etwas an seinen Kopf klammere. Aber da war nichts. Er hatte begonnen, seinem Bruder nach diesen Momenten kleine Geschenke zu machen, danach war zumindest das Gefühl am Kopf meistens verschwunden.

In diesem Sommer fand man die Brüder wieder täglich im Wald. Sie hatten sich über die Jahre ihre Lieblingsplätze gesucht, an denen sie oft waren, manchmal nur, um dort zu sein und gar nichts Besonderes zu tun. Der Spalt auf dem Hügel gehörte dazu. Sie hatten schon oft mit einer Taschenlampe hineingeleuchtet und hatten Kisten entdeckt oder Bretter, jedenfalls etwas, was zu lang und zu gerade war, als dass es etwas Natürliches hätte sein können. Aber der Spalt war zu tief. »Ich gehe da aber mal runter, ganz sicher«, hatte Max gesagt, und dann hatten sie noch ein paar Steine hinuntergeworfen.

Im Wald gab es eine Hütte, die auch zu ihren Plätzen gehörte. Die Hütte hatten einmal Jäger gebaut, das war die Antwort des Vaters gewesen, als Max ihn danach gefragt hatte. Sie war zwar klein, aber das Dach war dicht und das Glas in den Fenstern ganz. Drinnen war neben einem Tisch und ein paar Stühlen eine Holzliege, auf der ein Fell lag. Manchmal trafen sie in der Hütte einen Jungen, der Dieter hieß und zu den Samaritern gehörte. So nannten sie die Leute, die im Haus Samarien lebten, einer Einrichtung für geistig behinderte Menschen, die sich in einem alten Kloster ein paar Kilometer Richtung Dorf befand. Dieter war älter als sie, hatte schon ein wenig Bart, benahm sich aber wie ein Kind. Er sprach auch so, nur dann nicht, wenn er über Sexsachen sprach, wie Max es nannte. Dieter sprach fast immer über Sexsachen und sagte Dinge wie »ficken« und »Möse«, Wörter, die sie natürlich aus der Schule kannten, aber niemals zu Hause hätten sagen dürfen. Einmal erwischten sie Dieter in der Hütte mit heruntergelassener Hose und einer Zeitung, die er im Wald gefunden hatte und in der Leute Sex machten. Das war selbst Dieter peinlich gewesen.

An einem Sonntag wollten die Brüder schon früh in den Wald, weil es eine Woche geregnet hatte und sie das Haus kaum verlassen konnten. An diesem Morgen schien die Sonne, und es war warm. Sie zogen sich an, und weil Max schneller fertig war, lief er schon vor. Durch das offene Fenster hörte Robert, wie der Vater zu Max sagte, er wolle ihn gern mit in die Firma nehmen, er habe dort noch ein paar Dinge zu erledigen, und Max könne doch ein wenig über die Flure rennen. Robert konnte nicht hören, was sein Bruder antwortete, weil dieser sofort die Treppe hinunter nach draußen rannte. Er sah noch, wie der Wagen startete, und er sah die Gesichter seines Vaters und seines Bruders. Sie blickten geradeaus, aber an der Haltung ihres Kopfes erkannte er, dass sie ihn gesehen hatten.

Schon nach einer Stunde war Max zurück, und so gingen die Brüder an diesem Tag nur mit etwas Verspätung in den Wald, sagte sich Robert. Am Anfang war es, als ginge noch jemand Drittes mit, der sie noch nie begleitet hatte und der eigenartiges Zeug erzählte. Aber nachdem Max seinen Bruder mit Laub beworfen hatte und lachend weggelaufen war, hatte sich dieser Jemand in Luft aufgelöst, und es fühlte sich wieder an wie immer – beinahe zumindest.

Am Mittag kamen sie zum Haus zurück, und Robert sah das Baugerüst, das seit ein paar Tagen an der Rückseite des Hauses angebracht war, weil dort ein großer Wintergarten angebaut werden sollte. Robert hatte die Idee, auf das Gerüst zu steigen, obwohl es ihnen der Vater verboten hatte. Sie rannten los, und weil Max stolperte, war Robert als Erster an der Leiter und so schnell oben, dass er seinen Bruder noch unten an ihrem Fuß stehen sah, als er sich oben umdrehte. Noch bevor Max den Fuß auf die erste Sprosse setzte, hörte Robert die Stimme.

25

2010

An ihren ersten Mann konnte sich Eva Kramer noch erinnern, an ihren ersten Freier nicht mehr.

Der erste Mann war ihr Cousin gewesen, der sie damals überzeugt hatte, dass man in dem Alter als Mädchen längst seine Unschuld verloren haben müsste, er hatte nur nicht von Unschuld gesprochen, sondern es anders genannt. Da war sie vierzehn und er neunzehn Jahre alt gewesen, und weil er ein schicker Kerl war und ihr versprochen hatte, dass es Spaß machen würde, fand sie es okay. Spaß hatte es ihr erst ab dem dritten Mal gemacht, darum ging es noch eine Weile so weiter. Als ihre Eltern das mitbekamen, sagte ihr Vater nur, sie solle ja nicht mit einem Balg ankommen, das nervtötende Geschrei halte er nicht aus. Außerdem sei die Wohnung zu klein, hatte ihre Mutter gesagt.

Sie wohnten damals in einer Sozialwohnung der Stadt, die aus vier Zimmern bestand, im fünften Stock lag, und die man von einem langen Flur, der zur anderen Seite hin offen war, betrat. Diese offene Seite der Flure zeigte zur Vorderseite des Hauses, was zur Folge hatte, dass nur hin und wieder Sperrmüll schmerzlos über die Brüstung geworfen wurde. Hinter dem Haus sah es bedeutend schlimmer aus.

Die Polizei war Stammgast bei der Adresse gewesen, und als einmal ein Streifenwagen zu nah am Haus geparkt hatte, war ein alter Fernseher unter großem Beifall von allen

Fluren mitten in der Windschutzscheibe gelandet. Sie hatten gar nicht erst versucht, den Täter zu ermitteln, aber seitdem parkten sie ihre Streifenwagen deutlich außerhalb der Wurfreichweite für größere Gegenstände.

Mit siebzehn hatte Eva es nicht mehr ausgehalten und war zu ihrem damaligen Freund Rainer gezogen. Sie hatte kurz vorher ihre Lehre als Bäckereifachverkäuferin als Klassenbeste beendet und ging täglich zur Arbeit, womit sie die große Ausnahme in dem Wohnblock war. Ihre Klassenlehrerinnen und -lehrer von der Hauptschule hatten im Laufe der Jahre dreimal versucht, ihre Eltern davon zu überzeugen, das Kind zumindest auf die Realschule zu schicken, waren aber dreimal von ihrem Vater rausgeworfen worden, weil er sich nicht seine Entscheidungen vorschreiben lasse, hatte er gesagt, er habe andere Pläne mit dem Kind. Welche, hatte er nie gesagt, auch ihr nicht.

Nach Rainer kam Sven und dann noch ein paar andere, bis sie mit einundzwanzig Roman traf. Roman war ihre erste große Liebe, drei Jahre älter als sie, und er war groß, dunkelhaarig und meist arbeitslos. Aber Roman kannte sich mit Computern und Unterhaltungselektronik aus und wusste, wie man das gestohlene Zeug aus Kindergärten und Firmen gut zu Geld machen konnte. Meistens gelang es ihm, wesentlich mehr als die üblichen zehn Prozent rauszuschlagen, und er hatte gute Verbindungen. Es war ihnen sehr gut gegangen in der Zeit, bis kurz hintereinander die Polizei zwei seiner Hauptlieferanten aus dem Verkehr gezogen hatte. Da war von einem Monat auf den anderen ziemlich Ebbe in der Kasse gewesen, und bevor sie den BMW verkaufen mussten, war Roman auf die Idee gekommen, diese schwierige Zeit damit zu überbrücken, das vorhandene Kapital zu nutzen. Mit dem Kapital war sie gemeint. Ganz entspannt, hatte Roman gesagt, wir schalten eine Anzeige, machen es in der eigenen Wohnung, und ich bin im Nebenzimmer, für alle Fälle.

Die Idee war ein solcher Erfolg gewesen, dass schon bald der BMW gegen ein größeres Modell eingetauscht wurde, es Klamotten reichlich gab und sogar eine Woche Urlaub im Süden drin war. Als die Polizei Roman einen Tag nach der Rückkehr abholte, weil einer der ehemaligen Hauptlieferanten vor Gericht seine Position deutlich verbessern wollte und erzählt hatte, wer die gestohlenen Sachen zu Geld gemacht hatte, war sie einfach dabeigeblieben. Bis heute. Nur wer damals der Erste gewesen war, daran konnte sie sich nicht mehr erinnern.

Jetzt lag sie wie in einem Hockergrab mit angewinkelten Beinen so hinter Steiger, dass nahezu ihre ganze Vorderseite Kontakt zu seiner Rückseite hatte. Er fühlte ihre Wärme, den Druck ihrer schweren Brüste, ihren Atem an seinem Ohr.

Sie lagen in ihrem Bett, das sie auch sonst zum Schlafen benutzte. Für ihre anderen Kunden hatte sie noch ein Zimmer mit roten Tapeten, Lampen, die man dimmen konnte, und erotischen Bildern an den Wänden.

Irgendwann war sie mit Steiger in dieses Zimmer gegangen, das war jetzt ein paar Monate her. Er hatte nie gefragt, warum, und sie hatte es nie gesagt. Vielleicht hing es damit zusammen, überlegte er, dass sie schon seit geraumer Zeit nicht mehr miteinander schliefen, was anfangs noch der Fall gewesen war. Geredet hatten sie immer schon viel, aber am Anfang auch immer noch eine Nummer gemacht, zwischendurch. Irgendwann hatten sie über dem Reden einfach den Sex vergessen. Gezahlt hatte er trotzdem immer.

Heute war fast den ganzen Abend sein Vater Thema gewesen, er hatte viel erzählt, und dabei waren ihm Dinge eingefallen, an die er lange nicht gedacht hatte.

»Willst du heute Nacht hierbleiben?«, fragte Eva. Der Regen schlug ans Fenster.

Steiger musste einen Moment überlegen. Das hatte sie ihn noch nie gefragt. Neben der Wärme und Nähe fühlte er auch eine kleine, kratzige Stelle in sich, die er sich nicht erklären konnte und von der eine Unruhe ausging.

»Ist das denn im Preis mit drin?«, fragte er.

»Das ist schon okay«, sagte sie und musste lachen. »Du hast ja eine Leistung des Angebots nicht in Anspruch genommen. Sieh es mal als Ausgleich.«

Er hatte das Gefühl, sie tat das für sich, aber es hatte auch mit ihm zu tun. Sie überschritt damit eine Grenze, hatte sie eigentlich schon überschritten, als sie mit ihm das Zimmer wechselte. Vielleicht war das der Grund für das Kratzen.

»Darf ich dir noch eine Frage stellen?«, sagte sie, nachdem sie eine Weile geschwiegen hatten.

»Klar«, sagte er, schon fast im Halbschlaf.

»Gibt es einen Moment, an den du dich erinnerst, der schön war mit ihm?«

Das ist doch eine verdammte Batto-Frage, dachte Steiger, aber er überlegte. Er überlegte so lange, dass er darüber einschlief.

26

Als Steiger Evas Wohnung verlassen hatte, war es schon hell gewesen. Sechs Stunden ununterbrochener Schlaf waren mehr, als das meistens zu Hause der Fall war. Eva hatte noch geschlafen, und die kleine, kratzige Stelle in ihm hatte er auch am Morgen noch gefühlt. So sehr er sich gestern Abend gewünscht hatte, dass kein Kunde da sein und Eva Zeit für ihn haben würde, so froh war er gewesen, als er eben gegangen war. Es gab manchmal Momente, da gelang es ihm nicht, beim Atmen seine Lungen völlig mit Luft zu füllen, so als wenn sich ein Ventil nicht öffnete, als wenn etwas klemmte. Erst nach mehreren Versuchen schaffte er es dann, seine Lungen bis zum Anschlag aufzupumpen und langsam auszuatmen; er schob es auf die verdammten Zigarillos. Aber das Gefühl des berstend gefüllten Brustkorbs, der sich langsam entspannte, war unvergleichlich. So ähnlich war es gewesen, als er eben ging.

Er war zum Hauptbahnhof gefahren, der wahrscheinlich der einzige Ort in der Stadt war, an dem es um diese Zeit am Sonntag einen Kaffee zu kaufen gab.

Jetzt war er auf der Rheinischen Straße Richtung Heimat unterwegs.

Dr. Brosig hatte die Testamentseröffnung auf den kommenden Freitag gelegt. Das würde also der Tag sein, an dem er das Produkt der Liebe seines Vaters zu einer Frau, deren Name Mara gewesen war, treffen würde. Seinen Bruder. Mein Bruder, sagte er sich innerlich vor, und es klang fremd für ihn. Er hatte keine Vorstellung davon, wie dieses Treffen vor sich gehen sollte, was mit ihm dabei passieren würde. Vorher treffen wollte er den Mann nicht, hielt es aber für eine gute Idee, sich den Menschen einfach mal anzusehen. Der Sonntag schien dafür ein günstiger Tag zu sein. Artur Stojkovic wohnte in Dortmund-Huckarde, nicht unbedingt in der besten Wohngegend, da konnte ein Blick von außen nicht schaden, und vielleicht hatte er ja Glück und erwischte ihn mal vor der Tür.

Beim Eingang zum U-Bahnhof Unionstraße trieben sich schon einige Leute herum, die er für Dealer hielt, dazwischen ein paar Kirchgänger. Er fragte sich, wem man um diese Zeit an einem Sonntagmorgen schon Drogen verkaufen konnte. Sein Haschisch ging langsam zur Neige, fiel ihm dabei ein, aber er ging lieber auf Nummer sicher und ließ sich das Zeug von Toni Sawitzki besorgen. Sie machte das seit Jahren für ihn und hatte eine sichere Quelle.

Er bog in die Unionstraße ein und sah aus den Augenwinkeln zwei Männer auf der Rolltreppe nach unten fahren, die ein Mädchen in ihrer Mitte hatten. Jenny! Das sah aus wie Jenny, schoss es ihm durch den Kopf, und die beiden rechts und links von ihr machten auf den ersten Blick gar keinen guten Eindruck. Er bremste so hart, dass der Fahrer hinter ihm hupte und ihn mit erhobener Faust überholte. Steiger parkte schief an der Bushaltestelle, sprang aus dem Wagen und rannte zurück. »Jenny!«, rief er auf dem Weg nach unten und nahm auf der Rolltreppe mehrere Stufen auf einmal. Etwa auf halbem Wege sah er die drei auf dem Bahnsteig stehen.

»Jenny, hey!«, rief er noch einmal, jetzt nicht mehr ganz so laut, trotzdem sah ihn ein alter Mann mit Hut und Krawatte eigenartig an. Das Mädchen drehte sich um, und sie war es tatsächlich. Die beiden Jünglinge, ein Türke, tippte Steiger, und ein blonder Schlacks, beide im Einheitslook mit schwarzer Jacke und Baseballkappe, drehten sich ebenfalls um. Sie sahen ihn misstrauisch und abschätzend an, als er näher kam, aber ihre Augen waren klar. Jennys Blick war glasig, und sie lächelte abwesend, als sie ihn erkannte.

»Was will der?«, fragte der Blonde und sah dabei das Mädchen an.

»Der will wissen, was hier läuft, du Nase«, sagte Steiger und überlegte, ob er seinen Dienstausweis zeigen sollte. Er hatte eine Ahnung, es könnte taktisch klüger sein abzuwarten. »Kennst du die beiden?«, fragte er und zog Jenny am Arm zu sich.

Sie sagte nichts, sondern grinste nur.

»Willst du Stress machen, oder was soll das?«, fragte der Blonde und machte einen Schritt auf Steiger zu.

Erster sein ist wichtig, dachte Steiger, bei zwei gegen eins und bei solchen Arschgesichtern auf jeden Fall, und er stieß dem Burschen den Handballen mit aller Kraft aufs Schlüsselbein. Der Typ schrie auf, fasste sich an die Stelle und klappte nach vorn, in dem Augenblick trat der Zweite in Kickboxermanier Richtung Steigers Kopf, traf aber nur die Schulter. Diese verdammte Kickboxerei wurde in diesen Kreisen echt zur Seuche, dachte Steiger und ging näher ran, um aus der Reichweite der Füße zu kommen. Er erinnerte sich an seine Zeit in der Bereitschaftspolizei, als sie bei einem Ausbilder, der Ralf Jürgens hieß und Profiboxer gewesen war, in Selbstverteidigung geboxt hatten, statt Jiu-Jitsu zu machen. Ihm hatte das Spaß gemacht, und eine Sache hatte er bis heute nicht vergessen. Er hob die Fäuste zur Deckung, und der Türke versuchte, den alten Abstand wiederherzustellen. Aber Steiger ging hinterher. Als der Mützenträger eine linke Gerade ansetzen wollte, fegte Steiger die Faust mit der Rechten zu Seite, der ausgestreckte Arm des Gegners federte nach unten, gab dadurch dessen linke Gesichtshälfte frei, und Steiger drosch ihm die eigene Linke mitten auf die Zwölf. Na wunderbar, es klappte immer noch, dachte er. Der Bursche schlug hintenrüber, die Mütze machte sich selbstständig, aber er versuchte, sich sofort wieder aufzurappeln.

Aus den Augenwinkeln sah Steiger, wie der Blondschopf wieder gerade stand und zwei Schritte auf ihn zumachte. Er versuchte, ihn so grimmig zu fixieren, wie es ihm möglich war.

Kendo-Kämpfer stehen sich mit Maske und in voller Montur gegenüber, erheben ihre Waffen gegeneinander, und irgendwann verlässt einer der beiden das Feld, ohne dass auch nur ein Schlag getan wurde. Weil beide gespürt haben, wer der Stärkere ist. Das hatte Steiger mal gelesen, und das ging ihm jetzt durch den Kopf.

Der Blonde sah ihn an und kam nicht mehr näher, der Türke war auch wieder auf den Beinen, er blutete aus der Nase. Jenny stand hinter Steiger, und ihrem Gesicht nach zu urteilen, hatte sie nur die Hälfte von dem mitbekommen, was gerade geschehen war.

Die beiden Kerle sahen sich an, machten erst einen Schritt zurück, dann noch einen und gingen dann Richtung Rolltreppe.

Steiger wartete, bis er sie nicht mehr sah, und wandte sich dann Jenny zu. Er beugte sich zu ihr hinunter. »Alles klar, Jenny?«, fragte er, so behutsam er konnte.

»Ja«, sagte sie und lächelte unsicher.

Er verzichtete auf weitere Fragen, nahm sie am Arm und fuhr mit ihr die Rolltreppe hoch. Wie eine Puppe ließ sie sich auf den Beifahrersitz setzen und blickte geradeaus.

»Was machst du hier um diese Zeit, Jenny? Wir haben Sonntag. Wo ist denn deine Mutter, verdammt noch mal? Gibt's die überhaupt?«, fragte Steiger, nachdem er losgefahren war.

Sie sah ihn an. Vielleicht waren das ein paar Fragen zu viel auf einmal gewesen.

»Mama arbeitet«, sagte sie und wirkte etwas frischer als in der U-Bahn.

»Mein Gott, heute ist Sonntag. Arbeitet die immer?«

»Sie putzt in einer Arztpraxis, das macht sie immer sonntags, da hat sie mehr Zeit.« Jenny sah schon wieder nach vorn aus dem Fenster. »Und heute kommt noch ein Büro dazu, ausnahmsweise.« Beim letzten Wort betonte sie jede Silbe.

Er überlegte, ob sich nicht mal ein Arzt das Mädchen ansehen sollte. Sie machte aber keinen sehr verwirrten Eindruck und schien schon wieder auf dem Weg zurück zu sein.

»Was hast du geschluckt, Jenny?«, fragte er.

»'ne Pille«, sagte sie mit einer Verzögerung, die er noch okay fand.

»Wie sah die aus?«

Steiger sah ihr an, dass sie angestrengt überlegte.

»Grün, hellgrün«, sagte sie.

»Und wer hat dir die gegeben?«

»Tobias.«

»Ist das der Blonde?«

Sie nickte und wirkte immer noch abwesend, aber nicht völlig durch den Wind. Er hatte keine Ahnung, was man ihr gegeben haben konnte, dafür kannte er sich mit dem Zeug zu wenig aus. Morgen würde er Jürgen Brüschin fragen, womit diese Arschgesichter solche Geschichten machten. Besonders stark schien es nicht zu sein.

Als sie zu Hause ankamen, war sie schon wieder so weit auf dem Damm, dass er den Arztbesuch endgültig zu den Akten legte. Aber allein lassen wollte er sie noch nicht.

»Wann kommt deine Mutter nach Hause?«, fragte er.

»Weiß ich nicht so genau.«

»Ist das jeden Sonntag so, dass du den ganzen Tag allein bist?«

»Nein«, sagte sie und ging ganz selbstverständlich an ihrer Wohnungstür vorbei nach oben. »Die Arztpraxis schon, dass sie jetzt noch arbeitet, ist eine Ausnahme.«

Er schloss auf, und sie ließ sich aufs Sofa fallen.

Bei einem Erwachsenen hätte er jetzt Kaffee für eine gute Idee gehalten, aber nicht bei einer Dreizehnjährigen. Er ging an den Kühlschrank und fand noch Cola.

Sie riss den Bügel der Dose auf und trank einen Schluck.

»Sagst du Mama was davon?«, fragte sie, und Steiger hielt die Frage für ein gutes Zeichen.

»Du hast Drogen genommen, Jenny, meinst du nicht, dass deine Mutter das wissen sollte?« Wieder hörte er seinen eigenen Worten zu und fand, dass er sich wie der Vater dieses Mädchens anhörte, was ihm nicht gefiel. »Woher kennst du die beiden?«

Sie zuckte mit den Schultern. »Aus der Stadt«, sagte sie und trank noch einen Schluck.

»Hast du vorher schon mal was genommen?«

Sie sah ihn an und sofort wieder weg.

»Ja, einmal, letzte Woche.«

Steiger seufzte und hatte keine Ahnung, was bei einem Mädchen in dem Alter richtig sein konnte. Er setzte sich neben sie aufs Sofa. »Ich erzähle deiner Mutter nichts, unter einer Bedingung.«

Sie sah ihn an, und in ihrem Blick erkannte er, dass sie wusste, was jetzt kam.

27

Kagawa machte das 2:0, und Steiger hatte die Schnauze so gestrichen voll, dass er überlegte, vorzeitig zu gehen. Es war zwar noch eine halbe Stunde zu spielen, aber es sah nicht einmal ansatzweise so aus, als könnten die Blauen hier noch ein Tor machen, das Ding zu drehen war völlig utopisch. Er hatte sich seinen Sonntag anders vorgestellt, in jeder Beziehung, und dass die Gelben das Derby nicht nur deutlich gewannen, sondern das auch noch verdient, gab dem Tag den Rest.

Jennys Mutter war auch um zwei noch nicht von ihrer letzten Putzstelle zurück gewesen, und Steiger hatte für zwei Sekunden den abstrusen Gedanken gehabt, das Gör verarsche ihn und wohne unten ganz allein, ohne Mutter, ohne irgendwen sonst, und gehe auch gar nicht zur Schule, alles gelogen, eine Realität, die nur in seinem Kopf existierte. Das Gegenteil beweisen konnte er zumindest nicht.

Sie war um die Zeit aber wieder völlig klar gewesen, und so hatte er sie ruhigen Gewissens in ihrer Wohnung allein lassen können. Wie er weiter mit der Sache umgehen sollte, wusste er noch nicht.

Die Observation der Wohnung seines neuen Halbbruders hatte er sausen lassen, sonst wäre es mit dem Fußballspiel eng geworden. Er war stattdessen ins Asylantenheim gefahren. Die Sache mit dem Kennzeichen war ihm seit gestern nicht aus dem Kopf gegangen, und er wollte den Mann noch einmal ganz eindringlich zu der Situation befragen.

Bei einem Besuch in einem Heim für Asylsuchende an einem Sonntagnachmittag bekam man eine Ahnung davon, wie es beim Turmbau zu Babel zugegangen sein konnte, fand Steiger. Es hatte seine Zeit gedauert, bis er sich über die Tamilen und Iraner zu den Ghanaern und einem halben Dutzend anderer afrikanischer Nationalitäten durchgefragt hatte, die ihn schließlich zu den Leuten aus Burkina Faso führten. Wie er dabei angesehen wurde, hing stark davon ab, ob die Leute schon Dreck am Stecken hatten. Diejenigen, die sich die Wartezeit auf ihren Bescheid und die quälende Langeweile damit verkürzten zu dealen, zu stehlen oder irgendwelchen anderen Scheiß anzustellen, erkannten in ihm den Bullen in der Sekunde, in der sie ihn sahen. Die anderen, die ihn für jemanden Offiziellen hielten, der in ihrer Angelegenheit vielleicht wichtig sein konnte, legten eine manchmal verzweifelte Unterwürfigkeit an den Tag, etwas schweigend Bettelndes, mit dem sie ihren ganzen Stolz und ihre Würde über Bord warfen. Die waren ihm entsetzlich unangenehm. Die Kinder waren okay. Er mochte Kinder nicht besonders und hätte sich nicht vorstellen können, welche zu haben, aber die meisten hier gaben ihm einfach einen Vorschuss an Vertrauen. Das machte die Begegnungen leichter, fand er, und das war nicht der schlechteste Anfang.

Er hatte Glück gehabt, Daouda Bamogo war da, saß mit anderen Schwarzen in einer Küche, und sie kochten etwas, was für Steiger völlig fremd, aber angenehm roch.

Bamogo war ein großer Kerl mit Rastalocken, der ständig lachte und fehler- und akzentfrei Deutsch sprach. Steiger wunderte sich zwar darüber, fragte den Afrikaner aber nicht, woher er seine Sprachkenntnisse hatte. Anders als Yameogo war er polizeilich bisher sauber, was nichts heißen musste, vielleicht war er einfach noch nicht erwischt worden.

Als Steiger ihn nach der Sache mit dem Passat gefragt hatte, war er sich immer noch ebenso sicher gewesen, das richtige Kennzeichen abgelesen zu haben, wie es in dem Bericht geklungen hatte. Er sagte, solche Dinge mit den Initialen seien in seiner Heimat ein Omen, ein gutes Omen, deshalb sei ihm das aufgefallen. Auch den Fahrer beschrieb er jetzt so, wie Steiger es in der Vernehmung gelesen hatte. Hinterher habe er dann gehört, dass es Yameogo am Tag vorher sehr schlecht gegangen sei, das habe er damals aber noch nicht gewusst, als die Polizei ihn gefragt habe. Yameogo habe nachmittags im Bett gelegen und sei kaum ansprechbar gewesen. Bamogo hatte einen Hünen mit Glatze und perfekten Zähnen, der auf einer Arbeitsplatte Grünzeug schnitt, in seiner Sprache darauf angesprochen. Der hatte genickt, und Bamogo bestätigte das mit der Krankheit noch einmal. Mehr könne er zu Yameogo aber eigentlich nicht sagen, weil der meist ein ziemlicher Einzelgänger gewesen sei. An solchen Kochaktionen habe er zum Beispiel nie teilgenommen. Aber beim Kennzeichen, das hatte der Rastamann zum Schluss noch einmal bestätigt, da sei er sich sehr sicher.

Für Steiger wurde die Sache dadurch immer abstruser. Wenn Yameogo in dieses Auto gestiegen war, wer war dann der Fahrer? War er ein Kunde, war es einfach nur ein Drogengeschäft gewesen? War es der Mittäter, den sie immer ausgeschlossen hatten, und hatte er ihn deshalb verschwiegen? Oder täuschte sich Bamogo doch? Vielleicht nicht nur beim Kennzeichen, vielleicht auch bei den Menschen, die in das Auto eingestiegen waren?

Seit fast dreißig Jahren befragte Steiger nun schon Leute, ob sie zu bestimmten Zeiten etwas wahrgenommen, etwas gehört oder gesehen hatten, und ihm fielen ohne große Anstrengung etliche Situationen ein, in denen Zeugen mit ihrem Blut unterschrieben hätten, eine Sache sei so oder so gelaufen, todsicher. Aber die Ermittlungen hatten hinterher ergeben, dass alles völliger Unsinn war. Er hielt deshalb nichts für unmöglich. Aber wie hatte Renate Winkler gesagt? Manchmal muss man sich auch beim Ermitteln auf sein Gefühl verlassen. Und das sagte ihm, dass sich dieser Schwarze nicht irrte.

Lewandowski machte das dritte Tor für die Gelben, und das war's für Steiger, mehr konnte er heute Abend nicht ertragen. Er stand auf, drängelte sich an den Knien meist schimpfender Menschen in blauen Trikots vorbei und verließ die Arena.

Den Wagen hatte er wie immer auf dem Parkplatz eines großen Lebensmittelmarktes in Gelsenkirchen geparkt, deshalb hatte er jetzt eine Viertelstunde Zeit, seinen Frust beim Gehen loszuwerden.

Zum ersten Mal war er auf Schalke gewesen, als sein Vater ihn mitgenommen hatte, damals noch in die Glückauf-Kampfbahn. Er wusste nicht mehr, wie alt er damals gewesen war, vielleicht zehn oder elf, er wusste aber noch, dass er von der ersten Minute an, als er das Stadion betrat, das Gefühl hatte dazuzugehören, dabei zu sein, wenn etwas Großes geschieht.

Sein Vater hatte ihm in der Halbzeit eine Bratwurst und eine Limo gekauft, während er mit Kollegen Bier trank. Einer der Kollegen hatte gefragt, ob das sein Sohn sei, und sein Vater hatte ihn gerufen, ihm die Hand auf die Schulter gelegt und gesagt: »Ja, das ist mein Thomas.«

Es war das einzige Mal, an das Steiger sich erinnern konnte, von seinem Vater so genannt worden zu sein.

War das einer der Augenblicke, die Eva gestern Abend gemeint hatte?

»Na, Steiger, da haben sie deinen Blau-Weißen aber ziemlich die Eier lang gezogen heute Abend, Junge, Junge«, brüllte Ernesto quer durch den »Totenschädel«, und die meisten anderen an der Theke nickten. Steiger machte eine wohlwollende Handbewegung und wollte sich nicht anmerken lassen, wie sehr ihn die Sache wurmte. Aber wenn man zwei Stunden nach dem Schlusspfiff eine Niederlage der Schalker betrauern wollte, war eine Kneipe im Dortmunder Norden nicht unbedingt der günstigste Ort dafür. Für den Rest des Abends ließen sie ihn aber in Ruhe, und er hatte das ekelhafte Gefühl, es könnte etwas mit Gnade zu tun haben. Die Überlegenheit war erschreckend gewesen.

Er trank ein paar Biere und ein paar Schnäpse, unterhielt sich mit Vicky, die Fußball für eine Erfindung von Idioten für Idioten hielt, und ging nach einer Stunde nach Hause.

Er zog seinen Mantel aus, drückte auf den CD-Player, und Kate Bush begann »Oh, England, My Lionheart« zu singen.

Das wäre ein Konzert gewesen, dachte er wieder und legte sich aufs Bett. Ihm gingen eine Menge Gedanken durch den Kopf, und viele Bilder erschienen, Bilder von seinem Vater, von Eva und von Peter Schulze. Das letzte war eines von Bakary Yameogo, wie er in einen silbernen VW Passat stieg und davonfuhr.

28

Steiger war am Montagmorgen früh aufgewacht, und dieses Bild war immer noch in seinem Kopf gewesen. Er hatte den Fernseher eingeschaltet, zwei Kaffee getrunken und sich irgendetwas angesehen, was gerade lief. Es war das Morgenmagazin, das er nur ertragen hatte, bis der Sport kam, da musste er abschalten. Unter der Dusche, als ihm mit verschränkten Armen, den Kopf gesenkt, das warme Wasser in den Nacken floss – eine Position, in der er ewig verharren konnte –, war ihm die Geschichte wieder und wieder durch den Kopf gegangen und das Bild von Bamogo, der irgendeine unbekannte Frucht schnitt und lächelnd mit ihm sprach. Der Mann hatte so sicher gewirkt.

Batto hatte ihm einmal beim Bier etwas über Körpersprache erzählt, hatte damals sogar die Zahl der Muskeln erwähnt, die wir im Gesicht haben und die bei jedem Wort in Bewegung sind. Steiger wusste noch, dass er beeindruckt gewesen war, hatte aber vergessen, wie viele es waren. Aber er hatte behalten, dass das Unterbewusstsein aus dem Spiel dieser Muskeln herausliest, ob wir jemandem glauben, oder ob wir das für Unsinn halten, was er sagt. Er sah wieder das Gesicht von Daouda Bamogo vor sich, auch das von Svenja Thon und von Nicki Ahlers, und sein Unterbewusstsein sagte ihm, dass das Spiel der Muskeln in diesen Gesichtern ziemlich in Ordnung gewesen war. Aber vielleicht hatte das Unterbewusstsein ja auch mal einen schlechten Tag, denn dass Yameogo was mit dem Tod von Caroline Thamm zu tun hatte, war so sicher wie das Amen in der Kirche. Er hatte sich selbst gefragt, ob er noch ganz richtig im Kopf sei, sich aber in dem Augenblick entschlossen, noch einmal mit Yameogo zu sprechen.

Bakary Yameogo war noch nicht verlegt worden und saß in der Justizvollzugsanstalt Hagen, keine halbe Stunde von Steigers Wohnung entfernt, und da Steigers Dienst erst am Nachmittag begann, war er am Morgen dort erschienen. Die Wachtmeister hatten ein wenig gemosert, weil sie es lieber mit Anmeldung hatten, aber jetzt saß der Täter, den sie ermittelt hatten, in Knastklamotten vor ihm und sah grauenhaft aus, fand Steiger. Er hatte das Bild von einem Zeppelin im Kopf, dessen inneres Gerüst durch unzählige quer verspannte Stahlseile gehalten wurde. Yameogo sah aus, als habe man ihm etliche dieser Seile gekappt. Der Kämpfer in ihm, den Steiger zweimal kennengelernt hatte, war tot.

Die Unterhaltung war schwierig, weil der Afrikaner nicht besonders gut Deutsch sprach; dass er jetzt noch so furchtbar drauf war, machte die Sache nicht einfacher. Er bestritt seit einer halben Stunde weiterhin, irgendetwas mit einem Mord zu tun zu haben, und es gäbe keinen Mittäter.

»Und an den Samstag haben Sie keinerlei Erinnerung mehr, Herr Yameogo, gar nichts?«, fragte Steiger und wusste, dass dem Mann diese Frage schon oft gestellt worden war.

»Nein, weiß nichts«, sagte er, völlig tonlos und ohne eine Reaktion.

»Sie kennen Daouda Bamogo, einen Landsmann von Ihnen?«

Yameogo nickte.

»Der will gesehen haben, dass Sie am Samstagmorgen in ein Auto gestiegen sind, einen silbernen VW Passat.«

»Samstag, ich weiß nicht«, sagte er wieder mit derselben Teilnahmslosigkeit, die er schon die gesamte Unterhaltung über an den Tag gelegt hatte. Steiger wusste, dass das ungerecht war, aber er wurde langsam zornig. Die Perspektive dieses Mannes war alles andere als rosig, schon klar, außerdem waren Sittentäter im Knast der letzte Dreck, das wusste Steiger. Vielleicht hatte Yameogo damit auch schon seine ersten Erfahrungen gemacht. Trotzdem ging ihm diese Trantütigkeit gehörig auf den Senkel.

»Am Freitag waren Sie krank, ist das richtig?«

»Ja.« Er nickte schwach. »Bauch schlecht und Kopf.«

»Haben Sie an Freitag noch eine Erinnerung? Haben Sie da noch Leute getroffen?«

»Weiß nicht. Nachmittags war krank.«

»Haben Sie am Freitag noch jemandem Drogen verkauft, Herr Yameogo?«, fragte Steiger und musste sich bemühen, ruhig zu sprechen.

»Keine Drogen. Ich keine Drogen verkaufen.«

»Verflucht noch mal!« Steiger schlug mit der flachen Hand so heftig auf den Tisch, dass Yameogo mit seinem Stuhl ein Stück rückwärtsrutschte und Panik in den Augen hatte. »Wir wissen, dass du mit Drogen gehandelt hast, was soll diese bescheuerte Lügerei? Du kommst hier die nächsten fünfzehn Jahre eh nicht raus, vielleicht kommst du hier nie wieder raus, da ist es völlig egal, ob du zugibst, irgendwann mal ein paar Gramm Heroin verkauft zu haben, kapierst du das endlich? Es ist völlig scheißegal.«

Yameogo starrte ihn an. »Nie wieder raus«, sagte er, und die Panik in seinen Augen wich einer Ungläubigkeit.

»Das war nicht so ernst gemeint, Herr Yameogo«, sagte Steiger und war selbst erschrocken über seine Lautstärke, »aber Sie müssen begreifen, dass es niemanden mehr interessiert, ob Sie mit Drogen gehandelt haben. Darum können Sie mir auch sagen, ob Sie am Freitag oder Samstag noch Kunden hatten, ob Sie noch jemanden getroffen haben.«

Der Afrikaner sackte nach vorn, stützte sich mit den Ellbogen auf den Knien ab und ließ den Kopf hängen. Steiger wusste nicht, ob der Mann alles mitbekommen hatte. Wenn man eine Sprache nur vom Hören lernte, verstand man meist viel mehr, als man sprechen konnte, das hatte er oft erlebt.

»Hatten Sie am Samstag noch Kunden?«

»Samstag ich weiß nichts«, sagte Yameogo nach einer Weile

»Und Donnerstag und Freitag, nachdem Sie bei der Polizei entlassen worden waren? Sie können das ruhig sagen, Herr Yameogo, es passiert Ihnen deswegen nichts mehr.«

Es dauerte ein paar Sekunden, aber ganz allmählich begann Yameogo, mit hängendem Kopf zu nicken. »Donnerstag nicht, Freitag.«

Na, also, dachte Steiger, er kapiert es langsam. »Sie haben am Freitagmorgen Leuten Drogen verkauft, ist das richtig?«

Wieder nickte der hängende Kopf.

»Wem, wem haben Sie Drogen verkauft, Herr Yameogo. Wie vielen Leuten habe Sie Drogen verkauft an dem Tag?«

»Drei, ich glaube.« Er setzte sich wieder gerade hin, vermied es aber, Steiger anzusehen.

»Waren das bekannte oder unbekannte Leute? Haben Sie denen schon öfter was verkauft?«

»Zwei ja, einer Schüler, kommt immer zu mir, der andere manchmal, bisschen älter.«

»Und der dritte?« Steiger sah ihn an, aber Yameogo vermied immer noch Blickkontakt.

»War Mann, war älter …« Er suchte nach Worten.

»Älter als die beiden anderen?«

»Ja«, sagte er.

»Was wollte der Mann?«

»Bisschen Heroin«, sagte er, »ein Bubble, glaub' ich. Wollte aber nächsten Tag mehr, weil hatte nicht genug Geld dabei.«

»Der Mann wollte am Samstag mehr Heroin kaufen, weil er am Freitag zu wenig Geld hatte, ist das richtig?« Steiger kam sich vor wie ein Papagei.

Yameogo nickte, unsicher, dann mit etwas Nachdruck.

»Und, haben Sie ihm am Samstag was verkauft?«

Der Schwarze zog eine gequälte Fratze.

»Samstag ich weiß nicht. Nix in Kopf«, sagte er, als sei er es leid, immer wieder dasselbe zu wiederholen.

»Wie sah der Mann aus, der am Samstag bei Ihnen Drogen kaufen wollte, Herr Yameogo? War er groß, klein, schon älter, sprach er Deutsch?«

Yameogo zuckte mit den Schulten. »Weiß nicht«, sagte er kraftlos, und als Steiger glaubte, das sei es gewesen, fügte er noch »Hatte helle Haare« hinzu.

Was für eine gequirlte Scheiße, dachte Steiger, kein Anfang, kein Ende, alles nur unzusammenhängender Blödsinn. Entweder der Schwarze war nicht ganz richtig im Kopf, oder er verschwieg weiterhin etwas, aus welchem Grund auch immer, vielleicht weil er glaubte, es könne ihm schaden. Oder das Heroin, das er sich bis zu seiner Festnahme selbst gespritzt hatte, hatte ihm die Birne weichgemacht.

Wenn das allerdings stimmen sollte, dass Yameogo am Freitag krank war, blieben noch drei Tage, an denen er Caroline Thamm in irgendeinem gottverdammten Versteck, das sie bis heute nicht kannten, gequält und missbraucht haben konnte. Aber das passte absolut nicht mehr zu dem, was der Obduktionsbericht hergab. Dann musste es einen Mittäter geben. Aber warum bestritt er das so vehement?

Steiger verabschiedete sich von Yameogo, der ihn dabei wie einen falschen Heiland ansah, zu dem man als Leprakranker kam und dann doch nicht geheilt wurde.

Bis zum Dienst war noch Zeit, und Steiger hatte noch eine Idee.

29

»Das reicht mir alles nicht, Herr Adam«, sagte Staatsanwalt Holger Dobinski, und obwohl der Mann hinter seinem Schreibtisch saß und keinen Muskel bewegte, machte er einen gehetzten Eindruck. Holger Dobinski war einer von mehreren Staatsanwälten, die bei der Dortmunder Staatsanwaltschaft Kapitaldelikte bearbeiteten, im Juristendeutsch kurz Kap-Dezernenten. Er war der leitende Staatsanwalt in der Mordkommission Brache gewesen und ein Guter, wie die Kollegen sagten. Die Zusammenarbeit zwischen Polizei und Staatsanwaltschaft war auf kaum einem anderen Gebiet so eng wie bei Mord und Totschlag, und die meisten Staatsanwälte gestalteten das Verhältnis zu den Kripoleuten absolut auf Augenhöhe. Darum war es auch ungewöhnlich, dass Dobinski ihn siezte. Aber sie hatten noch nicht viel miteinander zu tun gehabt.

»Sehn Sie, für alles, was Sie mir jetzt geschildert haben, gäbe es Erklärungen, die mit unseren Ergebnissen zusammenpassen.«

»Und dass am Opfer Wunden sind, die ihr von Yameogo nicht beigebracht worden sein können, wenn das Opfer am Mittwochabend noch gesehen wurde?«

»Dann hat er ihr das eben hinterher beigebracht, und sie hatte gutes Heilfleisch oder was weiß ich. Sehen Sie, Herr Adam, wir haben unzählige Spuren des Täters am Opfer und eindeutige Spuren des Opfers am Täter, denken Sie mal an die Bisswunde an der Hand. Wir haben null, wirklich null Hinweise auf einen Mittäter. Ich habe nicht den geringsten Zweifel, dass wir den richtigen Mann haben.«

Den Spruch hatte Steiger in den letzten Tagen schon einmal gehört, und er hatte für den Augenblick keine Argumente mehr. Die Sache mit den SMS hatte er ausgelassen, weil er nicht wusste, wie Dobinski damit umgehen würde, dafür kannte er den Mann zu wenig.

»Und erlauben Sie mir noch eine Frage«, sagte der Staatsanwalt, als Steiger gehen wollte. »Auch wenn Sie Mitglied der Mordkommission waren … Eigentlich haben Sie als Angehöriger des ET jetzt nichts mehr mit der Sache zu tun, oder?«

»Nein«, sagte Steiger und war sich nicht sicher, ob in Dobinskis Stimme plötzlich ein eigenartiger Unterton klang. »Eigentlich nicht. Ich wollte es nur gesagt haben, weil ich eben einiges Neue erfahren habe und die Dinge bei mir nicht so richtig zusammenpassen.« Er überlegte, ob er etwas von seinem schlechten Gefühl sagen sollte, ließ das aber sein und ging.

Eine halbe Stunde später betrat Steiger das Präsidium, und als er auf den Aufzug wartete, traf er Kurt Kleine vom KK 11. Kurt hatte die Anforderung für die Körpergröße bei seiner Einstellung vor dreiunddreißig Jahren mit Ach und Krach geschafft, glich das jetzt aber dadurch aus, dass er eine ansehnliche Kugel vor sich her schob. Bei einer eventuellen Täternacheile hätte er mittlerweile schlecht ausgesehen, aber Kurt war der beste Aktenführer der Behörde mit einem Gedächtnis, das ihm in verschiedenen Fernsehsendungen viel Geld einbringen konnte, waren sich die Kollegen sicher. Sie versuchten ständig, ihn dazu zu bewegen und hinterher von dem gewonnenen Geld wenigstens eine große Fete zu geben, aber Kurt Kleine war ein Gemütsmensch, der am liebsten seine Ruhe hatte, und er war der Aktenführer in der MK Brache gewesen.

»Mahlzeit, Kurt«, sagte Steiger.

»Mahlzeit, Steiger«, sagte Kurt Kleine und lachte, denn er war meist gut gelaunt, was Steiger an ihm mochte. Jetzt konnte die Fröhlichkeit allerdings auch damit zusammenhängen, dass er auf dem Weg in die Kantine war. Steiger wollte die Gelegenheit nutzen.

»Wo ich dich schon mal treffe, Kurt«, sagte er, »kann ich dir noch eine Frage zur MK Brache stellen?«

Kurt Kleine nickte. »Klar. Hab' schon gehört, dass du da besonderes Interesse hast.«

Steiger war klar, dass Peter Schulze das nicht für sich behalten konnte, und hätte gern gewusst, welchen Unsinn er wieder unter die Leute gebracht hatte. Aber er wollte sich nicht ärgern und ließ es auf sich beruhen.

»War eigentlich bekannt, dass der Täter, nachdem er aus dem Gewahrsam entlassen worden war, einen Tag krank war?«

Der kleine Mann brauchte keine Sekunde. »Ja, so eine Aussage gab es, warum?«

»Haben wir das bei der Hypothesenbildung mit einfließen lassen?«

»Nein, weil der Zeuge sich nicht sicher war und es vom Hörensagen wusste. Und einen weiteren Zeugen, außer dem Beschuldigten, der das auch sagte, konnten wir dafür nicht ermitteln. Außerdem spielt es keine Rolle, ob er in dem Zeitraum ein paar Stunden im Bett lag. Vielleicht hatte er sich auch was Schlechtes gespritzt.«

»Weißt du noch, wie der Zeuge hieß?«

»Irgend so ein afrikanischer Name«, sagte Kurt Kleine und sah nach unten.

Sieh an, sieh an, auch unser Kurti wird älter, dachte Steiger, als sie in den Fahrstuhl stiegen, denn er konnte sich nicht erinnern, dass Kurt Kleine jemals ein Name nicht eingefallen war.

»Oumar Koffi hieß der Mann«, sagte der mit einem Lächeln, bei dem Steiger nicht sicher war, ob die vorgetäuschte Vergesslichkeit nicht ein kleines kokettes Spielchen gewesen war.

»Er hieß nicht Daouda Bamogo?«

»Nein, ganz sicher nicht. Bamogo war der mit dem Ablesefehler, über Yameogos Krankheit hat der nichts gesagt. Aber warum willst du das alles wissen? Der Mann sitzt warm und sicher.«

»War nur 'ne Frage, Kurt, danke.«

Kurt grüßte, stieg aus und ging Richtung Kantine.

Steiger schüttelte den Kopf. Kurt war unglaublich.

Als Steiger die Räume des ET betrat, hatte er kaum Zeit, seinen Mantel auszuziehen, da bat Gisa Kracht ihn in ihr Büro, und der Ton, in dem sie das tat, klang nicht nach einem Plausch beim Kaffee. Sie saß hinter ihrem Schreibtisch und sah ihn wieder wie ein missratenes Kind an, und wieder ging Steiger dieser Blick auf die Nerven.

»Peter Schulze hat grad' angerufen. Er hat vor einer Viertelstunde auch einen Anruf bekommen. Du ahnst, von wem?«

»Von Jogi Löw? Auf dessen Anruf warten alle.«

»Steiger, lass den Scheiß. Von Staatsanwalt Dobinski. Ich soll dich zum Gruppenleiter schicken, sobald du hier auftauchst. Kannst du mir mal erklären, was da läuft?«

Er sah Gisa an und überlegte, ob er ihr davon erzählen sollte. Gisa war okay, und er wusste, dass sie ihn leiden konnte. Sie hatte ihm in den drei Jahren, in denen sie jetzt seine Chefin war, in einigen heiklen Situationen den Rücken gestärkt und ihm einmal seinen Arsch gerettet. Aber sie war korrekt, krumme Sachen waren mit ihr nicht zu machen, irgendwo war Schluss. Er nahm sich einen Stuhl, setzte sich vor ihren Schreibtisch und erzählte wieder die Geschichte.

»Woher weißt du das mit den SMS?«, fragte sie, als er fertig war.

»Ich weiß es eben.«

Sie atmete zweimal tief aus.

»Du weißt, dass ich solche Nummern überhaupt nicht leiden kann, ja? Wir sind an Gesetze gebunden, Steiger, so was geht nur mit Beschluss. Wenn wir uns nicht daran halten, wer dann?«

»Sonst hast du dazu nichts zu sagen?«, machte er einen letzten Versuch.

»Was weiß ich«, sagte sie und gestikulierte, und Steiger war überrascht, dass das eine Spur übertrieben und unsicher aussah. »Ich bin in dem Fall nicht drin. Nach allem, was ich gehört habe, war doch die Spurenlage so eindeutig wie nur was. Und er ist doch auch verurteilt worden, oder? Du tust ja grad' so, als würden unsere Richter leichtfertig jemanden lebenslang in den Bau schicken. Das sehe ich anders, mein Lieber.«

Ja, das sah sie anders. Gisa glaubte an den Rechtsstaat und daran, dass das Gute letztendlich siegen und die Wahrheit ans Licht kommen werde. So oder so ähnlich hatte sie es ihm einmal auf einer Feier gesagt, und weil so eine Prise Pathos sonst nicht ihre Sache war, hatte sie auch ein paar Bier dafür gebraucht.

Kriminalgruppenleiter Rüter war nicht allein. Als Steiger sein Büro betrat, war Peter Schulze schon da. Das Gespräch verlief in etwa so, wie Steiger sich das vorgestellt hatte. Zu allem Überfluss hatte mittlerweile auch der Knast angerufen und darum gebeten, nach Möglichkeit demnächst Vernehmungen von Strafgefangenen anzumelden, sie wussten also auch das. Rüter war sonst kein unbesonnener Mann, aber von Schulze schon so weit gebrieft worden, dass er sich nur mit Mühe beherrschte und jede Erklärung überflüssig war.

»Hast du eigentlich noch alle Tassen im Schrank? Wenn du es nicht wärst, würde ich es glatt für Diensteifer halten, aber an der total falschen Stelle«, blökte Schulze dazwischen, aber Rüter stoppte ihn mit einer Handbewegung, erfreulich deutlich, fand Steiger.

Er überlegte einen Moment, ob er Rüter, als dieser sich wieder etwas beruhigt hatte und nach der Motivation für diesen Aktionismus fragte, noch einmal die Geschichte erzählen sollte. Aber er hätte gar nicht mehr gewusst, der wievielte Mensch der Kriminalgruppenleiter dann gewesen wäre, der es nicht verstanden hätte.

Steiger verließ das Büro mit der deutlichen dienstlichen Anweisung, in der Sache nichts mehr zu unternehmen. Das Einzige, was ihn wirklich dabei störte, war Peter Schulzes Blick gewesen.

Er ging in der sechsten Etage ans Fenster und schaute auf den Westfalenpark. Der Verkehr auf der B1 rollte mit derselben Regelmäßigkeit, mit der Wellen auf einen Strand laufen, zwischen den Wolkenlücken war das übliche Blau zu sehen, und die Blätter der Bäume bekamen langsam einen anderen Farbstich. Alles sah so aus, wie es an einem Montagnachmittag im September aussehen musste.

War er hier der Idiot?, fragte er sich. Wurde er langsam verrückt oder senil? Batto hätte ihm jetzt wahrscheinlich etwas vom Johari-Fenster erzählt, irgendeinem psychologischen Modell, das er öfter erwähnte, vom blinden Fleck, den wir alle uns selbst gegenüber haben. Wenn er in den letzten Tagen mehreren Leuten die Sache mit Caroline Thamm erklärt hatte, viele von ihnen erfahrene Ermittler, und keiner es verstand, war er dann nicht der, der völlig aus der Spur lief? Ihm fiel der alte Witz vom Geisterfahrer ein, der seine eigene Meldung im Radio hört und ruft: Ein Geisterfahrer? Hunderte!

War er dieser Geisterfahrer?

In diesem Augenblick fiepte sein Handy. Er sah auf das Display, es war Toni Sawitzki.

30

»Nichts geht mehr.«

Der Croupier schickte die weiße Kugel mit professioneller Lässigkeit auf ihre Runden, sie löste sich nach acht Umläufen vom Rand, sprang über die Rhomben und landete in der Sechs.

»Sechs, schwarz, *pair*, *manque*«, sagte der Mann und raffte mit dem Rateau alle Jetons zusammen, die verloren hatten. Auch Steigers Jeton auf Rot war dabei, aber mit den beiden anderen auf *pair* und *manque* gewann er jeweils ein Stück. Den Gewinn ließ er stehen und setzte zwei weitere Zehnerjetons auf Schwarz.

Er hatte sich entschlossen, einen Abend in der Spielbank zu verbringen, um Ordnung in seinen Kopf zu bekommen, um innerlich mal wieder für einen Moment eine Richtung zu erkennen, denn was ihn hier erwartete, wusste er aus unzähligen Besuchen: die völlige Leere nach einem Verlust und die Euphorie nach einem Gewinn. Vor Jahren war er fast täglich hier gewesen, weil er geglaubt hatte, man könne das System überlisten, irgendwie. Heute wunderte er sich, jemals so blauäugig gewesen zu sein. Es hatte ihn ein paar Tausender gekostet, trotzdem kam er immer noch regelmäßig. Vielleicht hatte es damit zu tun, dass es an diesem Ort diese klare Linie gab zwischen Sieg und Niederlage, wie bei einem Boxkampf, und dass man die wirkliche Chance hatte, zu den Siegern zu gehören, manchmal jedenfalls.

Er hatte die Sache im Griff, dachte er, vor allem, wenn er an Abenden nach Hause fuhr, an denen er verloren hatte und sich leer fühlte, und er war sicher, sich dabei nichts vorzumachen. Zumindest hatte er noch nie Schulden gemacht, nicht bei der Bank und schon gar nicht bei Freunden. Aber weil sein Konto meistens schon Mitte des Monats in den dreistelligen Minusbereich rutschte, war der eine oder andere Hunderter nebenbei eine willkommene kleine Atempause, und er führte zwar nicht Buch, hatte aber den Eindruck, dass er öfter gewann. Er war kein wilder Zocker, der das große Glück beschwor, im Gegenteil. Beim Zocken ist das Glück dein Gegner, zumindest wenn du dich darauf verlässt, hatte er in einem Zockerbuch gelesen, das sich mit dem Zufall befasste. Wenn man den Einfluss des Glücks schon nicht ausschließen konnte, musste man ihn reduzieren, so gut es ging. Darum spielte er Systeme auf den einfachen Chancen, manchmal mit einer Progression im Gewinn, manchmal im Verlust, je nach Laune. Es gab Leute, die das für Unsinn hielten, er glaubte, dass sie sich irrten. Und man musste mit kleinen Stückzahlen zufrieden sein, aufhören im Gewinn, einer der wenigen Vorteile, die man der Bank gegenüber hatte. So hätte er es erklärt, wenn er gefragt worden wäre. Aber außer mit Batto hatte er noch nie mit jemandem darüber gesprochen, und Batto machte sich nichts aus der Zockerei.

»Vierzehn, rot, *pair*, *manque*«, sagte der Croupier, und wieder raffte er einen von Steigers Stapeln zu sich und legte jetzt zwei Stücke auf die beiden anderen. Steiger spürte diesen leichten Lufthauch im Nacken, der sich immer noch einstellte, wenn er gewann. Er setzte seinen letzten Satz nach den Vorgaben des Systems und wartete.

Er hatte Toni Sawitzkis Anruf am Nachmittag nicht angenommen und wollte auch nicht ihre Nachricht auf der Mailbox abhören, weil er sich entschlossen hatte, die Sache auf sich beruhen zu lassen.

»Dreißig, rot, *pair, passe*«, sagte der Mann, und Steiger fühlte das Kribbeln. Wieder hatten zwei seiner Stapel gewonnen, und er nahm sie vom Tableau.

Er war jetzt zwei Stunden hier, fünfzehn Stücke im Plus und fragte sich, ob er weitermachen solle. Für Momente, in denen er so unschlüssig war wie heute Abend, hatte er sich eine Aufgabe ausgedacht, um sein Glück zu prüfen, wie er es nannte. Er setzte einen Jeton auf eine Transversale *plein* und wartete, ob eine der sechs Ziffern fiel, ob das Glück dieser etwas größeren Anforderung bei eins zu sechs gegen ihn ebenso gerecht wurde wie beim Fifty-Fifty auf den einfachen Chancen. Er hatte sich für die Transversale zehn bis fünfzehn entschieden und verfolgte den Lauf der Kugel, bis sie fiel.

»Neun, rot, *impair, manque*«, sagte der Croupier, räumte das Tableau ab, und Steiger fand, dass dieses knappe Scheitern ein deutlicher Hinweis war, nach Hause zu fahren. Natürlich waren das kindische Gedanken, das war ihm klar, aber er hatte Leute kennengelernt, die mit Riesensummen rein nach ihrer Intuition spielten und für die solche Dinge das einzige Kriterium waren. Er fand es zumindest spaßig.

Als er an der Kasse die Jetons gegen Bargeld gewechselt hatte, fächerte er die Scheine auf, zog zwei Fünfziger und zwei Zwanziger ein wenig aus dem Fächer hervor und genoss den Anblick seines Gewinns.

Auf der Heimfahrt fand er im Radio keine Musik, die ihm gefiel, und er schaltete ab.

Vielleicht hatten sie ja alle recht, die Schulzes, Dobinskis und Kleines, und es gab gute Erklärungen dafür, dass

Yameogo der Alleintäter war. Vielleicht hatte Caroline Thamm am Mittwoch nur einen Ausflug gemacht, und die beiden SMS waren nichts weiter als ein Scherz unter jungen, albernen Menschen gewesen, und vielleicht war sie tatsächlich am Donnerstag, bevor jemand anders sie noch mal gesehen hatte, auf Yameogo getroffen, der sie an irgendeinen Ort geschleppt, dort festgehalten, gequält und getötet hatte. Vielleicht war ihr Fleisch gutes Heilfleisch, wie Dobinski sagte, oder vielleicht hatte die Leiche unter Bedingungen gelegen, die die Wunden anders aussehen ließen, vielleicht war das alles genau so passiert oder zumindest so ähnlich, wie sie es in der Akte angenommen hatten.

Sein Gefühl sagte ihm etwas anderes, aber es hatte auch Gelegenheiten in seinem Leben gegeben, in denen sein Gefühl ihn verarscht hatte.

Nur heute Abend nicht, da spürte er nichts weiter als das warme Gefühl des Gewinnens.

31

Es wurde dunkel, und er hatte keine Hoffnung mehr, dass sie heute noch kam. Seit mehreren Stunden war er regelmäßig durch den Westpark und die angrenzenden Straßen gegangen, aber das Objekt vom letzten Mal war nicht da.

Sie hatte letztens zwar nicht völlig zugedröhnt ausgesehen, aber unglücklich, und sie hatte auch irgendetwas intus gehabt, was alles zusammen ziemlich günstig für ihn war. Oft suchten sie dieselben Orte auf; fürs Unglücklichsein hatten die meisten Menschen Orte, das mit dem Glück klappte anscheinend überall.

Man musste nur Geduld haben. Er war seit dem Nachmittag hier gewesen, aber er musste langsam aufpassen, nicht aufzufallen. Einer der Hartz-IV-Trinker unter den Bäumen hatte ihn vorhin schon gegrüßt, als würden sie sich kennen.

Nach einer letzten großen Runde ging er zum Wagen und fuhr.

An einer Tankstelle in Wickede hielt er, um sich Wasser zu kaufen. Er zog die Mütze etwas tiefer in die Stirn und setzte sich die Brille auf. Im Verkaufsraum waren außer ihm nur noch ein alter Mann und ein älteres Paar. Der Kleidung nach zu urteilen, handelte es sich bei dem Paar um Obdachlose. Sie konnten sich nicht über den Einkauf einigen, und es hörte sich an, als ginge es um Alkohol. Der Greis am Zeitungsregal durchblätterte ein wenig nervös nacheinander die Zeitungen mit dem nackten Fleisch und steckte sie wieder zurück. Jedes Mal, wenn er ein neues Blatt nahm, sah er sich über die Schulter um, aber der Teeny hinter der Kasse hatte kein Interesse.

Jetzt erst hatte er das Mädchen entdeckt, und sie kam sofort in die engere Wahl. Sie war höchstens sechzehn, wahrscheinlich jünger und machte einen ungeduldigen Eindruck.

Mit scheinbarem Interesse an der Auslage beobachtete er sie von verschiedenen Positionen. An den Kühlschränken öffnete er eine der Glastüren und nahm sich ein stilles Wasser, ohne sie dabei aus den Augen zu lassen.

Das Mädchen unterhielt sich mit der Frau des Pennerpärchens, und sie schienen sich zu kennen. Ihre Freundlichkeit war echt, und das Objekt versuchte, höflich zu sein, sah aber ständig auf die Uhr.

Er ging zur Kasse und zahlte sein Wasser. »Ich hoffe, Sie können wechseln«, sagte er und legte einen Fünfziger auf die Schale aus Plastik.

»Kein Problem um diese Zeit«, sagte das Mädchen und lächelte reflexartig.

Aus der Nähe sah sie noch jünger aus, und er fragte sich, wie alt sie wirklich war. Als er sich abwandte, bemerkte er die Pennerin, die ihn die ganze Zeit angesehen zu haben schien. Ohne seine Bewegungen zu unterbrechen, ging er an ihr vorbei und stieß fast mit einem jungen Burschen zusammen, der hereinkam. Er wirkte gehetzt und entschuldigte sich schon von weitem bei dem Mädchen.

»Wo bleibst du denn?«, fragte sie hinter der Kasse. »Es ist nach acht, mein Bus ist jetzt weg, Mann.«

Er blieb an dem Regal mit den Scheibenwischern stehen und tat so, als habe er etwas Interessantes entdeckt.

»Tut mir leid, Nadine«, sagte der Junge, der nur ein paar Jahre älter war als das Mädchen, »aber mein Roller hat den Geist aufgegeben.«

»Scheiße, jetzt muss ich das lange Stück bis zur Bahn gehen und bin viel zu spät zu Hause.«

»Einmal wird das schon nicht so schlimm sein«, sagte der Junge.

Sie wurde leiser, so als sei das, was sie jetzt sagte, nicht für alle bestimmt, aber er hörte es. »Das Jugendamt macht meinem Alten sowieso schon Stress. Wenn die mitkriegen, dass ich hier bis abends arbeite, machen die wieder die Welle, dass er seiner Aufsichtspflicht nicht nachkommt. Und ich will nicht zu meiner Mutter zurück und schon gar nicht ins Heim.«

»Ja«, sagte der Junge, als sei er der Meinung, sich genug entschuldigt zu haben. Er zog seine Jacke aus, zupfte den Rest seiner Kleidung zurecht und ging hinter die Kasse. Für ihn schien die Sache erledigt.

»Außerdem brauche ich das Geld, oder meinst du, ich verbringe hier jeden zweiten Nachmittag, weil es mir Spaß macht?« Mit diesen Worten verschwand sie in einem kleinen Hinterraum.

Er hängte ein paar Scheibenwischer auf den Haken zurück, ging, so schnell er konnte, zum Wagen und fuhr ein Stück die Straße runter, auf der glücklicherweise kaum noch Autos waren. Nach etwa hundert Metern wendete er und stellte sich in eine Parkbucht. Er kannte sich nicht aus und wusste nicht, in welche Richtung es zur Bahn ging. Fußgänger waren auch nicht unterwegs. Er legte sich zur Tarnung eine Straßenkarte auf die Knie und sank tiefer in den Sitz, immer die Augen auf die Tankstelle gerichtet.

32

Elisabeth Drexler traf ihre große Liebe mit zweiundvierzig Jahren. Da war sie seit neun Jahren Alkoholikerin, ungefähr, denn der Beginn der harten Trinkerei ließ sich nicht mehr so eindeutig festlegen, und sie lebte schon so viele Winter auf der Straße, dass sie es gar nicht mehr so genau wissen wollte. Sie hieß Elisabeth, nannte sich aber Eliza, und sie sprach es immer in der englischen Sprechweise aus. Der Grund dafür war der vielleicht glücklichste Augenblick in ihrem Leben gewesen, der jetzt zwar schon über dreißig Jahre zurücklag, den sie aber an manchen Tagen in ihrer Erinnerung so lebendig erleben konnte, als sei es gestern gewesen. Eigenartigerweise hing diese Erinnerungsfähigkeit nicht mit ihrem Alkoholpegel zusammen. Manchmal kamen die Bilder in fast nüchternem Zustand, als ginge sie einfach in einen Raum, in dem sie in unzähligen hohen Regalen lagen, man musste sie nur herausnehmen und entrollen, es ging ganz leicht. Manchmal kam die Erinnerung aber auch in Momenten, in denen der Wacholder, oder was sie gerade hatte, ihren Geist so träge machte wie eine Fahne bei Windstille. Nur die Bilder waren nicht träge. Sie zeigten ihr ein Mädchen, das leichtfüßig über eine Bühne tanzte, schmalgesichtig mit großen Augen unter einem riesigen Hut, und das mit einer hellen, klaren Stimme mühelos sang. Die Texte konnte sie bis heute, und manchmal sang sie noch ein paar Zeilen: »Far away from the cold night air ...« Aber diese Momente waren immer seltener geworden.

Sie war die Zweitbesetzung für Eliza Doolittle gewesen, und das eigentlich auch nur wegen ihres Namens, wie die Musiklehrerin gesagt hatte, und weil sie in der Klasse ohnehin nicht so viele Mädchen waren. Schon als Kind war sie nie der Typ für Erstbesetzungen gewesen, und wenn sie andere Leute von deren Kindheit als einer endlosen Reihe verspielter Tage, an denen meistens die Sonne schien, reden hörte, fühlte sie sich fast undankbar. Denn ihre Kindheit war anders gewesen. Nicht grausam oder angstvoll, es gab auch keine schlimmen Erinnerungen, die sie quälten, von Misshandlungen oder Strafen. Ihre Kindheit war in ihrer Erinnerung eine endlose Reihe von Tagen, an denen das Wetter grau war und nichts passierte, ein ewiger Sonntagnachmittag im November. Darum war sie damals auch nicht traurig gewesen, nur die zweite Besetzung zu sein, nicht mal danach hatte sie sich gedrängt. Und diese Eliza war schon ein eigenartiges Mädchen. Nie wäre die wahre Elisabeth aus freien Stücken zu Higgins gegangen, um Sprechunterricht zu nehmen, hatte sie oft gedacht. Aber Eliza schon. Sie hatte nicht gewusst, ob sie neidisch sein oder aber das Blumenmädchen dafür bewundern sollte. Sie wusste es bis heute nicht.

Als die erste Besetzung nach drei Aufführungen Scharlach bekam, durfte sie an den restlichen beiden Abenden auf die Bühne. Bis auf den letzten Platz war die Aula der Schule besetzt, und am Ende standen alle, applaudierten, riefen: »Bravo« und: »Da capo« und solche Dinge, und bei der letzten Aufführung hatten sogar ein paar in der ersten Reihe begonnen, »Eliza, Eliza« zu rufen, dann immer mehr und am Ende fast alle.

Der Junge am Mischpult hatte die Musik angespielt, und sie ganz allein hatte die Zugabe gesungen. Hinterher applaudierten wieder alle, die Leute auf den Plätzen, die Lehrer und die Sänger, die auf der Bühne hinter ihr standen. Hätte sie sich diese Situation vorher ausgemalt, hätte sie Angst davor gehabt, aber in dem Augenblick auf der Bühne war nur flirrendes, funkelndes Glück in ihr. Nie wieder in ihrem Leben hatte sie sich so gefühlt.

An einem Samstagabend Jahre vorher hatte sie mit ihrem Vater, kurz bevor er starb, eine Familiensendung im Fernsehen gesehen, in der Kandidaten über einen Hindernisparcours laufen mussten. Mal liefen sie über eine sich drehende Rolle, mal war der Untergrund glitschig oder schräg, und alle paar Meter schwangen von der Seite riesige gefüllte Säcke herüber, die an langen Seilen hingen und denen man ausweichen musste. »Siehst du«, hatte ihr Vater damals gesagt, »so ist das Leben, Lisa, genau so.« Und solche Sachen sagte er meistens, wenn er schon etwas getrunken hatte.

Sie hatte sofort gewusst, was er meinte, und dieses Bild hatte sie nie vergessen. Auch heute noch dachte sie immer mal wieder darüber nach, aber weder wusste sie, was sie aus der Bahn geworfen hatte, noch an welcher Stelle des Parcours sie von einem der Säcke getroffen worden war.

Ihre Ehe war von Anfang an ein Irrtum gewesen, obwohl Siggi ein netter Kerl gewesen war und sie nie schlecht behandelt hatte. Auch die Trennung von ihrer Tochter, die sie schon acht Jahre nicht gesehen hatte und die jetzt vierundzwanzig Jahre alt sein musste, war kein Grund für die, sondern eine Folge der Trinkerei gewesen. Sie hatte bis heute keinen Schimmer, was es war, sie wusste nur, dass die Aussicht auf diese innere Glut eine Verheißung war, der sie nicht widerstehen konnte. Eigentlich konnte sie es auch jetzt noch nicht, aber seit Leo in ihrem Leben war, trank sie weniger.

Leo war ein Jahr jünger als sie. Mit vollem Namen hieß er Leopold Gruber, aber seit sie ihn kennengelernt hatte, nannte sie ihn Leo. Das war vor vier Jahren gewesen. In einer schon sehr kalten Oktobernacht hatte sie nur noch einen Schlafplatz im Grünen ergattert. Als es irgendwann eisig zu regnen begann und ihre Pappunterlage durch war, hatte Leo seine Plane mit ihr geteilt. Sie hatten zwar beide nur sitzen können, aber es war das erste Mal seit Jahren gewesen, dass sie wieder einen Körper so nah an ihrem gespürt hatte. Das war der Moment gewesen. Seitdem schlugen sie sich gemeinsam durch die Tage, was viele Vorteile hatte, denn Leo war nicht nur ein warmer Körper, er war auch ein Organisationstalent. Zurzeit hatte er ihnen eine Bleibe in einem leer stehenden Haus besorgt, in dem es fast trocken war, und mit seiner Flaschensammlerei nahm er oft so viel Geld ein, dass sie aufs Betteln verzichten konnten. Sie hasste das Betteln, weil es ihr auch noch den Rest Achtung vor sich selbst nahm, den sie manchmal noch besaß. Darum nannten ihn alle Leo, den Flaschensammler. An manchen Tagen brauchte er fünf Stunden für eine Tour, was daran lag, dass er sein Fahrrad nur schob. Sein Gleichgewichtssinn war bei einem Sturz ziemlich kaputtgegangen, und nicht nur das. Dieser Sturz vom Dach war der Anfang eines langen Sturzes gewesen, denn Leos Geschichte war viel klassischer verlaufen als ihre. Zuerst hatte er nach dem Unfall seine Firma verloren, dann seine Frau und schließlich den Halt.

Den gaben sie sich jetzt gegenseitig, jedenfalls so viel, dass es erträglicher war als ohne, und seit drei Jahren kannte man das Paar als Leo, den Flaschensammler, und Eliza, die Verrückte. Sie wusste, dass man sie so nannte, wusste aber nicht, warum, aber es war ihr egal.

Viele Läden sahen es nicht so gern, wenn Obdachlose gesammelte Flaschen eintauschten, deshalb brachte Leo seine nur zu wenigen Stellen. Heute ging er mit der Beute seiner letzten Tour zur Tankstelle in Dortmund-Wickede. Eliza begleitete ihn selten, aber heute schon, weil sie hoffte, dort auf Nadine zu treffen. Nadine war eine Schülerin und arbeitete an manchen Tagen an der Kasse. Eliza fühlte sich zu diesem Mädchen hingezogen, seit sie es das erste Mal gesehen hatte. Natürlich, weil sie in dem Alter war wie ihre Tochter, als man sie ihr wegen der Trinkerei weggenommen hatte, und weil das Mädchen ihr ähnelte, das war Eliza vom ersten Augenblick an klar gewesen. Aber da war noch etwas anderes. Manchmal strahlte das Mädchen einen Mut aus, eine Zuversicht, und da war sie wie die Eliza aus dem Musical, dachte sie, da wäre sie bestimmt zu Higgins gegangen. An anderen Tagen war sie überhaupt nicht so, sondern verzagt und ohne Mut. Nur freundlich, das war Nadine immer, und ab und zu, wenn niemand sonst in der Tankstelle war, spendierte sie Eliza sogar auf Kosten des Hauses einen heißen Milchkaffee mit ganz viel Zucker.

Leo konnte sich heute nicht entscheiden, und sie ließ ihn mit den Flaschen allein. »Geht es dir gut, Nadine?«, fragte sie über den Tresen hinweg.

»Ja«, sagte das Mädchen, »aber meine Ablösung kommt nicht. Ich müsste schon längst weg sein.«

»Die kommt bestimmt gleich«, sagte Liza, und Nadine bedankte sich mit einem Lächeln.

»Hoffentlich, aber mein Bus ist eh schon weg.«

Sie schlurfte wieder zu Leo ans Regal, und auf halbem

Weg ging der große, blonde Mann an ihr vorbei zur Kasse. Er trug eine Mütze und hatte eine Brille auf. Es war keine Sonnenbrille, aber sie war dunkler als andere, zumindest so dunkel, dass man seine Augen nicht sehen konnte. Er zahlte eine Flasche Wasser und sprach mit Nadine. Sie sprach normal, aber es ging etwas von diesem Mann aus. Eliza musste ihn ansehen, und als er fertig war und ging, ertappte er sie dabei.

Dann kam Nadines Ablösung in die Tankstelle gestürzt. Endlich, dachte Eliza und freute sich für das Mädchen.

33

Es dauerte länger, als er gedacht hatte.

Er zwang sich zur Konzentration und prüfte noch einmal alle Umstände, ob es tatsächlich möglich war. Spontanaktionen waren sehr viel risikoreicher und eigentlich nicht seine Sache, dafür war zu viel zu bedenken, aber die Gelegenheit war in der Tat sehr günstig. Das Objekt war jung genug und von seiner ganzen Art her der passende Typ, der nicht widersprechen würde, und die Sache mit dem Jugendamt war ein Volltreffer. Damit hatte er sie. Er griff kurz in die Innentasche des Sakkos und überprüfte, ob er den Jugendamtsausweis dabeihatte. Ein Grund, der gegen die Aktion sprechen konnte, waren die Kameras. Im Verkaufsraum hatte er zwei gesehen, eine davon an der Kasse. Er war einer der letzten Kunden gewesen, die man sicherlich überprüfen würde, aber mit Mütze und Brille war es okay. Die Klamotten, die er trug, waren Massenware aus dem Kaufhaus, seriös und unauffällig, wie immer, wenn er auf Tour war, und mit dem Kennzeichen fühlte er sich sowieso ziemlich sicher.

Zum Glück waren immer noch kaum Autos und keine Fußgänger unterwegs, und er hoffte, dass das so blieb. Etwas weiter hinten begannen die Häuser, und in Häusern waren Menschen, und wo Menschen waren, gab es meistens Hunde, und jetzt war genau die Zeit, noch einmal mit Waldi Gassi zu gehen.

Das Objekt kam immer noch nicht. Sie hatte es doch eben so eilig gehabt, dachte er. Aber schon richtig, der Bus war eh weg. Er versuchte sich zu erinnern, ob er auf dem Weg hierher in der Nähe eine U-Bahn-Station oder Straßenbahnhaltestelle gesehen hatte, aber ihm war nichts aufgefallen. Ein paar Minuten würde sie also brauchen, um dahin zu kommen, das müsste reichen.

Das Pennerpärchen war der zweite Volltreffer. Die Frau war ziemlich alt und machte nicht mehr den besten Eindruck, der Mann schien jünger zu sein und war absolut geeignet. Er hatte eine Flasche Fusel gekauft, soff also, aber seine Kleidung und der Rest seiner Erscheinung ließen erkennen, dass er sich noch nicht völlig aufgegeben hatte. Das klang ideal. Sie waren schon vor ein paar Minuten in die andere Richtung gegangen und mussten hier aus der Gegend sein. Er fragte sich, ob er erst das überprüfen sollte, als das Mädchen endlich das Tankstellengelände verließ. Sie ging ebenfalls in die andere Richtung und schien es in der Tat nicht mehr so eilig zu haben.

Noch ein kurzer Rundumblick, dann ließ er den Wagen an. Die Straße war leer. Er war nur wenige Meter gefahren, als etwa fünfzig Meter vor ihm ein Radfahrer auftauchte und ihm entgegenkam. Um nicht aufzufallen, fuhr er nicht wieder rechts heran, sondern ließ den Wagen weiterrollen. Der Radfahrer passierte ihn, und er näherte sich dem Objekt von hinten. Sie ging von ihm aus auf der linken Seite, und er hielt schräg hinter ihr. Sie schien nichts bemerkt zu haben und ging weiter. Er stieg aus, war etwa zehn Meter von ihr entfernt und wollte sie erst ansprechen, wenn er bei ihr war. Der Überraschungseffekt war größer. In diesem Moment sah er aus den Augenwinkeln eine Bewegung im Gebüsch neben der Straße. Es war die Pennerin, und die

Art und Weise, wie sie ihre Kleidung richtete, ließ vermuten, dass sie ihre Notdurft verrichtet hatte. Er unterbrach sofort seinen Gang, drehte um und ging zum Auto. Ohne Hast startete er den Wagen und fuhr los. Die Frau stand mittlerweile auf dem Bürgersteig, und im Vorbeifahren trafen sich ihre Blicke einen kurzen Augenblick. Im Rückspiegel konnte er sehen, dass das Mädchen sich umdrehte und mit der Frau sprach.

Dann eben nicht heute, dachte er, morgen ist auch noch ein Tag, und gab Gas.

34

Das Gelächter hallte durch die Räume des ET, was selten war um diese Zeit, denn es war noch nicht einmal Mittag. Alle standen um Jochen Bulthaups Rechner, auf dem ein Spaßvideo lief, eines der Filmchen, die ständig in der Behörde kursierten und für die man von den Systembetreuern eins zwischen die Hörner bekam. Steiger mochte das Zeug nicht besonders, vor allem, weil er alles für gestellt hielt. Dieses war wenigstens gut gemacht und ausnahmsweise lustig, aber er war sich sicher, dass auch hier alles gestellt war.

Drei junge Burschen saßen auf einem Sofa und machten ein Spiel, bei dem die beiden rechten sich mit einem Kochlöffel, den sie sich zwischen die Zähne gesteckt hatten, abwechselnd auf den gesenkten Kopf schlugen. Der Clou an der Sache war, dass der mittlere verarscht wurde und immer dann, wenn er seinen Kopf hinhielt, nicht vom rechten mit dem Löffel im Mund geschlagen wurde, sondern stattdessen vom linken mit einem Löffel, den er in der Hand hielt, dermaßen einen auf den Schädel geklatscht bekam, dass es schon beim Zuschauen weh tat.

Rosenberg konnte sich kaum halten, Benno Krone lachte, dass sein Bauch auf und ab wippte, und selbst Gisa Kracht konnte sich ein Schmunzeln nicht verkneifen. Steiger beobachtete die Gruppe, und wie schon oft fiel ihm auf, dass man in den Männern, ohne sich groß bemühen zu müssen, noch die Jungen sah, die sie einmal gewesen waren, vor allem, wenn sie sich so hemmungslos ausschütteten wie jetzt. Erstaunlich, wo doch das Leben und die Nachtdienste nicht spurlos an ihren Gesichtern vorbeigegangen waren und sie in Wahrheit fette, alte Kerle waren. Die meisten machte das sympathischer, fand Steiger, nur Benno Krone nicht. Aber vielleicht war der ja auch als Kind schon ein Idiot gewesen. Bei Gisa war das anders, Gisa sah aus wie eine Frau. Es lag nicht daran, dass sie bereits graue Haare hatte, die hatte Dieter Rosenberg auch schon mit seinen vierundvierzig Jahren. Gisa war sogar noch recht glatt im Gesicht, aber Steiger konnte in ihr nicht mehr das Mädchen finden, was ihm schon häufiger bei Frauen aufgefallen war. Vielleicht waren Frauen wirklich die erwachseneren Wesen. Als er die Truppe so vor sich sah, wie Krone die Tränen liefen und Bulthaup sich auf die Schenkel klopfte, war er sich nicht sicher, ob das ein Vorteil war.

Danach zeigte Bulthaup noch ein Video, bei dem ein Mann von einem Bagger hundert Meter in die Luft geschleudert wurde und dann einen Fallschirm zog. Was für ein Blödsinn, dachte Steiger, aber es war so gut gemacht, dass man es für Realität hielt.

Jana stand plötzlich an seiner Seite, sah ihn mit gespielter Herablassung an, und da sie mit allem bepackt war, was man in den kommenden acht Stunden Dienst brauchen würde, war die Botschaft eindeutig.

»Da bist du ja endlich, ich such' dich seit Stunden«, sagte Steiger und folgte ihr.

Sie machte ein zischendes Geräusch.

Am späten Nachmittag sollten sie möglicherweise die Leute vom Einbruch bei einer Durchsuchung unterstützen, aber das war noch nicht klar und hing davon ab, ob die einen Täter zu fassen bekamen. Bis dahin wollten sie zwei Haftbefehle vollstrecken, den ersten in einer Siedlung in Dortmund-Hombruch.

»Wie findest du eigentlich das Wetter heute?«, fragte er mit geschlossenen Augen, weil ihm die Sonne von der Seite ins Gesicht schien.

Jana fuhr wie üblich. »Ist doch toll, für September.«

»Und du bist jetzt ganz wild darauf, an so einem Tag einen Mann, der gegenüber seiner wahrscheinlich bescheuerten Gattin der Unterhaltspflicht nicht nachgekommen ist und die Geldstrafe nicht bezahlt hat, festzunehmen?«

»Ja, will ich. Das ist unser Job. Außerdem ist die Gattin wahrscheinlich eine nette, verantwortungsbewusste Frau.«

»Ich meine, du möchtest das sofort tun, jetzt?«

»Steiger, was willst du?« Es sollte wohl ungeduldig klingen, aber er hörte das Lachen in ihrer Stimme.

»Weißt du eigentlich, wie Pistazieneis schmeckt?«, fragte er nach einer Weile. »Ich geb' auch eins aus. Meinetwegen auch Erdbeer oder was du sonst willst«, schickte er hinterher, als sie nichts sagte.

»Jetzt, im Dienst?« Der Einwand klang nicht besonders energisch, fand er.

»Das Leben ist kurz, Jana, lass dir das von einem durch dreißig Jahre Dienst am Fließband des Grauens gestählten Kollegen sagen, und ich denke, unser Dienstherr würde es verstehen, wenn er davon wüsste.«

»Sag mal, was ist eigentlich los mit dir, Steiger, ich kenn' dich gar nicht wieder. Erst geierst du dich über einen der blöden Filme weg, über die du sonst nur rumätzt …«

»Ich hab' nicht gegeiert, niemals.«

»Na, dann hättest du dich mal sehen sollen, dann hast du

heute schon mindestens zwei Scherze gemacht, und jetzt willst du den schönen Tag nutzen und ein Eis essen? Ist irgendwas passiert? Im Lotto gewonnen?«

»Typisch«, sagte er mit immer noch geschlossenen Augen, »die Jugend denkt immer sofort an Kohle.« Er setzte sich aufrecht hin und versuchte, sie freundlich anzusehen. »Ganz im Ernst, ich lad' dich ein. Hier in der Nähe ist eine sehr gute Eisdiele, und im Rombergpark gibt es ein paar schöne Plätze. Und das Leben ist wirklich kurz.«

Eine halbe Stunde und jeweils drei Eiskugeln später standen sie in einer Siedlung in Dortmund-Hombruch und warteten, dass ihr Klient noch kam. Sie hatten ermittelt, welchen Wagen er fuhr, aber der alte Ford war nicht vor dem Haus der Schwester, wo er angeblich wohnte. Eine Nachbarin von gegenüber wusste zu berichten, dass er meistens gegen ein Uhr kam. Jetzt war es zwölf Uhr fünfundfünfzig.

»Darf ich dich was fragen?«, sagte Jana, nachdem beide ein paar Minuten geschwiegen hatten.

»Nur zu.«

»Was war gestern eigentlich los?«

»Was soll los gewesen sein?«

»Peter Schulze war vorhin da, bevor du kamst, und ich habe nur am Rande deinen Namen gehört, als er mit Gisa sprach. Es klang nicht so, als ob er dich für eine Belobigung vorschlagen wollte. »

Steiger erzählte ihr die Kurzform. »Was wollte Schulze denn schon wieder?«, fragte er, als er fertig war.

»Ich glaube, es ging auch darum, dass der Täter, wie hieß der noch …?

»Yameogo.«

»Ja, genau, der hat gestern einen Suizidversuch in seiner Zelle unternommen.«

In diesem Augenblick rollte der Ford auf die Einfahrt, und Jana wollte aussteigen.

»Was?« Steiger fuhr hoch und hatte das Gefühl, als habe ihn jemand geschlagen. »Warte«, sagte er mechanisch, aber Jana war schon draußen. Sie blieb auf halbem Wege stehen, fragte: »Was ist?« und sah ihn verständnislos über die Schulter an.

Der Mann war mittlerweile ausgestiegen und auf dem Weg zur Haustür, blieb aber stehen, als Jana seinen Namen rief.

Steiger stieg auch aus und folgte seiner Kollegin, die ihn kurz ansah und dann die Angelegenheit regelte, als Steiger keine Anstalten machte. Der Mann tat völlig überrascht, dass ein Haftbefehl gegen ihn bestand, hatte aber genug Geld im Haus, um die Festnahme zu verhindern. Jana wickelte auch den Rest der Sache ab.

Steiger sagte kein Wort, sah die ganze Zeit das Bild von Bakary Yameogo vor sich, wie er in Knastkleidung und mit gesenktem Kopf dagesessen hatte, und er erinnerte sich an den Blick des Schwarzen, als er gestern gegangen war.

»Was war denn das grad' für 'ne Nummer?«, fragte Jana, als sie mit dem Geld und den Unterlagen im Auto saßen. »Danke für die Unterstützung.« Sie sah sauer aus, und es war nicht gespielt.

»Wie geht es ihm?«, fragte Steiger, und ihm fiel gar nicht auf, dass er ihre Frage nicht beantwortet hatte.

Nach einem Anruf im Knast eine Stunde später waren andere Bilder in ihm. Jetzt hing der Afrikaner mit einem dünnen, weißen Seil um den Hals, das aus feinen Stoffstreifen gebastelt worden war, an der Heizung, oder er lag leblos auf einem Bett, angeschlossen an Schläuche und Maschinen, die rhythmische Geräusche machten.

Steiger nahm sein Handy und wählte die Nummer, Toni Sawitzkis Nummer.

35

Obwohl Steiger ziemlich an dem interessiert war, was Toni Sawitzki ihm zu sagen hatte, bekam er Janas Blick mit. Sie sah die Journalistin anders an, längst nicht mehr so feindselig und skeptisch wie beim ersten Treffen, im Gegenteil, er hatte fast den Eindruck, es könnte so etwas wie Interesse sein, oder sogar Sympathie, warum auch immer.

Er hatte Jana vorher völlig reinen Wein eingeschenkt, wie er Toni Sawitzki kennengelernt hatte, wie er zu ihr stand und was sie miteinander zu tun hatten, nur die Sache mit der gelegentlichen Kohle hatte er weggelassen. Er hatte gesagt, was er vorhatte, und ihr die Wahl gelassen, aber sie musste nur kurz überlegen, hatte ihn angesehen und sich dann entschieden mitzukommen. Allerdings unter der Voraussetzung, dass sie hinterher noch versuchten, den zweiten Haftbefehl zu vollstrecken. Steiger hatte zugesagt, denn der Einsatz mit den Leuten vom Einbruch würde nicht stattfinden, der Mann war den Kollegen durch die Lappen gegangen.

Toni hatte ein Café in der Innenstadt vorgeschlagen.

»Also«, sagte sie, als Steiger und Jana sich gesetzt hatten, »die beiden letzten Tage war irgendwie tote Hose bei mir, da hab' ich mich mal an unser Archiv gemacht und mit einigen Suchbegriffen gespielt, die ich aus dem wenigen, was du mir über diesen Fall erzählt hattest, raushören konnte. Na ja, ich finde, ich hab' da was ganz Interessantes gefunden.«

Nachdem Steiger ihr gleich zu Beginn verklickert hatte, dass Jana im Bilde war, erzählte die Journalistin wesentlich freier als beim letzten Mal.

»Vor zwei Jahren, genauer im Mai 2008, wurde in Mülheim ein vierzehnjähriges Mädchen getötet, die Tochter einer tamilischen Familie, die hier Asyl hatte. Man fand sie in einem Waldstück nicht weit von der B1. Auch sie war vorher drei Tage verschwunden gewesen und ist sexuell missbraucht und wohl übel zugerichtet worden. Schon einen Tag später hatte die zuständige Essener Mordkommission als Täter einen Bekloppten ermittelt, so eine Art Dorftrottel in Stadtversion, den in dem Viertel jeder kannte. Die Spuren waren wohl so eindeutig – Sperma und alles mögliche andere –, dass er aus der Nummer nicht mehr rauskam, obwohl er bestritt, etwas damit zu tun zu haben. Ich habe natürlich nicht die Vernehmung gelesen, weiß auch nicht, wie so ein Geistesgestörter vernommen wird, aber in den Zeitungsberichten war davon die Rede, dass er sich nicht erinnern konnte, wo er zwei Tage lang gewesen war. Das hat er auch noch später vor Gericht gesagt.«

Sie sah Steiger mit aufeinandergepressten Lippen an, Jana sah ihn auch an, und er wusste nicht, was er von der Sache halten sollte. Natürlich, es stimmte einiges überein, aber solche Fälle hatte es über die Jahre reichlich gegeben, wenn man ehrlich war. Meistens ließen Vergewaltiger ihr Sperma am Opfer, das bei Sexualmorden eben tot war. Er spürte seine Skepsis und hatte keine Ahnung, woher die kam, vielleicht hatte er in den letzten Tagen zu oft gehört, dass er ein Idiot war.

»Irgendwas habe ich noch vergessen«, sagte Toni, als Steiger keine Reaktion zeigte, und zog einen Block aus der Umhängetasche. Sie fand es nach kurzem Blättern. »Genau, sie hatten den Tatort nicht, etwas, was der Verteidiger vor Gericht wohl ziemlich ausgeschlachtet hat. Letztlich hat es dem Typen aber nicht geholfen.«

»Aber sein Sperma war am Opfer?«, fragte Steiger.

»Ja«, sagte Toni, »nach allem, was in den Zeitungen stand, war das so, und zwar reichlich. Die Kollegen mit den großen Buchstaben haben sogar was von ›überall Sperma‹ in der Überschrift geschrieben.«

Sein Sperma war am Opfer, ging es Steiger durch den Kopf, und das war verdammt noch mal nur möglich, wenn er sie gevögelt hatte. Mochte es noch so viele bescheuerte Parallelen geben, mochte der Täter sich nicht erinnern, und mochten sie den Tatort nicht gefunden haben, aber er hatte sexuellen Opferkontakt, und das ohne jeden Zweifel. Genau wie Yameogo. Jeder Ermittler mit einigermaßen gesundem Menschenverstand würde den Aktendeckel schließen, ein Kreuz bei »Geklärt« machen und sich ein paar Bier gönnen. Und vielleicht wäre das genau das Richtige.

»Wie sind sie auf den Täter gekommen?«, fragte er.

»Keine Ahnung«, sagte Toni, »jedenfalls hab' ich nichts darüber gelesen, aber damit haltet ihr Bullen ja ohnehin meist hinter dem Berg, wie heißt es so schön? ›Aus ermittlungstaktischen Gründen.‹«

Sie sagte es ohne eine Spur von Peinlichkeit oder Schuldbewusstsein und bekam auch nicht Janas leise Empörung mit, die wahrscheinlich von dem Wort Bullen herrührte.

Sie unterhielten sich noch ein paar Minuten, aber das war alles, was Toni über den Fall wusste. Der Täter war vom Gutachter als nicht schuldfähig eingestuft worden, saß jetzt aber im Maßregelvollzug und würde wohl für den Rest seines Lebens die Welt hinter einem fünf Meter hohen Zaun erleben. Sie zahlten und gingen gemeinsam.

»Toni!«, rief Steiger ihr draußen hinterher, als sie schon fast im Auto saß.

»Ja?«

»Warum hast du überhaupt nach dieser Sache gesucht?«

Sie blickte einen Moment auf den Boden und zuckte mit den Schultern.

»Keine Ahnung. Hatte wohl irgendwie das Gefühl, es könnte 'ne Story werden.«

Jana und Steiger gingen eine Zeitlang schweigend nebeneinander, als erwarte jeder vom anderen das erste Wort.

»Und?«, fragte er schließlich und blieb stehen.

»Was, und?«

»Na, was hältst du als angehende Top-Ermittlerin des PP Dortmund von der Sache? Du willst doch mal Karriere machen, oder?«

Jana überlegte eine Zeit. »Ich finde, es ist alles ziemlich eindeutig, aber ...« Wieder machte sie eine Pause

»Aber was?«

»Es ist eigenartig.«

Steiger erzählte ihr nicht, dass ihm dieses Wort langsam auf den Keks ging, weil jeder es benutzte, der von der Sache hörte. Ganz klar, er musste sich entscheiden und fragte sich, womit er besser leben würde, wenn er in einem Jahr oder wann auch immer darauf zurückblickte, und als er das tat, fiel ihm auf, dass so eine Frage verdammt nach Batto klang.

Er sah auf die Uhr, es war fünf nach zwei. Als sie am Auto ankamen, ging er wie selbstverständlich zur Fahrertür.

»Ich habe den Schlüssel«, sagte Jana und hielt ihn hoch.

Er machte nur eine Handbewegung, und sie warf ihm den Schlüssel über die Motorhaube zu.

»Kann ich erfahren, was das wird?«

»Du kannst mir helfen«, sagte er im Wagen und sah sie an. Sie zuckte unkontrolliert mit den Schultern, was er als diffuse Zustimmung nahm. »Ich setz' dich an der Dienststelle ab, und du machst jetzt zwei Stunden lang irgendwelchen Schreibkram, okay? Ich bin auf Außenermittlung, wenn einer fragt, irgendeine unbedeutende Nachfrage.«

Sie ließ sich ein paar Augenblicke Zeit, und Steiger konnte sehen, wie es in ihrem Kopf arbeitete.

»Es wäre mir eine große Hilfe«, schob er hinterher.

»Und wo ermittelt Herr Hauptkommissar Adam so ganz allein, wenn ich fragen darf?«, sagte sie spitz, aber die Zustimmung war nicht zu überhören.

»Fragen darfst du, aber glaub mir, es ist besser, wenn ich dir gesagt habe, dass ich nur kurz was nachfrage, da musst du nicht lügen.«

Sie nickte mit zusammengekniffenen Augen.

Er hatte sich schon abgewandt und die Hand am Zündschlüssel, sah sie jetzt aber noch einmal direkt an und sagte: »Auch wenn ich weiß, dass wir ein Team sind.«

Wieder sah er auf die Uhr. Es müsste in zwei Stunden zu schaffen sein, vorausgesetzt, die A40 war frei.

36

Die Situation war schwierig, und Steiger hatte genau überlegt. Hätte er sich vorher telefonisch groß angemeldet, wäre bestimmt irgendwer auf die Idee gekommen, noch mal in Dortmund anzurufen, weiß der Teufel, weshalb, und er konnte sich ausmalen, was Schulze dann für eine Welle machen würde. Darum war es wahrscheinlich besser, einfach hinzufahren und einen auf »Zufällig hier« und »Bei der Gelegenheit kurz 'ne Frage« zu machen.

Jetzt stand er vor dem Büro des Leiters KK 11 und klopfte an die Zarge, weil die Tür offen stand.

»Tag«, sagte Steiger, »Thomas Adam, Kripo Dortmund.« Er blieb im Türrahmen stehen.

Der Mann hinter dem Schreibtisch hatte einen grauen Haarkranz, leichten Bauchansatz und ein Gesicht, das öfter zu lachen schien. Er stand auf, stellte sich mit »Harald Breuer« vor und fragte: »Was kann ich für dich tun?«

»Hast du ein paar Minuten Zeit?«, sagte Steiger, »ich hätte nur ein paar Fragen zu einer Sache, die bei euch vor zwei Jahren gelaufen sein muss.«

»Leider wirklich nur ein paar Minuten, weil ich gleich eine Besprechung habe.«

Breuer bat ihn mit einer Handbewegung herein, und Steiger setzte sich auf einen Stuhl seitlich von Breuers Schreibtisch.

»Tja, wie fang' ich an ... Wir hatten vor zwei Monaten

eine Mordkommission in Dortmund, bei der ein fünfzehnjähriges Mädchen über mehrere Tage irgendwo festgehalten worden ist und schließlich tot aufgefunden wurde. Sie ist ziemlich durch den Wolf gedreht worden, und wir hatten nach zwei Tagen einen Tatverdächtigen, der aufgrund der Spurenlage eindeutig als Täter infrage kam und mittlerweile auch verurteilt worden ist.«

»Ja, ich erinnere mich an die Meldung«, sagte Breuer, nickte dabei und sah zur Seite, weil eine Frau hereinkam, die Steiger für eine Kollegin hielt. Sie grüßte kurz und machte sich dann an den Aktenfächern zu schaffen.

»Ich weiß«, sagte Steiger, »dass ihr im Mai 2008 einen Mord an einer vierzehnjährigen Tamilin hattet.«

Breuer überlegte kurz und nickte wieder. »Die MK Hölterstraße.«

»Das wird sie gewesen sein«, sagte Steiger und suchte nach den richtigen Worten. »Wir hatten diese Sache auch kurz auf dem Plan, weil es ein paar Parallelen gibt und weil bei unserem Fall, auch als wir den Täter schon hatten, noch ein paar, wie soll ich sagen, Ungereimtheiten aufgetreten sind. Wir wissen zum Beispiel bis heute nicht, wo der Tatort ist.«

»Das war in dem Fall auch so.«

»Das meine ich und wollte nur mal ein paar Sachen nachfragen, nur aus Interesse, weil ich grad' in einer anderen Angelegenheit hier im PP Essen bin. Welches Spurenbild hattet ihr damals?«

»Mein Gott, da fragst du mich was, Kollege, das ist zwei Jahre her, und ich hatte Urlaub zu der Zeit, hab' hinterher zwar mal die Akte gelesen, aber Details … Leider ist Andreas Pries, der MK-Leiter, heute nicht da, der könnte dir bestimmt einiges beantworten, und die Aktenführerin von damals auch nicht. Aber soweit ich mich erinnere, gab es reichlich Kontaktspuren, Sperma, Fasern, andere DNS, alles dabei.«

»Der Täter …?«

»Der Täter war ein geistesgestörter Hüne aus einer Einrichtung ganz in der Nähe des Fundortes. Den kannten alle im Viertel, so ein richtiges Riesenbaby, und wie das oft so ist, hat ihm das natürlich keiner zugetraut.«

»Und er war auch eine Zeit verschwunden, wenn ich das richtig gelesen habe.«

»Ja, ich glaube schon. Wie gesagt, ich war nicht in der MK.«

»Habt ihr mal einen Mittäter in Betracht gezogen?«

»Die Spurenlage hat das meines Wissens nicht hergegeben.«

»Wie seid ihr damals auf den Täter gekommen?«

»Durch einen telefonischen Hinweis, glaub' ich.«

»Und es gab keinen noch so kleinen Zweifel daran, dass der Mann das allein gemacht haben könnte?«

»Nein, soweit ich weiß nicht, was soll es auch für Zweifel geben bei den Spuren?« sagte Breuer, und Steiger merkte, dass die Lachbereitschaft aus seinem Gesicht gewichen war. Es entstand eine kleine Pause, die Kollegin verließ das Büro und grüßte noch einmal.

»Also, nimm mir die Frage nicht übel, Kollege«, sagte Breuer schließlich, »aber eure Sache ist geklärt, unsere Sache ist geklärt, beide Täter sind in Haft beziehungsweise in Sicherheit … Was interessiert dich daran noch so brennend? So richtig kapier' ich das nicht.«

Steiger hatte keine Ahnung, was er darauf Kluges sagen sollte, und wusste in diesem Augenblick, dass das Gespräch beendet war. Er hatte einen Moment überlegt zu fragen, ob er noch einmal einen Blick in die Akte werfen könne. Aber die lag nach zwei Jahren mit Sicherheit warm und staubig in einem Hochregal im Keller, und Breuer machte mittlerweile nicht den Eindruck, als ob er diesen Wunsch verstehen würde.

»Ach, weißt du, es war nur so ein Gefühl, hat man ja manchmal, und weil ich grad' zufällig hier war.« Als er es gesagt hatte, fiel ihm auf, dass es schon das zweite Mal war und damit eindeutig einmal zu viel.

»Ja, hat man manchmal«, sagte der Kommissariatsleiter und sah auf seine Uhr. »Du entschuldigst mich jetzt, ich sagte ja schon, ich habe noch einen Termin.«

Er stand auf und reichte Steiger die Hand.

»Ach, und grüß mir Peter Schulze«, rief Breuer Steiger hinterher, als der schon fast draußen war. Steiger blieb stehen und nickte ihm mit einem schiefen Lächeln zu.

»Der alte Haudegen. Wir kennen uns von verschiedenen Lehrgängen, wie das so ist bei der Polizei, man trifft sich immer irgendwo wieder.« Jetzt lachte Breuer wieder.

»Ja, wie das so ist«, sagte Steiger und ging.

Als er vor der Tür war, steckte er sich einen Zigarillo an und blies den Rauch in den Wind. Er wusste nicht, was er erwartet hatte, aber mehr als das hier schon. Breuer war nicht abweisend gewesen, nicht halb so abweisend, wie Schulze es gewesen wäre. Es hätte nur etwas mehr sein können für gut eine Stunde Autofahrt, denn das hier hatte er schon von Toni gewusst, bis auf den telefonischen Hinweis vielleicht. Er war jetzt keinen Schritt weiter als vorher und würde auch nicht weiterkommen, es sei denn, er würde offiziell Akteneinsicht beantragen. Aber er hatte keinen Schimmer, womit er die begründen sollte, wenn keiner verstehen konnte, warum er eine so klare Sache noch einmal lesen wollte.

»Hallo.«

Steiger hörte die Frauenstimme hinter sich und drehte sich mehr reflexartig um, als dass er dachte, gemeint zu sein. Es war die Kollegin, die in Breuers Büro Akten verteilt hatte, und sie kam auf ihn zu.

»Petra Bartling«, stellte sie sich vor. »Wir haben uns eben kurz im Büro von Harry gesehen.«

»Ja, natürlich«, sagte Steiger.

»Gut, dass ich dich noch erwische. Also, ich habe ja Teile eures Gespräches verfolgt, ohne dass ich es wollte.« Sie hob die Hände, und Steiger machte eine beschwichtigende Geste. »Ich war damals nur kurz in der MK Hölterstraße, aber was Harry gesagt hat, ist nicht so ganz richtig. Ich wollte ihm nur eben nicht widersprechen.«

»Was heißt das, nicht ganz richtig?«

»Als du deine Fragen gestellt hast, hat mich das sehr an einige Diskussionen erinnert, die wir damals hatten.« Sie sah auf die Uhr. »Ich kann dir das nur jetzt nicht so auf die Schnelle sagen, weil wir eine Besprechung haben, die schon angefangen hat. Wenn du etwas Zeit hast, kannst du ja in der Kantine einen Kaffee trinken. Ich denke, in einer halben Stunde sind wir durch.«

Steiger war einverstanden und rauchte seinen Zigarillo zu Ende.

Die halbe Stunde war eine optimistische Schätzung gewesen. Nach einer Stunde war Petra Bartling immer noch nicht da.

Steiger überlegte, ob er am Abend zu Eva fahren sollte, und fragte sich zum hundertsten Mal, was ihn an dieser Frau anzog. Der Sex mit ihr war es nicht, jedenfalls nicht mehr, oder nicht mehr allein. Genauer gesagt hatten sie schon länger keinen Sex mehr gehabt. An einem Abend hatten sie sich im Bett stundenlang gegenübergesessen, ihre Beine waren ineinander verschlungen gewesen, und sie hatten geredet. Dieses Bild hatte er immer als Erstes vor sich, wenn er an Eva dachte. Und dass er ging, das war das zweite Bild. Dass er ging, sie dasaß, lächelte und bei ihm in dem Moment kein schlechtes Gefühl entstand. Vielleicht hatte es damit zu tun.

»Hat länger gedauert«, sagte Petra Bartling und setzte sich Steiger gegenüber.

»Kein Problem«, sagte er und hoffte, man sähe ihm den Ärger nicht an. »Möchtest du einen Kaffee?«

»Nee, danke. Ich musste mich grad mit drei Tassen Kaffee wach halten«, sagte sie und sah ihn komplizenhaft an. »Also, um gleich zur Sache zu kommen, ich war damals nur kurz in der MK, aber wir haben wegen verschiedener Dinge auch hinterher noch heftig diskutiert.«

»Zum Beispiel?«

»Na, der fehlende Tatort. Der Täter war ein fünfunddreißigjähriger Mann auf dem geistigen Niveau eines Achtjährigen. Der muss das Mädchen aber drei Tage an einem Ort missbraucht und dann getötet haben, den wir bis heute nicht kennen. Der lebte in einer Einrichtung, wurde betreut und ging nur tagsüber seiner Wege. Im Viertel kannten den viele. Er ist aber seit zwanzig Jahren immer wieder jeden Abend zurückgekommen. Bis auf zweimal, da ist er nachts weggeblieben, weil er mit dem Zug weggefahren war und nicht wieder zurückgefunden hatte. Wie soll der das plötzlich planen und durchführen so ganz allein?«

»Na ja«, sagte Steiger, »irgendwann kommen die männlichen Hormone eben durch, auch wenn man im Kopf acht ist, der Körper ist ja schließlich älter.«

»Die Argumente kenne ich«, sie lachte gönnerhaft, »aber er war vorher nie, wirklich nie aufgefallen wegen irgendwelcher Gewaltsachen, sagt sein Betreuer. Und dann plant er die Misshandlung und den Mord an einer Vierzehnjährigen an einem supergeheimen Ort?«

»Du weißt, es gibt nichts, was es nicht gibt in unserem Job. Wo habt ihr ihn festgenommen?«

»Wir bekamen einen anonymen Hinweis, und er ist nachts irgendwo in der Stadt aufgegriffen worden, als er umherirrte. War völlig durch den Wind. Sein Name war übrigens – echt ein kleiner Gag am Rande – Bernhard Fleischhauer.«

»Anonymer Hinweis?«, fragte Steiger nach.

»Ja, das war auch so eine Sache. Wahrscheinlich von einem Prepaid-Handy, das nicht zuzuordnen war, so was geht heute ja leider. Aber der Hinweisgeber, ein Mann, hat sich über die Vermittlung verbinden lassen und hat einer Vorzimmerdame den Hinweis gegeben, natürlich anonym. Angeblich, weil er mit der Einrichtung des Täters persönlich verbunden war und keinen Ärger haben wollte.«

»Der Anruf ist also nicht aufgezeichnet worden?«

»Nein, natürlich nicht«, sagte sie und lehnte sich zurück.

Ein anonymer Anruf an irgendwen in der Behörde und eine glaubhafte Entschuldigung für die Anonymität. Das waren schon Parallelen, und Steiger versuchte, plausible Erklärungen dafür zu finden. Auf die Schnelle fielen ihm keine ein.

»Warum sind eure Diskussionen im Sande verlaufen?«, fragte er.

»Na, weil das Spurenbild so eindeutig war. Es gab keine Körperöffnung, in der wir nicht sein Sperma gefunden hätten, vielleicht vom Ohr abgesehen, wenn ich mal so deutlich werden darf.« Sie zog einen Mundwinkel nach oben, und Steiger war überrascht. Er hätte sie eher zur weicheren Fraktion gezählt.

»Außerdem gab es noch Faserspuren und alle möglichen Leitspuren, und es gab Abwehrverletzungen des Opfers beim Täter.«

Steiger spürte eine Nervosität und fragte: »Wie sahen die aus?«

»Etliche Kratzspuren und eine Bissspur am Unterarm des Täters, die eindeutig dem Zahnschema des Opfers zuzuordnen war.«

Zwanzig, schwarz, *pair*, *passe*, so fühlte Steiger sich, als sei gerade die Zwanzig gefallen, auf der ein Hunderter-Jeton von ihm lag. Aber er zwang sich sofort wieder zur Zurückhaltung und merkte erst, dass er Petra Bartling länger angestarrt hatte, als sie eine zweifelnde Miene zog und »Ist was?« fragte.

»Unser Täter hatte eine Bissspur vom Opfer an der Hand«, sagte er und sah, dass die Kollegin beeindruckt war.

Wie war das alles möglich?, fragte er sich und hatte das Gefühl, man hätte ihn auch bitten können, die Lösung eines jahrhundertealten mathematischen Problems zu finden.

Sie unterhielten sich noch eine Weile, aber Petra Bartling hatte keine Informationen mehr auf Lager, die wichtig gewesen wären oder die er noch nicht kannte. Sie erzählte noch von einem Fall in Düsseldorf ein Jahr vor dem Mord an dem tamilischen Mädchen, zu dem es wegen des Opfers interessante Parallelen gegeben habe. Das Opfer habe dieselbe Art von Verletzungen gehabt, sei eine vierzehnjährige Waise und Dauervermisste gewesen, und auch da habe man den Täter aufgrund eines anonymen Hinweises ermittelt. Sie wären damals darauf gekommen, weil zufällig ein Kollege in ihrer Mordkommission gewesen sei, der sich aus Düsseldorf hatte versetzen lassen und auch in der dortigen MK ein Jahr vorher ermittelt habe. Nachdem sie ihren Täter allerdings festgenommen hatten, sei die Düsseldorfer Sache uninteressant geworden.

Sie gab ihm noch die Adresse des Heims, in dem der Täter gelebt hatte, und den Namen des Betreuers, den sie tatsächlich noch aus dem Kopf wusste. Vielleicht war sie die weibliche Variante von Kurt Kleine, dachte Steiger.

»Ach ja«, sagte er, nachdem sie die Kantine schon wieder verlassen hatten und auf dem Weg nach draußen waren, »hattet ihr irgendwann mal Hinweise auf ein bestimmtes Fahrzeug, einen Passat, um genauer zu sein, oder vielleicht sogar darauf, dass Kennzeichendubletten benutzt wurden?«

Sie sah zu Boden und machte ein angestrengtes Gesicht. »Nee, ich glaube nicht«, sagte sie schließlich. Steiger verabschiedete sich und ging.

Auf der Uhr im Auto war es fast vier, da kam es auf eine Viertelstunde mehr oder weniger auch nicht mehr an. Er steckte sich einen Zigarillo an und fuhr los. Wenn er die Fenster offen ließ, würde man es nicht riechen.

Am Eingang standen zwei Männer mittleren Alters, die Steiger wie einen alten Freund begrüßten und von ansteckendem Frohsinn waren. Ihm kam der Gedanke, dass es vielleicht doch einen Zusammenhang gab zwischen gelebter Fröhlichkeit und dem Umstand, einen an der Waffel zu haben.

Im Gebäude herrschte eine ähnliche Stimmung, er hätte aber nicht sagen können, wodurch. Den meisten sah man an, dass sie behindert waren, aber es war etwas Unbeschwertes auf den Fluren. In einem Raum im Erdgeschoss fand er jemanden, der wie ein Betreuer aussah, und er hatte Glück: Wolfram Gruber war im Dienst und kam nach einem kurzen Telefonat den Gang entlang. Steiger schätzte ihn auf etwa vierzig, und der Mann sah aus, als treibe er viel Sport.

»Und Sie kommen von wo?«, fragte Gruber, nachdem sie in eine kleine Küche gegangen waren.

Steiger erklärte es ihm und auch den Grund seines Besuches, allerdings in Kurzform.

»Tja, der Bernhard«, sagte Gruber und machte schlagartig ein Beerdigungsgesicht. »Das war eine Sache, die mich bis heute fertigmacht. Ich kann das immer noch nicht glauben, dass er das getan haben soll, aber so wie die Dinge liegen …«

»Wie lange kannten sie Bernhard Fleischhauer?«, fragte Steiger.

»Ich habe elf Jahre mit ihm zusammen gearbeitet, und man hat zu manchen Männern und Jungen einen intensiveren Kontakt und zu manchen nicht. Der zu Bernhard war sehr intensiv.« Er lächelte traurig und erzählte noch ein paar Dinge aus dem Leben Bernhard Fleischhauers, die fast klischeehaft nach einem sanften Riesenbaby klangen.

»Gab es irgendetwas in seinem Verhalten, was vorher darauf hingedeutet hat, dass er so etwas machen könnte?«

Gruber sah Steiger länger an.

»Wissen Sie, Herr Adam, viele der Jungen hier haben dieselben Bedürfnisse und Schwächen wie Sie und ich. Aber es gab zwei Dinge, die in Bernhards Leben in den elf Jahren, in denen ich ihn kannte, nicht stattfanden. Und das waren Sexualität und Gewalt.«

37

Steiger hatte es geahnt. Schon in der Schule hatte man Wetten darauf abschließen können, dass er immer, wirklich immer drankam, wenn er seine Hausaufgaben nicht gemacht hatte. Und in den dreißig Jahren bei der Polizei war es nicht anders gewesen. Gleich zu Anfang, an einem Wochenende in der Bereitschaftspolizei, an dem sie wegen einer Terroristenwarnung die Unterkunft nicht verlassen durften, hatten sie nur kurz abends einmal zwei Schwestern besucht. Eine der ganz wenigen Gelegenheiten, bei der auf dem Gebiet etwas gemeinsam mit Batto gelaufen war, ansonsten hatte der immer in einer anderen Liga gespielt. Steiger war damals früher gegangen und war gegen Mitternacht beim Übersteigen des Zauns der Unterkunft von einem der Gruppenführer erwischt worden. Als Batto gegen fünf in derselben Nacht zurückkam, hatte der Mann längst geschlafen.

Steiger wunderte sich also nicht, dass er vor Gisas Schreibtisch saß, sie ihm schöne Grüße von der Kollegin Bartling aus Essen bestellte und dabei klang wie das Zischen eines Dampfdrucktopfes.

»Außerdem habe ich keine Lust, ständig Besuche von Schulze und Rüter zu bekommen, kannst du das nachvollziehen?« Sie machte eine Pause, aber Steiger nahm nicht an, dass sie ernsthaft eine Antwort erwartete. »Ich habe keine Ahnung, was mit dir los ist, Steiger. Sie haben dich in den letzten Jahren sicherlich ein paarmal verarscht in dieser Behörde, nur ganz schuldlos bist du daran auch nicht mit deinen Eskapaden. Ich kann mich aber nicht immer vor dich stellen, und ich will das auch nicht. Was dir bei diesem Ding allerdings durch den Kopf fliegt, weiß ich beim besten Willen nicht.«

»Ich kann es dir auch nicht genau sagen«, antwortete er und versuchte, ehrlich zu klingen. »Es hat nichts mit dem Verstand zu tun.«

»Genau das Gefühl habe ich auch, mit Verstand hat das überhaupt nichts mehr zu tun. Weil du deinen zurzeit irgendwo abgegeben hast.«

Sie griff in eine Schublade des Schreibtisches und ließ die Kopie der Akte so heftig auf die Platte fallen, dass ein Bleistift durch die Luft flog.

»Das haben wir in deinem Schreibtisch gefunden. Erklär mir das bitte!«

»Ja, und? Das ist die Kopie der Akte einer Mordkommission, an der ich mitgearbeitet habe. Ist es denn verboten, dienstliche Dinge im Schreibtisch zu haben. Du tust ja grad' so, als hätte ich heimlich Nacktfotos von dir gemacht und sie eingeklebt.«

»Steiger, mir ist ü – ber – haupt«, sie zog das Wort in die Länge, »nicht nach Scherzen, glaub es mir. Sag mir was Gescheites dazu!«

Steiger sah sie an und dachte, dass er das Wort »Gescheites« niemals benutzen würde.

»Ich kann dir nichts Gescheites«, er fand, dass es sich auch beim Sprechen eigenartig anfühlte, »dazu sagen, oder vielleicht nur was Gescheites. Ich habe dir doch letztens erzählt, dass mich irgendwas an der Sache stört, dass ich ein paar Dinge nicht verstehe. Da wollte ich einfach mal nachhaken.«

»Die Sache ist geklärt, Steiger, der Mann ist verurteilt.«

»Ja, ich weiß«, sagte er und beschloss in dem Augenblick, ihr nicht zu sagen, was er Neues wusste.

»Und noch was, mein Lieber. Dass du Jana da reinziehst und dass sie für dich lügen muss, das ist wirklich Scheiße. Das Mädel ist 'ne Gute und …«

»Ich weiß, und sie hat nicht gelogen. Ich hab' ihr nichts davon gesagt, wo ich war. Sie wusste absolut nichts«, sagte er schnell, und so nachdrücklich er konnte.

»Trotzdem macht das keinen guten Eindruck. Ihr wart heute schließlich ein Team.«

Bei diesem Wort zog sich einen Moment etwas in ihm zusammen.

»Ich habe keine Ahnung, was wird, Steiger, ob Rüter dir dafür ein Diszi einstielt.« Sie schnaufte einmal kurz und hämisch. »Dein letztes ist ja noch nicht ganz so lange her.«

Wieder machte sie eine Pause, als erwarte sie etwas von ihm, vielleicht keine Entschuldigung, aber irgendetwas Entspannendes.

»Kann ich ein paar Tage frei haben?«, fragte er

»Das ist vielleicht keine schlechte Idee. Aber am Freitag musst du auf jeden Fall da sein, und zwar ganz früh um sechs. Wir haben eine Riesendurchsuchung mit den OK-Leuten, da brauche ich jeden.«

Er nickte nur, stand auf und wollte gehen. »Ach ja«, sagte er dann, »was wollte die Kollegin Bartling eigentlich?«

Gisa zuckte mit den Schultern und sagte: »Sie hatte irgendeine Information für dich. Sie hätte dir aber dazu 'ne E-Mail geschrieben.«

Er ging und schloss die Tür hinter sich.

Jana fand er am Kopierer.

»Tut mir leid«, sagte er, »das wollte ich auf keinen Fall. Wenn du irgendwelchen Ärger kriegen solltest, schieb es auf mich, alles, okay? Zur Not schreib' ich dir auch was dazu.«

»Mach mal halblang. Es ist doch nichts passiert.«

»Ich mein' ja nur, für alle Fälle.«

Das war das Letzte, was er wollte. Jana wollte Karriere machen, das war nicht zu übersehen. Trotzdem wirkte es manchmal auf ihn, als wenn sie sich irgendwie minderwertig fühlte. Vielleicht hatte es mit ihrer Herkunft zu tun, vielleicht vermied sie deshalb alles, was im normalen Umgang einen Hinweis darauf geben konnte, dass sie russische Wurzeln hatte. Sie wollte es schaffen, und er fand das okay. Es hatte ein paar Jahre gebraucht, aber mittlerweile konnte er mit denen leben, die zu zeigen versuchten, dass sie gut waren. So weit, so gut. Aber es gab leider auch die Arschlöcher, die das in erster Linie dadurch versuchten, dass sie alle anderen mies machten. Jana gehörte eindeutig zu der ersten Sorte.

An seinem Schreibtisch schaltete er den Computer ein und rief seine E-Mails auf. Die letzte kam von Petra Bartling, die wahrscheinlich völlig ahnungslos war, wie sehr sie ihn mit ihrem Anruf reingeritten hatte.

Hallo, Kollege Adam,
ich habe auf deine letzte Frage noch einmal die Akten kurz gewälzt (du siehst, die Sache hat mich auch beschäftigt). Nicht bei unserem Fall, aber bei dem Düsseldorfer gab es tatsächlich einen schwarzen Passat, der zur tatrelevanten Zeit in Fundortnähe geblitzt worden ist. Ich habe das eben mal mit dem Ex-Düsseldorfer Kollegen besprochen, der

seinerzeit auch in der Düsseldorfer Kommission war. Das Eigenartige daran war, sagt er, dass der Halter damals steif und fest behauptet hat, der Wagen habe zu der Zeit in seiner Garage gestanden und er habe ihn nicht verliehen, denn der Fahrer auf dem Bild war nicht der Halter. Die Spur ist damals nicht weiter verfolgt worden, weil man nach einem Tag den Täter hatte, einen Hartz-IV-Empfänger und Alkoholiker, dessen Wohnung quasi um die Ecke des Fundortes an einem Bahndamm lag. Die Wohnung war übrigens nicht der Tatort. Und noch etwas Interessantes, das ich bis eben nicht wusste. Auch dieser Düsseldorfer Täter konnte oder wollte zur Tatzeit nichts sagen. Das Letzte, was er wusste, war, dass er mit Bekannten gesoffen hatte, danach fehlen ihm komplette zwei Tage, zu denen er nichts sagen konnte. Natürlich ist das als Schutzbehauptung angesehen worden, weil die Spuren eben eindeutig waren.
Ich hab' dir die Halterdaten des Passat mal dazugeschrieben. Es war ein Rentner aus Köln.

Schöne Grüße

P. Bartling

Ein schwarzer Passat, dachte Steiger. Aber es war ja auch schon drei Jahre her, da konnte man sich schon mal ein neues Auto gönnen.

38

In Battos weißem Sofa tief eingesunken, das erste Glas Rotwein intus – und Batto hatte immer dieses schwere Zeug, von dem keine Flasche unter fünfzehn Euro zu haben war –, dachte Steiger wieder an seinen Bruder, und ihm fielen zwei Dinge auf. Er hatte lange nicht mehr an den Mann gedacht, der den Vornamen seines Vaters trug, und es kam ihm immer noch fremd und sperrig vor, wenn er »mein Bruder« dachte. Dabei war es nur sein Halbbruder, noch dazu einer, der es mit den Gesetzen nicht ganz so genau nahm. Am Donnerstag würde er ihn endgültig kennenlernen, daran führte kein Weg vorbei. Es hatte Zeiten gegeben in seinem Leben, da hätte Steiger einen Bruder richtig klasse gefunden, einen Verbündeten, einen auf Augenhöhe, einen, den man immer an seiner Seite wusste. Er erinnerte sich an Brüderpaare in seiner Clique von früher, da war auch nicht immer das süße Einvernehmen gewesen, manchmal hatte es auch richtig Zoff gegeben. Aber wenn es drauf ankam, hatten sie Schulter an Schulter gestanden, so dicht, dass nichts dazwischen passte, wie ein Kerl mit vier Armen. Batto war ein Freund, wie man ihn sich nur wünschen konnte, aber Steiger hatte eine Ahnung, dass ein Bruder noch einmal etwas anderes war.

Als Steiger gekommen war, hatte Anna, die Journalistin, ihm geöffnet und war gleich darauf gefahren. Sie war genau so sympathisch, wie er sie in Erinnerung hatte, und genauso hübsch. Halblange, braune Haare, sehr schlank und sehr viel eleganter als Toni, obwohl beide im selben Gewerbe ihr Geld verdienten. Batto hatte eigentlich keinen festen Typ Frau. Es hatte in den Jahren nach Britta kleine und große, üppige und zarte gegeben und alle Haarfarben, die die chemische Industrie hergab, aber hübsch waren sie alle gewesen, und der Anteil der Blasierten ging gegen null, was bei den Hübschen längst nicht immer der Fall war. Batto halt, dachte Steiger. Er konnte die Frauen verstehen.

Batto war spät vom Dienst gekommen, weil noch ein paar Einbrecher festgenommen worden waren, die verarztet werden mussten. Er kam aus der Dusche und ließ sich in den Sessel fallen.

»Das Zeug ist gut«, sagte Steiger, der eigentlich Biertrinker war, und Batto machte eine Geste, mit der Menschen wie er, denen das Leben wie eine liebende, betuchte Tante immer die guten Sachen zusteckte, all das als eine Selbstverständlichkeit abtaten. Was nichts mit Überheblichkeit zu tun hatte, es war für sie einfach so.

»Und was hat Rüter jetzt vor?«, nahm Batto das Gespräch wieder auf, dass sie geführt hatten, bevor er duschen gegangen war.

»Ich habe keine Ahnung«, sagte Steiger und nahm noch einen Schluck von dem guten Zeug.

»Du könntest dich manchmal auch wirklich mehr am Riemen reißen, mein Lieber, dann hättest du nicht immer diesen Ärger am Arsch.«

»Manches ist halt nicht zu umgehen.« Steiger machte eine Pause. »Hältst du es eigentlich für möglich, dass Schulze irgendwelche Obduktionsergebnisse manipulieren lassen könnte?«

»Häh?«, machte Batto und zog ein ziemlich dämliches

Gesicht. »Wie kommst du denn auf so was? Warum sollte der das machen?«

»Ich versuche nur, alle Möglichkeiten in Betracht zu ziehen. Irgendeine Begründung muss es doch geben, dass da einiges nicht passt, trotz dieser Spuren. Die Obduktion hat doch seine Frau gemacht. Wenn die hinterher behauptet und in den Akten dokumentiert, das Sperma an der Leiche sei vom Schwarzen, dann kräht nie wieder ein Hahn danach. Und der Mord ist geklärt.«

»Das ist nicht dein Ernst«, sagte Batto.

»Und wenn doch? Möglich wäre das zumindest.«

»Mein Lieber«, entgegnete Batto und hatte eine Strenge in der Stimme, die Steiger zwar nicht fremd war, die er aber nur selten zu hören bekam. »Pass echt mal ein bisschen auf, was du sagst. Mit solchen Dingen spaßt man nicht. Wenn dir so was erst mal nachgesagt wird, wirst du das nie wieder ganz los.«

»Ist ja schon gut, war nur ein Gedanke.«

»Nee, im Ernst, Thomas, da verstehe ich auch wenig Spaß. Schulze mag ein Arschloch sein, aber das geht echt zu weit. Ich trau' ihm das jedenfalls nicht zu.«

Steiger war überrascht. Batto war keiner, für den Freundschaft sich durch Dauerscherzen und Endlosblödeln auszeichnete, es durfte auch schon mal ernst zugehen, nicht umsonst hatte er jahrelang den Psychoonkel gespielt. Aber dass er so etwas völlig in den falschen Hals bekam, hätte er nicht erwartet.

Nach ein paar Beschwichtigungen versuchte Steiger, das Gespräch in wärmeres Klima zu steuern, und merkte sofort, dass Batto das erkannte. Aber der ließ es zu.

Sie redeten noch eine Stunde.

»Du kannst heute Nacht bleiben«, hatte Eva gesagt, kurz nachdem er seinen Mantel ausgezogen hatte, aber schon in dem Moment war ihm klar gewesen, dass er später nach Hause fahren würde.

Sie hatten etwas getrunken und geredet, es war ein Abend gewesen wie zuletzt immer, bis zu dem Moment, als sie ihn gefragt hatte, ob er am Wochenende mit ihr essen gehen werde, weil sie Geburtstag habe. Sofort hatte er eine Hitze in sich gespürt, einen kleinen, glimmenden Punkt unterhalb der Rippen, und er hätte nicht sagen können, ob dieses Gefühl angenehm war.

Jetzt lag er neben ihr und hörte an ihrem Atem, dass sie schlief. Er versuchte sich zu erinnern, ob sie schon jemals vor ihm eingeschlafen war, aber es fiel ihm nicht ein. Es war immer anders herum gewesen, er war irgendwann hinübergeglitten und hatte in der Dunkelheit bis zum Schluss ihre Wachheit wahrgenommen. Es war, als hindere ihn ihr Schlaf daran, sie jetzt zu verlassen.

Nach ein paar Minuten innerem Kampf stand er auf, zog sich leise an und ging zur Tür. Eva schlief immer noch. Er legte das Geld auf ein kleines Tischchen im Flur und verließ das Haus. Draußen schien ein fast voller Mond, und auf seinem Auto hatte sich eine feuchte Schicht gebildet.

39

Mitten im Autobahnkreuz Wuppertal-Nord spuckte der BMW am nächsten Morgen das erste Mal. Steiger kannte so etwas, sein ganzes Leben lang hatte er alte Kutschen gefahren, und bei denen kam das schon mal vor und hörte auch wieder auf. Kurz hinter Langerfeld war es aber schon kein einzelner Zündaussetzer mehr, sondern ein Rumpeln. In Ronsdorf, eine Ausfahrt weiter, fuhr er ab, weil es sich jetzt gar nicht mehr gut anhörte.

Mit achtzehn waren die alten Autos einfach praktisch gewesen, sie kosteten eben nicht viel, selbst wenn man sich irgendein Riesenschiff zulegte. Schon sein zweiter Wagen war ein Ford 20M gewesen, ein surrender Sechszylinder, dessentwegen ihn seine Kumpels allerdings ständig verarscht hatten: Rentnerkiste. Wahrscheinlich war damals ein Muster angelegt worden, das er sein Leben lang nicht verlassen würde, oder nur unter ganz außergewöhnlichen Umständen, einem Lottogewinn vielleicht oder einer günstigen Scheidung, wenn man mal Batto als Beispiel nahm.

Bei den sechs Zylindern war er geblieben, und mindestens einer schien an diesem Morgen seine Arbeit eingestellt zu haben, so viel verstand Steiger noch davon. Früher hatte er alles selbst gemacht und mit Batto sogar einmal aus zwei alten, schrottreifen Daimlern einen neuen gebastelt. Waren einige Wochenenden dabei draufgegangen, aber das Ergebnis konnte sich sehen lassen, damals.

Er rollte mit Mühe weiter, und die nächste Werkstatt, die er fand, war nach ein paar Kilometern ein Autohaus.

Der Schrauber, dem der Meister vom Dienst nach einer halben Stunde in militärischem Ton den Auftrag erteilte, mal nachzusehen, war offensichtlich Türke, hatte fast blaue Haare und einen starken Akzent, allerdings einen bergischen. Der Mann sah auffallend auf das Kennzeichen, und Steiger hoffte, dass er kein BVB-Fan war. Er wohnte zwar schon seit knapp zwanzig Jahren nicht mehr in Gelsenkirchen, brachte es aber nicht übers Herz, mit einem Dortmunder Kennzeichen durch die Gegend zu fahren, das wäre dann doch zu viel gewesen. Darum hatte er den Wagen auf seinen Vater in Gelsenkirchen angemeldet, und erst jetzt fiel ihm auf, dass er sich auch dafür eine andere Lösung einfallen lassen musste. Der Schrauber tauchte in den Motorraum ab, Steiger musste sich ins Auto setzen und ein paarmal Gas geben. Dann schraubte er eine Zündkerze heraus und hielt sie Steiger vor die Nase.

»Sind ja ganz wunderbare Schätzchen«, sagte er. »Wie alt sind die denn? Zehn Jahre?«

»Muss man die etwa wechseln?«, fragte Steiger und wollte einen Scherz machen.

Der Schrauber sah ihn an, als habe er sich gerade für straffreien Sex mit Vorschulkindern ausgesprochen.

»Natürlich muss man die mal wechseln. Sie wechseln Ihre Unterhose doch auch, oder?«, sagte er und verschwand wieder kopfschüttelnd unter der Motorhaube.

Steiger fand den Vergleich unpassend, beschloss aber, keine Scherze mehr zu machen.

Heinrich Körtner wohnte in einem Reihenhaus in Köln-Longerich. Steiger hatte hin und her überlegt, ob es eine andere Möglichkeit gab, an das Foto des Blitzers zu kommen, aber ihm war keine eingefallen. Es gab sehr wahrscheinlich eines in der Düsseldorfer Akte, aber da war der Versuch, es bei dem Rentner zu bekommen, stressfreier.

Beim ersten Schellen öffnete niemand, und gleichzeitig mit dem zweiten rollte ein silberner Golf in die Einfahrt aus rotem Verbundpflaster, an dessen Rändern die Beete akkurat gezogen war. Körtner stieg mit Badetasche aus. Durch die Panne mit den Zündkerzen war Steiger eine Stunde später dran als geplant, was sich als Glücksfall erwies, denn Heinrich Körtner war ein Morgenschwimmer, einer, der noch vor dem Frühstück seine tausend Meter im Freibad abspulte und nach Möglichkeit danach noch einen Saunagang einlegte. Das jedenfalls erzählte der Rentner, noch bevor er wusste, was Steiger von ihm wollte.

Seiner Figur war die Schwimmerei nicht unbedingt anzusehen, dachte Steiger, denn Körtner war einer der alten Männer, die nicht schlank waren, aber auf gut einen Meter siebzig eine straffe Kompaktheit verteilten, die ihn jünger wirken ließ.

Steiger stellte sich vor, zeigte seinen Ausweis und folgte ihm in den Hausflur, der geruchlos war. Er hätte Essensgeruch erwartet oder zumindest diese Mischung aus alter Luft und der Anwesenheit von Menschen, die er von unzähligen Festnahmen und Durchsuchungen kannte. Aus taktischen und rechtlichen Gründen fand so etwas meist morgens statt, und man schmiss die Leute regelmäßig aus dem Bett. Als junger Streifenpolizist hatten sie einmal genau zu der Zeit einen kleinen Straftäter festnehmen wollen. Der Mann hatte mit zwanzig Katzen und unzähligen Hunden, Hamstern und Vögeln in einer Dreizimmerwohnung gelebt, in der an dem Morgen dreißig Grad herrschten und wo auf nahezu jeder waagerechten Fläche ein Fressnapf oder eine geöffnete Dose mit glänzendem braunem Inhalt stand. Nie wieder hatte Steiger so etwas gerochen. Damals war er sich sicher gewesen, dass an jedem Luftmolekül in diesen Räumen etwas klebte, was in seiner Vorstellung grün war.

Bei Heinrich Körtner roch es frisch.

»Was führt schon so früh die Polizei zu mir?«, fragte Körtner und stellte seine Tasche ab.

»Es geht um eine Ermittlung, Herr Körtner, die schon drei Jahre zurückliegt. Sie sind damals in einer Mordsache von den Düsseldorfer Kollegen befragt worden, weil Ihr Auto in der Nähe des Leichenfundortes geblitzt worden war.«

Der Rentner nickte schon bei Steigers letzten Worten.

»Ach, die Sache. Was ist denn damit wieder?«

»Wenn ich die Akten richtig in Erinnerung habe, haben Sie sich damals vehement dagegen gewehrt, dass das Ihr Wagen war, der von dem Blitzer fotografiert worden ist.«

Körtner änderte augenblicklich seine Körperhaltung und sagte: »Das war eine Unverschämtheit, sage ich Ihnen. Man hat mir ernsthaft unterstellt, dass ich den Wagen verliehen hätte und irgendeinen Bekannten decken würde.«

»War denn so deutlich zu sehen, dass Sie es nicht sein konnten?«

»Das war ganz deutlich zu sehen, der Mann war wesentlich größer und auch jünger als ich, das konnte man trotz Brille und Mütze erkennen.«

Steiger spürte, dass ihn ein leiser Adrenalinschauer durchfuhr.

»Der Fahrer trug Mütze und Brille? Haben Sie das Foto noch?«, fragte er.

»Ich glaub' schon.« Körtner ging zu einem Sideboard, öffnete eine der Türen und zog einen roten Ordner hervor. Nach kurzem Blättern reichte er Steiger das Foto. Es war eines der üblichen Fotos aus einem Starenkasten, grobkörnig und in Schwarzweiß, aber eines von der schlechteren Sorte. Steiger wusste, dass einige der Fotos manchmal so schlecht waren, dass man sie nicht gebrauchen konnte, zur Freude der Geblitzten. Man sah hinter dem Steuer des schwarzen Passat einen Mann mit Brille und Baseballkappe, und man konnte erkennen, dass er größer sein musste als Körtner, das war es aber auch schon. Vielleicht waren da noch Haare an der Seite, aber das war schon mehr eine Ahnung.

»Jetzt mal Hand aufs Herz, Herr Körtner«, sagte Steiger, »es ist drei Jahre her und jetzt eh völlig egal. Ist das ein Freund von Ihnen, den Sie nicht ans Messer liefern wollten?«

»Jetzt fangen Sie schon wieder damit an, verdammt noch mal.« Körtners Entrüstung war echt, und Steiger versuchte sofort zu beschwichtigen.

»Schon gut, schon gut, Herr Körtner, ich glaube Ihnen ja.«

Körtner wurde ruhiger, und Steiger hatte nicht gelogen. Er glaubte dem Mann.

Wenn das aber richtig war, was dieser Rentner erzählte, dann gab es nur eine Möglichkeit. Das auf dem Foto war eine Kennzeichendublette.

»Sie können mir einen großen Gefallen tun, Herr Körtner.«

Der Gesichtsausdruck des alten Mannes sah nicht danach aus, als ob er das mit Freuden tun würde.

»Kann ich das Foto haben? Sie kriegen es bestimmt zurück, oder ich kopiere es mir hier in der Nähe in einem Supermarkt und bringe es gleich wieder.«

Körtner winkte überraschenderweise ab.

»Meinetwegen nehmen Sie es mit. Die Sache ist ja verjährt, und meine Frau wollte den ganzen Scheiß ohnehin entsorgen.«

»Vielen Dank! Ich bring' es trotzdem zurück«, sagte Steiger und überlegte, wo die Frau des Mannes sein konnte.

40

Auf dem Weg zur Autobahn hatte Steiger es sich durch den Kopf gehen lassen, und ihm war die Idee gekommen, den kleinen Umweg zu machen.

Zwar musste er Bamogo das Foto zeigen, auch wenn die Qualität sehr schlecht war, aber das konnte später noch passieren. Vorher wollte er sich einmal die Gegend ansehen, aus der Caroline Thamm die beiden SMS geschickt hatte. Das Gebiet, das der Kreis auf Tonis Karte umschloss, lag ein Stück nördlich der A40, hatte vielleicht einen Durchmesser von zehn Kilometern, wenn er richtig schätzte, und war von Köln eine Autostunde entfernt. Wenn er den Sechszylinder, der jetzt wieder einen satten, gleichmäßigen Ton hatte, ein wenig forderte, vielleicht auch ein paar Minuten weniger. Ein Teil dieses Kreises wurde durch die Grenze zu den Niederlanden abgetrennt, und soweit man es nach der Karte beurteilen konnte, war es eine ziemlich ländliche Gegend, in der nur wenige kleine Ortschaften lagen, zumindest keine größere Stadt.

Immer und immer wieder hatte er das, was er wusste, durchdacht und neu zusammengefügt, hatte sich Fragen gestellt und versucht, Möglichkeiten zu finden, andere Erklärungen, Alternativen zu dem, was auf der Hand lag, aber es waren einfach zu viele Eigenartigkeiten – jetzt benutzte er dieses verdammte Wort schon selbst beim Denken –, um sie zu ignorieren. Die Opfer waren vom Typ und der Herkunft vergleichbar, junge Mädchen aus dem unteren Milieu. Zwei Täter hatten fast identische Verletzungen, die ihnen die Opfer beigebracht hatten, zweimal tauchten Autos auf, die wahrscheinlich mit Kennzeichendubletten durch die Gegend gefahren waren, die Opfer waren immer über mehrere Tage verschwunden und wurden dann mit einem eindeutigen Spurenbild gefunden, so verflucht eindeutig, dass es alle Zweifel beseitigte und die Gerichtsverhandlung zur Formsache machte. Alle Täter waren durch anonyme Hinweise gefasst worden und konnten sich an die Tat nicht erinnern, jedenfalls behaupteten sie das.

Er fuhr von der Autobahn ab und schätzte, dass er etwa in einer Viertelstunde in dem Gebiet sein müsste.

Alle diese Dinge hatte er in den dreißig Jahren immer mal wieder erlebt, Abwehrverletzungen der Opfer, anonyme Hinweise und Ähnlichkeiten der Opfer, manche sogar häufiger, aber dass gleichzeitig bei drei Ermittlungen derartig viele Parallelen auftraten, war absolut ungewöhnlich und wahrscheinlich nur deshalb bisher nicht aufgefallen, weil alle Fälle eigentlich schon nach zwei Tagen gegessen waren, spätestens dann, wenn das Ergebnis der DNS-Untersuchung da war und danach keine Sau mehr danach fragte. Aber wenn es doch einen Mittäter gab, wenn diese Männer es nicht allein waren, warum deckten die dann alle ihren Mittäter?

Steiger rollte an einem Ortseingangsschild vorbei und sah mit einem Blick auf die Karte, dass dieser Ort schon innerhalb des Kreises lag, den er mit einem Bleistift von der Skizze ungefähr in den Straßenatlas übertragen hatte. Das Teil lag aufgeschlagen auf dem Beifahrersitz, war schon sechs Jahre alt und hatte die Zeit im hinteren Fußraum nicht besonders gut überstanden, aber es reichte für diesen Zweck. So viele neue Straßen wurden in dieser Gegend wahrscheinlich nicht gebaut, dachte er.

Es war ein Kaff, wie es im Buche stand. In der Ortsmitte ragte ein Kirchturm in den Himmel, und irgendwo gab es sicher eine Kneipe, die »Zur Linde« oder »Dorfkrug« hieß, obwohl Steiger sie beim Durchrollen nicht entdeckte. Wie viele Leute mochten hier wohnen, fragte er sich. Wahrscheinlich keine tausend. Von irgendwo hier hatte Caroline Thamm ihre letzten SMS gesendet und war danach nicht mehr lebend gesehen worden. War sie auf der Durchreise gewesen? Dagegen sprach die Gegend, denn innerhalb des Kreises verlief keine Autobahn. War sie danach noch lebend wieder nach Dortmund zurückgekehrt, obwohl niemand sie gesehen hatte? Oder war hier irgendwo der Ort, an dem sie festgehalten und getötet worden war? Zwischen den SMS lagen etwa fünfundvierzig Minuten, ohne dass dieser Sektor verlassen worden war. Das könnte dafür sprechen, fand er, dass hier die Endstation gewesen war.

Steiger verließ den Ort, und rechts und links waren jetzt Felder, auf manchen wurde etwas geerntet. Manchmal sah er Traktoren, manchmal standen nur Anhänger wie vergessen herum, selten sah er Menschen. In einer langen Allee fuhr er an den Straßenrand, stieg aus und legte den Atlas auf die Motorhaube. Eine Anhöhe wäre jetzt brauchbar gewesen, um sich einen Überblick zu verschaffen, aber die Gegend war so flach wie eine Tischtennisplatte.

Er besah sich die Karte, drehte sich dann einmal um die eigene Achse und ließ dabei den Blick schweifen. Obwohl es hier ziemlich ländlich war und es nur ein paar Käffer gab, war es für einen allein verdammt viel Gegend, um ein Allerweltsauto zu suchen, dachte er.

Steiger stellte sich wieder die Frage, die Batto ihm vor ein paar Tagen gestellt hatte: Warum machst du diesen ganzen Zirkus eigentlich? Er hatte keinen Schimmer, es drängte sich nur immer in seinen Kopf, und ständig sah er Bilder, die mit dieser Sache zu tun hatten. Es geschah von selbst, und er konnte nichts dagegen tun.

Aber warum tat man überhaupt das, was man tat? Warum führte man sein Leben so, wie man es führte?, fragte er sich. Warum hatte er in diesem Job mal viel Spaß gehabt, ihn dann irgendwann völlig zum Kotzen gefunden, und warum verhielt er sich jetzt so, als ob das nicht so wäre? Er wusste es nicht und hatte auch keine Lust, weiter darüber nachzudenken. Es war eben so. Aber Batto, da war er sich sicher, hatte bestimmt irgendein psychologisches Modell zur Hand, mit dem man das erklären konnte.

Er war wieder an einem Punkt, an dem er sich entscheiden musste. Wenn er davon ausging, dass Caroline Thamm hier in der Gegend festgehalten worden war, und zwar von demselben Mann, zu dem Yameogo ins Auto gestiegen war, dann suchte er einen silbernen VW Passat. Aber vielleicht waren seine Gedanken ja völlig abgedreht. Vielleicht übersah er etwas. Er musste die Sache mit jemandem besprechen, und da kam eigentlich nur einer infrage.

Er stieg ein und fuhr los.

41

Steiger hatte in der Asylantenunterkunft auf Daouda Bamogo gewartet, weil der Hüne mit den perfekten Zähnen mehrfach gesagt hatte, er käme gleich. Nach über einer Stunde, in der er dem Mann beim Kochen zugesehen hatte, bekam er den Verdacht, dass die Bedeutung des Wortes »gleich« von dem Afrikaner irgendwie anders ausgelegt wurde. In manchen afrikanischen Sprachen, davon hatte Steiger gehört, gab es keine Worte für bestimmte Dinge wie Krieg oder Zukunft, und die Menschen konnten sich dadurch keine Vorstellung davon machen, was gemeint war. Bei »gleich« schien es ähnlich zu sein.

In dem Augenblick, als Steiger hatte gehen wollen, war Bamogo gekommen. Er hatte sich Körtners Foto lange angesehen und schließlich genickt, aber mit Skepsis.

»Das könnte er sein«, hatte Bamogo gesagt, und wieder hatte sich Steiger über die perfekten Deutschkenntnisse des Afrikaners gewundert. »Aber das Foto ist wirklich nicht so gut. Die Mütze war auf jeden Fall anders, es war eine dunkle und keine helle wie auf dem Bild. Aber vom Typ und von der Brille her passt es schon.«

Als er das Asylantenheim verließ, war Steiger ein Steak essen gegangen. Seit dem Frühstück war das das Erste gewesen, was er zu sich genommen hatte. Und in dem Zustand jemanden dabei beobachten zu müssen, wie er mit Hingabe etwas sehr Wohlriechendes zubereitete, machte Appetit.

In der Innenstadt hatte es einen bewaffneten Überfall auf einen Drogeriemarkt gegeben, bei dem der Täter zu Fuß geflüchtet war, deshalb traf Steiger auf der Wache nur die Wachhabende an. Alle anderen, auch der Chef, jagten den Räuber.

Steiger war unsicher, ob er schon zum ET gehen sollte, er hätte dringend einen dienstlichen Rechner gebraucht, um ein paar Dinge zu recherchieren. Aber um diese Zeit am späten Nachmittag war die Chance, noch auf jemanden zu treffen, vielleicht sogar auf Gisa, relativ groß. Und er hatte keine Lust auf Diskussionen, warum er an seinen freien Tagen kein Zuhause habe.

Mit einer Vorsicht, die ihn eigentlich verdächtig machte, ging er trotzdem, und es war, wie er befürchtet hatte. Gisa war noch da und witterte sofort etwas. Einen entsprechenden Spruch konnte sie sich tatsächlich nicht verkneifen, und er log ihr etwas von »Handy irgendwo vergessen« vor. Zum Glück war sie gerade dabei zu gehen, und er begleitete sie nach draußen, um seine Legende aufrechtzuerhalten. Allerdings nur bis zur Wache, weil Batto mittlerweile wieder reingekommen war.

Über den Wachtisch gebeugt, verfolgte er am Funk, wie seine Leute versuchten, den Täter einzukreisen, der sich auf irgendein Firmengelände geflüchtet hatte.

»Hi«, sagte er zu Steiger, lächelte kurz und war sofort wieder konzentriert. Nach ein paar Minuten war der Mann festgenommen. Ein Diensthundeführer hatte seinen Waldi ins Gelände gejagt, und der hatte keine zwei Minuten gebraucht. Steiger war nicht unbedingt ein Hundefreund, aber im Dienst und in solchen Situationen waren die Fellträger echt zu gebrauchen. Es war nur immer wichtig, zwei Schritte hinter dem Hundeführer zu gehen.

»Komm mit ins Aquarium«, sagte Batto und ging vor. Steiger erinnerte sich, dass das DGL-Büro schon so genannt wurde, als er bei der Polizei angefangen hatte, weil es von der Wache nur mit einer Glaswand abgetrennt war. Manche Dinge änderten sich wohl nie.

»Hast du 'nen Augenblick Zeit?«, fragte Steiger.

Batto hatte die Tür wie üblich offen gelassen, nickte und fragte: »Isses so ernst, wie es sich anhört?«

»Nee, ich brauch' einfach noch mal eine Meinung von einem Schutzmann, der nicht meint, dass ich einen an der Kirsche habe.«

»Dann solltest du lieber jemand anderen fragen«, sagte Batto mit völlig ernstem Gesicht. Im nächsten Augenblick lachte er dieses Lachen, das einen für ein paar Sekunden das Denken einstellen ließ, egal, ob man Mann oder Frau war. »War nur ein Scherz, mein Lieber, erzähl weiter.«

Steiger erzählte alles, was er in den letzten Tagen ermittelt hatte, von den SMS, dem silbernen Passat, dem Mann mit der Mütze und den Parallelen zu den anderen Fällen. Zum Schluss zeigte er Batto das Foto von Körtner.

»Du glaubst echt, da gibt es noch einen zweiten Mann?«

»Ja«, sagte Steiger, »ich finde, es geht nicht anders« und schwieg dann bewusst.

Batto sah ihn erst skeptisch an und sagte dann: »Ich finde, du solltest langsam aufhören, ständig dieses Zeug zu rauchen.« Er lachte wieder. »'tschuldigung, ich bin heute etwas albern«, schob er sofort mit beschwichtigender Geste hinterher. »Nein, im Ernst, ich kann dir so auf die Schnelle nichts Fundiertes dazu sagen, aber nach dem, was du sagst … Warum sind die anderen denn nicht darauf gekommen, damals? Ihr wart ja schließlich 'ne komplette Kommission mit vielen schlauen Leuten?«

»Weil wir die Dinge teilweise nicht wussten.«

»Tja, und das Foto… Schreib doch was dazu, das ist nie falsch und zwingt sie zu einer Reaktion.«

»Dann werden sie sagen: Aufgrund dieses Fotos will ein Bimbo einen Mann wiedererkennen, den er vor Monaten einen Augenblick gesehen hat?«

»Ist ja auch ein Scheißfoto. Sind solche Fotos doch meistens. Nur wenn du selber drauf bist, sind sie meistens scharf.« Batto machte eine Pause, sah Steiger an, und sein Gesicht bekam einen anderen Ausdruck. »Aber wir können es gern mal anders zu Ende denken, wenn es dir hilft. Was stand denn in den SMS, die das Opfer noch gesandt hat?«

Steiger sagte es ihm, und Batto stand auf und ging zum Fenster. »Gehen wir doch mal davon aus, dass die erste Nachricht ein echter Hilferuf war. Hast du schon mal daran gedacht, dass die zweite getürkt sein könnte, eventuell unter Aufsicht des Täters geschrieben wurde?« Er schnaufte einen kurzen Lacher. »Vielleicht sogar von ihm selbst geschrieben wurde?«

Daran gedacht hatte Steiger, aber er hatte den Gedanken noch nicht weiter verfolgt.

»Ich finde, das würde noch mehr für deine Annahme sprechen«, sagte Batto, »dass in der Gegend, aus der die SMS kam, die Sache zu Ende war. Vielleicht hat er das Handy erst überprüft, als er zu Hause war.«

Steiger überlegte und begann, langsam zu nicken.

Ein junger Wachtmeister kam herein und erzählte etwas von Schwierigkeiten bei der Festnahme des Drogeriemarkträubers.

»Ich komme sofort«, sagte Batto und zu Steiger gewandt: »Hier ist heute wieder kein normales Gespräch möglich, so geht das echt schon den ganzen Tag.« Er überlegte einen Moment. »Hast du morgen Abend schon was vor?«

»Ich hab' um fünf einen Notartermin, danach nichts mehr«, sagte Steiger

»Dann komm doch zu uns. Ich merke, dass dir das Thema wichtig ist. Ich werde Anna bitten, dass sie uns was kocht, sie kocht echt klasse. Dann trinken wir was Schönes und reden in Ruhe darüber, okay? Acht Uhr?«

Steiger war einverstanden, und sie verabschiedeten sich.

Beim ET war niemand mehr, zum Glück, dachte Steiger, öffnete langsam die Tür zu Gisas Büro und hatte zum zweiten Mal Glück, denn sie hatte die Aktenkopie der MK Brache noch nicht durch den Schredder gejagt, das gute Stück lag vielmehr noch auf ihrem Schreibtisch. Steiger hielt es für möglich, dass sie vielleicht sogar drin geblättert hatte, um sich selbst ein Bild zu machen.

Er nahm sich die Akte und wollte noch einmal alles durchgehen, um vielleicht noch einen Hinweis zu finden, aber vorher mussten die unaufschiebbaren Dinge erledigt werden.

Er schaltete den Rechner ein und schrieb eine E-Mail ans Kraftfahrtbundesamt mit der Bitte, ihm eine Liste aller silbernen VW-Passat im Kreis Kleve samt der Halter mit Geburtsdatum zu schicken. Zum Glück lag das Gebiet des Funkmastes in einem einzigen Zulassungsbereich, sonst wäre es von vornherein aussichtslos gewesen. Er grenzte noch den genauen Typ und das Baujahr ein, denn das wussten sie vom wirklichen Halter des Düsseldorfer Kennzeichens, und trug das Aktenzeichen der MK Brache ein. Die Chance, eine überschaubare Anzahl herauszubekommen, war zwar auch hier gering, aber er hatte sich entschieden, so vorzugehen wie immer, auch wenn die Umstände nicht so waren. Es war zwar schon reichlich spät für so eine Anfrage, aber er wusste, dass es dort einen Bereitschaftsdienst gab. Das Problem war allerdings, dass sie ihm die Datei wahrscheinlich erst morgen schicken würden.

Er kochte sich eine Kanne Kaffee, setzte sich wieder an den Schreibtisch und schlug die Akte auf.

Als er aufgab und nicht mehr glaubte, etwas zu finden, was ihm weiterhalf, war es schon dunkel geworden und hatte zu regnen begonnen. Sollte er enttäuscht sein?, fragte er sich, denn er hatte vorher nichts übersehen, lediglich ein botanisches Gutachten kannte er noch nicht, das allerdings erst gut eine Woche nach der Festnahme Yameogos fertig gewesen war. Wahrscheinlich hatte er es deshalb noch nicht gelesen. Am Tatort waren nur wenige andere Spuren als die des Täters gewesen. Dieser Teil einer kleinen grünen Frucht war eine andere Spur und hatte bei der Leiche im Gras gelegen. Laut Gutachten war es die Frucht von einem Speierling. Steiger hatte noch nie von diesem Baum gehört und keine Ahnung, wie er aussehen konnte. Er las weiter, dass es sich dabei um einen Wildobstbaum aus der Familie der Rosengewächse handelte, und das war es auch schon. Hinter dem Gutachten war noch ein Vermerk von Detlef Fennel vom KK 11, er hatte nachträglich mit einem Gärtner den Fundort der Leiche abgesucht und notiert, dass im Umkreis von einhundert Metern keine Speierlinge zu finden waren, die Frucht also beim Ablegen des Opfers dorthin gelangt sein konnte. Das war nicht viel, trotzdem suchte Steiger im Computer die Adresse des zuständigen Regionalforstamtes Niederrhein. Es hatte seinen Sitz in Wesel, und er notierte sich die Telefonnummer. Bevor er abschaltete, überprüfte er noch einmal sein E-Mail-Fach und fand die Auswertung des Kraftfahrtbundesamtes schon in seinem Eingangsordner. Er pfiff durch die Zähne. Ziemlich schnell, die Kollegen, dachte er. Es war die befürchtete Menge, er überflog die Seiten und tippte auf ein paar hundert Adressen. Er hatte vor, zunächst alle Halter, die über fünfzig waren, rauszuschmeißen, und hoffte, dass das eine ganze Menge waren. Schließlich war ein silberner Passat Kombi genauso eine Rentnerkiste wie ein brauner Ford 20M vor dreißig Jahren.

Steiger musste an die Collage auf einer roten Spanplatte denken, die seit Urzeiten in den Räumen des KK 11 hing und die wahrscheinlich mal zu irgendeinem Jubiläum gebastelt worden war. Darauf stand: Kriminalisten brauchen Kombinationsgabe, Glück, Teamwork und Fleiß, und die Begriffe waren mit den Symbolen Schachbrett, Hufeisen, ineinandergreifenden Zahnrädern und durchgelatschten Schuhen versehen. Dieses Mal werden es wohl mehr die Schuhe, dachte er. Er schaltete den Rechner ab und ging.

Auf der Wache hatte der Nachtdienst schon übernommen, und Batto war nicht mehr da. Steiger hätte sich gern verabschiedet. Jetzt war ihm nach einem Bier.

Es lag nicht an der Musik, die fehlte, oder daran, dass der Fernseher aus war, die Stimmung im »Totenschädel« war greifbar wie ein Vorhang, und die Szene, als er die Kneipe betrat, erinnerte Steiger an ein düsteres Gemälde, das er mal gesehen hatte, auf dem ein fettes, rotes Tier, das aussah wie ein erschrockener Teufel, in einem dunklen Raum auf einem Schrank saß und herunterblickte.

Es waren die üblichen Leute da, und er setzte sich auf seinen üblichen Hocker. Christa kam zu ihm, sah ihn über die Theke hinweg an und machte eine bedeutungsvolle Pause. »Ernesto ist tot«, sagte sie schließlich und machte wieder eine Wirkungspause.

»Mein Gott, so plötzlich«, sagte Steiger. »Was hat er denn … Ich meine, woran ist er denn gestorben?«

»Herzinfarkt«, sagte Christa und goss ihm einen Schnaps ein. »Die Flasche geht auf mich, und wir trinken sie auf ihn.«

Sie ging die Theke entlang und machte die Gläser voll. Alle prosteten Steiger zu und warfen den Kopf in den Nacken.

Ernesto war tatsächlich Spanier gewesen und mit seinen Eltern schon in den Fünfzigerjahren nach Deutschland gekommen, Steiger wusste das, kannte aber nicht Ernestos Nachnamen, wie ihm jetzt auffiel. Er war fanatischer BVB-Fan und hatte immer erzählt, früher selbst in der Jugend bei Borussia gespielt zu haben, zusammen mit Leuten wie Hoppy Kurrat, bis eine Krankheit die hoffnungsvolle Karriere beendete, noch ehe sie angefangen hatte. Aber niemand wusste, ob das stimmte.

Im »Totenschädel« war er jedenfalls Stammspieler gewesen, dachte Steiger. »Wie alt ist er denn geworden?«, fragte er.

»Achtundsechzig«, sagte Christa, »im Schlaf gestorben. Schöner Tod, oder? Einfach so rübergeschlafen.«

Steiger nickte und fragte sich, ob das wirklich ein schöner Tod war, ob er auch mal im Schlaf von den Füßen geholt werden wollte. Niemand wusste schließlich, ob das wirklich so kampflos war, wie es hinterher immer aussah. Vielleicht fand innerlich ja Grauenvolles statt.

»Dann ist er ja mit einem Borussen-Sieg rübergeschippert«, sagte er, »und dann noch gegen die Blauen.«

Einige sahen ihn an und nickten mit einem traurigen Lachen.

Steiger war sich sicher, dass das für Ernesto von Bedeutung war.

42

Der Regen war ein Hauptgewinn, dachte er. Kaum Fußgänger, und die Hundebesitzer beeilten sich auch mehr als sonst, damit das Vieh hinterher in der Wohnung nicht so stank.

Gestern war er umsonst gekommen, sie hatte nicht gearbeitet. Das mit dem »jeden zweiten Tag« schien sie ernst gemeint zu haben.

Obwohl er schon eine Stunde in der Gegend war, hatte er noch nicht sehen können, ob sie heute arbeitete, weil der Kassenbereich von außen ziemlich verstellt war. Auf das Gelände selbst wollte er wegen der Kameras auf keinen Fall, nicht am Tag ihres Verschwindens.

Er rollte noch einmal langsam an der Tankstelle vorbei, und in dem Augenblick kam sie nach draußen und hantierte an einem der Ständer mit Holzkohle herum.

Das wäre geklärt. Er war beruhigt und sah auf die Uhr. Wenn sie so lange arbeitete, um den letzten Bus zu bekommen, hatte sie noch ungefähr eine halbe Stunde. Die Bus- und Bahnfahrpläne hatte er mittlerweile im Kopf, das gehörte zur Vorbereitung, die dieses Mal ohnehin sehr kurz und wenig aufwändig gewesen war.

Er stellte sich in die Parkbucht vom letzten Mal und ging noch einmal alle Punkte durch, ob er nicht etwas vergessen hatte. Eine so kurz vorbereitete Aktion hatte er zuletzt vor fünf Jahren in einem kleinen Ort in der Eifel gemacht. Damals war ihm ein Fehler unterlaufen, weil er nicht beachtet hatte, dass der letzte Schultag war. Aber es war ohne Folgen geblieben.

Aus einer der Hofeinfahrten kam eine Frau, die ein Regencape in demselben Rot trug wie das ihres Hundes, eines grauen Pudels. Sie ging langsam an seinem Auto vorbei, ließ das Tier fünfzig Meter weiter in die Botanik kacken und kam wieder zurück. Sehr gut, dachte er und hoffte, dass das die letzte Störung war, weil die relevante Zeit immer näher rückte. Die Frau hatte den Kopf wegen des Regens die ganze Zeit gesenkt und ihn wahrscheinlich nicht gesehen.

Nach fünf Minuten sah er, wie die Ablösung auf das Tankstellengelände fuhr. Es war derselbe Bursche wie am Dienstag, und der Roller schien wieder in Ordnung zu sein. Er sah in den Rückspiegel, aber außer einem Auto, das an ihm vorbeifuhr, war im Augenblick niemand zu sehen. Es fing etwas stärker an zu regnen.

Fünf Minuten später verließ das Mädchen das Gelände. Sie hatte einen Schirm aufgespannt und ging mit normaler Geschwindigkeit.

Er setzte sich gerade hin, überprüfte noch einmal den Ausweis in der Tasche und wartete eine Minute. Die Stelle, wo er sie ansprechen wollte, hatte er sich vorher genau ausgesucht, weil auf der einen Seite die Wohnblocks durch einen Grünstreifen abgedeckt waren und auf der anderen Seite so etwas wie ein kleiner Park lag.

Dann rollte er los und hielt hinter ihr genau an dieser Stelle.

»Nadine«, sagte er und versuchte eine behördliche Schärfe in seine Stimme zu legen.

Das Mädchen blieb stehen und drehte sich zu ihm um.

»Mein Name ist Karl-Heinz Schmitz, ich bin vom Dortmunder Jugendamt.« Er hielt ihr den Ausweis hin und hoffte, dass sie wusste, wie das Original aussah. Das hätte ihn noch eine Spur glaubwürdiger gemacht. »Ich hab' dich an der Tankstelle gesehen, darf ich fragen, was du dort machst um diese Zeit?«

Schon ihre erste Reaktion beseitigte alle Zweifel. Sie fühlte sich völlig ertappt und war in der Defensive.

»Du weißt, dass wir mit dem Sorgerecht für deinen Vater so unsere Schwierigkeiten haben.«

Sie schwieg unsicher.

Er blickte nach oben in den fallenden Regen und sagte: »Können wir das im Wagen besprechen, sonst bin ich gleich total nass.«

Sie folgte ihm zum Auto, faltete den Schirm zusammen und setzte sich auf die Vorderkante des Beifahrersitzes.

Er sah sich beim Einsteigen in aller Eile um, konnte aber keinen anderen Menschen entdecken. Das erste Auto kam die Straße entlang, als sie schon im Wagen saßen. Nur ihre Sitzposition machte ihm Sorgen.

»Du arbeitest an der Tankstelle, oder?«

Sie nickte stumm.

»Wie alt bist du, Nadine?«

Sie sah ihn überrascht an und sagte: »Das müssten Sie doch wissen.« Außer Skepsis war in ihrem Ton plötzlich auch etwas anderes, Aufbegehrendes, was er nicht vermutet hatte.

»Natürlich weiß ich es, aber ich wollte es von dir hören.« Er versuchte, ein wenig ärgerlich zu klingen, um diese Regung sofort zu unterbinden.

»Fast fünfzehn.«

Sie saß immer noch auf der vorderen Kante des Sitzes, und er wusste nicht, was er tun sollte.

»Siehst du, und darum solltest du um diese Zeit zu Hause sein und nicht irgendwo arbeiten. Das darfst du noch gar nicht, und du weißt, dass wir so etwas nicht gerne sehen. Möchtest du was trinken, eine Cola oder einen Ernergy-Drink?« Das Letzte sagte er wieder sanfter.

Sie schüttelte den Kopf. Langsam musste er sich etwas einfallen lassen.

»Wo ist dein Vater jetzt?«

»Auf der Arbeit. Diese Woche hat er Spätdienst.«

»Weiß er, dass du hier arbeitest, darf ich mal eben?« Er griff zum Handschuhfach, tat so, als ob er etwas suche. Sie machte ihm Platz, setzte sich endlich auf die gesamte Sitzfläche und lehnte sich an.

Er sah, dass sie mit sich rang, weil sie nicht wusste, welche Antwort richtig war.

Beiläufig führte er seine Hand zum Schalter für die Nebelscheinwerfer.

Sie schrie relativ laut, lauter, als die anderen, und er hoffte, dass niemand in der Nähe war.

»Was ist los?«, fragte er und bemühte sich, überrascht zu klingen.

»Hier sticht was«, sagte sie und stützte sich mit den Armen so an der Rückenlehne ab, dass sie die Sitzfläche nicht mehr berührte.

»Wo?« Er strich mit der Hand über den Stoff. »Hier ist nichts.«

»Doch«, sagte sie, »das hat furchtbar gestochen.«

Sie setzte sich wieder auf die Vorderkante des Sitzes und rieb sich den Oberschenkel.

Er strich wieder über den Stoff des Polsters und schüttelte den Kopf. »Versteh' ich nicht«; sagte er, »der Wagen ist ganz neu.«

Ihr schien es fast ein wenig peinlich zu sein, aber ihre Augen wurden schon glasig.

»Geht's wieder?«, fragte er und betätigte den Schalter für die Zentralverriegelung, damit im letzten Moment nicht noch etwas passierte.

Sie schüttelte den Kopf und wirkte irritiert. »Ich weiß nicht, irgendwas ... Mir wird schwindelig.«

Sie versuchte mit Mühe, die Augen offen zu halten, aber nach ein paar Sekunden hatte sie den Kampf verloren. Sie kippte unkontrolliert nach vorn. Er fing ihren Oberkörper ab, setzte sie in den Sitz und schnallte sie an.

Mit einem letzten Blick stellte er fest, dass niemand auf der Straße war. Zwei Autos ließ er vorbeifahren und wartete, bis er ihre Lichter nicht mehr sah. Dann startete er den Wagen und fuhr los.

43

Seit wann er es so machte, wusste Steiger nicht mehr, aber direkt nach dem Aufwachen sah er nie auf die Uhr. Aus dem Grunde hatte er sich einen Wecker gekauft, schon vor Jahren, dessen Display im Dunkeln nicht zu sehen war und erst auf Knopfdruck leuchtete. Er hoffte immer, noch einmal einzuschlafen, weil er ahnte, dass es zu früh war. Es war immer zu früh, aber eine Ahnung war eben kein Wissen, und mit diesem Selbstbetrug hatte er manchmal die kleine Chance auf ein paar Minuten weiteren Schlaf. An ganz wenigen Tagen gelang es.

Heute geschah es nicht, weil er nach dem Aufwachen die Taste drückte und sah, dass es zehn vor fünf war.

Er stand auf, verzichtete auf das Fernsehritual und machte sich Kaffee und Eier. Nach dem Duschen nahm er sich die Liste vor und strich, nachdem er sich Körtners Foto noch einmal angesehen hatte, zunächst alle Halter, die jünger als fünfundzwanzig und älter als fünfzig waren. Danach verglich er alle Adressen mit den Orten, die innerhalb des Kreises auf der Karte im Autoatlas lagen, was eine ziemlich mühselige Angelegenheit war, weil er sich dort nicht auskannte. Übrig blieben immer noch über hundert Adressen, zu denen auch alle Autos gehörten, die auf eine Firma zugelassen waren.

Kurz vor acht verließ er das Haus und traf auf Jenny. Dabei fiel ihm auf, dass er sie seit Sonntag nicht gesehen hatte.

»Na, Jenny«, sagte er, als sie gemeinsam das Haus verließen. »Heute kein Mathetest im Programm? Oder verbringst du den Morgen wieder irgendwo in der Stadt?«

Sie trottete neben ihm und sagte: »Nee, heute kein Mathetest.« Weil sie ihn dabei nicht ansah, wirkte es zurückhaltender als sonst, und er wusste nicht, ob das Verlegenheit war oder etwas anderes.

Am Auto verabschiedeten sie sich, und das Mädchen ging weiter. Noch bevor er die Tür zuschlug, hörte er, wie sie seinen Namen rief. Sie war einer der wenigen Menschen, die ihn Thomas nannten, wahrscheinlich, weil sie nichts von seinem anderen Namen wusste.

»Ja?«, sagte er und hielt den Kopf aus der geöffneten Tür.

Sie war stehen geblieben, hatte sich zu ihm umgedreht und rief: »Danke!« Dann ging sie lächelnd weiter.

Steiger sah ihr noch eine Weile nach, lächelte ebenfalls und war in dem Moment froh, der Mutter nichts gesagt zu haben. Aber die Frau gab es vermutlich eh nicht, dachte er.

Um elf Uhr hatte er drei der kleinen Ortschaften abgegrast und zwölf Fahrzeuge von seiner Liste gestrichen, weil die Halter absolut keine Ähnlichkeit mit dem Foto hatten oder ihm ein ziemlich plausibles Alibi für den relevanten Samstag nennen konnten. Natürlich müssten die im Zweifelsfall noch überprüft werden, aber er wollte zunächst die Dinge erledigen, die als Einzelkämpfer auf die Schnelle machbar waren. Batto hatte ihm von einem bestimmten Prinzip erzählt, dessen Namen er vergessen hatte, welches aber irgendwie damit zu tun hatte, dass man für die Erledigung von achtzig Prozent einer Sache nur zwanzig Prozent des

Aufwandes benötigte, den man für die hundertprozentige Erledigung brauchte. So hatte er es im Kopf behalten, dabei an seinen Hausputz gedacht und fand, da könnte etwas dran sein.

Weitere zehn Halter waren nicht zu Hause gewesen, was an einem normalen Mittwochmorgen zu erwarten gewesen war, weil sie vermutlich arbeiteten. Hat auch mit der Gegend zu tun, dachte er. In Dortmund hätte er einige Straßen aufzählen können, in denen der Prozentsatz derer, die morgens nichts zu tun hatten, wesentlich höher war. Natürlich bedeutete das, dass er bei diesen Leuten noch einmal vorbeischauen musste, und bei dem Gedanken fielen ihm wieder die abgelatschten Schuhe von der Collage im KK 11 ein.

Auf halber Strecke zum nächsten Ort hielt Steiger an einem kleinen Waldstück, weil er pinkeln musste. Morgens hatte es den ersten Nebel gegeben, jetzt war die Sonne durchgekommen, und als er fertig war, setzte er sich auf die Motorhaube und steckte sich einen Zigarillo an.

Sein Handy fiepte. Es war der Förster aus Wesel, der heute Morgen telefonisch nicht zu erreichen gewesen war. Seine Sekretärin hatte Steiger einen Rückruf zugesichert, sobald ihr Chef eintreffe, und Steiger hatte sich gewundert, dass Förster mittlerweile Sekretärinnen hatten. Er wusste, dass das Beamte waren wie er, hatte aber immer noch das Bild von Männern vor Augen, die in grünen Klamotten durch den Wald stiefelten. Irgendwas daran schien nicht mehr auf der Höhe der Zeit zu sein.

Steiger schilderte sein Anliegen, aber der Mann konnte ihm nicht weiterhelfen und gab ihm die Telefonnummer eines seiner Förster, die für den Bereich zuständig waren.

Den erreichte Steiger sofort und erklärte zum zweiten

Mal, was er wollte. Da das Gebiet, um das es ging, schwer zu beschreiben war und sein Gesprächspartner keine Karte zur Hand hatte, verabredeten sich beide zwei Stunden später in einem Lokal in Kevelaer. Dort gäbe es einen wunderbaren Mittagstisch, wusste der Mann.

Steiger warf den Zigarillostummel ins Gras und sah auf die Uhr. Um fünf hatte er den Termin für die Testamentseröffnung bei Notar Brosig, und er beschloss, spätestens gegen vier zurückzufahren, um pünktlich zu sein.

Nach einem Blick auf Liste und Karte machte er sich auf den Weg in den nächsten Ort.

Der Mann hieß Reinhard Krüger, sah nicht aus wie ein Förster, und Steiger wusste nicht, ob das am Zopf lag oder daran, dass er keine grünen Klamotten trug. Und er hatte etwas an sich, was Steiger nicht mochte, aber er hätte nicht sagen können, was es war.

Nach einer Rindsroulade mit Rotkohl legte er dem Förster die Karte vor, die er aus praktischen Gründen aus dem Atlas gerissen hatte.

»Also, Herr Krüger«, sagte Steiger und war froh, dass er endlich zur Sachen kommen konnte, »mein Anliegen ist folgendes: Wir hatten vor zwei Monaten in Dortmund einen Mord an einem fünfzehnjährigen Mädchen, bei dem wir den Tatort nicht ermitteln konnten. Es gibt jetzt Hinweise, dass der Tatort im Bereich dieses Kreises liegen könnte. Was Sie da sehen, ist ein …«

»Funkmastbereich«, sagte Krüger und nickte mit hochgezogenen Brauen.

Klugscheißer, jetzt wusste Steiger, was es war. Diese Art von Klugscheißerei, die der Mann auch ausstrahlte, wenn er nichts sagte.

»Genau, ein Funkmastsektor für Handys. Wir suchen in diesem Bereich möglicherweise den Halter eines silbernen VW Passat, was ziemlich schwierig ist, weil es kaum eine andere Typ-Farbe-Kombination häufiger gibt, vielleicht noch schwarz. Sie spreche ich an, Herr Krüger, weil wir am Fundort der Leiche die unreife Frucht oder besser, einen Teil davon, eines Baumes gefunden haben, der im Umkreis des Fundortes nicht wächst, auch im größeren Umkreis nicht, und es darum nicht unwahrscheinlich ist, dass sie vom Täter ungewollt dort hingebracht worden ist. Bei dem Baum handelt es sich um einen Speierling.«

Der Förster sah ihn wieder mit dieser Miene an und machte eine Pause. »Das wundert mich nicht«, sagte er schließlich, »ich meine, dass Sie am Fundort keinen gefunden haben. Speierlinge gibt es verhältnismäßig selten, hier bei uns sogar sehr selten. Ich habe in meinem Bereich keinen.«

»Wie?«, sagte Steiger und war völlig überrascht. »In diesem ganzen Bereich gibt es keinen einzigen.« Er zeigte auf die Karte. »Da sind doch bestimmt viele Waldstücke, und da steht nirgendwo so ein Baum?«

»Ich bin seit über zehn Jahren in diesem Bezirk Förster, Herr Adam. Sie scheinen Zweifel an meinen Worten zu haben, aber glauben Sie mir, ich kenne hier in den Wäldern jeden Baum und Strauch. Speierlinge sind so selten, weil sie im Wald den anderen Bäumen unterlegen sind, meist sieht man sie als Solitäre, aber auch das mehr in Süddeutschland. In meinen Wäldern gibt es jedenfalls keinen Speierling, da bin ich sehr sicher.«

Steiger wusste nicht, ob er dem Mann glauben oder das für einen weiteren Anfall von Wichtigtuerei halten sollte. Wieder sahen sich beide an, und am Gesicht Krügers erkannte Steiger, dass er seine Zweifel nicht verbergen konnte.

»Ich kann natürlich nicht für private Gärten sprechen, aber auch da ist es eher unwahrscheinlich, vor allem weil es sich um eine Frucht handelt.«

»Warum?«, fragte Steiger.

»Irgendwann in den Neunzigern war der Speierling mal Baum des Jahres, und es sind einige gepflanzt worden, aber auch da mehr im Süden, weil man die Früchte beim Apfelwein verwenden kann. Aber die Bäume, die damals gepflanzt worden sind, tragen jetzt noch keine Frucht. Es müsste also schon ein älterer Baum sein, und die sind, ich sagte es bereits, selten hier in Norddeutschland.«

Steiger ging die Möglichkeiten durch, die dafür sprachen, dass diese kleine, unreife Frucht unter diesen Umständen von jemand anderem als vom Täter stammen konnte. Die Leiche hatte am Ende der Hildastraße gelegen, einer kleinen Sackgasse, an der niemand wohnte und die am alten Hoesch-Gelände, einer riesigen Brache, endete. Dort gab es nur ein paar heruntergekommene Asphaltflächen, auf denen hin und wieder Lkw parkten und manchmal Flohmärkte stattfanden, mit viel Buschwerk ringsherum. Ein idealer Platz, um unbemerkt eine Leiche abzulegen, weil sich niemand sonst dorthin verirrte.

»Eines sollten Sie noch bedenken«, sagte Krüger. »Alles, was ich Ihnen gesagt habe, gilt natürlich nur bis zur Grenze. Wenn der Kreis hier stimmt, ist dieser Abschnitt auf holländischem Gebiet, und dort gibt es auch ein paar Waldflächen. Ob es dort einen Speierling gibt, kann ich natürlich nicht sagen.«

»Wie sieht dieser Baum eigentlich aus?«, fragte Steiger.

»Kennen Sie eine Vogelbeere?«

Steiger hörte die leise Hoffnungslosigkeit in der Stimme des Försters. Ich könnte ihm eine reinhauen, dachte er und sagte: »Ich glaub' schon.«

»Gut. Die Blätter sind ähnlich, klein und angeordnet wie bei einem Farn. Nur die Früchte sind größer als Vogelbeeren, mehr wie kleine Äpfel, aber eben in Dolden. Von Form und Größe her sieht er aus wie andere Bäume.«

Steiger versuchte sich das vorzustellen, aber er war sich nicht sicher, ob das, was er im Kopf hatte, tatsächlich einem Speierling ähnelte.

Er bedankte sich bei Krüger für die Unterstützung. Vor dem Gespräch hatte er noch in Erwägung gezogen, den Mann für seine Mühe zum Essen einzuladen. Jetzt zahlte er seine Roulade und sein Bier und ging zum Wagen.

Steiger hatte sich gezwungen, scharf nachzudenken. Wenn der blasierte Förster recht hatte und es hier keinen Baum dieser Sorte gab, bestand auf holländischem Gebiet zumindest die Chance dafür. Da es dort innerhalb des Kreises nur eine kleinere Ortschaft gab, hatte er sich entschlossen, zunächst diese Möglichkeit zu überprüfen, um sie eventuell ausschließen zu können.

Um Viertel nach zwei bog er in die letzte Straße des kleinen niederländischen Ortes ein und klingelte an der Tür des vierten Hauses. Er hatte überlegt, wie dicht er das Abfragenetz knüpfen müsse, um sicherzugehen, dass ihm kein silberner Passat durchging. Auf dem Land hielt er jedes vierte Haus für ausreichend.

Eine alte Frau mit kurzen Haaren und im Jogginganzug öffnete ihm.

»Guten Tag, Frau«, er suchte das Klingelschild, fand es aber nicht. »Mein Name ist Adam, ich komme aus Deutschland und habe ein etwas ungewöhnliches Anliegen. Ich habe im Internet gelesen, dass hier im Ort jemand einen silbernen VW Passat verkaufen will. Es war ein sehr gutes Angebot, und ich interessiere mich dafür. Leider finde ich die Adresse nicht wieder. Können Sie mir sagen, ob hier in der Straße jemand so einen Wagen fährt? Ich dachte, versuch's einfach mal. Vielleicht hast du ja Glück.« Er bemühte sich um ein unschuldiges Lächeln.

Ihm war klar gewesen, dass er auf niederländischem Gebiet nicht als deutscher Polizist auftreten konnte, ohne dass ihn die holländischen Kollegen wahrscheinlich bald um ein Gespräch bitten würden, also hatte er sich diese Legende zurechtgelegt. Als er an der ersten Haustür seine Geschichte erzählte, hatte er sich vorgestellt, die Kollegen vom ET oder Peter Schulze würden ihn so sehen. Sie hätten ihn sofort eingewiesen.

»Nein«, sagte die Frau, nachdem sie ein paar Sekunden überlegt hatte. »Hier in der Straße gibt es so ein Auto nicht.« Sie lächelte und schien seine Geschichte für absolut plausibel zu halten. Steiger war überrascht, dass anscheinend alle Holländer gut Deutsch sprachen.

Eine halbe Stunde später hatte er das letzte Haus in der Straße abgeklappert, aber die junge Frau, die ihm mit Kind und Hund die Tür geöffnet hatte, wusste gar nicht, wie so ein Auto aussah.

Er schloss das Gartentor hinter sich und sah die Straße hinunter.

»Hallo.« Die Stimme war männlich, und als er sich umsah, stand ein alter Mann mit weißen Haaren in der Tür und kam auf ihn zu. »Guten Tag«, sagte er, »ich bin Johann van Bijert. Meine Schwiegertochter hat mir gesagt, Sie suchen einen silbernen Passat, stimmt's?«

»Ja«, sagte Steiger und wollte gerade die Geschichte mit dem Autokauf runterleiern.

»Ich glaub', ich weiß, wo hier so ein Auto ist.« Auch dieser alte Mann sprach Deutsch ohne den leisesten Akzent, und Steiger war beeindruckt. Er fragte sich, ob das mit dem Holländischen auf der anderen Seite der Grenze auch so war.

»Ich gehe immer spazieren«, sagte der Alte, »da in den Feldern.« Er zeigte die Straße hinunter. »Der Wald rechts davon ist umzäunt und gehört zu einer alten Villa. Ich weiß nicht genau, wer da wohnt. Ich habe mal gehört, dass es eine deutsche Firma gekauft hat, aber genau weiß ich das auch nicht. Ich kann nur von meinem Fenster oben die Einfahrt sehen, daher kenne ich die Autos.«

»Und dort ist ein silberner VW Passat?«, fragte Steiger.

»Die haben mehrere Autos, einen BMW, so einen schwarzen Jeep und zwei silberne Passat. Ich glaube nämlich, das müssten zwei sein, weil ich manchmal einen mit deutschem Kennzeichen sehe und manchmal einen mit holländischem.«

Steiger spürte ein leichtes Ziehen im Bauch und versuchte, es zu unterdrücken.

»Wissen Sie, wie die Firma heißt, Herr van Bijert?«

»Nein«, sagte er. »Ich hab' es auch nur gehört, dass dort eine Firma residiert, ich weiß nicht, ob es stimmt.«

»Und die Passat? Haben Sie sich die Kennzeichen mal genauer angeschaut?«

»Ja«, sagte der alte Mann, dem jetzt der Hund um die Beine lief, »aber das holländische Kennzeichen kann ich mir nicht merken, diese Zahlen und Buchstaben bedeuten ja nichts. Das deutsche Auto kommt aber aus Düsseldorf, das weiß ich.«

Steiger sah den Mann eine Weile an und sagte nichts.

»Vorne D ist doch Düsseldorf, oder?«, fragte der Alte.

»Ja«, sagte Steiger, als er seine Sprache wiedergefunden hatte. »Vorne D ist Düsseldorf.«

Aber da war er schon zu seinem Wagen unterwegs.

44

Batto liebte den Frühdienst, nicht nur, weil er morgens gut aus dem Bett kam. Er liebte die Stimmung der erwachenden Stadt, denn nichts sonst, fand er, hörte sich so nach Leben an.

Er musste etwa fünf gewesen sein, jedenfalls ging er noch nicht zur Schule. Sie wohnten damals auf dem Land, und seine Spielplätze waren bis dahin Schweinehöfe, Obstwiesen und Heuböden gewesen. An einem Morgen war er mit seiner Mutter mit dem Bus in die Stadt gefahren. Sie hatte sich und ihn schick angezogen, und weil es schon das Ende des Sommers gewesen war, hatte die kalte Luft ihm in die nackten Beine gekniffen. In dem Augenblick, als sich an der Endstation die Bustür öffnete und sie auf den sonnigen Bahnhofsvorplatz traten, hatte er es zum ersten Mal erlebt: das Geräusch endlos vieler Autos, das Gehupe und der Geruch von Benzin, das Pfeifen der Züge, die den Bahnhof durchfuhren, das Quietschen ihrer Bremsen, wenn sie anhielten. Und die Menschen, unglaublich viele Menschen, die sich in seiner Erinnerung alle bewegten, niemand stand, jeder war unterwegs, und sie beide, er und seine Mutter, waren Teil des Ganzen, wurden mitgezogen, und es war wunderbar.

Bevor sie gegen Mittag nach Hause gefahren waren, hatte er noch ein Eis bekommen, eine Kugel in einer Waffel, und auch das war etwas Neues für ihn gewesen. Aber es war nicht das Eis, das diese Bilder in seiner Erinnerung so fest verankert hatte, es war dieses helle, flirrende Gefühl der Lebendigkeit.

Er war nach einem Gespräch auf dem Weg zurück zur Wache. Ein Zehnjähriger hatte sich nach einem Unfall, bei dem er unverschuldet angefahren worden war, mit Händen und Füßen dagegen gewehrt, ins Krankenhaus gebracht zu werden. Der Junge hatte Angst, sein Vater könnte sauer sein, weil das Rad erst drei Tage alt und ein Geburtstagsgeschenk gewesen war. Bei solchen Dingen musste man hellhörig sein, fand Batto, seine Leute wussten das und hatten ihm Bescheid gegeben. Auch jetzt war er nicht sicher, was er von der Sache halten sollte. Der Vater hatte vordergründig sehr einsichtig gewirkt, aber Batto hatte während des gesamten Gesprächs ein eigenartiges Gefühl gehabt. Die Fassungslosigkeit über die Angst des Jungen war eine Spur zu theatralisch ausgefallen. Batto nahm sich vor, dort in den nächsten Tagen noch einmal nach dem Rechten zu sehen.

Vor zweiunddreißig Jahren, das hatte er bis heute nicht vergessen, waren sie mit dem Werbeslogan »Mensch im Mittelpunkt« zur Polizei gelockt worden. Damals war ihm das ziemlich egal gewesen, heute fand er, da war was dran.

In der Wache war alles ruhig. Vor dem Wachtisch stand Renate Winkler, die Frau, die sich bei der Kripo mit Vermissten befasste, und sprach mit Annette, seiner Wachhabenden.

»Hallo, Batto«, begrüßte sie ihn.

»Guten Morgen, meine Liebe.« Er strich ihr über die Schulter, und sie lächelte zurück.

Mit den meisten Leuten der Kripo hatten sie im Wachdienst nichts zu tun, mit einigen aber öfters. Renate Winkler bat ab und zu um Unterstützung, was angenehm war. Batto mochte ihre wertschätzende Art.

»Na, sollen wir dir wieder eines deiner verlorenen Kinder einfangen?«, fragte er »Die sind doch sowieso sofort wieder weg.«

»Die meisten schon«, sagte sie, »aber mit denen komme ich ja auch nicht zu euch. Hier«, sie zeigte ihm das Bild eines Mädchens mit langen Haaren, das aussah, als sei es in den Siebzigern aufgenommen worden, »Nadine Neumann, fast fünfzehn Jahre alt, ist seit gestern Abend verschwunden. Ihr Vater hat es erst heute Morgen gemerkt, weil er Spätdienst hatte, und der geht bei denen bis drei Uhr. Er schaut dann nicht mehr bei seiner Tochter rein, weil die davon immer wach wird und das nicht möchte. Das Mädchen ist vor einem Jahr schon zweimal abgehauen, aber damals war es wegen der Trennung von seiner Frau. Da ist wohl immer noch einiges im Busch, weil die Tochter gern bei ihm bleiben möchte, die Mutter das aber nicht will. Der Grund ist der neue Lebenspartner der Mutter, mit dem sie nicht klarkommt. Der Vater sagt, seit einem halben Jahr sei sie jetzt bei ihm, und es laufe ziemlich gut.«

»Seit wann genau ist sie verschwunden?«

Renate Winkler wiegte den Kopf und sagte: »Da hat er erst ein bisschen rumgezickt, weil sie jeden Tag an einer Tankstelle in Wickede an der Wickeder Straße arbeitet, was sie natürlich mit vierzehn noch nicht dürfte. Er hatte Angst, dass das Jugendamt ihm daraus was drehen könnte, von wegen Aufsichtspflicht und so, wenn das jetzt bekannt würde.«

»Und da ist sie zuletzt gesehen worden?«, fragte Batto.

»Genau, da ist sie zuletzt gesehen worden, gestern Abend gegen acht Uhr hat sie jemand abgelöst, auch so ein Bürschchen, aber etwas älter. Sie wollte dann zum Bus gehen, ist aber danach nicht mehr gesehen worden. Schaut doch mal, vielleicht fällt sie euch ja auf in der Stadt, das Bild steht auch im Intranet. Ich hab' schon die Krankenhäuser, Taxizentralen und so weiter angerufen, bis jetzt ohne Erfolg.«

»Klingt doch eigentlich wie immer, oder?«, sagte Batto und sah sich das Bild genauer an.

Renate Winkler atmete einmal tief durch. »Ich mag's gar nicht sagen, aber ich hab' schon das zweite Mal in zwei Wochen ein komisches Gefühl, und letzte Woche hat es mich nicht getäuscht«; sagte sie dann doch. »Aber bevor ich die ganz große Welle mache – schließlich ist sie schon mal abgehauen –, will ich noch mal den Weg bis zum Bus abgehen und bei ein paar Adressen nachfragen, die mir der Vater gegeben hat. Wenn sie heute Abend nicht wieder da ist, entscheide ich neu.«

»Wir helfen der Kripo doch immer gerne«, sagte Batto und lächelte.

Renate Winkler gab ihm einen Klaps auf die Schulter und ging.

Im Funk bat einer seiner Wagen um Unterstützung. In einem Kaufhaus auf dem Westenhellweg gab es Ärger mit drei aggressiven Ladendieben. Batto fand einen seiner jungen Kommissaranwärter im Schreibraum, nahm ihn mit und war schon wieder unterwegs.

45

Clever schien sie zu sein. Er sah durch den Spion, und sie saß aufrecht auf der Liege mit dem Rücken an die Wand gelehnt. Dass man mit der Kette am Bein zwar Bewegungsfreiheit hatte, aber nicht bis zur Tür kam, hatte sie schnell gemerkt. Wenn man klug war, vergeudete man keine Kraft, sondern nahm den einzig angenehmen Platz ein, den man unter diesen Umständen erreichen konnte, und das war die Liege. Äußerlich wirkte sie ruhig, aber in ihren Augen war Panik, das war selbst durch den Spion zu sehen. Soweit es sich durch die leichte Verzerrung der Linse erkennen ließ, hatte sie noch nichts von dem Wasser angerührt. Vielleicht vermutete sie nach der Injektion im Auto, dass es nicht sauber sein könnte, er hielt das für möglich. Sie schien wirklich clever zu sein. Vorsichtig schob er die kleine Scheibe wieder vor die Linse und ging einen Raum weiter.

Auf der Metallliege lag der Mann und war immer noch bewusstlos. Das würde sich auch während seines Aufenthaltes hier nicht ändern, wenn er das Mittel richtig berechnet hatte.

Sehr zeitig war er am Morgen losgefahren, weil er vorher nicht rausgefunden hatte, wo das Pärchen seine Nächte verbrachte, und sich auf eine längere Suche eingestellt hatte. Aber der Penner mit den Flaschen war ihm direkt in der Nähe der Tankstelle in die Hände gelaufen, viel früher als erwartet. Natürlich hatte er sein Angebot nicht ausschlagen können, fünfzig Euro die Woche waren für so jemanden ein Vermögen, vor allem, wenn man dafür nichts anderes tun musste, als man ohnehin den ganzen Tag tat. Flaschen einsammeln.

Er trat näher heran und sah, dass sich der Brustkorb des Mannes gleichmäßig hob und senkte. Bis auf die Unterhose war er nackt; beim Ausziehen hatte er weniger gestunken, als es sein Lebenswandel hatte vermuten lassen. In einer Vene kurz über dem Handgelenk steckte die Kanüle, die er mit einem Pflaster fixiert hatte. Dort unten waren die Venen zwar wesentlich kleiner, aber man konnte hinterher den Einstich besser mit einer Abwehrverletzung kaschieren. Er sah auf die Uhr, etwa in einer Stunde musste er wieder etwas injizieren, um den Pegel zu halten, wenn seine Schätzung von knapp achtzig Kilo richtig war.

Es hatte sich angekündigt. Am Schrank hinter der Tür, er hatte den kleinen Metallkoffer schon in der Hand, kam der Schwindel wieder, und dieses Mal so heftig, dass er sich festhalten musste. Die Anfälle kamen in letzter Zeit in immer kürzeren Abständen und waren eindeutig progressiv. Aus seinem Medizinstudium wusste er, dass es unzählige Gründe für ein solches Symptom geben konnte, aber er hatte nicht den Eindruck, dass es mit seinem Körper zu tun hatte. Als es nachließ, hätte er nicht sagen können, wie lange es gedauert hatte, auch das war neu, genauso wie die tiefe Kraftlosigkeit, die es mittlerweile hinterließ. Mit ein paar ruhigen Atemzügen versuchte er, sich innerlich wieder in Gleichklang zu bringen. Schließlich trat er ans Fußende der Liege, packte das Gerät aus und legte die anderen Utensilien neben die Beine des Mannes auf das Metall. Er zog ihm die Unterhose bis zu den Oberschenkeln herunter und drehte ihn so weit auf die Seite, wie es die Metallfesseln an den Armen und Beinen zuließen. Die Klebeelektrode versuchte er in Bauchnähe am Penis festzukleben, was wegen der Schamhaare immer schwierig war, aber eine Rasur wäre zu auffällig gewesen. Mit etwas Mühe hielt sie schließlich. Auf dem Kolben aus Edelstahl verteilte er etwas Vaseline und genoss dabei die glatte Kühle des Metalls. Beim Einschalten machte das Gerät ein dumpfes Geräusch, und er stellte an den Reglern die Stromstärke so niedrig ein, dass keine Gefahr für das Herz bestand und er noch zulegen konnte, wenn nötig. Dann führte er den Kolben in den After ein und stimulierte den Plexus pelvicus, wobei seine Erfahrung sich mittlerweile auszahlte. Nur eine geringe Erhöhung des Gleichstroms war nötig gewesen, und der Mann hatte nach kurzer Zeit in den Becher ejakuliert, den er bereitgestellt hatte.

Er brachte das Sperma sofort zum Gefrierschrank, der auf dem kleinen Gang vor den beiden Räumen stand. Es war relativ wenig, und er würde die Prozedur noch einmal wiederholen müssen.

Aus den Augenwinkeln nahm er auf einem der beiden Monitore, die über der Tür hingen und jeweils Vorder- und Rückseite des Hauses in der Totale zeigten, eine Bewegung war. Er sah einen Mann, den er nicht kannte. Es war kein junger Mann mehr, er war normal gekleidet und ging zunächst zum Eingang, aber auf halbem Wege blieb er stehen und drehte ab. Dann verließ die Gestalt den Bereich der Kamera und tauchte nach kurzer Zeit auf dem anderen Monitor an der Rückseite des Hauses wieder auf.

Er war auf die Schnelle nicht in der Lage, alle Möglichkeiten in Erwägung zu ziehen, was das bedeuten konnte. Aber so wie die Person sich bewegte, bedeutete es nichts Gutes. Er ging wieder zum Schrank, zog eine Spritze auf und verschloss in aller Eile die beiden Räume. Kurz bevor er den Bunker verließ, sah er auf dem Monitor, dass der Mann an der Rückseite der Garage auf eine Schubkarre stieg.

46

Steiger hatte versucht, das Gelände zu umfahren, aber die nördliche Seite grenzte an ein anderes Grundstück, und auch von Osten her war es nur teilweise zugänglich. Die Villa, von der der Alte gesprochen hatte, schien auf allen Seiten von einem breiten Grüngürtel umgeben zu sein, jedenfalls war sie von außerhalb des Zaunes nicht zu sehen.

Er parkte den Wagen an einer geeigneten Stelle am Straßenrand und ging noch ein Stück am Zaun entlang, einem etwa eins fünfzig hohen Metallzaun, wie man ihn in jedem Baumarkt kaufen konnte. Er hatte sich dagegen entschieden, ganz offiziell am Tor zu schellen, weil ihm keine Legende einfiel, die verhindert hätte, dass für seine Ermittlungen an diesem Tor Schluss wäre, wenn sie ihn einfach nicht hineinlassen würden. In diesem Augenblick wurde ihm bewusst, welch ein wunderbares Instrument sein Dienstausweis eigentlich war, ein Sesam-öffne-Dich für alle Situationen, nur jetzt leider nicht, weil das Ding hier ungefähr so viel Bedeutung hatte wie ein Mitgliedsausweis vom Schützenverein Dortmund-Applerbeck. Was er hier tat, war ohnehin mit keinem Gesetz vereinbar, aber er war den Weg jetzt bis an diesen Punkt gegangen, da war es nur logisch, diesen Schritt auch noch zu tun.

An einer geschützten Stelle wollte er über den Zaun steigen, was schwieriger war als angenommen, weil man zwischen den eng gesetzten Stäben keinen Halt fand, außerdem störte ihn sein Mantel. Er ging zurück, steckte das Handy in die Hosentasche und legte den Mantel in den Kofferraum, weil seine Ausweispapiere darin waren. Manchmal ließen die Kampagnen für mehr Sicherheit beim Parken auch Polizisten nicht unbeeindruckt, dachte er.

Er ging zurück zu der Stelle, und auch ohne Mantel überstieg er den Zaun nur mit Mühe. Die Büsche standen relativ dicht, und schon nach wenigen Schritten konnte er die Straße hinter sich nicht mehr sehen. In diesem Gelände war es schwer zu schätzen, aber er nahm an, knapp hundert Meter gegangen zu sein, als er vor sich durch die Blätter das Haus sah.

Die Villa war größer, als er sie sich vorgestellt hatte. Ein lang gestrecktes, zweigeschossiges Gebäude mit einem Flachdach und reichlich Stuck. Steiger kannte sich mit so etwas nicht aus, aber es hatte Ähnlichkeit mit der Villa Hügel in Essen, zu der sie mal einen Schulausflug gemacht hatten. Es war nur etwas kleiner, konnte aber etwa zur selben Zeit entstanden sein, fand er. Rechts am Haus war ein Anbau, in dem die Garage zu sein schien, jedenfalls deutete das moderne, breite Tor darauf hin. Er blieb im Schutz der Zweige stehen, suchte das Haus nach irgendeinem Lebenszeichen ab, und dabei ihm fiel ein Buch ein, das er als Jugendlicher öfter gelesen hatte. Es hieß »Jack, die Bärenklaue«, und er sah das Cover vor sich. Reichlich idiotisch, dachte er und schüttelte den Kopf. Da stand er hier als Spanner in einem Gebüsch irgendwo in Holland, tat etwas Ungesetzliches und musste dabei an ein Jugendbuch denken. Aber vielleicht war genau das der Grund seiner Erinnerung, denn er hatte das Buch, das ein Weihnachtsgeschenk werden sollte, schon vor Weihnachten im Wäscheschrank gefunden und halb ausgelesen. Immer, wenn seine

Eltern nicht da waren und er auf ihrem Bett saß und in dem Buch las, hatte er gefürchtet, sie könnten plötzlich zurückkommen und ihn erwischen.

Das Haus machte auf ihn einen leblosen Eindruck, als wenn es leer stehe. Wenn es dort eine Firma gab, konnte sie nicht viele Leute beschäftigen. Wo waren die Autos der Angestellten?, fragte er sich, denn ohne Fahrzeug war man in dieser Gegend ziemlich aufgeschmissen, also hätte es welche geben müssen. Keines der Fenster war geöffnet, und man sah nirgendwo eine Bewegung. Es sah aus, als wohne dort niemand.

Als zwanzig Minuten lang nicht die leiseste Bewegung zu sehen gewesen war, verließ er seine Deckung und ging Richtung Eingang, um möglicherweise ein Namensschild oder irgendetwas zu erkennen, womit er weiter ermitteln konnte. Wenn jetzt jemand käme, würde er was von »verlaufen« oder »Panne« erzählen, ihm würde schon etwas einfallen.

Es gab kein Schild, keinen Namen, nichts, woraus man hätte schließen können, wer hier wohnte oder arbeitete, das konnte Steiger schon auf halbem Wege zum Eingang erkennen, darum ging er nicht weiter. Am Garagentor suchte er erst gar nicht nach einem Hebel oder Schalter. Es machte einen sehr modernen Eindruck, und er war sich sicher, dass es nur elektronisch zu öffnen war. Er änderte seinen Weg und ging rechts am Gebäude vorbei hinter die Garage. Aber auch dort fand er kein zugängliches Fenster, das einen Blick erlaubt hätte, nur in gut zwei Meter Höhe war ein schmales Oberlicht. Steiger sah sich um, aber etwas wirklich Brauchbares war nicht greifbar. Im Gebüsch ein paar Meter weiter entdeckte er eine ziemlich heruntergekommene Schubkarre, die er aufrecht an die Wand stellte.

Mit wenig Vertrauen bestieg er die wackelige Konstruktion, aber sie hielt. Er sah durch das kleine Fenster in eine Garage, in der drei Autos standen. Ein Jeep, eine dunkle BMW-Limousine und ein silberfarbener Passat Kombi. Alle Autos hatten niederländische Kennzeichen, aber was für Steiger noch wichtiger war: Die Garage war voll, es gab keinen Platz für ein viertes Auto. Er tastete seine Taschen ab, so gut das mit einer Hand ging, fand aber nichts zu schreiben. In seiner Manteltasche war der Rest eines alten Ikea-Stiftes, fiel ihm ein, aber das half ihm jetzt nicht. Er brauchte den Halter dieses Autos, und ihm fielen nur zwei Menschen ein, die er jetzt anrufen konnte. Batto hatte keinen Dienst, wenn er seinen Plan richtig im Kopf hatte, und so wählte er mit schlechtem Gewissen Janas Handynummer. Fast wäre er dabei von der Karre gestürzt, weil er sich beim Wählen nur mit einer Hand an der Laibung festhalten konnte, aber aus Sicherheitsgründen wollte er das Kennzeichen ablesen, weil er wusste, dass sein Zahlengedächtnis grauenhaft war.

»Jana«, sagte sie, nachdem es zweimal geklingelt hatte.

»Jana, gut, dass ich dich erwische. Hier ist Steiger«, sagte er.

»Was ist los?« Sie klang überrascht.

»Pass auf, Jana, nur ganz kurz. Ich habe Hinweise auf den silbernen Passat in der Mordsache, du erinnerst dich, und es ist ziemlich wahrscheinlich, dass ich ihn gefunden habe. Mach mir doch bitte mal, so schnell es geht, einen holländischen Halter.«

»Einen holländischen?«

»Ja, frag unsere Leitstelle, die wissen das bestimmt, oder noch besser, ruf die Kollegen in Aachen oder Kleve an, irgendeine grenznahe Behörde, die haben meistens so interne Regelungen. Und gib mir die Daten dann durch. Ich gehe jetzt wieder zum Auto und bin über Handy zu erreichen.«

Steiger hörte ihren Seufzer und gab das Kennzeichen durch.

»Tut mir leid, Küken, aber es ist das letzte Mal, dass ich dich um so etwas bitte, versprochen. Und ich geb' ein Rieseneis aus.«

Er drückte das Gespräch weg und blieb noch einen Moment stehen, um nachzudenken, aber eine andere Idee kam ihm im Augenblick nicht. Er sah sich um, im und am Haus tat sich genauso wenig wie vorher. Mit vorsichtigen Schritten tastete er sich an der Garagenwand entlang, sah nach, ob die Luft immer noch rein war, und ging dann weiter über die Rasenfläche zu den Bäumen.

»Hallo!«

Die Stimme kam von hinten links und gehörte zu einem Mann mittleren Alters, der auf Steiger zukam. Er war stehen geblieben und überlegte sich, die Version mit der Panne zu erzählen, die schien ihm glaubwürdiger. Der Mann hatte helles Haar und eigenartige Augen, aber er hatte eigentlich nichts Bedrohliches an sich, als er näher kam, trotzdem hob Steiger die Hände, wie er es bei Ralf Jürgens gelernt hatte. Es war die falsche Bewegung gewesen, das wurde ihm klar, als der Fremde ihn aus nächster Nähe ansah und ihm, ohne seine Arme zu heben, etwas in den Oberschenkel stach, was Steiger erst auf den zweiten Blick als eine Spritze erkannte. Er war so perplex, dass er einige Sekunden nicht reagierte und dann zu spät versuchte, seinen Gegner mit zwei Geraden zu erwischen, aber der wich zurück. Der Schwindel kam ziemlich schnell, und der Stecher ging immer weiter rückwärts, als Steiger auf wackeligen Beinen versuchte, ihn noch zu treffen. Das Letzte, was er bewusst wahrnahm, bevor alles verschwamm, war hinter dem Blonden ein Baum, der kleine Blätter hatte, die wie bei einem Farn angeordnet waren und dessen Früchte in Dolden herabhingen und kleinen Äpfeln ähnelten.

47

Steigers Anruf hatte Jana auf dem Weg zur Überprüfung einer Adresse in Dortmund-Eving erreicht, und sie war sofort umgekehrt. Weil sie heute keinen Partner hatte – Bulthaup war krank geworden, und Gisa musste ein paar Besprechungstermine hinter sich bringen –, erledigte sie verschiedenen Schreibkram und ein paar Überprüfungen, die man ohne Gefahr auch allein durchziehen konnte.

Sie fuhr gern mit Steiger, das war ihr schon länger klar, weil er wirklich ein alter Haudegen war, von dem man einiges lernen konnte. Man durfte sich nur nicht von seinem Frust anstecken lassen, aber sie fand, dass ihr das meistens gelang. Sie kam einfach mit ihm klar, auch wenn er es mit den Eingriffsrechten manchmal nicht so ganz genau nahm und die eine oder andere Formvorschrift schon mal vergaß. Aber er machte nie Sachen, die wirklich daneben waren, so schätzte Jana das jedenfalls ein. Das galt auch für diese völlig skurrile Geschichte, die hinter dem silbernen Passat steckte.

Nach zwanzig Minuten war sie wieder in den Räumen des ET und versuchte es zunächst bei der Einsatzleitstelle. Dort bekam sie aber auch nur denselben Tipp, den Steiger ihr schon gegeben hatte. Im Polizeiadressbuch suchte sie die Nummer der Polizei in Kleve und stellte bei der dortigen Leitstelle dieselbe Frage. Steiger hatte recht gehabt, der Kollege in Kleve konnte ihr weiterhelfen und gab ihr eine Kontaktadresse. Sie notierte sich die Nummer und legte auf.

»Wozu braucht ihr einen holländischen Halter?«, fragte Gisa und stand plötzlich hinter ihr. Sie hatte ihre Jacke noch an und die Aktentasche unter dem Arm.

Jana zuckte zusammen und sagte: »Ach, das ist für …, das ist in so einer Sache, die mit den OK-Leuten …, ja, mit den OK-Leuten hat das zu tun, OK.«

»Hatte ich den Vorgang schon auf dem Tisch? Kann mich gar nicht dran erinnern«, sagte Gisa, hatte sich schon umgedreht und ging in ihr Büro.

Jana war erleichtert, dass die Stammelei keine Folgen hatte, als Gisa wieder im Türrahmen erschien und sie mit einer Falte zwischen den Brauen ansah.

»Was für eine Sache mit den OK-Leuten, Jana?«, fragte sie, und am Tonfall merkte Jana, dass sie verloren hatte.

Gisa kam langsam auf sie zu und sah sie von oben herab an, warf dann einen Blick auf den Bildschirm, auf der die Homepage der Polizei in Kleve geöffnet war.

»Jana«, ihr Ton war ungeduldig und drohend, »hat das was mit Steigers bescheuerter Sache zu tun?«

Jana hatte noch nie Leute verpfiffen, früher in der Schule nicht, und sie würde es auch jetzt nicht tun. Sie hätte auch nein sagen können, als Steiger sie darum gebeten hatte, aber sie hatte sich auf das Ding eingelassen, und damit war es jetzt ihre Sache, fand sie.

»Ich wollte nur mal sehen, wie das geht«, sagte sie.

Gisa sah sie lange an, und Jana war klar, dass sie nichts mehr zu sagen brauchte.

»Du kannst es mal weit bringen Jana«, Gisas Ton war plötzlich völlig anders, »aber pass auf, dass du dir nicht bei den falschen Leuten was abguckst, oder meinetwegen auch bei den richtigen das Falsche. Es ehrt dich, dass du das Maul hältst, und Steiger ist eigentlich kein schlechter Kerl, aber fürs Leichte hat der manchmal kein Talent. Pass auf, was du tust, Jana, und lass dich nicht für irgendwas einspannen! Ein guter Rat von einer alten Kollegin.« Sie nickte zur Bestätigung und ging dann. Auf halbem Wege drehte sie sich um und sagte: »Und in der Sache machst du gar nichts mehr, das ist ein guter Rat von deiner Chefin.«

Jana sah ihr nach, wie sie in ihrem Büro verschwand. Dann schaltete sie den Rechner aus, nahm sich den Autoschlüssel und ging.

Als sie im Wagen saß, wollte sie Steiger sagen, dass es nichts würde mit dem holländischen Halter, jedenfalls im Augenblick nicht, er war aber nicht zu erreichen. Vielleicht war er aber auch nur in einem Funkloch. Sie nahm sich vor, es in einer halben Stunde noch einmal zu versuchen und ihm ansonsten eine SMS zu schicken. Und sie hoffte, dass er es verstand.

48

Auf Mitte fünfzig tippte er das Alter, und der Mann sah aus, als habe er schon bessere Tage gesehen, was auch für das Jackett und die Hose galt. Er hielt ein Handy und den Autoschlüssel in den Händen, sonst war nur noch etwas loses Geld in den Taschen gewesen, ein paar Scheine und Münzen.

Es war eine Dilemmaentscheidung gewesen, den Mann zunächst unschädlich zu machen, das wusste er. Er hätte ihn auch gehen lassen und abwarten können, was passierte. Vielleicht wäre nichts passiert, aber dafür war das Verhalten einfach zu verdächtig gewesen. So nahe war ihnen in all den Jahren niemand gekommen. Er hoffte, sich richtig entschieden zu haben in der Eile.

Aber was hatte es zu bedeuten, dass ein älterer Mann um sein Haus schlich und sich sehr eigenartig benahm?, fragte er sich. Das Handy war noch eingeschaltet, er überprüfte die Listen; offensichtlich hatte er es mit keinem intensiven SMS-Nutzer zu tun. Die letzte SMS war vor einer Woche eingegangen, selbst gesendet hatte er zuletzt vor vier Wochen. Bei den Anrufen sah es anders aus. Das letzte eingehende Gespräch war vom Vormittag, aber selbst telefoniert hatte er noch vor etwa vierzig Minuten, und zwar mit einer anderen Handynummer, die unter »Jana« abgespeichert war. Er rechnete nach, und ihm wurde klar, dass das etwa zu der Zeit gewesen war, als er die Gestalt auf dem Monitor entdeckt hatte oder unmittelbar davor. Sein Puls beschleunigte sich, und er überlegte, die Nummer anzurufen, aber was sollte das bringen? Es würde sich Jana melden, natürlich, wer immer das war. Und dann? Sollte er fragen: Wer bist du, Jana? Und wer ist dieser Mann, der hier herumschleicht? Ihm wurde sofort klar, dass der Gedanke idiotisch war, und das erschreckte ihn, denn er hatte sich bisher immer auf seinen Verstand verlassen können. Es hatte in den Jahren einige brenzlige Situationen gegeben, aber er war immer ruhig geblieben, hatte nachgedacht und Lösungen gefunden. Allerdings war ihm noch nie jemand so nah gekommen. Er könnte Jana eine SMS schreiben, so wie er beim letzten Mal gesimst hatte, als es ihm zu spät aufgefallen war, dass das Objekt selbst noch eine Nachricht geschickt hatte.

War er ein Polizist? Er wunderte sich, dass ihm diese Frage erst jetzt einfiel. Noch einmal durchsuchte er die Taschen, obwohl ihm klar war, dass er nichts mehr finden würde. Manche Polizisten sahen so aus, das war es aber auch schon, was darauf hindeutete. Sie benahmen sich anders und waren selten allein. Oder vielleicht ein Privatdetektiv? Aber weshalb sollte ein Privatdetektiv hier auftauchen? War in Dortmund etwas schiefgelaufen, hatte er einen Fehler gemacht? In den letzten Tagen war in der Zeitung vor Autodieben gewarnt worden, die in Häuser einbrachen und große Limousinen aus Garagen stahlen. Vielleicht war es nur ein Autodieb, der seine Komplizen benachrichtigt hatte, dass hier etwas zu holen war? Aber wer es auch war, er musste verschwinden und mit ihm alles, was auf ihn hindeutete. Und es musste bald geschehen.

Er schätzte das Gewicht auf fünfundachtzig Kilo, berechnete die Dosis und spritzte ihn für die nächsten zwei

Stunden in die Wehrlosigkeit. Weil der Bunker nur zwei Räume hatte, hatte er ihn notgedrungen in den Raum zu dem Obdachlosen auf den Boden gelegt. Das Handy schaltete er aus, entfernte den Akku, um eine Ortung zu verhindern, und nahm den Autoschlüssel, an dem eine BMW-Plakette hing.

Den Wagen fand er nach kurzer Zeit ganz in der Nähe, einen alten, großen BMW aus Gelsenkirchen, und sein Puls beruhigte sich ein wenig, als er das Kennzeichen sah. Das Auto machte denselben Eindruck wie der Mann, und er entschloss sich, später nach etwas zu suchen, was ihm sagen konnte, wer er war. Er sah sich um, und als er niemanden sah, startete er den Wagen und fuhr los. Weil ein deutsches Kennzeichen in Deutschland weniger auffiel, hielt er es für besser, über die Grenze nach Moers zu fahren.

Eine halbe Stunde später stellte er das Auto auf einem Pendlerparkplatz am Stadtrand von Moers in der Nähe der Autobahn 57 ab. Im Handschuhfach fand er neben zwei Kate-Bush-CDs und der Bedienungsanleitung für das Auto alte Tankquittungen und reichlich andere Papiere, aber keinen Briefumschlag, keine Versicherungskarte oder sonst etwas Brauchbares. Auf dem Rücksitz lag ein dunkelblauer Pullover und im Fußraum vor dem Beifahrersitz ein zerfledderter Autoatlas aus dem Jahre 2003.

Den Fahrzeugschein fand er hinter der Klappe des Schminkspiegels in der Sonnenblende auf der Beifahrerseite. Der Mann hieß Artur Adam und wohnte in Gelsenkirchen. Das war nicht viel, und warum er heute auf dem Grundstück herumspioniert hatte, wusste er damit immer noch nicht, aber er hatte zumindest einen Namen.

Auf dem Fußmarsch in die Innenstadt entsorgte er unterwegs den Autoschlüssel in einem Abfallbehälter und nahm sich am Bahnhof ein Taxi nach Geldern. Dort wartete er zwanzig Minuten, trank in einem Café ein Wasser und fuhr mit einem weiteren Taxi zurück nach Hause. Er ließ den Fahrer am Eingangstor entlangfahren, aber es sah alles so aus wie immer. An der Rückseite des Grundstücks gab es ein Tor im Metallzaun, an dem er sich absetzen ließ. Im Schutz der Büsche näherte er sich vorsichtig dem Haus, aber es war nichts Verdächtiges zu erkennen.

Den Mann schien noch niemand zu vermissen. Er würde ihn beseitigen müssen, so schnell wie möglich.

49

Es war eines der ganz wenigen Dinge, die er an seinem Job hasste, deshalb saß er seit einer Stunde über dem verdammten Papier und kam nicht weiter. Obwohl er Beurteilungen schreiben musste, seit er Dienstgruppenleiter geworden war, hatte Batto in all den Jahren noch keinen Weg gefunden, die Sache so zu handhaben, dass er damit innerlich zurechtkam. Dabei waren es nicht nur die schlechten Beurteilungen, mit denen er Kollegen über Jahre das verbauen konnte, was die für eine Karriere hielten, was letztlich aber meistens nur eine oder zwei Gehaltsstufen bedeutete. Es war der Vorgang selbst, dass er Menschen in eine Kategorie stecken sollte und dieses Urteil für deren Leben Folgen haben würde, gute oder oft auch schlechte. Alles, was er über die menschliche Existenz und ihre Unvollkommenheit dachte, schloss aus, dass einer den andern beurteilen durfte, und er wusste, dass er nicht der Einzige war, dem das gegen den Strich ging.

Das Telefon schellte, und im Display sah er Gisa Krachts Namen aufleuchten. Er kannte Gisa seit vielen Jahren, und der Einsatztrupp war eine der Dienststellen der Kripo, mit denen sie öfters zu tun hatten. Gisa war eine der Fähigsten in der Behörde, fand er, und in einem Gespräch auf einem Dienstjubiläum hatte sie ihm einmal erzählt, dass alle ihre Vorgesetzten sie gedrängt hatten, sich für den höheren Dienst zu bewerben, aber damals sei ihre Tochter geboren worden, und das sei ihr wichtiger gewesen. Batto war sich sicher, dass das ein Verlust für die Behörde war, und er hätte darauf geschworen, dass Gisa es auch hasste, Beurteilungen zu schreiben.

»Hallo, Gisa, guten Morgen«, sagte er.

»Morgen, Batto, störe ich?«

»Du bist eine willkommene Unterbrechung, Mädchen, ich bin grad' dabei, Beurteilungen zu schreiben.«

»O Gott, das habe ich gerade hinter mir«, sagte sie, »und ich hasse es.«

Batto nickte stumm und mit einem Gefühl tiefer Verbundenheit.

»Aber ich rufe aus einem ganz anderen Grund an. Sag mal, hast du eine Ahnung, wo Steiger sein könnte? Ihr zwei seid doch befreundet. Wir hatten heute ganz früh einen Einsatz mit allen Leuten, und er wusste das, war aber nicht da und hat sich auch noch nicht gemeldet. Das kenne ich nicht von ihm.«

In diesem Augenblick dachte Batto wieder daran, dass Steiger gestern Abend nicht zum Essen gekommen war und sich ebenfalls nicht gemeldet hatte. Gisa hatte recht, das passte nicht zu ihm.

»Keine Ahnung, Gisa. Ich habe nichts von ihm gehört. Vorgestern habe ich ihn zuletzt gesehen.«

»Hm«, sagte Gisa, »dann weiß ich es auch nicht. So viele Leute gibt es ja nicht, die man nach ihm fragen könnte. Ich glaube, er hat gestern noch versucht, bei einer Kollegin, mit der er öfter fährt, einen holländischen Halter zu erfragen, aber ich bin mir nicht sicher. Dann lass gut sein, Batto, ruhigen Dienst noch.«

»Warte, warte«, sagte er, »was war das mit dem holländischen Halter?«

»Ich nehme an, als sein Spezi hat er dir auch davon erzählt. Der hat hier in den letzten Tagen alle verrückt gemacht, weil er in einer Todesermittlungssache, die seit Monaten geklärt ist …«

»Ja, ich weiß davon«, sagte Batto, »und in der Sache hat er gestern was gemacht?«

»Ich glaube, ja, weil die junge Kollegin einen holländischen Halter abfragen wollte, obwohl ihre Verfahren das überhaupt nicht hergeben. Ich habe ungewollt einen Teil des Telefongesprächs mitbekommen und bin mir sicher, dass sie das für Steiger gemacht hat, obwohl er gestern und vorgestern dienstfrei hatte. Und sie sagt nichts, weil sie ihn nicht in die Pfanne hauen will, nehme ich an.«

Das würde zu ihm passen, dachte Batto. Er erinnerte sich an Zeiten, da hatte er mit dem Sendungsbewusstsein eines Heiligen und der Geduld eines Ackergauls versucht, seinen Freund aus dem tiefen Loch herauszuholen, in das dieser manchmal aus freien Stücken stieg. Und mit den Jahren war das immer öfter der Fall gewesen, so kam es ihm jedenfalls vor. Aber wenn er von einer Sache überzeugt war, hatte Steiger das Kreuz eines Ochsen und ließ sich durch nichts abschrecken. Das hatte Batto immer an ihm bewundert.

»Wann war das?«

»Am Nachmittag, so gegen halb vier.«

»Hast du versucht, ihn auf dem Handy zu erreichen?«

»Natürlich, aber erst heute Morgen, als er nicht kam. Weil, Steiger ist zwar ein eigener Typ und baut auch viel Scheiße, das weißt du besser als ich, aber das hier passt nicht zu ihm.«

Steiger war immer gut dafür, völlig gegen den Strom zu schwimmen, aber wenn er etwas zugesagt hatte, war er zuverlässig wie ein preußischer Beamter, das konnte Batto nur bestätigen.

»Um was für ein Auto ging es denn?«

»Keine Ahnung, ich sagte doch, die Kollegin stellte auf stur.«

Batto verabschiedete sich und sah durch die Scheibe, dass der Kollege am Wachtisch ihm Zeichen gab, nach vorn zu kommen.

»Damenbesuch, ausdrücklich für dich«, sagte er und grinste breit, als Batto das Aquarium verließ.

Vor dem Tresen auf der Bank saß eine alte Frau in heruntergekommenen Klamotten, die für das Wetter viel zu warm waren. Sie stand auf, als sie Batto kommen sah.

»Eliza«, sagte er«, mein Gott, dich habe ich ja lange nicht gesehen, wo hast du dich denn die ganze Zeit versteckt?«

»Der Leo ist weg«, sagte die Frau.

Batto hätte gar nicht sagen können, wie lange er Eliza, die Verrückte, schon kannte, jeder Schutzmann kannte die Penner in seinem Bereich ziemlich gut, und Eliza hatte sich früher meist in der Innenstadt rumgetrieben. Er wusste, dass sie mit Leo, dem Flaschensammler, seit Jahren zusammen war, fast so etwas wie eine Beziehung führte, was in ihren Kreisen eine Seltenheit war. Die beiden schienen etwas aneinander gefunden zu haben, was in manchen Momenten größer war als der Sog, sich aus der Wirklichkeit zu schlucken. Er hatte sie schon länger nicht mehr in der Innenstadt gesehen, und auch heute Morgen sah es für ihn so aus, als hätte sie noch nicht viel getrunken.

»Der kommt schon wieder, Eliza, ist doch immer wiedergekommen.«

»Nein, musste er gar nicht, weil er noch nie weg war.«

Batto lachte verlegen, weil er erst jetzt sah, dass sie zitterte, und er es für möglich hielt, dass das nichts mit fehlendem Alkohol, sondern mit ihrer Angst zu tun hatte.

»Wie geht es dir überhaupt und wo seid ihr geblieben? Ich hab' euch ja Monate nicht gesehen.«

»Wir sind jetzt in Wickede, der Leo hat da ein Haus entdeckt, da sind wir jetzt. Aber er ist weg.«

»Was meinst du damit, er ist weg?«

»Er ist gestern Morgen nicht nach Hause gekommen nach seiner ersten Runde. Das hat er noch nie gemacht, noch nie.«

Batto sah sie an, und er sah, dass sie in Not war.

»Er war noch nie weg?«

»Nein, in fünf Jahren war er keinen Tag weg. Aber jetzt, jetzt steht nur noch sein Fahrrad da.«

»Wo steht sein Fahrrad?«

»An der Tankstelle, und es sind sogar noch Flaschen in den Taschen, die hätte er doch nicht zurückgelassen.«

»An welcher Tankstelle steht sein Fahrrad?«, fragte Batto.

»Wo er die Flaschen immer eintauscht, die Tankstelle an der Wickeder Straße.«

Batto spürte ein leichtes, warmes Pulsieren im Innern. Dortmund-Wickede gehörte nicht zu seinem Wachbereich, und er war sich nicht sicher, ob es an der Wickeder Straße nur eine Tankstelle gab.

»Also, Eliza, du setzt dich jetzt einen Moment hin, ich spreche mit jemandem, und dann sehen wir weiter, okay?

Eliza nickte und setzte ich wieder auf die Holzbank.

»Ach ja«, fragte Batto, bevor er wieder nach hinten ging, »warum kommst du damit überhaupt zu mir, du könntest doch auch in Asseln zur Wache gehen? Ist der Weg nicht so weit.«

»Ich wusste, dass du mir glaubst«, sagte sie, und ihr Gesicht blieb ernst.

Batto sah zuerst nach, ob es gestern Morgen einen Einsatz mit einer verletzten Person an der Wickeder Straße gegeben hatte, und fragte noch bei der Feuerwehr nach, aber es hatte nichts gegeben.

Renate Winkler war in ihrem Büro, blickte so angespannt auf den Bildschirm, dass sie Batto kaum wahrnahm.

»Morgen, Renate«, sagte Batto und kam sofort zur Sache. »Die Vermisstensache Nadine Neumann von gestern, da sagtest du doch, das Mädchen ist an einer Tankstelle an der Wickeder Straße zuletzt gesehen worden.«

»Richtig«, sagte sie, sah ihn jetzt endlich an, lächelte kurz und machte den Eindruck, als sei sie gerade aufgewacht.

»Wie viele Tankstellen gibt es an der Wickeder Straße? Ich meine, da wäre nur eine, oder?«

»Auch richtig, Batto. Ich bin gestern die gesamte Wickeder abgelaufen, und es gibt da definitiv nur diese eine Tankstelle. Die Vermisstensache habe ich übrigens eine Stufe höher gehängt. Wir gehen noch nicht von einem Verbrechen aus, aber irgendwas könnte passiert sein. Nadine wollte sich nämlich an dem Abend mit ihrer besten Freundin im Bus treffen, weil die Freundin ganz in der Nähe in eine Tanzschule geht und nur eine Station weiter eingestiegen ist. Nadine war aber nicht im Bus, hätte den aber locker schaffen können, weil sie rechtzeitig von der Tankstelle losgegangen ist. Ihre Freundin sagt, so was wäre noch nie passiert, ohne dass Nadine eine SMS geschickt hätte. Sie ist also irgendwo zwischen Tankstelle und Busbahnhof abhandengekommen.«

»Was ist mit dem Handy?«

»Wir haben das Handy natürlich orten lassen, aber es ist anscheinend ausgeschaltet. Zuletzt angerufen hat sie von der Tankstelle, eine Stunde, bevor sie zum Bus ging.« Renate Winkler lehnte sich zurück und rieb sich die Augen. »Dieses verdammte Videogucken macht einen völlig müde. Das sind übrigens die CDs von der Überwachungskamera der Tankstelle, und ich sehe sie grad' durch, ob irgendwas Auffälliges zu erkennen ist, aber bis jetzt sieht man nur Leute, die tanken und drinnen bezahlen.«

»Von welchen Tagen sind die Filme?«, fragte er.

»Ich habe die CDs der letzten drei Tage, wobei gestern nicht so relevant ist.«

»Doch, könnte relevant sein«, sagte Batto. »Möchtest du mal zehn Minuten eine Pause machen, und darf ich dann mal?«

Renate Winkler sah ihn an, zuckte mit den Schultern und überließ ihm ihren Platz mit einer freundlich-verständnislosen Geste.

»Ich erklär' es dir sofort«, sagte Batto, ließ sich die richtige CD zeigen und drückte den Button für den Schnelldurchlauf.

Nach ein paar Minuten hatte er die ersten vier Stunden auf der CD gesichtet und Renate Winkler genug erklärt, dass sie im Bilde war und wusste, was das alles zu bedeuten hatte.

»Ist aber schon 'ne abstruse Geschichte, oder?«, sagte sie und stellte sich mit einer Tasse Kaffee hinter ihn.

»Ja, ist es«, sagte er, »aber das Leben ist manchmal abstrus.« Als er das gesagt hatte, fiel ihm auf, dass es sich ziemlich nach einem billigen Kalenderspruch anhörte, und drehte sich zu ihr um. »Vor zwei Jahren hatten wir ein vermisstes Kind, gut ein Jahr alt. Das war im Winter, es war unter null Grad, und der Kleine konnte kaum laufen. Wir haben alles abgesucht, nur ein altes Fabrikgelände in der Nähe nicht, weil es lückenlos von einem hohen Zaun umgeben war. Nach zwei Stunden haben wir uns einen Schlüssel besorgt und doch mal nachgesehen, weil uns nichts anderes mehr einfiel und wir schon überall mindestens zweimal alles umgedreht hatten. Aber es war eigentlich völlig abstrus, da reinzugehen. Wir haben den Kleinen unter einer Treppe gefunden, schlimm unterkühlt und halb bewusstlos, aber er hat es überlebt. Wie er auf das Gelände gekommen ist, haben wir nie rausgefunden. So ungefähr meine ich das.«

Renate Winkler sah ihn an und begann nach einer Weile zu nicken.

Batto sah wieder auf den Bildschirm und startete den Schnelldurchlauf, der kein Film war, sondern die Abfolge von Fotos, die etwa im Abstand von drei Sekunden aufgenommen worden waren. Der Kameraausschnitt zeigte das Tankstellengelände und im Hintergrund einen Teil des Bürgersteiges und der Straße in nördlicher Richtung. Als die Uhr auf dem Film 10.23 Uhr zeigte, erschien auf dem Bürgersteig im Hintergrund eine Gestalt, die mit jedem Bild größer wurde und die bald als ein Mann zu erkennen war, der ein Fahrrad schob.

»Das ist er«, sagte Batto, »das ist Leo.«

Er schaltete den Suchlauf aus und klickte nun jedes einzelne Bild an. Kurz bevor der Mann mit dem Fahrrad die Einfahrt der Tankstelle erreichte, kam von links ein heller Wagen ins Bild und blieb am Straßenrand stehen, wurde aber durch ein Tankstellenschild im Vordergrund halb verdeckt. Der Fahrradschieber blieb stehen, wandte den Kopf zum Auto und schien sich zu unterhalten. Auf einem der nächsten Bilder kam ein Mann hinter dem Schild hervor und blieb vor Leo stehen, war auf dem nächsten Bild aber wieder hinter dem Schild verschwunden. Der Mann musste der Fahrer sein, er war groß und trug eine Mütze, mehr war wegen der grobkörnigen Auflösung kaum zu erkennen, schon gar nicht das Gesicht. Eine Reihe von Bildern, die Batto endlos vorkam, schienen beide miteinander zu reden, und irgendwann gab der Große dem anderen etwas, oder vielleicht gab er ihm auch nur die Hand, man erkannte es nicht genau. Leo stellte daraufhin sein Fahrrad ab und stieg in das Auto ein, das auf den nächsten Bildern abfuhr und verschwand. Aber Batto konnte deutlich sehen, dass es ein Passat Kombi war.

Ein heller VW Passat, der von einem Mann gefahren wurde, der eine Mütze trug.

»Was denkst du?«, fragte Renate Winkler, die sehen musste, wie es in seinem Kopf arbeitete.

»Ich weiß es noch nicht, warte einen Augenblick.«

Drei Minuten später saß Eliza vor Renate Winklers Bildschirm, und Batto ließ die Bilder noch einmal durchlaufen.

»Ja, da ist er, das ist Leo«, sagte sie, und ein paar Sekunden entspannten sich ihre Züge. In dem Augenblick, als der Mützenträger im Bild erschien, öffnete sie den Mund und stieß kaum hörbar den Atem aus. Das Bild, auf dem die beiden Männer zu sehen waren, ließ Batto auf dem Monitor stehen und sah Eliza an, deren Gesicht sich verändert hatte.

»Den kenne ich«, sagte sie und tippte mit dem Finger gegen das Glas des Monitors.

»Du kennst den?«, fragte Batto, und es klang zweifelnder, als er wollte. »Aber das Gesicht ist kaum zu erkennen.«

Sie drehte sich mit steifem Hals zu ihm um und sagte: »Ja. Er war am Montag –«, sie unterbrach sich selbst und kniff die Augen zusammen, als wenn ihr das Denken schwerfiele. »Ja, Montag, er war am Montag in der Tankstelle. Ich erkenne ihn an seinen Bewegungen.« Dann sah sie wieder Batto an. »Und ich hab' ihn bei Nadine gesehen, später, auf der Straße.«

50

Batto saß mit Gisa Kracht und Renate Winkler bei Kriminaldirektor Rüter in der kleinen Besprechungsecke um den runden Tisch, spielte mit den Fransen des weißen Deckchens, und alle drei versuchten, so auszusehen, als hörten sie diskret weg und bekämen nicht mit, was Rüter am Schreibtisch ins Telefon sprach. Es schien etwas Privates zu sein. Er legte auf und setzte sich dazu.

»So, bitte um Entschuldigung, das musste noch geregelt werden. Es geht also um Herrn Adam?«, fragte er.

»Genau«, sagte Gisa, »wir hatten ja letztens schon darüber gesprochen. Ich weiß jetzt nicht, wie weit Sie im Bilde sind.«

»Es geht darum«, sagte Rüter, »dass Herr Adam in einem Mordfall weiter ermittelt hat, obwohl dieser geklärt ist, eindeutig geklärt ist, wie Herr Schulze, der übrigens heute Morgen nicht da ist, sonst wäre er bei diesem Gespräch natürlich auch dabei, wie mir also Herr Schulze gesagt hat.«

»Ja«, sagte Gisa, »und jetzt hat sich eine Situation ergeben, die ein paar Dinge in Verbindung bringt, die damit zu tun haben könnten. Herr Adam ist seit gestern Abend verschwunden und auch übers Handy nicht zu erreichen. Er hatte gestern noch eine Verabredung mit Paul Battaglino, und auch die hat er schon nicht wahrgenommen.«

Rüter sah Batto an.

»Wir waren zum Essen verabredet, und er ist weder gekommen noch hat er sich gemeldet, aber das ist noch nicht alles. Ich wusste, dass er gestern einen sehr wichtigen Notartermin hatte, nämlich die Testamentseröffnung seines Vaters, der in der letzten Woche gestorben ist. Ich habe bei dem Notar angerufen, und auch diesen Termin hat er unentschuldigt nicht wahrgenommen.«

»Nach allem, was ich von Herrn Adam gehört habe, finde ich das jetzt nicht besonders überraschend«, sagte Rüter.

»Da können Sie mal sehen, was für ein falsches Bild man von einem Menschen haben kann.«

Mit einem Blick zur Seite sah er Gisas Nicken.

»Ich habe sein Handy eben orten lassen, und es ist leider ausgeschaltet. Der letzte Anruf war gestern Nachmittag von diesem Sendemast aus, und zwar um 16 Uhr 12. »

Er legte den Ausdruck einer Karte auf den Tisch, die ein Gebiet am Niederrhein zeigte, auf der ein Kreis eingezeichnet war, der die holländische Grenze schnitt. Rüter drehte das Blatt so, dass er daraufschauen konnte.

»Die beiden Einsatzleitstellen in der Gegend habe ich auch schon angerufen, ob es dort einen schweren Unfall gegeben hat, auch Fehlanzeige.«

»Was hat das alles miteinander zu tun?«

»Dieser Anruf«, sagte Gisa, »könnte die Verbindung sein, aber das erfahren wir eventuell gleich.«

»Vorher müsste man vielleicht noch erklären«, sagte Batto, »dass Steiger, also Herr Adam, bei diesen Ermittlungen in dem geklärten Mordfall nachträglich auf verschiedene Dinge gestoßen ist, ich weiß nicht, wie informiert Sie in diesem Punkt sind. Einmal gab es die nachträgliche Aussage einer Zeugin, die das Mordopfer zu einem Zeitpunkt, zu dem die Mordkommission es seinerzeit schon entführt glaubte, mit einem größeren weißen Mann gesehen haben will. Zweitens gab es einen silbernen VW Passat, der von einem größeren Mann mit einer Mütze gefahren worden und in den der Täter in der relevanten Zeit eingestiegen sein soll. Dieses Fahrzeug, darauf gab es wohl deutliche Hinweise, ist mit einer Kennzeichendublette unterwegs gewesen. Thomas war fest davon überzeugt, dass es in dem Fall einen zweiten Täter gab und dass dieser Passat irgendetwas damit zu tun hatte. So weit, so gut.« Batto machte eine Pause. »Seit vorgestern ist nun bei uns eine Fünfzehnjährige verschwunden, die zuletzt an einer Tankstelle in Wickede am Abend gesehen wurde.«

»Moment, Moment«, sagte Rüter, »was hat das jetzt damit zu tun?«

»Warten Sie einfach ab, Herr Rüter«, sagte Batto, »ist ein bisschen kompliziert, zugegeben, aber es fügt sich gleich zusammen. Seit eben gibt es eine Zeugenaussage, dass dieses Mädchen am Montagabend auf ihrem Nachhauseweg von einem Mann, einem größeren Mann, tja, zumindest besonders beachtet, vielleicht sogar angesprochen wurde, der einen silbernen Passat fuhr und eine Mütze trug.« Batto entschloss sich, die Geschichte mit Leo zunächst wegzulassen, um Rüter nicht noch mehr zu verwirren.

»Wer ist der Zeuge?«

»Es ist eine Zeugin, eine Obdachlose, die an der Tankstelle mit ihrem Partner …«

Es klopfte, und Jana Goll kam herein. Sie grüßte und nahm sich den Stuhl, der vor dem Schreibtisch stand, nachdem Rüter sie mit einer Geste dazu aufgefordert hatte.

»… immer Pfandflaschen eintauscht und das Mädchen daher kannte. Sie hat am Montag diesen Mann zuerst in der Tankstelle gesehen und später noch einmal auf der Wickeder Straße, als sie den Eindruck hatte, dass er das Mädchen auf dem Nachhauseweg ansprechen wollte.«

»Guten Morgen, Frau Goll«, sagte Rüter.

»Guten Morgen«, sagte Jana und sah mit einem Blick in die Runde, als ob sie nicht wisse, was sie hier sollte.

»So, und jetzt kommen wir zu gestern«, sagte Batto und sah Gisa an.

»Jana«, begann Gisa, »du hast gestern Nachmittag einen holländischen Halter machen wollen, du erinnerst dich?« Einen Moment bekam Gisas Stimme eine kleine scharfe Note. »Ich weiß, dass du eine gute Kollegin von Steiger bist und dass ihr oft zusammen fahrt, aber es wäre jetzt sehr hilfreich, wenn du die Wahrheit sagen würdest, und es passiert dir auch nichts. Steiger ist nämlich seit gestern Nachmittag verschwunden, musst du wissen, und auch auf dem Handy nicht zu erreichen. Also, hast du diese Halterfeststellung in Holland gestern für Steiger machen sollen?«

Jana blickte misstrauisch von einem zum anderen und sagte, nachdem sie die Runde beendet hatte: »Ja.«

»Und um was für ein Fahrzeug ging es dabei?«

Sie ließ sich wieder einen Moment Zeit.

»Um einen silbernen VW Passat Kombi.« Dieses Mal sagte sie es ohne Rundumblick, aber mit leiser Resignation, so kam es Batto vor.

»Und in ein solches Fahrzeug mit genau so einem Fahrer ist der Lebenspartner unserer Zeugin gestern Morgen eingestiegen und ist seitdem verschwunden. Diese letzte Aktion ist sogar auf einem Überwachungsfilm festgehalten worden«, sagte Batto.«

»Warum ist der in das Fahrzeug gestiegen?«, fragte Rüter.

»Die Zeugin hat keine Ahnung. Sie kannte den Mann

nicht und hat ihn, außer am Montag davor, noch nie gesehen.«

Rüter biss sich auf die Unterlippe, stand auf und ging zum Fenster.

Das ist jetzt dein Bier, dachte Batto. Rüter musste sich entscheiden, ob er die Sache ganz groß aufmachen wollte oder nicht, ob ihm diese Informationen ausreichten, die Heerscharen in den Kampf zu schicken. Wenn er auf den Knopf drückte, war hier in einer Stunde der Teufel los.

»Wir haben also aktuell drei vermisste Personen?«, fragte er.

»Richtig«, sagte Renate Winkler.

»Und bei dem Film mit dem Obdachlosen, war da das Kennzeichen des Passat zu erkennen?«

»Nein«, sagte Batto, »dafür war es zu weit weg. Sehr wahrscheinlich ein deutsches. Aber es war ein silberner Passat, und der Fahrer ist von der Zeugin identifiziert worden.«

»Und gibt es irgendeinen konkreten Hinweis darauf, dass dem Mädchen etwas zugestoßen sein könnte?«

»Nein, bis jetzt ist sie einfach nur spurlos verschwunden«, sagte Renate Winkler.

»Gut«, Rüter kam nach einer Zeit zum Tisch zurück, »ich fasse das mal ein bisschen zugespitzt zusammen: Wir haben einen unzuverlässigen Beamten, der augenblicklich nicht erreichbar ist, wir haben einen alkoholkranken Obdachlosen, also einen womöglich saufenden Penner, wenn ich das mal so sagen darf, der in einen silbernen VW Passat eingestiegen ist, möglicherweise ein Bekannter, denn er ist ja freiwillig eingestiegen, wenn ich das richtig verstanden habe, und wir haben eine vermisste Fünfzehnjährige, die früher schon mal abgehauen ist und bei der es keinen konkreten Hinweis gibt, dass ihr etwas zugestoßen sein könnte, sondern nur die vage Aussage einer sehr wahrscheinlich zu dem Zeitpunkt alkoholisierten Pennerin, dass dieser ominöse Passatfahrer am Montag irgendwie in der Nähe des Mädchens war, aber wir wissen nicht mal, ob er sie angesprochen hat.« Er zählte die einzelnen Punkte mit den Fingern auf und sah bis auf Jana alle der Reihe nach an. Dann schüttelte er den Kopf. »Dafür lasse ich keine BAO anfahren und bringe fünfzig, sechzig Leute auf Trab, auf keinen Fall.« Er lehnte sich zurück.

Rüter gehörte nicht zu den Ängstlichen, das hatte Batto schon häufiger festgestellt. Man konnte die Situation so einschätzen, wie er es tat, sicher, aber das bedeutete eben auch, dass er es auf seine Kappe nahm, wenn doch etwas dran sein sollte und die Sache schiefging. Batto hatte in all den Jahren eine Reihe von Goldfasanen gesehen, die sich an gleicher Stelle in die Hose gemacht hätten.

»Wir hängen es tiefer«, sagte Rüter, »und machen eine Ermittlungskommission. Sie sind EK-Leiterin, Frau Winkler. Holen Sie sich ein paar Leute dazu und bringen ein bisschen Licht in die Sache, was halten Sie davon? Sobald wir einen konkreten Hinweis haben, dass dem Mädchen etwas zugestoßen sein könnte, rödeln wir auf, keine Frage. Aber bis dahin halte ich das für eine gute Lösung.«

»Wir haben nur keine Leute für eine EK«, sagte Renate Winkler, »aber ich werd' schon was lockermachen.«

»Für heute und vielleicht auch am Wochenende können wir euch mit einem Wagen unterstützen«, sagte Gisa.

»Und ich wollte immer schon mal bei der Vermisstenstelle hospitieren«, sagte Batto und sah erst Renate Winkler und dann Rüter mit einem Blick an, der jedem klarmachen sollte, dass das nicht als Scherz gedacht war.

»Sie sind Angehöriger der Direktion Gefahrenabwehr

und Einsatz, Herr Battaglino«, sagte Rüter, »wie stellen Sie sich das vor?«

»Sagte ich doch. Wir haben im Wachdienst viel mit vermissten Personen zu tun, da wollte ich immer schon mal bei Frau Winkler hospitieren, das ist doch in anderen Bereichen nicht unüblich, oder? Und so eine EK ist doch ein geeigneter Anlass.« Er wartete einen Moment. »Thomas Adam ist mein Freund, Herr Rüter, seit zweiunddreißig Jahren, und so was hat er noch nie gemacht. Ich habe kein gutes Gefühl dabei. Andernfalls mache ich privat etwas.«

Rüter sah ihn an und sagte: »Na, da bin ich mal gespannt, wie Sie das Ihrer Führungsstelle klarmachen wollen.«

Einen Moment sagte niemand etwas, und das Rauschen des Verkehrs von der B1 war durch das offene Fenster zu hören.

»Ist das Steigers Papier?« Jana beugte sich vor und zeigte auf die Karte, die auf dem Tisch lag.

»Nein, warum?«, fragte Batto und sah ihre Reaktion, als habe sie unüberlegt einen Fehler gemacht.

Jana atmete tief durch. »Steiger hatte die beiden letzten SMS des Mordopfers orten lassen, und wenn ich mich richtig erinnere, kamen die genau aus der Gegend.« Sie sah noch einmal auf die Karte. »Ich bin mir sogar ziemlich sicher.«

»Hast du das holländische Kennzeichen noch, für das du den Halter machen solltest?«, fragte Batto.

»Der Zettel müsste oben noch irgendwo sein. Und da war noch was.«

Alle sahen Jana gespannt an.

»Bei dem Telefonat sagte Steiger so was wie: ›Ich glaube, dass ich ihn gefunden habe.‹«

Rüter klopfte mit der Hand auf den Tisch. »Dann hat die EK ja einen weiteren Hinweis.«

51

1983

Zwei Tage vor seinem dreizehnten Geburtstag und knapp vier Wochen nach dem Unfall erwachte Maximilian Trampe aus dem Koma. Er hatte ein Auge verloren, und die Ärzte hatten gegenüber seinen Eltern von einer massiven Schädigung des Frontallappens gesprochen; man müsse wegen der Folgen abwarten. Dass es Folgen haben werde, sei sicher. Außerdem seien das Becken und mehrere Lendenwirbel gebrochen, und, das könne man jetzt schon sagen, der Junge werde Zeit seines Lebens eine Gehbehinderung haben.

Am Tag nach dem Unfall war die Polizei in dem stillen Haus erschienen und hatte den Vorfall untersucht. Sie waren nicht allein gekommen, sondern mit Fachleuten und Sachverständigen, die etliche Versuche mit der Leiter anstellten, die zum Gerüst gehörte und deren untere Holme fest am Boden verschraubt waren. Aber keiner der Männer konnte sich erklären, wie der Junge auf der Leiter stehend jenen Punkt überwunden hatte, sodass er rückwärtsgestürzt war. Das Kind müsse sehr übermütig gewesen sein, war die einhellige Meinung.

Robert Trampe hatte das alles von einem Fenster im Haus beobachtet und dabei das Gesicht seines Vaters gesehen, das immer abwesender, immer dunkler wurde, je länger die Männer diskutierten. Und obwohl er jetzt ruhig war und nicht mehr schrie wie am Tag vorher, erschien es

Robert, als habe der Mann die Kontrolle über sich noch immer nicht wiedergefunden. Plötzlich sah sein Vater auf, und sein Blick traf Robert, als habe er gewusst, dass sein Sohn dort stand.

Albert Trampe betete in den folgenden Wochen wie besessen und hatte das Gefühl, Hiob zu sein, obwohl der zehn Kinder verloren hatte und er nicht einmal eines. Annemarie Trampe begegnete dieser Katastrophe, wie sie dem ganzen Leben begegnete, nämlich mit einem Rückzug in sich selbst, um dem Leben so wenig wie möglich zu begegnen. Aber alle hofften sie, die Köchin, das Hausmädchen und Georg, dass es noch gut ausgehen möge, so gut es eben ging. Und am meisten hoffte Robert.

Ein knappes Jahr später wussten sie, dass ihr Hoffen und Beten nicht völlig umsonst gewesen war, denn einiges an Maximilian Trampe war wieder wie früher. Er konnte sprechen, wie er es vorher gekonnt hatte, und seine schulischen Leistungen waren so brillant wie immer, nur dass er nicht mehr zur Schule ging. Um ihm die Beschwerlichkeit des Schulalltags zu ersparen – das jedenfalls war Albert Trampes Begründung bei den Behörden gewesen –, wurde Max von Lehrern zu Hause unterrichtet, und weil seinem Bruder die Gesellschaft guttat, galt das ab dem Tag auch für Robert, dem das ohnehin besser gefiel, als sich mit all den anderen in der Schule abgeben zu müssen.

Die Sache mit den Geschenken hatte er intensiviert. Er machte Max Geschenke, so oft er konnte, manchmal nur Kleinigkeiten, ein Spielzeug, das er gebastelt hatte, eine besondere Süßigkeit oder ein Buch. Einmal schenkte er ihm sogar einen Hamster im Käfig, den man streicheln konnte, aber Max hatte kein Interesse am Streicheln. Robert fühlte sich gut danach und hoffte, dass Max sich über diese Dinge freute, auch wenn er es nicht zeigte, wie er es früher getan hätte. Denn es war bei seinem Bruder keineswegs alles wieder so geworden, wie es vor dem Unfall gewesen war. Seine Gehbehinderung war geblieben, und alle waren schon froh, dass er nach einem Jahr begann, ohne Krücke zu gehen. Die größte Veränderung war jedoch eine andere, die alle wahrnahmen, über die aber keiner im Hause sprach, als gäbe es ein offizielles Verbot. Obwohl die Narbe in seinem Gesicht noch zweimal operiert worden war, sah der Junge weiterhin so aus, als lache er ständig, dabei war bis auf diese kleine Stelle in seinem Gesicht das Lachen aus Max Trampes Leben völlig verschwunden. Er lachte einfach nicht mehr, und von dem Kind, das einmal singend über die Flure gelaufen war und laut und fröhlich das Geräusch von Autos oder Flugzeugen imitiert hatte, war nichts mehr geblieben.

Wenn Albert Trampe sich an diese Zeiten erinnerte und seinen Sohn betrachtete, was er immer noch oft tat, und diese schiefe Gestalt beobachtete, die jetzt oft einfach nur mit ernstem Gesicht dasaß, hatte er das Gefühl, dass ihn etwas innerlich auffraß.

Immer häufiger fand man jetzt Dinge im Haus oder im Garten, die kaputt waren, einen abgeknickten Gummibaum, eine zerschlagene Vase oder herausgerissene Blumen. Eines Morgens fand Robert den Hamster tot in seinem Käfig liegen. Er erkannte, dass dem Tier das Rückgrat gebrochen worden war. Noch ehe jemand von den anderen es sah, vergrub er den kleinen Kadaver im Garten.

»Ich hab' ein besonderes Geschenk für dich«, sagte Robert Trampe an Max' siebzehntem Geburtstag und nahm ihn mit in den Wald. Wenn die Schmerzen in seinem Rücken es erlaubten, waren die Brüder wieder häufiger im Wald, sie gingen zu ihren alten Plätzen, und Robert sprach von früher, aber es war nicht wie früher.

An diesem Tag gingen sie zum Spalt.

»Ich bin unten gewesen«, sagte Robert, »das wolltest du doch immer. Jetzt hab' ich es getan, für dich.« Dann führte er seinen Bruder zu einem kleinen Felsunterstand und zog eine alte Munitionskiste der deutschen Wehrmacht aus dem Gebüsch, auf der ein paar verblasste Zahlen zu sehen waren.

Robert öffnete die Kiste, die voll alter Stielhandgranaten war, und nahm eine heraus. »Da unten ist noch mehr davon«, sagte er. »Das war es, was wir immer gesehen haben. Es muss ein altes Depot sein. Und sie funktionieren noch, ich hab' es ausprobiert.« Er sah seinen Bruder an. »Willst du auch mal? Es wird dir riesigen Spaß machen, ich weiß, wie es geht.«

In einer kleinen Senke in der Nähe des Hügels hatte er ein Loch ausgehoben, wie er es irgendwo gelesen hatte, und zeigte Max, welchen Knopf er am Kopf der Granate ziehen musste. Dann gab er ihm den Holzstiel in die Hand, und beide stellten sich so, dass sie mit einem Schritt hinter einem Felsen Schutz suchen konnten. Max zog an dem Knopf, den Robert ihm gezeigt hatte, und warf die Granate in das Loch. Die Explosion war lauter als alles, was Max bisher gehört hatte, und an dem Tag ließen sie noch zwei Granaten explodieren. Als sie danach an dem Loch standen, das von der Wucht viel größer geworden war als vorher, hatte Robert den Eindruck, dass Max sich freute, aber er war nicht sicher.

Wenige Wochen danach bekam Robert Trampe das Pfeiffersche Drüsenfieber und musste für ein paar Tage ins Krankenhaus. Eine der Schwestern, die ihn täglich pflegten, war Linda, und ihr gefiel der Junge mit den blonden Locken und den faszinierenden Augen so sehr, dass sie ihm am Tag der Entlassung sagte, sie würde ihn gern wiedersehen.

Robert war damit einverstanden, weil er bei ihren Berührungen etwas gespürt hatte, was ähnlich, aber viel stärker war als das, was er beim Betrachten von Dieters Zeitungen in der Hütte spürte.

In der Woche danach traf er sich zum ersten Mal mit Linda, und weil sie zwar jünger aussah, aber zwei Jahre älter war und ihr alles großen Spaß machte, was mit Sex zu tun hatte, wurde das der Tag, an dem Robert Trampe seine Unschuld verlor.

Es gefiel ihm, mit Linda Sex zu haben, und er fragte sich, ob das die Liebe sei. Denn alles, was er darüber gehört und gelesen hatte, blieb ihm fremd, und an manchen Tagen war es anstrengend, danach noch zu bleiben und mir ihr zu reden. Trotzdem gefiel es ihm, wenn nicht das schneidende Gefühl in ihm gewesen wäre, in der Zeit, die er mit ihr verbrachte, nicht für seinen Bruder da sein zu können.

Manchmal ging er mit ihr in die Hütte, in der es im Sommer auch warm genug war, denn es wäre für ihn undenkbar gewesen, so etwas im Hause seiner Eltern zu tun.

Max Trampe hatte bemerkt, dass sein Bruder jetzt manchmal allein in den Wald ging und hinterher nicht darüber sprach. Eines Abends beschloss er, ihm zu folgen, und obwohl es eine große Anstrengung war, ging er zu den Orten, an denen er ihn vermutete, und fand ihn schließlich in der Hütte. Aber Robert war nicht allein. Max schlich, so leise es ihm möglich war, ans Fenster und sah seinen Bruder und dieses Mädchen, wie sie nackt im gelben Lichte einer Kerze übereinanderlagen, er sah die rhythmischen Bewegungen und konnte durch das Fenster ihren Atem hören. Er begann so heftig zu zittern, dass er an etwas stieß, und in diesem Moment hob Robert seinen Kopf und blickte seinem Bruder direkt in die Augen, ließ seinen Blick nicht wieder sinken und sah ihn bis zu dem Moment an, in dem Linda einen kleinen Schrei ausstieß.

Max hatte sich an diesem Abend nach Hause geschleppt und saß in völliger Dunkelheit in seinem Zimmer, als Robert zurückkam. Er machte Licht, sah ihn lange an und lächelte. Schließlich ging er wieder, ohne ein Wort zu sagen. Sie sprachen nie darüber. Bis Robert seinen Bruder eines Nachmittags am Arm nahm und sagte: »Komm mit.« Er sagte es mit einem eigenartigen Blick, und sie gingen zu der Hütte, in deren Fenster eine Kerze brannte. Robert stoppte seinen Gang auf der kleinen Veranda, sah Max wieder mit diesem Blick an und sagte: »Du möchtest es doch auch einmal, oder?«

Sie gingen hinein, und auf der Holzliege lag Linda. Sie hatte sich eine Decke bis unterhalb der Brüste gezogen und lächelte amüsiert und gespannt bis zu dem Augenblick, als Max hinter Robert die Hütte betrat. In der nächsten Sekunde sah sie aus, als habe sie einen Schock.

»Was, was … Das mache ich nicht«, sagte sie und setzte sich auf.

»Was meinst du? Du hast es gesagt«, sagte Robert, und in seiner Stimme war ein ungläubiges Zittern.

»Aber du hast nicht gesagt, wie er aussieht, mit keinem Wort.« Sie stand auf, um sich etwas anzuziehen, und war jetzt ganz nackt vor den Brüdern.

»Aber …, aber du hast es versprochen«, sagte Robert, und es hörte sich wie ein Flehen an.

»Nee, mein Lieber, ich hab' ja schon einiges gemacht, aber das brauch' ich nicht.«

»Halt!«, schrie er, war bei ihr und hielt ihren Arm fest. »Du hast es versprochen. Wir haben darüber geredet.«

»Lass mich, bist du bescheuert?«, sagte sie, jetzt lauter und wütender. »Sieh ihn dir an. Das war nicht abgemacht.«

Robert Trampe sah seinen Bruder an, der da stand wie immer, schief und mit diesem lächelnden Mund, und er zitterte vor Zorn. »Du hast es gesagt«, schrie er wieder, »ich habe ihn hierhergebracht, weil du es gesagt hast.«

Er nahm sie und warf sie auf die Holzliege. Dann griff er zu einer alten Schnur, die über einem der Stühle hing, und band zuerst ihre Hände zusammen.

Linda schrie aus Leibeskräften und wehrte sich mit aller Kraft.

»Gib mir das Messer«, sagte Robert und wies mit dem Kopf zum Tisch, auf dem ein kleines Messer lag. Max gab es ihm, und Robert schnitt die Schnur durch, setzte sich auf das Mädchen und band beide Füße an je einem der polierten Pfosten fest, auf denen die Liege stand. Er sah sich um und fand am Fenster einen alten Lappen, den er durchriss, ein Stück davon stopfte er ihr in den Mund. Sie bäumte sich auf, und ihr liefen die Tränen über das Gesicht, das von der Anstrengung ganz rot war.

Er wandte sich Max zu, der das alles ohne eine Regung beobachtet hatte, nickte wortlos und ging nach draußen.

Wie lange er auf der Stufe der Veranda gesessen hatte, konnte er nicht sagen, aber die Sonne wurde schon rot, als Max aus der Hütte kam.

Robert stand auf und sah seinen Bruder an, in dessen Gesicht er auch jetzt keine Regung erkannte. »Geh nach Hause!«, sagte er zu ihm.

Linda blutete aus mehreren kleinen Wunden und aus der Nase. Er nahm ihr das Tuch aus dem Mund, weil sie kaum mehr atmen konnte, und stellte sich vor die Liege.

»Ihr verdammten Arschlöcher«, sagte sie, als sie wieder Luft bekam. »Das habt ihr nicht umsonst getan, ihr Schweine, das schwör' ich euch.«

Robert setzte sich auf den Stuhl und überlegte.

»Nein, ich mache nichts«, sagte sie, und ihre Stimme hatte plötzlich einen anderen Klang. »Ich sage nichts, ehrlich. Mach mich nur los.« Sie redete unentwegt mit dieser zitternden Stimme auf ihn ein, und er sah, dass ihr die Tränen liefen.

Er hatte nach einer Lösung gesucht, und nach einer Weile stand er auf und ging in die Richtung, in der das Haus Samarien lag.

Er hatte Glück und fand Dieter in der Nähe des Hauses auf einer Bank. Er war allein und spielte mit einer toten Amsel, die er mit einem Stock im Staub hin und her schob.

»Willst du mal richtig Sex machen?«, fragte Robert ihn, und Dieter war so überrascht, dass er im ersten Moment gar nicht reagierte.

Sie gingen zur Hütte zurück, und mit jeder Frage, die Robert ihm beantwortete, wurde Dieters Sprache kindlicher, bis er nur noch gluckste und grinste.

Als er Linda sah, schien er im ersten Moment wegen des Blutes geschockt zu sein, aber das legte sich schnell.

»Warte einen Moment«, sagte Robert Trampe, ging zum Felsvorsprung und kam mit einer Handgranate zurück.

»Hier«, sagte er zu Dieter, der in seiner Sporthose eine

deutliche Erektion hatte, »du musst ihr den Stiel reinstecken.«

Linda hörte, was er sagte, und begann zu schreien. Robert fand den Lappen unter dem Bett und steckte ihn ihr wieder in den Mund.

»Also, du musst ihr den Stiel reinstecken …«

»In die Möse«, sagte Dieter mit einem Grinsen, und es hörte sich an, als wollte er es nur einmal sagen.

»Ja, in die Möse. Und dann ziehst du diesen Knopf.« Robert zeigte ihm die kleine Kugel aus Metall. »Dann bewegt es sich, das haben sie gerne. Den Knopf aber nicht vorher ziehen, ja?«

Dieter nickte heftig mit ernsthaftem Gesicht.

Robert schloss die Tür hinter sich und ging. Als er fast fünfzig Meter gegangen war, drehte er sich um und fragte sich, ob er dem Geisteskranken nicht zu viel zugetraut hatte. In dem Augenblick detonierte die Granate, das Glas der Scheibe zerbarst, und ein Stück des Daches flog in die Büsche. Robert überlegte, ob er nachsehen müsse, ob alles in Ordnung sei.

Aber dann ging er nach Hause.

Zwei Tage später holte ihn die Polizei zur Vernehmung. Er sagte ihnen alles, was er wusste. Dass er die Handgranaten aus dem alten Depot geholt und auch Dieter gezeigt habe. Dass er das Mädchen kenne, weil sie ihn im Krankenhaus gepflegt habe, und dass er mit ihr einmal in der Hütte gewesen sei. Da hätten sie auch den Geisteskranken getroffen, der dort öfter Sexzeitschriften gelesen und dabei onaniert habe.

Sie vernahmen ihn den ganzen Tag und die halbe Nacht und stellten unendlich viele Fragen.

Aber dann brachten sie ihn wieder nach Hause.

Das Depot wurde leer geräumt und die Reste der Hütte eine Zeit später abgerissen. Dabei hatten die Brüder zugesehen.

Es war das letzte Mal, dass sie im Wald waren.

Zwei Jahre später erfuhr Albert Trampe, dass er Krebs hatte. Die Ärzte versuchten alles, was bei einem sehr reichen Mann möglich war, aber schon wenige Wochen nach der Diagnose ging es ihm an einem Abend so schlecht, dass die Pflegerin, die Georg, der Fahrer, eingestellt hatte, die Familie ans Bett des Kranken rief, nachdem der Pfarrer gegangen war. Annemarie Trampe kam nicht, und so waren nur die beiden Brüder da. Max stand an der Seite seines Vaters, und seine Knie berührten das weiße Laken des Bettes. Robert hatte sich ans Fußende gestellt und dabei seine Hände auf das blanke Metall des Krankenhausbettes gelegt, das sie extra angeschafft hatten, damit Albert Trampe die letzten Wochen zu Hause verbringen konnte.

Sie standen lange so da und hörten auf den gleichmäßigen, flachen Atem ihres Vaters. Schließlich schlug er die Augen auf, blickte auf Max, und mit dem Rest seiner Kraft nahm er dessen Hand, drückte sie und lächelte schwach. Dann wandte er den Kopf und sah seinen jüngeren Sohn an. Robert kannte diesen Blick, mit diesem Blick hatte ihn sein Vater am Tag nach dem Unfall angesehen. Er hatte bei den Polizisten gestanden, die darüber gesprochen hatten, wie das hatte passieren können.

Mit letzter Kraft versuchte Albert Trampe, etwas zu sagen, aber man verstand nur leises Rasseln. Er versuchte es wieder, und wieder war es kaum zu verstehen. Robert verließ seinen Platz, ging an die andere Seite des Bettes und beugte sich so nah zu seinem Vater, wie er ihm seit seiner Kindheit nicht gekommen war, so nah, dass er die Wärme seines Körpers spürte. Und jetzt, als sich ihre Gesichter fast berührten, konnte er verstehen, was der alte Mann sagte. Er sagte: »Du bist schuld.«

52

2010

Obwohl er vorher hinter dem Glas nach ihm Ausschau gehalten hatte, sah er seinen Bruder erst in dem Augenblick, als sich die automatische Tür zum Sicherheitsbereich öffnete. Sein Gang war mühsam wie immer, er stützte sich schwer auf den Stock und zog mit der anderen Hand die Kordel des Koffers, der bei jedem Schritt einen kleinen Ruck bekam und über die glänzenden Fliesen rollte. Den Mantel hatte er sich über die Schulter gelegt; die Deckenbeleuchtung spiegelte sich auf der dunklen Brille, als er näher kam.

»Hallo, Max«, sagte er, wollte ihm flüchtig mit der Außenseite der Finger über das graue Haar an der Schläfe streichen, ließ es aber im letzten Augenblick sein und nahm ihm den Koffer ab. »Du machst einen müden Eindruck.«

»Ja«, sagte Max Trampe, und Robert hörte die Erschöpfung und den Ärger und noch etwas anderes, was er nicht einordnen konnte.

Sie gingen nebeneinander, und Robert bemühte sich, den langsamen Gang selbstverständlich aussehen zu lassen, obwohl es ihm schwerfiel.

»Soll ich einen Rollstuhl besorgen? Der Weg zum Auto ist ziemlich lang. Außerdem müssen wir uns ein wenig beeilen. Ich erkläre dir im Wagen, warum.«

»Keinen Rollstuhl«, sagte Max.

»Weißt du, warum der Flug Verspätung hatte?«

»Irgendetwas Technisches«, sagte Max, und Robert konnte hören, wie ihm das Laufen schon ein wenig den Atem nahm.

Am Auto verstaute er den Koffer und vermied es, seinem Bruder beim Einsteigen zu helfen. Robert steuerte den BMW aus dem Parkhaus auf die Autobahn und gab Gas.

Er hatte am Morgen vor der Abfahrt noch einmal im Internet recherchiert, hatte die Seiten der Polizei und einiger Organisationen besucht und in verschiedenen Foren nachgesehen. Nach dem Mädchen wurde schon öffentlich gesucht, nach dem Mann noch nicht. Auch gab es keine Hinweise, wer der Mann sein könnte. Das Internet kannte zwar einige Artur Adams, auch aus Gelsenkirchen, aber jener, der bei ihm im Bunker lag, war offensichtlich nicht darunter. Er hatte sich vorgenommen, so bald wie möglich nach Gelsenkirchen zu fahren und sich anzusehen, wo der Mann wohnte.

»Hast du mir etwas besorgt?«, fragte Max nach einer Weile.

»Ja«, sagte Robert und sah ihn kurz von der Seite an. »Es ist etwas im Bunker, schon seit zwei Tagen, weil ich eher mit deiner Rückkehr gerechnet habe. Es ist alles vorbereitet, wie immer.«

Er drückte einmal kurz das Knie seines Bruders. Manchmal reagierte Max unwillig auf solche Gesten, selbst wenn niemand anderes dabei war, aber Robert wünschte sich, dass er sie trotzdem genoss.

»Du kannst dir dieses Mal nicht so viel Zeit lassen wie beim letzten Mal. Sechs Tage waren zu lang. Du weißt doch, solange sie sie nicht zurückhaben, suchen sie nach ihnen. Danach suchen sie nicht mehr. »

Max' Blick war nach vorn gerichtet, und seine Wangenknochen begannen kaum merklich zu mahlen.

Robert kannte dieses Mahlen, und er wusste, was es bedeutete, wie er alle anderen Ticks seines Bruders kannte, das häufige Schürzen der Lippen, das Kräuseln der Nase. Er hatte über die Jahre gelernt, diese Bewegungen wie eine Bedienungsanleitung zu lesen, weil sich Max immer in einem anderen Zustand befand, weil sich sein Kopf bei jeder dieser Äußerungen in einem anderen Raum bewegte. In manchen Situationen konnte man ihn ansprechen, in anderen war es weniger günstig. Manche gingen auch den Anfällen voraus, und Robert konnte Vorkehrungen treffen, dass nichts passierte. Aber das ging natürlich nur, wenn er dabei war. Auf den Geschäftsreisen seines Bruders war es nicht möglich.

Eine Zeit sagte niemand etwas, und obwohl er wegen der dunklen Brillengläser seines Bruders nichts erkennen konnte, wusste Robert, dass Max nicht schlief.

Schließlich nahm dieser die Brille ab und rieb sich die Augen. Er begann mit kreisenden Bewegungen von der Nasenwurzel aus und rieb dann die Lider mit Daumen und Zeigefinger von außen nach innen, wobei er das Glasauge ein wenig zurückhaltender behandelte. Als Letztes strich er mit dem Zeigefinger über die Narbe, die vom Auge abwärts über das Jochbein bis zum ständig zu einem Lächeln gebogenen Mundwinkel lief.

Auch dieses Ritual kannte Robert in allen Einzelheiten. Bei den meisten Menschen war es ein Zeichen von Müdigkeit, bei seinem Bruder signalisierte es den Zustand einer inneren Gelöstheit, in dem man mit ihm Dinge besprechen konnte.

Robert hatte mit dieser Frage gewartet und sie nicht als erste gestellt, weil er der Antwort entgegensah wie einem näher kommenden Tunnel. »Was haben die Ärzte gesagt?«

Sein Bruder hatte die Brille wieder aufgesetzt. »›Es ist progressiv‹, haben sie gesagt, trotz der Medikamente. Das ist häufig bei einer massiven Schädigung des präfrontalen Kortex, haben sie gesagt. Was mir zuletzt passiert ist, nannten sie einen Status epilepticus. Wenn niemand da gewesen wäre, hätte es das Ende bedeutet, da schon.«

Max wandte sich ihm zu, und zum ersten Mal seit seiner Rückkehr wusste Robert, dass sein Bruder ihn ansah.

»Jetzt kommt es eben etwas später, aber es wird kommen.«

Bei dieser Antwort hatte Robert das Gefühl, an einem schwingenden Seil zu hängen, bei dem an einer für ihn unerreichbaren Stelle schon etliche Fasern gerissen waren; das Seil wurde an dieser Stelle immer dünner. Es war im diffusen Nichts verankert, schwang in einem riesigen Radius, und auf jeder Seite am Umkehrpunkt schwebte er für Sekunden über einem Abgrund, einmal über einem hellen und einmal über einem dunklen. Jetzt wusste er, was in Max' Antwort mitgeklungen hatte. Es war Hoffnungslosigkeit gewesen.

Begonnen hatten die Anfälle bei seinem Bruder vor einigen Jahren. Zuerst seltene, kurze Krämpfe, fast nur ein Schütteln, das rasch verging und nach kurzer Zeit vergessen war. Aber sie waren wiedergekommen wie Wespen, die man vom Teller vertreibt, aber die immer wieder zurückkommen und bei jeder Rückkehr andere Wespen mitbringen, immer mehr, bis es aussichtslos ist und man sich nicht mehr wehren kann.

Die Anfälle wurden länger und heftiger, und vor zwei Jahren war es zum ersten Mal in einer Verhandlung mit Geschäftspartnern passiert. Es hatte sich herumgesprochen, und seitdem waren die geschäftlichen Termine seines

Bruders immer weniger geworden. Das Geld spielte dabei keine Rolle, der Verkauf des Unternehmens vor fünfzehn Jahren hatte dieses Thema endgültig unbedeutend werden lassen, aber es war das Ende eines Teils seines Lebens gewesen, der sich normal anfühlte.

»Du fährst sehr schnell«, sagte Max nach einer Zeit und sah auf den Tacho.

»Es gibt ein kleines Problem.« Robert sah ihn an. »Gestern war jemand auf dem Gelände, der sich sehr verdächtig benommen hat. Er hat sich die Autos angesehen. Ein Polizist ist es nicht, denke ich, aber ich kenne seine Absicht nicht. Ich wollte sichergehen, und er ist auch im Bunker. Aber dein Flug hatte Verspätung, ich weiß nicht, wie lange seine Dosis hält.«

»Was passiert mit ihm?«

»Ich dachte erst, ich müsste ihn beseitigen, aber vielleicht kann man ihn auch gebrauchen.«

Die Idee war ihm am Morgen gekommen.

Er sah auf die Uhr und schätzte, dass sie noch über eine Stunde brauchen würden, wenn nichts mehr dazwischenkam.

»Wie alt ist es?«, fragte Max.

»Wie die anderen«, sagte Robert. »Ungefähr.«

Ohne hinzusehen, wusste er, dass Max' Wangenknochen wieder zu mahlen begannen.

53

Das Erste, was Steiger wahrnahm, war die kalte Glätte der Fliesen, auf denen seine Wange lag. Nach und nach, ohne dass er sagen konnte, ob es Sekunden oder Stunden waren, die vergingen, meldeten sich auch seine anderen Sinne zurück. Der Schmerz kam irgendwann zwischendurch, und Steiger war schon wach genug, um sich darüber zu wundern, seine Handgelenke nicht eher gespürt zu haben, so fest schnitt etwas in sein Fleisch. Er hielt es für Plastikfesseln. Außerdem schmerzte sein Körper an tausend anderen Stellen: Entweder es brannte, oder es fühlte sich taub an, es war eine quälende Taubheit. Sehen konnte er nur einen dünnen Streifen grauen Lichts unter einer Tür, und er hörte allein die Geräusche, die er selbst verursachte, ein Schaben, wenn er seine Beine bewegte, und seinen eigenen Atem. Seine Füße waren frei, aber der erste Versuch aufzustehen ähnelte dem Bemühen, mit bloßen Händen einen Dreißigtonner hochzuheben. Nach einiger Zeit reichte es aber, um sich hinzusetzen und an die Wand zu lehnen. Schon diese Veränderung führte zu einem Schwindelgefühl, und er versuchte tiefer zu atmen, aber nach einigen Zügen hielt er den Atem an. In dieser neuen Position nahm er noch ein anderes Geräusch wahr, das sich anhörte, als ob noch jemand atmete, ganz flach atmete. Steiger erschrak, beugte sich nach vorn und war sich jetzt sicher, dass er Atem hörte. Es schien noch jemand in diesem Raum zu sein. Er spürte, wie das Adrenalin seinen Körper noch weiter aus der Trägheit zerrte, aber er wagte nicht, sich zu bewegen.

Hektisch und angestrengt dachte er nach, wie er hierhergekommen sein könnte, aber er fand keine Bilder in sich. Das Letzte, woran er sich erinnerte, waren Blätter, Blätter von Bäumen und Sträuchern, die ihm ins Gesicht schlugen und die er zur Seite bog.

Ein Unfall konnte es nicht gewesen sein, dann wäre er nicht gefesselt und läge nicht in einem dunklen Raum auf dem Boden. Das Haus. Das Nächste, was ihm wieder einfiel, war die Villa, aber weiter kam er nicht, der Rest blieb so schwarz wie der Raum, in dem er war. Er und noch jemand. Jemand, der zu schlafen schien.

»Hallo«, sagte Steiger nach einer Weile. Er sagte es zaghaft, so wie man spricht, um niemanden zu wecken. »Hallo!« Der zweite Versuch war schon etwas lauter, aber immer noch verhalten. Er wurde mit jedem Mal mutiger, aber nichts tat sich. Der leise Rhythmus des Atems drang mit der Regelmäßigkeit einer Maschine durch die Dunkelheit. Einen kurzen Moment kam ihm die Idee, es könnte auch ein Tier sein, was er da hörte. Aber ein Tier wäre von seiner Ruferei erwacht.

Wieder versuchte er, sich zu erinnern, wo er war und wie er hierhergekommen sein könnte, aber es war chancenlos, der Film endete am Haus. Es musste etwas mit Yameogo zu tun haben und mit dem Passat, deshalb war er unterwegs gewesen. Er hatte das Auto gesucht, richtig. Es war, als kopiere er im Computer Bilder von einem Verzeichnis in ein anderes, nur viel, viel langsamer.

Sie meinten es nicht gut mit ihm, da war sich Steiger sicher. Wenn er hier unten lag, ohne Schuhe und ohne Jacke in völliger Dunkelheit und gefesselt, war er in Gefahr.

Das Atemgeräusch, das aus der anderen Ecke des Raumes kam, veränderte sich nicht. Der Mensch schlief oder war bewusstlos, wie er es gewesen war, es gab keine andere Möglichkeit. Steiger versuchte noch einmal aufzustehen. Er drückte sich gegen die Wand, und im ersten Augenblick rutschten seine Füße über die glatten Fliesen und fanden keinen Widerstand. Beim nächsten Versuch stellte er die Füße anders und drückte sich an der Wand hoch, wobei ihm die Glätte der Fliesen jetzt half, weil sein Hemd leicht darüberglitt. Er stand und wäre fast gleich wieder gestürzt, weil seine Knie nachgaben, aber er fing sich im letzten Moment. Nach ein paar Minuten hatte er so viel Sicherheit gewonnen, dass er den ersten vorsichtigen Schritt machte; als er die stützende Wand verlassen hatte, begann er jedoch wieder zu schwanken und unsicher zu werden. Aber auch das legte sich. Er machte noch einen Schritt, dann noch einen. Vor dem vierten wurde er wieder unsicher und tastete vorsichtig mit dem Fuß den Boden ab. Immer, wenn er kein Hindernis fühlte, machte er den nächsten kleinen Schritt. Das leise Atemgeräusch wurde klarer, und er schob seinen rechten Fuß weiter nach vorn.

Als er den Körper nachzog und das vordere Bein belastete, stieß er mit dem Knie gegen etwas Hartes, Kaltes, verlor das Gleichgewicht und stürzte vornüber. Er landete auf einem Körper und war so erschrocken, dass er schrie und sofort versuchte, sich zu befreien. Ohne jede Kontrolle glitt er nach hinten von diesem Körper herunter, stieß an irgendetwas Metallisches, das scheppernd zu Boden fiel. Es war eine Metallstange, das fühlte er, als er auf dem Boden lag, eine Stange und irgendetwas aus Plastik, ein Schlauch, der über ihm lag. Er strampelte wie ein Kleinkind, schob und rollte sich über den Boden, bis er wieder an eine Wand stieß und sich hinsetzen konnte. Im nächsten Moment spürte er seine Schulter und seine Stirn, auf die er gestürzt sein musste. Der Schlag an die Stirn war heftig gewesen, und er konzentrierte sich auf die Stelle, aber es schien kein Blut zu fließen.

Es kam ihm endlos lang vor, bis sein Atem wieder ruhiger wurde und seine Gedanken klarer.

Dort lag jemand. Dort lag jemand, der sich angefühlt und gerochen hatte wie ein Mann, ein Mann, der nicht einmal dadurch geweckt wurde, dass vierundneunzig Kilo auf ihn stürzten. Das konnte nur bedeuten, dass er unter Drogen stand, unter Drogen oder Medikamenten. Außerdem nahm Steiger jetzt noch einen Geruch wahr, der vorher nicht da gewesen war. Es roch chemisch wie in einem Krankenhaus.

Er versuchte, an die Wand gelehnt, eine Stelle in seinem Körper zu finden, die nicht schmerzte. Am schlimmsten waren die Handgelenke und die Stelle an der Stirn, aber er zwang sich zu denken.

Sie würden kommen, das wusste Steiger, es würde jemand kommen, der es nicht gut mit ihm meinte, irgendwann. Und er überlegte sich, was er tun konnte.

54

Batto hatte Überzeugungsarbeit geleistet. Weniger, um Renate Winkler dazu zu bringen, sich sofort nach Kleve auf den Weg zu machen.

»Wenn der Mann in dem Passat und mit der Mütze wirklich was damit zu tun hat, dann müssen wir jetzt da hin. Das Mädchen ist zwei Tage weg, und es ist doch dein Fall, Renate. Außerdem geht es um Steiger, und der ist unser Kollege und mein Freund«, hatte er argumentiert, aber das Gefühl gehabt, bei ihr damit Drehtüren einzurennen.

Schwieriger war es gewesen, sie davon zu überzeugen, ihm den Schlüssel zu überlassen. Sie wusste, welches Auto er privat fuhr, und sie kannte seinen Ruf, was die Fahrerei anging.

Jetzt bogen sie am Kreuz Kamp-Lintfort vom Emscherschnellweg auf die Autobahn 57, und Renate Winkler sah aus, als bereue sie es, bei der Schlüsselfrage nicht hart geblieben zu sein. Sie hatten sich mit dem zuständigen Kollegen in der Polizeiinspektion Geldern verabredet, weil das näher an der Gegend lag, die auf holländischem Gebiet interessant war. Gisa und Jana hatte er schon längere Zeit nicht mehr im Rückspiegel gesehen. Sie hatten sich entschieden, mit zwei Autos zu fahren, was eindeutig zu viel war, wenn an der Sache nichts dran sein sollte. Ergaben sich aber Hinweise, war ein weiterer Wagen absolut nötig.

»Was macht dich eigentlich so sicher, dass an der Sache

was dran ist, Batto?«, fragte Renate Winkler, nachdem er sich wieder auf der Überholspur eingerichtet hatte und dem dienstlichen Touran die Sporen gab.

»Ich bin mir nicht sicher«, sagte er, »es ist mehr eine Ahnung. Irgendwann in meinem Leben habe ich mich mal entschieden, auf solche Dinge zu hören. Im Großen und Ganzen bin ich ganz gut damit gefahren.«

»Kann ich verstehen«, sagte sie. Und nach einer Weile: »Wie kommt es eigentlich, dass zwei so unterschiedliche Typen wie ihr so dicke Freunde seid?«

Batto ließ sich mit der Antwort Zeit. »Liebst du deine Kinder, Renate?«, fragte er dann.

Sie sah ihn an, als habe er sie nach ihren sexuellen Vorlieben gefragt, fand Batto, aber er hatte das erwartet.

»Was für eine Frage, natürlich.«

»Gibt es Dinge, die dir an ihnen gefallen?«

»Natürlich.«

»Und sind sie in manchen Dingen anders als du?«

»Ja und wie. Meine Tochter ginge nie zur Polizei, nie.« Renate Winkler zog die Stirn kraus, als wenn sie nicht genau wisse, wohin das führen sollte.

»Siehst du«, sagte Batto, »bei Freundschaft ist es ähnlich. Es hat letztlich nichts mit gleich oder ungleich zu tun, es ist etwas darüber hinaus. Man kann erklären, was man an jemandem mag oder nicht mag, aber warum man seine Nähe genießt und es keinen falschen Zeitpunkt gibt, ihn auf ein Bier zu treffen, das ist letztlich unerklärlich.«

Sie lachte still.

Es gab tatsächlich unzählige Dinge, in denen sie verschieden waren, Steiger und er, überlegte Batto. Die ganze Psychologie-Nummer war für Steiger eine Veranstaltung für Weicheier und über die Jahre ein ständiger Grund für

Verarschungen gewesen. An seinem Geburtstag, nachdem er damals mit den Seminaren begonnen hatte, war Steiger mit ein paar Schnabelschuhen mit Glöckchen und einer Packung Räucherstäbchen als Geschenk angekommen. Batto musste lachen, als er an den Abend dachte. Und noch in Uniform durch die Welt zu laufen, wäre für Steiger so undenkbar wie die Mitgliedschaft in einem BVB-Fanclub. Andersherum gab es Dinge, die Batto an ihm einfach nicht verstand. Aber er war sich sicher, dass Steiger ihm, ohne eine Sekunde zu überlegen, eine Niere spenden würde, wenn es drauf ankäme. Ganz bestimmt.

Paul Böttcher war bei der Polizei in Kleve der Verbindungsbeamte zur holländischen Polizei, obwohl er mit dichtem, grauem Haar und Schnurrbart eher aussah wie der Kontaktmann zur örtlichen muslimischen Gemeinde, und er hatte tatsächlich frischen Kaffee gekocht.

Zusammen mit dem Kollegen Meyer des örtlichen Kriminalkommissariates hörte er sich Renate Winklers Geschichte in der ausführlicheren Version als am Telefon an und erklärte anschließend in wenigen Sätzen, wie die Zusammenarbeit mit der Polizei in Holland gestaltet wurde. Es gab ein paar offizielle Abkommen und Verträge, die den kurzen Dienstweg möglich machten, so oft es ging.

»Noch wichtiger sind aber die persönlichen Kontakte«, sagte Böttcher. »Ich habe schon mal Erik Janssen von der Polizei in Venlo angerufen und euer Kennzeichen durchgegeben. In Holland sind die Kennzeichen nämlich nicht wie bei uns an Orte gebunden, sondern werden frei vergeben. Insofern haben wir Glück, denn der Halter wohnt nicht irgendwo in Rotterdam, sondern ist eine Firma in Venray, das liegt hier.« Er zeigte den Ort zuerst auf einer Karte, die an der Wand hing, ging dann zum Tisch und markierte auf Battos Ausdruck mit dem Funkmast die ungefähre Lage von Venray. »Ihr seht, das ist zwar ganz in der Nähe, aber außerhalb dieses Sektors, was immer das zu bedeuten hat.«

Eine Stunde später empfing sie Erik Janssen im Politiebureau in Venlo, ein großer, schlanker Mann, der wahrscheinlich älter war, als er aussah, und der Batto an ein Poster erinnerte, das Bernie, der Kollege im Zimmer nebenan, damals in der Polizeischule über dem Bett hängen hatte. Darauf waren drei uniformierte Polizisten abgebildet, ein deutscher und ein holländischer, die Nationalität des dritten hatte Batto vergessen, denn der Interessante war eindeutig der Holländer gewesen. Während die beiden anderen mit zackiger Kurzhaarfrisur in die Kamera lächelten, zeigte der Holländer schon damals, Ende der Siebziger, einen blonden Pferdeschwanz unter der blauen Mütze. Erik Janssen hätte dieser Kollege sein können, nur dass er keine Uniform trug, sondern einen schwarzen Schlabberanzug.

Janssen begrüßte Böttcher wie einen guten Freund und die anderen deutschen Kollegen wie alte Bekannte in perfektem Deutsch. Bei einem Verbindungsbeamten zur deutschen Polizei auch nicht so verwunderlich, dachte Batto.

»Die Firma heißt Altraxx Solutions und ist eine Beratungsfirma«, sagte Janssen, nachdem Batto und Renate Winkler ihn ins Bild gesetzt hatten, »die sich auf die Beratung von Unternehmen in der Chemiebranche spezialisiert hat, jedenfalls geht das aus der Beschreibung im Handelsregister hervor. Sie hat ihren Sitz in der Julianasingel in Venray, und Geschäftsführer ist ein Deutscher namens Maximilian Trampe, der im selben Haus eine Wohnung hat.«

Als der kleine Konvoi die Polizeidienststelle in Venlo verließ, hatte Batto den Eindruck, dass Erik Janssen den Aufwand für ein wenig übertrieben hielt, den die deutschen Kollegen aus Dortmund wegen einer Überprüfung betrieben, aber gesagt hatte er nichts. Sie fuhren auf die A73 und eine knappe halbe Stunde später durch die Julianasingel in Venray, eine wunderschöne Allee, die zwischendurch immer wieder von dichter Bebauung unterbrochen wurde. Sie hielten vor einem zweigeschossigen Haus, neben dessen Eingangstür verschiedene Firmenschilder angebracht waren. Auf einem modernen aus Plexiglas stand Altraxx Solutions. Batto drückte den Klingelknopf mit demselben Namen, aber nichts tat sich. Nach dem dritten Fehlversuch probierten sie es unter M. Trampe, drei Klingelschilder weiter oben, aber auch da blieb alles stumm. Erst bei der Firma neben Altraxx tat sich etwas.

Batto und Erik Janssen gingen allein, und die junge Dame an der Rezeption zeigte den beiden ein Zuckerlächeln. Janssen unterhielt sich auf Holländisch mit ihr, und Batto verstand zwischendurch ein paar Namen.

Als sie wieder bei den anderen auf dem Bürgersteig in der Sonne standen, brachte Janssen alle auf Ballhöhe.

»Sie sagte, Max Trampe wäre selten da und viel auf Reisen. Auch wäre er wenig in der Wohnung. Jetzt hätte sie ihn schon lange nicht mehr gesehen. Eine Garage gäbe es im Haus nicht, und sie wundere sich über den silbernen Passat, weil sie den Wagen noch nie gesehen hat. Aber sie sagte, Trampe hätte vorher noch eine andere Firma gehabt, deren Sitz aber nicht hier gewesen sei.«

Er zückte sein Handy, klappte es auf und ging etwas abseits.

Batto sah, dass Jana Goll im Wagen sitzen geblieben war,

und er ging zu ihr. Steiger hatte von ihr erzählt, dass sie eine fähige Kollegin sei und dass er sie mochte. Batto konnte das verstehen, schon wegen ihrer Augen. Er begann ein Gespräch mit ihr, und sie machte einen etwas verhaltenen Eindruck. Er konnte nicht einordnen, ob das Sorge um ihren Kollegen war, oder ob sie immer noch nicht wusste, ob sie ihn hätte verpfeifen dürfen.

Nach ein paar Minuten machte Janssen ein Zeichen zum Sammeln.

»Die Frau hat recht, Trampe hatte bis 2008 eine andere Firma, die uns zuerst nicht aufgefallen ist, weil sie noch in Deutschland eingetragen war und hier nur einen Nebensitz hatte. Und diese Firma war nicht hier in Venray, sondern ganz in der Nähe an der N271.«

Batto zog den Ausdruck aus der Tasche, auf dem der Funkmastsektor eingezeichnet war, aus dem Steigers letzter Anruf gekommen war.

»Liegt diese Adresse innerhalb dieses Kreises?«, fragte er Janssen.

Der nahm sich das Blatt, betrachtete es eingehend und sagte: »Ja, sehr wahrscheinlich.«

Das Tor öffnete sich langsam und ließ die drei Zivilwagen durch.

Es war ein eigenartiger Vorgang gewesen, fand Batto. Das Tor wurde durch eine Kamera überwacht, und zwei der Wagen hatten sie ein wenig im Hintergrund gehalten. Zunächst war auf das Schellen keine Reaktion erfolgt, erst als er Anstalten gemacht hatte, neben dem Tor über den Zaun zu steigen, um einmal die Einfahrt ein Stück entlangzugehen, meldete sich eine männliche Stimme in der Sprechanlage.

Nach knapp einhundert Metern öffnete sich der Wald zu einer größeren Rasenfläche, in deren Mitte eine alte Villa stand. Zwischen den Säulen des Eingangsbereiches erwartete sie ein Mann mit grauen Haaren, der gut angezogen war und sich auf einen Stock stützte. Er trug eine Sonnenbrille und hatte auf der Wange eine Narbe, die Batto an ein Foto des Schauspielers Heath Ledger in der Rolle des Joker erinnerte, nur dass sie nicht mit bunter Schminke abgedeckt war. Eines war Batto klar. Dieser Mann war nicht der Fahrer vom Überwachungsfilm. So schlecht dessen Qualität auch war, das war deutlich zu erkennen.

Erik Janssen stieg aus und übernahm die Begrüßung.

»Guten Tag, meine Name ist Erik Janssen von der Polizei in Venlo. Herr Trampe, nehme ich an.«

»Sehr richtig, Maximilian Trampe«, sagte der Mann. »Was kann ich für Sie tun?«

»Herr Trampe, das sind Kollegen aus Deutschland«, er zeigte mit einer Handbewegung in ihre Richtung, »die in einer Vermisstensache ermitteln. In dieser Angelegenheit werden auch eine Reihe silberfarbener Fahrzeuge des Typs VW Passat Kombi überprüft.«

Sie hatten sich für diese Argumentation entschieden, um es so belanglos wie möglich aussehen zu lassen.

»Auf Ihre Firma Altraxx ist ein solches Fahrzeug angemeldet. Ist das richtig?«

»Das ist richtig.«

»Wann haben Sie den Wagen zuletzt gefahren?«

»Gar nicht«, sagte Trampe. »Ich fahre seit Jahren kein Auto mehr. Den Wagen fährt in der Regel mein Bruder.«

»Wo ist der Wagen jetzt?«

»Er müsste in der Garage stehen, nehme ich an. Ich bin soeben von einem Klinikaufenthalt nach Hause gekommen, müssen Sie wissen, und habe noch gar nicht ausgepackt.« Er zeigte in die geöffnete Eingangstür, in der ein schwarzer Koffer stand.

»Können wir ihn mal sehen?«, fragte Janssen.

Batto hatte den Eindruck, dass Trampe eine Sekunde zögerte, dann aber sagte: »Ich denke schon, wenn er da ist.«

Trampe ging ins Haus und kam wenig später mit einem Schlüssel und einer kleinen Fernbedienung zurück. Sie gingen zu einem Anbau, der zwar modern, aber dem Stil des Hauses angepasst war. Trampe drückte auf einen Knopf, und das Tor fuhr nach oben. In der Garage standen ein Jeep, eine große BMW-Limousine und ein silberner VW Passat Kombi. Alle Fahrzeuge hatten holländische Kennzeichen.

»Da ist er«, sagte Trampe.

»Und den Wagen fährt in der Regel Ihr Bruder?«, fragte Batto.

»Ich sagte es. Er wohnt hier in diesem Haus und fährt diese Autos. Im Augenblick ist er leider nicht da.«

Batto fragte sich, ob es klug war, Trampe nach dem Aussehen seines Bruders zu fragen, ließ es dann aber besser sein und sagte: »Ich darf mal, ja?« Er ging um das Fahrzeug herum, als suche er nach Auffälligkeiten, beugte sich zu den Reifen hinunter und legte seine Hand auf die Motorhaube. Er fühlte, dass sie kalt war. Er richtete sich wieder auf, als sei alles in Ordnung, drehte sich mit einem Lächeln zum BMW und sagte: »Schönes Auto. Ihr Bruder ist zu beneiden.« Dabei tätschelte er zärtlich die Haube des Wagens und fühlte eine Wärme, die nicht zur Temperatur in der Garage passte. »Sie können also nicht sagen, wann der Wagen zuletzt bewegt worden ist?«, fragte er.

»Nein, das müsste ich Robert fragen, wenn er wieder zurück ist.«

Trampe ließ das Tor nach unten fahren, und sie gingen zum Haus zurück. Die anderen Kollegen waren bei den Autos geblieben.

»Wann kann ich Ihren Bruder erreichen?«, fragte Erik Janssen.

»Bedaure, ich weiß es nicht. Wie gesagt, ich bin gerade eben erst angekommen.«

Janssen gab Trampe seine Karte. »Kann Ihr Bruder mich bitte anrufen, wenn er zurück ist? Nur für ein paar Fragen. Und hätten Sie eine Karte von sich, falls ich noch etwas wissen möchte, für alle Fälle?«

»Selbstverständlich«, sagte Trampe, zückte eine schwarze Mappe und gab Janssen ein weißes Kärtchen. Er wies mit der Hand auf die drei Autos der Polizisten. »Ermitteln Sie immer so intensiv bei Vermisstensachen?«

Erik Janssen lächelte: »Ich sagte doch, wir überprüfen mehrere Fahrzeuge, da kann man nicht genug Leute haben.«

Gute Idee, guter Mann, dachte Batto, und sie fuhren los. Nach wenigen Metern stoppte er den Wagen noch einmal und stieg aus.

»Ach, Herr Trampe«, er erwischte ihn gerade noch, bevor er im Haus verschwunden war. »Sie fahren ja nicht selbst. Darf ich fragen, wie Sie vom Flughafen oder Bahnhof hierhergekommen sind?«

Wieder hatte Batto den Eindruck, dass der Mann einen Moment zu lange überlegte.

»Ich habe mich bringen lassen«, sagte er.

Batto nickte und fand, dass das eine clevere Antwort war. Er stieg wieder ein und gab Gas, um die anderen einzuholen.

55

Steiger hatte von Leuten gelesen, die sich in Höhlen verirrt hatten und denen ihr Zeitgefühl in der Dunkelheit gänzlich abhandengekommen war. Er konnte das nachvollziehen. Obwohl der Schwindel fast völlig verschwunden war, hätte er nicht sagen können, ob seit dem Aufwachen eine Stunde oder fünf Stunden vergangen waren. Der Lichtstreifen unter der Tür veränderte sich nicht, schien daher von einer Lampe zu kommen, schätzte er. Die Schmerzen in seinem gesamten Körper nahm er in Wellen wahr, in manchen Momenten spürte er fast nichts, in anderen war er kurz davor, es nicht mehr auszuhalten.

Er hatte von sich immer das Bild gehabt, dass er sich im Leben relativ wenig vormachte und den Dingen in die Augen sah. Deshalb war er der Frage nur am Anfang ausgewichen, ob er diesen Raum, der irgendwo in einem Keller zu sein schien, noch einmal lebend verlassen würde. Jetzt ließ er sie an sich heran, und die Wucht, mit der ihn die Erkenntnis traf, dass seine Chancen, hier zu sterben, relativ groß waren, überraschte ihn. Er zitterte und fühlte die Angst in sich wie einen Parasiten, der sich festgebissen hatte und den man nicht loswurde.

Der Mann, der mit ihm in diesem Raum war, machte seit einiger Zeit Geräusche, die er vorher nicht gemacht hatte. Steiger hielt es für möglich, dass er bei dem Sturz etwas beschädigt hatte, was den Mann unter Drogen hielt, und dieser jetzt langsam erwachte. Die Stange und der Schlauch konnten zu einem Tropf gehört haben.

Mittlerweile war er sicher, auf der richtigen Spur gewesen zu sein. Alles sprach dafür, dass der Passat, der in der Garage stand, das Auto war, das bei den Taten gesehen worden war.

Wieder begann er zu zittern, und dieses Mal so heftig, dass er kaum seinen Atem kontrollieren konnte. Er musste an seine Schwester denken und sah Carolas Bild vor sich, so klar wie schon lange nicht mehr. Dann das seiner Mutter, und selbst sein Halbbruder, den er noch nie gesehen hatte, kam ihm in der Gestalt in den Sinn, die er ihm in den letzten Wochen in seiner Fantasie gegeben hatte. Zuletzt erschien das Bild seines Vaters. Er sah ihn, wie er im Schuppen saß, das Holzmesser in der Hand hielt und es mit blauer Farbe anmalte. Er konnte fast die Farbe riechen, die Farbe und den würzigen Geruch seines Vaters, und ihm fiel etwas ein, was er fast vergessen und woran er Jahrzehnte nicht gedacht hatte. Er wusste nicht mehr, wie alt er gewesen war, vielleicht drei oder vier, als er nachts einen entsetzlichen Traum hatte, in dem ihn eine Raubkatze verfolgte, die immer näher kam, ihn aber nicht erreichte. Zum Glück war er aufgewacht, allerdings durch eine Sirene, mit der damals noch die Feuerwehr alarmiert wurde. Dieses Heulen hatte ihm solche Angst gemacht, dass er nicht zu beruhigen gewesen war, und noch heute fand er den Ton unangenehm und bedrohlich. Damals hatte sein Vater ihn zum ersten Mal zu sich ins Bett geholt, und er hatte den Rest der Nacht an dessen Seite verbracht. Den Widerstand des großen Körpers beim Sich-Andrücken und die Rauheit der haarigen Beine zu fühlen, wenn seine Füße an ihnen herabglitten, hatte ihn damals wieder einschlafen lassen, und die Raubkatze war nicht mehr zurückgekommen.

Vom Zellengenossen war im Augenblick nichts zu vernehmen, und in dieser Stille hörte Steiger ein Geräusch, das neu war. Es klang wie ein Wimmern, das von irgendwo außerhalb kam. Da weinte jemand, glaubte er. Es war zwar leise und schien weit weg, aber es hörte sich wie Weinen an. Die Stimme war hell, kindlich oder weiblich. Er legte sich auf die Seite und schob sich mit den Füßen zur Tür. Durch den dünnen Spalt war es etwas deutlicher zu hören. Dort weinte jemand, vermutlich in einem anderen Raum. Er überlegte, ob es ein Fehler sein konnte, Kontakt aufzunehmen, denn er wusste nicht, ob noch jemand anderes draußen war. Aber es hatte sich seit Stunden nichts getan, und außerdem hatte er nichts mehr zu verlieren.

»Hallo!«, rief er und dann noch einmal etwas lauter: »Hallo, ist da noch jemand?«

Das Wimmen hörte auf, die Frau schien ihn gehört zu haben.

»Hallo, ich bin Thomas Adam. Wenn du mich hören kannst, sag etwas!«

Er drehte seinen Kopf wieder so, dass das Ohr am Spalt lag, aber es war nichts zu hören. Er versuchte es noch einmal.

»Hallo, mein Name ist Thomas Adam. Ich bin von der Polizei und in einem Raum neben dir, kannst du mich hören?«

Wieder drehte er den Kopf, aber es blieb still. Er blieb auf der Seite liegen und überlegte, was er sagen könnte, um die Person zu ermutigen.

»Ich bin Nadine.«

Er hörte es ganz schwach, drehte seinen Kopf sofort wieder so, dass er durch den Spalt reden konnte, als er ein anderes Geräusch hörte. Eine Tür wurde entriegelt und geöffnet. Es kam jemand.

Er hatte die Orientierung in dem Raum verloren, versuchte aber, sich an die Stelle zu legen, an der er aufgewacht war. Er hatte nur diese eine kleine Chance, wenn es denn überhaupt eine war. Sie sollten denken, dass er noch bewusstlos war. Das Licht fiel ihm ein, das Licht konnte ein Problem sein. Er hatte jetzt mehrere Stunden in Dunkelheit verbracht, und seine Augen würden im ersten Moment geblendet sein.

Er hörte Schritte, die näher kamen und vor der Tür stoppten.

Er konnte kaum einen Gedanken festhalten, zwang sich aber dazu. Im Liegen war seine Position alles andere als günstig, aber ihm fiel ein Wurf ein, den sie vor zweiunddreißig Jahren in der Ausbildung gelernt hatten. Fast hätte er innerlich gelacht, weil die SV-Ausbildung, so nannten sie ihre Selbstverteidigungsstunden, bei allen unbeliebt war. In kalten Räumen mit nackten, kalten Füßen auf kalten Matten zu stehen, hatte keinen Spaß gemacht. Ihm jedenfalls nicht. Und jetzt fiel ihm das in einer Situation ein, in der es wahrscheinlich um sein Leben ging.

Das Licht ging an, und der Schmerz in den Augen war nicht so schlimm, wie Steiger befürchtet hatte. Es dauerte eine Zeit, bis die Tür sich öffnete, aber auch dann tat sich zunächst nichts. Er hielt die Augen geschlossen und hörte leise Schritte in den Raum kommen. Es schien tatsächlich nur eine Person zu sein. Steiger hörte leises Fluchen. Der Mann blieb neben ihm stehen und beugte sich hinunter, so hörte es sich an. In dem Moment gab der andere Laute von sich. Die Schritte bewegten sich von Steiger weg, und er hörte ein metallisches Klappern. Die Stangen, die bei dem Sturz umgefallen waren, wurden aufgehoben.

Ganz vorsichtig wagte Steiger zu blinzeln und sah auf die Beine eines relativ großen Mannes, der helle Haare hatte. Der Blonde stand mit dem Rücken zu ihm und hantierte tatsächlich mit einem Tropf, wie er ihn von Krankenbesuchen kannte. Seine Füße waren neben Steigers Füßen, die Distanz war also okay, der Mann musste sich nur noch umdrehen. Steiger senkte ganz langsam das Gesicht so weit zum Boden, dass er die Beine des Mannes im Blick behielt, der aber seine Augen nicht sehen konnte. Sonst war immer noch niemand zu hören, er war tatsächlich allein gekommen.

Der Mann versuchte nun, die Stange in den stählernen Rollfuß zu stecken, und drehte sich dazu fast völlig um.

Das ist der Moment, dachte Steiger. Er hakte seinen linken Fuß hinter die Achillessehne des Blonden und trat im nächsten Moment mit aller Kraft, die ihm im rechten Bein geblieben war, gegen das Knie des anderen Beins. Steiger hörte einen Schrei, dann sah er, wie die Gestalt stürzte und sich danach nur noch langsam bewegte. Steiger stand auf, so schnell er konnte, und rannte nach draußen, wo er sich auf einem Gang wiederfand, an dessen Ende eine Treppe nach oben führte. Seine Beine waren wackeliger, als er gefürchtet hatte, aber er erreichte die Tür oberhalb der Treppe. Sie war mit einem großen Metallhebel verschlossen, und Steiger brauchte drei Versuche, um ihn mit dem Ellbogen nach unten zu drücken. Dann ließ sich die Tür aufschieben. Von unten aus dem Raum hörte er Geklapper und wütendes Schimpfen.

Er stand in einem winzigen Raum ohne Fenster, aus dem eine niedrige Tür in einen anderen Raum führte. Der Eingang zum Garten stand glücklicherweise offen, er lief hinaus und erkannte die Rückseite des Hauses mit dem Garagenfenster, durch das er die Autos gesehen hatte. Bloß in Deckung, dachte er und rannte in den Wald, wo ihm sofort Zweige ins Gesicht schlugen. Er hatte den Eindruck, dass irgendetwas hinter ihm war, aber zum Umdrehen hatte er keine Zeit. Er hatte mittlerweile das Haus halb umlaufen, und sein Gesicht brannte von unzähligen kleinen Wunden. Durch die Blätter sah er vor dem Haus ein Auto, das startete und auf die lange Zufahrtsstraße fuhr, die an der Stelle eine lang gezogene Kurve machte. Er versuchte, den Weg abzuschneiden, aber er kam zu spät. Zwanzig Meter bevor er die Straße erreichte, sah er durch eine Lücke im Grün den VW Touran vorbeifahren, und er traute seinen Augen nicht, denn am Steuer saß Batto. »Verdammt, Batto, halt an!«, schrie er mit aller Kraft, aber am Aufheulen des Motors hörte er, dass Batto weiterfuhr. Vielleicht sieht er mich im Rückspiegel, dachte Steiger und hatte noch zehn Meter bis zur Straße. »Batto, Batto!«, schrie er noch einmal. Noch fünf Meter, fast war er auf der Straße, da traf ihn etwas von der Seite und warf ihn mit solcher Wucht gegen einen Baum, dass er völlig desorientiert war. Als er sich umdrehte, sah er in das Gesicht eines Mannes, das ihm wegen der eigenartigen Augen bekannt vorkam. Er hatte etwas in der Hand, als er zuschlug, aber Steiger konnte nicht mehr erkennen, was es war.

56

»Er ist nicht unser Mann, das ist klar, aber er hat nicht die Wahrheit gesagt. Entweder ist er selbst gefahren, oder sein Bruder war doch da.« Batto wollte ein wenig Druck aufbauen. Nach der Aktion bei Trampe waren sie zur Polizei nach Venray zurückgefahren, wo es auch ein Distriktsbüro gab. Er hatte zwischendurch immer wieder versucht, Steiger auf dem Handy zu erreichen, aber der blieb unauffindbar.

»Mag sein«, sagte Erik Janssen, »aber vielleicht ist auch jemand anderes gefahren. Wir haben nicht wirklich etwas in der Hand. Für eine Durchsuchung brauchen wir Fakten, einen konkreten Verdacht, das ist in Holland nicht anders als bei euch. Sowohl er als auch sein Bruder haben keine polizeilichen Erkenntnisse. Vielleicht ist der Mann tatsächlich nur ein Geschäftsmann, den das Schicksal etwas härter angefasst hat. Wie gut ist denn euer Bild von der Überwachungskamera?«

»Nicht so besonders. Man kann die Gestalt und den Typ erkennen, man kann also sagen, dass Maximilian Trampe es nicht ist. Eben eines dieser typischen Bilder, die man auch aus Banken kennt. Dann haben wir da noch das Problem, dass er ziemlich im Hintergrund ist.«

»Er hat recht, Batto«, sagte Gisa. »Steiger hat die Überprüfung zwar in dieser Gegend gemacht, aber theoretisch könnte er den Wagen auch irgendwo draußen gesehen und ihn dann überprüft haben. Dass dieser Passat der ist, den wir auf dem Video haben, stützen wir einzig und allein darauf, dass Steiger ihn überprüfen wollte. Wir dürfen uns auch nicht verrückt machen lassen.«

»Aber dann hätte er nicht diesen Spruch gemacht. Was hat er noch mal gesagt?« Batto sah Jana an.

»Irgendwie: ›Es ist wahrscheinlich, dass ich ihn gefunden habe‹ oder so ähnlich.«

»So einen Spruch macht Steiger doch nicht, wenn er irgendein Auto überprüft und nicht einen weiteren Hinweis darauf gehabt hätte, dass das unser Fahrzeug ist.«

»Aber welchen?«

Batto sah Gisa an und hatte einen Moment das Gefühl, dass sie ihm in den Rücken fiel. Natürlich war das Unsinn, das wusste er. Sie orientierte sich nur an den Fakten, und da hatte sie verdammt noch mal recht. Er bekam langsam ein Gefühl dafür, wie Steiger sich in den letzten Tagen gefühlt haben konnte. Es gab tausend kleine Hinweise, die zusammenzupassen schienen, aber es war nichts Greifbares, nichts, was nicht auch anders hätte sein können. Mit dem, was sie hatten, war es möglich, dass sie eben einem Mann gegenübergestanden hatten, der oder dessen Bruder in mindestens einen Mordfall verstrickt war. Vielleicht war aber auch überhaupt nichts dran an der Sache.

»Die Kennzeichendublette«, sagte Jana, und alle sahen sie an. »Steiger ist doch davon ausgegangen, dass er das Fahrzeug bei den Taten mit einem anderen, einem deutschen Kennzeichen fährt.«

»Und?«, fragte Batto.

»Ich hab 'ne Idee, okay. Vorher möchte ich was ausprobieren, wenn ich darf«, sagte sie und wandte sich an Erik Janssen. »Habt ihr hier einen Erkennungsdienst?«

»Ja.«

»Können die mir einen Staubpinsel leihen?«

Erik Janssen nickte mit erstaunter Miene und marschierte los.

Fünf Minuten später standen alle auf dem Parkplatz des Politie District Venray und blickten auf Jana Goll.

»Ich habe vor ein paar Wochen beim Erkennungsdienst hospitiert und habe jeden Tag Fingerspuren gesucht, an Fenstern, Türen, auf Taschen und an Autos. Aber vielleicht irre ich mich auch.«

Jana ging zum ersten Fahrzeug in der Reihe, kniete sich hin, drückte auf den Gummibalg des Pinsels und stäubte das hintere Kennzeichen eines Daimlers ein. Es war nichts zu sehen. Dann ging sie zum nächsten Auto und wiederholte die Prozedur. Wieder blieb außer einer gleichmäßigen dünnen Schicht Rußpulver nichts auf dem Kennzeichen zurück, auch beim nächsten und übernächsten nicht.

»Jana, soll das ein Quiz werden, oder was?«, fragte Batto.

»Einen Moment noch.« Sie machte es noch bei drei weiteren Autos mit demselben Ergebnis. Beim letzten Wagen drückte sie vorher ihren Daumen auf das Schild, und nach dem Einstauben erschien ein deutlicher schwarzer Fingerabdruck. Dann drehte sie sich um und sah gespannt von einem zum anderen.

»Alles klar.« Erik Janssen lächelte.

»Auf keinem dieser Kennzeichen ist ein Fingerabdruck«, sagte Jana fast im Oberlehrerton.

»Warum auch?« Batto schüttelte den Kopf und war ärgerlich, weil er den Eindruck hatte, zu denen zu gehören, die es nicht kapierten.

»Genau, warum auch? Wann hast du zuletzt dein Kennzeichen angefasst?« Jana sah Batto an. »Sein Kennzeichen fasst man nämlich eigentlich nur einmal an, und zwar, wenn man es montiert oder später mal sauber macht. Wenn der Passat bei Trampe aber der ist, in den gestern unser Penner eingestiegen ist und den man auf den Bildern der Tankstelle sehen kann, dann ist der gestern noch mit einem anderen Kennzeichen durch die Gegend gefahren, denn eben hatte er doch ein holländisches, oder?«

Cleveres Mädchen, fand Batto und zeigte ihr den erhobenen Daumen. »Dann müssten auf dem Kennzeichen von Trampes Passat also Fingerabdrücke sein, wahrscheinlich die seines Bruders«, sagte er. »Jetzt habe ich es auch begriffen. Nicht so früh, aber immerhin.«

»Es sei denn, er hat den Wagen danach gewaschen oder die Kennzeichen hinterher abgewischt«, sagte Gisa.

»Warum sollte er das tun, wenn er saubere Hände hatte?«

»Dann müssten wir da noch mal hin, oder?«, meinte Renate Winkler.

»Was ist, wenn er uns diesmal nicht reinlassen will?«, fragte Batto.

»Dann müssen wir uns einen guten, belanglosen Grund einfallen lassen und vorher anrufen.« Erik Janssen hielt das Kärtchen hoch. Dann legte er den Finger auf den Mund, als wenn er noch nicht fertig wäre. »Aber eins sollten wir bedenken. In dem Augenblick, wenn wir tatsächlich Fingerabdrücke auf diesem Kennzeichen finden, startet Herr Trampe oder sein Bruder aber von null auf hundert in der Verdächtigenskala, oder sehe ich das falsch?«

Er hat recht, dachte Batto wieder, ein guter Mann.

Auch in der Runde war allgemeines Nicken.

»Dann schlage ich vor, machen wir es anders«, sagte Batto und zeigte auf Erik Janssen. »Wir zwei laufen da zuerst auf und versuchen, mit einem belanglosen Grund, an das Auto zu kommen. Ihr bleibt im Hintergrund, und wir nehmen vielleicht für alle Fälle noch einen Streifenwagen mit. Sollten wir tatsächlich Fingerabdrücke auf diesem Kennzeichen finden, holen wir euch dazu. Dann können wir entweder sofort durchsuchen, oder wir machen da alles sicher, bis wir einen Beschluss haben. Ist das möglich?«

Erik Janssen nickte mit Verzögerung.

Sie hatten Max Trampe telefonisch erreicht und sich für eine Frage entschieden, die mit dem Typ des Fahrzeugs und dessen Rückleuchten zu tun hatte, die nur einer bestimmten Baureihe zuzuordnen waren. Er schien es geschluckt zu haben.

Am Ausgang einer kleinen Ortschaft hielt der kleine Tross, zu dem auch ein holländischer Streifenwagen gehörte, am Straßenrand an, damit Batto zu Erik Janssen ins Auto umsteigen konnte.

»Was haltet ihr davon, Gisa?«, sagte Batto, bevor er einstieg. »Solange wir euch nicht holen, könntet ihr die Leute in der Straße mal kurz befragen, ob die was zu den beiden Brüdern oder dem ganzen Anwesen sagen können. Vielleicht kennt ja einer den Bruder und weiß, wie der aussieht.«

»Wir sind deutsche Polizisten, Batto, mit deutschen Dienstausweisen. Das scheinst du langsam zu vergessen.« Gisa klang fast amüsiert.

»Dann geht doch gemixt und bildet zwei Teams.« Erik Janssen beugte sich aus dem Autofenster. »Dann habt ihr auch kein Problem, wenn mal einer kein Deutsch kann. Einige Behörden an der Grenze haben sogar gemeinsam besetzte Wachen, die mal in Deutschland und mal in Holland Streife gehen. Und es ist ja nur eine Nachfrage.«

Batto sah Gisa an, machte eine Na-also-Geste und stieg ein.

Maximilian Trampe hatte sich mittlerweile umgezogen, trug aber immer noch gediegene Kleidung. Er erwartete die beiden Polizisten wie zuvor auf dem Treppenabsatz des Eingangs auf seinen Stock gestützt. Batto kam sein Gesicht bei diesem zweiten Besuch noch leidender vor und die Narbe noch tiefer. Es sah nach einem Unfall aus, dachte er.

»Entschuldigen Sie die erneute Störung, Herr Trampe, aber es wird hoffentlich die letzte sein.«

»Keine Ursache, Herr Janssen«, sagte Trampe.

»Vielleicht können wir den Wagen danach schon ausschließen.«

Er lügt bewundernswert professionell, fand Batto.

Sie folgten ihm zur Garage, und Batto fiel auf, wie mühsam es ist, langsam zu gehen, wenn man schneller gehen kann.

Trampe öffnete das Tor und sagte: »Sehen Sie sich die Rückleuchten an. Ich wusste gar nicht, dass man daran so viel erkennen kann.«

»Doch, doch«, sagte Erik Janssen und holte eine kleine Kamera aus der Tasche, um den Wagen zu fotografieren. »Bei manchen Baureihen sogar den Monat der Herstellung, habe ich gehört.«

Dann zog er den Staubpinsel aus seinem Etui und kniete sich vor das hintere Kennzeichen.

»Sagten Sie nicht, es gehe nur um die Rückleuchten?«, meinte Trampe, und Batto fragte sich, ob der Ton des Mannes sich verändert hatte.

»Die Rückleuchten und das Kennzeichen, sagte ich das nicht?« Erik Janssen klang ehrlich erstaunt, hatte bei den letzten Worten aber schon das Kennzeichen eingestaubt. Er sah zu Batto hoch, und beide nickten sich zu. Das gelbe Blech mit den schwarzen Zahlen und Buchstaben war übersät mit schwarzen Fingerabdrücken.

Battos Handy klingelte.

Sie hatten sich die Straße aufgeteilt, und Jana und Willem, so hieß der holländische Kollege, nahmen die linke Seite. In vier Häusern hatten sie niemanden angetroffen, in vier weiteren wohnten Leute, die erst vor wenigen Jahren hierhergezogen waren. Eine alte Frau hatte erzählt, dass der Zaun früher nicht da gewesen wäre, aber auch das habe sie nur gehört. Wer dort wohne, wisse sie nicht.

Im letzten Haus, bevor das freie Feld begann, öffnete ihnen ein alter Mann, der einen Hund freundlich davon abhielt, an Jana zu schnuppern.

Sie zeigte ihren Dienstausweis und sagte: »Guten Tag, ich bin Jana Goll von der Kripo in Dortmund, das ist Herr de Boer von der Polizei in Venray. Können Sie mir ein paar Fragen zu dem Haus auf dem Gelände dort beantworten?«

»Johann van Bijert«, stellte sich der Alte vor. »Zu dem Haus, tja, ob ich Ihnen dazu etwas sagen kann, hängt davon ab, was Sie wissen möchten.«

Jana war überrascht, wie gut der Mann Deutsch sprach.

»Wissen Sie vielleicht, wer dort wohnt?«

»Nee, wer da jetzt wohnt, weiß ich nicht, jedenfalls nicht genau. Ich meine, dass dort eine deutsche Firma drin ist, aber das habe ich nur gehört. Manchmal sehe ich Autos rein- und rausfahren, weil ich da unten in den Feldern immer spazieren gehe. Ganz früher konnte man noch leicht auf das Gelände, als Kinder haben wir sogar da gespielt, aber seit der Zaun da ist, ist das nicht mehr möglich.«

»Da fahren viele Autos rein und raus … Und was sitzen da für Leute am Steuer?«, fragte Jana.

»Nee, viele hab' ich nicht gesagt.«

»Ist da vielleicht auch ein silberner VW Passat dabei?«

Der Mann musste lachen. »Das ist wirklich eigenartig. Sie sind schon die Zweite, die mich in dieser Woche danach fragt. Ja, ein silberner Passat ist auch dabei.«

Jana sah Willem an und merkte in dem Augenblick, dass er nicht wissen konnte, warum.

»Wer hat Sie denn noch nach einem silbernen Passat gefragt in dieser Woche?«, wollte sie wissen.

»Ein Mann war hier, auch aus Deutschland wie Sie, der hat danach gefragt«, sagte der Alte.

»Wie sah der Mann aus?«

Der Alte schob seine Lippen nach vorn und kratzte sich am Hinterkopf.

»Ganz normal sah der aus. Nicht mehr ganz so jung und die Haare vorne schon etwas dünner, aber sonst sah der ganz normal aus.«

Jana wusste, dass das Steiger gewesen sein musste.

»Der silberne Passat, Herr van Bijert, haben Sie mal gesehen, wer den fährt?«

»Man sieht das ja im Vorbeifahren schlecht«, sagte der alte Mann, »aber ich glaube, es ist meistens ein blonder Mann mit Brille. Ich nehme sogar an, dass der dort wohnen könnte, weil ich ihn auch schon mal in den andern Autos gesehen habe.«

Gisa nahm ihr Handy und suchte nach Battos Nummer.

»Früher als Kinder haben wir oft im Wald gespielt, und es hatte auch niemand etwas dagegen. Es war ein großer Spaß, vor allem im alten Luftschutzbunker, was natürlich verboten war.«

Jana nahm das Telefon wieder vom Ohr.

»Dort gibt es einen Bunker?«

»Ja, die damaligen Besitzer müssen ihn gebaut haben. Nach dem Krieg haben sich dort oft die Liebespaare getroffen, weil es da unten drin immer schön trocken und warm war. Bei den Eltern durfte man diese Dinge zur damaligen Zeit ja noch nicht.« Er lachte ein bisschen verlegen und zwinkerte dem holländischen Kollegen zu.

»Wo ist denn dieser Bunker, Herr …« Ihr fiel der Name nicht ein.

»Der ist ziemlich versteckt unter dem Häuschen im Garten.«

Sie wählte wieder Battos Nummer, und dieses Mal ging er dran.

Batto bedankte sich bei Jana und sagte ihr, dass sie jetzt alle kommen sollten. Mit wenigen Worten gab er die Informationen dann an Erik Janssen weiter.

Der eröffnete Maximilian Trampe, dass der Passat nach neueren Erkenntnissen möglicherweise in einem Entführungsfall eine Rolle spielen könnte und dass man den Wagen zu einer näheren Untersuchung abschleppen würde. Darüber hinaus sei zunächst sein Bruder als Beschuldigter anzusehen. Dann belehrte er ihn.

Batto war sich nach den Fingerabdrücken auf dem Kennzeichen und nach Janas Anruf sicher, dass sie am richtigen Ort waren. Ob sie den richtigen Mann hatten, würde sich noch herausstellen. Trampe behauptete weiterhin, nicht zu wissen, wo sein Bruder im Augenblick sei.

Keine zwei Minuten später kamen die anderen Wagen auf das Gelände gefahren, und sie teilten sich in Teams auf, um das Haus zu durchsuchen.

»Herr Trampe, es gibt auch einen alten Bunker auf diesem Gelände, ist das richtig?«

Batto sah, dass der Mann ihm wie in Zeitlupe den Kopf zuwandte, und er hatte den Eindruck, dass irgendetwas in ihm vorging.

»Ich weiß davon, ja, es gibt wohl so etwas«, sagte er nach einer endlos langen Pause.

»Können wir den mal sehen?«

Wieder brauchte er lange für seine Antwort.

»Ich denke, das ist möglich, aber ich kann Ihnen nicht sagen, in welchem Zustand er ist. Sie wissen ja, mein Bruder bewohnt dieses Anwesen in erster Linie allein, und in meiner körperlichen Verfassung verlasse ich das Haus nach Möglichkeit nicht, wenn ich hier bin.«

»Können Sie uns das Objekt trotzdem einmal zeigen?«

Mit einer Geste, die fast so etwas wie Trauer enthielt, so empfand Batto es, sagte er: »Dann folgen Sie mir bitte.«

Erik Janssen bat die beiden holländischen Polizisten mitzukommen, und Maximilian Trampe führte sie mit schleppendem Gang durch die Diele des Hauses auf die Terrasse und von dort über den Rasen auf ein Gartenhaus zu, das im Stil dem Wohnhaus angepasst war. Mit seinem Stock konnte er nur mühsam auf dem etwas zu langen Rasen gehen, trotzdem hatte Batto den Eindruck, dass er noch langsamer ging als sonst. Sie betraten den Innenraum des Häuschens, der wie ein Wohnzimmer eingerichtet war. An der gegenüberliegenden Wand war eine niedrige Tür, die einen Spalt offen stand. Maximilian Trampe führte sie genau darauf zu.

Eigentlich hatte er es gewusst, als die Polizisten angerufen hatten, dass sie noch einmal kommen würden. Jetzt sah er seinen Bruder mit den vier Männern über den Rasen gehen, und in dem Augenblick war es ganz sicher, dass es vorbei war. Es hatte in der Vergangenheit Situationen gegeben, in denen es ähnlich gewesen war, in denen es aber immer noch eine Möglichkeit gegeben hatte, einen Ausweg. Jetzt war es vorbei, und er sah am Gesicht seines Bruders, dass der es auch wusste. Trotzdem würde er alles versuchen, was möglich war, schon für Max. Er rannte die Treppe hinunter, holte die Waffe aus dem Schrank und versteckte sich hinter der Tür. Wenn er schnell war, wenn er sie überraschen und in den Bunker sperren konnte, gab es noch eine Chance. Dann blieb vielleicht genug Zeit, um zu fliehen. Er sah durch den Spalt auf die kleine Gruppe, die von Max angeführt wurde, und er wusste, es gab nur diese eine Möglichkeit.

Batto sah den Mann zu spät.

Er hatte die Tür aufgestoßen und sich in einer blitzartigen Bewegung Maximilian Trampe gegriffen, den er von hinten umschlang, ihm die Pistole an den Kopf setzte und irgendetwas schrie. Alle schrien plötzlich.

Das war Robert Trampe, daran bestand kein Zweifel, und Batto fluchte innerlich, wie sie so unvorsichtig hatten sein können, wie sie sich von dem Krüppel hatten einlullen lassen. Keiner schien auf dem Plan gehabt zu haben, dass der Bruder doch da sein könnte.

»Da rein!«, brüllte Robert Trampe. »Geht da rein! Sofort!«

Er roch die Haare von Max, die sein Kinn berührten, er spürte dessen Körper, von dem eine unpassende Ruhe ausging, und er versuchte, den Griff nicht zu fest zu halten, um ihm keine Schmerzen zuzufügen.

Mit unsicheren Schritten schleppte er sich und Max rückwärts in Richtung Wand, um von hinten Sicherheit zu spüren, hörte die Rufe der Polizisten, die beschwichtigendes Zeug laberten, sah, dass einige ihre Waffe gezogen hatten, und in diesem verfluchten Augenblick fühlte er, wie es anfing, wie der Schwindel kam, wie die Schwerkraft wieder begann, ihre Richtung zu ändern. Er versuchte, dagegen anzukämpfen, wie er es am Anfang immer getan hatte, bevor er merkte, dass es sinnlos war. Jetzt aber kämpfte er wieder, es durfte nicht sein, nicht jetzt. Aber dieses Mal war es anders als sonst. Es ging nicht weiter, die große Waschmaschine kam nicht. Aber jetzt hörte er eine Stimme in sich, erst ganz leise als ein Flüstern, dann lauter, immer lauter, er kannte diese Stimme, sie war ihm ganz vertraut, er wusste noch genau den Tag, als sie zum ersten Mal da gewesen war, konnte sich an all die Augenblicke erinnern, als sie da gewesen war, auch an den einen, ja, er kannte diese Stimme, er hatte sie nur viele Jahre nicht gehört. Die Stimme sagte: »Stoß ihn weg!« Sagte es immer wieder. »Stoß ihn weg, los, mach ihn weg!« Er versuchte, sie zu ignorieren und wieder zu vertreiben, er schüttelte den Kopf, aber sie wurde immer lauter und drängender. »Stoß ihn weg!«, brüllte die Stimme. »Stoß ihn weg aus deinem Leben, jetzt, endgültig, stoß ihn verdammt noch mal endlich weg!« Und dann schrie sie: »Töte ihn!« Immer lauter: »Töte ihn, töte ihn!« Und als er es kaum mehr ertragen konnte, hörte er in diesem Schreien plötzlich eine zweite Stimme, mit einem ganz anderen Klang, die er aber auch kannte und die auch lange eingeschlossen gewesen war, viele Jahre, irgendwo hinter hohen Barrieren in seinem Innern, es war eine Stimme, die er geliebt hatte, auf die er einmal täglich gewartet hatte, es war die Stimme seines Vaters, und die sagte: »Du bist schuld.« Sagte es immer wieder. »Du bist schuld!«

Immer lauter und immer wieder. »Du bist schuld!« Vermischte sich mit der anderen Stimme, kämpfte mit ihr in seinem Kopf. »Du bist schuld!« »Töte ihn!« »Du bist schuld!« »Töte ihn!« Die beiden Stimmen wurden allmählich ein Ton, ein entsetzlich schmerzhafter Ton, den er nicht aushielt, nicht aushalten konnte, den er nicht aushalten wollte, und er schrie: »Nein!«

Batto hatte seine Waffe gezogen und sah, wie die beiden Brüder rückwärts stolperten, gegen die Wand stießen, und Robert Trampe verschwand für ihn völlig hinter der Gestalt seines Bruders, war kaum mehr zu sehen. Und einen Augenblick hatte Batto das irrwitzige Bild im Kopf, die beiden seien ein Körper, ein Körper mit vier Armen und vier Beinen, auf eine eigenartige Weise verschmolzen, wie eine indische Gottheit, die er einmal auf einem Bild gesehen hatte, kaum zu unterscheiden. Sie waren eins. Als Batto den furchtbaren Schrei hörte, wusste er nur deshalb, dass er von Robert kommen musste, weil Max Trampe seine Lippen geschlossen hielt, und als in diesen Schrei der Schuss fiel und auf der anderen Seite Blut und Gewebe wegspritzten, wusste Batto nicht, aus welchem Kopf gerade das Leben geblasen worden war.

Nach einem Schuss hatte man oft den Eindruck, es sei stiller als vorher, dachte Batto, weil dieses Geräusch so laut ist, dass alles hinterher als leise erscheint. In diesem Augenblick aber herrschte tatsächliche Stille in dem Raum, niemand sagte etwas, alle waren wie erstarrt, bis Robert Trampes Hand auf der Brust seines Bruders sich langsam entkrampfte, den Stoff der Jacke losließ und sein Körper zu Boden glitt. Aus einer Wunde vor seinem rechten Ohr rann Blut auf die Dielen, dann erst war einer der holländischen

Kollegen mit schnellen Schritten zur Stelle, stieß die Pistole mit dem Fuß weg und richtete seine Waffe auf den blutenden Schützen, um die Situation zu sichern, die jetzt gar nicht mehr unsicher war.

Maximilian Trampe stand vor dem Körper seines Bruders, sah auf ihn herab wie eine Statue und schien von der plötzlichen Hektik um ihn herum völlig unberührt. Die Kollegen funkten, telefonierten nach einem Notarzt oder riefen den anderen, die aus dem Haus kamen, etwas zu.

Batto suchte kurz Blickkontakt zu Erik Janssen und Gisa und ging zur Tür. Er war heute schon einmal blauäugig gewesen, das würde ihm nicht noch einmal passieren. Langsam und vorsichtig bog er um die Ecke und stand am Kopf einer Treppe, die in einen Gang führte, der mit jedem Schritt einen Meter sichtbarer wurde. Bevor er den Gang betrat, bemerkte er oberhalb des Sturzes auf der anderen Seite der Wand ein Brett. Er ging langsam weiter und sah, dass darauf zwei Monitore standen. Von dem Gang gingen an der rechten Wand zwei Türen ab, von denen die erste verschlossen war und die zweite offen stand. Dazwischen stand auf der linken Seite ein Schrank, der für Batto aussah wie ein kleiner Kühlschrank. Er ging zur ersten Tür und prüfte, ob sie geschlossen war, und sah dann durch den Spion. Auf einer Liege an der Wand saß das Mädchen, dessen Bild Renate Winkler ihm vor ein paar Tagen gezeigt hatte. Das Mädchen trug so etwas wie ein Krankenhaushemd und war am Bein angekettet. Batto öffnete die Tür, und in derselben Sekunde begann sie zu schreien.

»Polizei«, rief er, » ich bin von der Polizei!« Als sie sich nicht beruhigte, ging er langsam auf den Gang und bat Gisa, sich um sie zu kümmern. Gisa ging hinein, und er hörte, wie das Schreien abbrach.

Batto ging in den zweiten Raum und sah zwei Männer, von denen einer auf einer Stahlliege an Händen und Füßen gefesselt war. Über dem anderen, der auf dem Boden lag, kniete Erik Janssen und fühlte ihm den Puls. Dieser Mann war Steiger, den er kaum erkannte, weil sein Gesicht voller Wunden und Blutergüsse war.

»Und?«, fragte Batto.

Erik Janssen wiegte den Kopf und sagte: »Kaum, dass man es Puls nennen kann.«

Batto sah auf seinem Handy, dass er kein Netz hatte. Er rannte nach oben, so schnell er konnte.

57

Es war der erste Krankenhausaufenthalt seines Lebens, und Steiger hatte gedacht, er würde es mehr hassen, aber nach einer Woche hatte er sich an die Abhängigkeit gewöhnt – nur mit der elenden Bettpfanne konnte er sich nicht abfinden.

Auf dem Weg zurück in den Bunker musste etwas passiert sein, was sein Becken gebrochen hatte. Wahrscheinlich hatte Trampe ihn die Treppe hinuntergeworfen, etwas in der Art musste es gewesen sein, mitbekommen hatte er es nicht. Dafür, dass er bewusstlos eine Treppe hinuntergestürzt sei, habe er sich noch relativ wenig getan, hatte der Arzt gemeint. Steiger fand, so was konnte man als Trost auffassen, wenn man so gestrickt war wie Batto, ansonsten machte es die Situation kein bisschen angenehmer, sich von jugendlichen Menschen, die dabei fröhliche Sprüche machten, den Arsch abwischen lassen zu müssen.

Er sah zum Nebenbett, aber Leo, der Flaschensammler, schlief. Leo mochte das Krankenhaus, hatte nur Probleme mit dem fehlenden Stoff, doch der Turkey hatte sich bis jetzt in Grenzen gehalten.

Draußen schien die Sonne, und Steiger hätte sich Fenster bis zur Erde gewünscht, weil der Himmel allein mit der Zeit ein öder Anblick wurde, wenn man keine Welt dabei sah. Das war ihm erst in den letzten Tagen aufgefallen.

Es klopfte, und Jana, Gisa und Batto kamen herein und

stellten sich um sein Bett. Sie grinsten ihn an, aber Steiger hielt das für eine Aufmerksamkeit, auf die er verzichten konnte.

Batto packte zur Begrüßung eine Flasche Traubensaft aus. »Bevor du dir verarscht vorkommst: Da ist das gute Zeug drin, dass du letztens bei mir getrunken hast, die Flasche ist nur Tarnung. Wenn die Ärzte abends weg sind, wird ja wohl mal ein Glas drin sein.« Er setzte sich auf die Bettkante. »Bei meinem letzten Besuch hab' ich mich das noch nicht getraut, weil du kaum ansprechbar warst.«

Gisa nahm den Stuhl neben dem Bett und erzählte ein paar übliche Neuigkeiten vom ET und aus der Behörde, aber es war nichts dabei, was Steiger wirklich interessiert hätte.

»Du hast übrigens Glück gehabt«, sagte sie. »Ich hab' letztens mal mit Detlef Fennel gesprochen, der den Fall bearbeitet. Das Zeug, das Trampe dir gespritzt hat – hab' vergessen, wie es heißt –, hätte dich bei der Dosis zwei Stunden später umgebracht.«

»Dann war es ja gut, dass ich nicht nur Kollegen habe, die schwer hören«, dabei sah er Batto an, »sondern auch Kolleginnen, die clever sind.«

Jana schüttelte den Kopf und lachte. Sie stand am Fußende des Bettes.

»Aber bei der täglichen Ausbildung kein Wunder. Was ist mit dem anderen Trampe, dem älteren Bruder vom Täter?«

»Dem geht es wohl immer noch ziemlich beschissen«, sagte Gisa. »Seit dem Tod seines Bruders hat er das Krankenhaus kaum verlassen, weil er mehrere schwere epileptische Anfälle hatte, jedenfalls hat Fennel das erzählt, der ihn wohl immer noch nicht richtig zu der Sache vernommen hat.«

»Und der will keine Ahnung gehabt haben, was sein Bruder da unten veranstaltet hat?«, fragte Steiger.

»Das sagt er jedenfalls, und Hinweise auf was anderes gibt es nicht. Im Bunker haben sie nur Spuren des Jüngeren gefunden. Aber du hättest den Mann mal sehen müssen, Steiger, das war ein Wrack. Und wenn er auch was davon gewusst hat, was soll's. Der Täter ist tot.«

»Ich kann mir das immer noch nicht vorstellen, was da abgelaufen ist.«

»Warum?«, sagte Batto. »Der Plan ist genial. Er wirft uns einen Täter vor die Füße, für den alles so eindeutig spricht, dass daran keiner vorbeikommt, und gut. Und am besten nimmt man dafür nicht den Familienvater, der jeden Abend zu Hause erwartet wird, sondern Leute vom Arsch der Welt, nach denen keiner so richtig fragt, und bei den Opfern macht man es ähnlich. Kein Schwein ermittelt da weiter. Ist nur ein bisschen aufwändig, die Geschichte, sich immer so einen Täter zu basteln.«

Gisa nickte und sagte: »Sie haben übrigens neben der Sache in Düsseldorf und der in Mülheim noch zwei weitere Fälle ausgegraben, bei denen dieselben Auffälligkeiten waren. Einen Mord in der Eifel vor ein paar Jahren, und den anderen hab' ich vergessen.«

»Der muss doch kaum was anderes gemacht haben den lieben langen Tag«, sagte Jana.

»Hat er wohl auch nicht«, sagte Gisa. »Geld hatten die beiden genug, weil sie das Familienunternehmen an einen Konzern verkauft haben vor etlichen Jahren. Zumindest der Jüngere hatte keinen Job, hat mal ein paar Semester Medizin studiert, aber das war es dann auch.«

»Das hättest du sehen müssen.« Batto sah Steiger an und schüttelte den Kopf. »In dem Schrank, der in dem Kellerraum stand, wo wir dich gefunden haben, war echt was los. Das Beste war der Elektroejakulator.« Er musste lachen. »Ich dachte, so was gibt es nur in der Bullenzucht. Vielleicht hat er ja auch bei dir …« Er grinste breit.

Gisa schüttelte den Kopf, musste aber auch lachen. »Du warst ja ’ne Zeit bewusstlos.«

»Wir können ja mal die Spermaproben aus dem Gefrierschrank untersuchen.« Auch Jana beteiligte sich an dem Spaß, und obwohl Steiger wusste, dass sie es nicht so meinte, empfand er es als kleinen Verrat.

»Macht euch nur lustig«, sagte er. »Meine Zeit wird wiederkommen.«

»Jedenfalls war das schon interessant, was da alles in dem Schrank war.« Batto war wieder ernst. »Für die Bisse hatte er sich so was wie eine Kiefernpresse gebaut. Das Teil sah aus wie ein Zahnarztinstrument aus dem Mittelalter, furchtbar.«

Gisa sah auf die Uhr und sagte: »Wir wollen dich auch nicht zu lange strapazieren, Steiger, und ich habe auch noch einen Termin bei Rüter. War der übrigens schon da?«

»War er«, sagte Steiger, »schon ziemlich am Anfang, als ich noch kaum was mitgekriegt habe.«

»Immerhin.« Sie forderte die anderen zum Aufbruch auf, und sie verabschiedeten sich nacheinander.

»Batto«, sagte Steiger, als der schon fast an der Tür war. »Hast du mal im Krankenhaus in Fröndenberg angerufen?«

»Ach ja.« Er kam noch einmal zum Bett. »Yameogo geht es immer noch gleich. Sie halten ihn noch im künstlichen Koma, weil sie nicht wissen, wie lange er an der Heizung hing. Wie viel er abgekriegt hat, konnten sie noch nicht sagen.« Er zuckte mit den Schultern und folgte den anderen.

An der Tür blieb er noch einmal stehen und sagte: »Und einen schönen Gruß von Renate Winkler. Von der soll ich dir sagen: Was die Frage angeht, ob du wieder richtig laufen kannst, da hätte sie ein gutes Gefühl. Keine Ahnung, was sie damit meint.«

Dann ging er.

Das passte zu seinem Leben, fand Steiger und musste an Yameogos Geschichte denken, die er in der Akte gelesen hatte. Er nahm die Flasche von Batto.

»Willst du einen Schluck Traubensaft, Leo?«, fragte er.

Der Flaschensammler war mittlerweile wach, lehnte aber mit einem Grunzen und Winken ab.

»Komm schon, vertrau mir, das Zeug wird dir schmecken.«

Leo sah ihn mit einem Blick an, der Steiger zeigte, dass seine Betonung die richtige gewesen war. Der Flaschensammler nahm sein Wasserglas, stand auf und kam an Steigers Bett. Steiger goss Leos Glas voll und sein eigenes zur Hälfte. Leo probierte einen Schluck, und der Geschmack zauberte ein breites, dankbares Lächeln auf sein Gesicht.

Steiger trank auch und fand wieder, dass Batto sich wirklich gute Sachen leistete. Nach dem letzten Schluck stellte er das Glas ab, und ihm fielen die Augen zu.

Als Steiger aufwachte, saß Eva auf seiner Bettkante und hatte ihre Hand auf seinen Unterarm gelegt. Er hätte gedacht, dass ihn etwas daran stören könnte, von ihr hier besucht zu werden: dass sie zu ihm kam und nicht umgekehrt, um ihn so anzufassen. Aber das tat es nicht. Er genoss die Kühle ihrer Hand.

»Du hast meine Einladung zum Geburtstagsessen sausen lassen«, sagte sie.

Er zuckte mit den Schultern und sagte nichts.

Eva war völlig anders gekleidet, als er sie je vorher gesehen hatte. Entweder kannte er sie in roten oder schwarzen Fummeln, im Morgenmantel oder nackt. Jetzt trug sie ein blaues Kostüm mit einer weißen Bluse und schwarzen Pumps und hatte ihre Haare zusammengebunden. Steiger fand, sie sah umwerfend aus.

»Aber du warst entschuldigt, und wir können das ja nachholen«, sagte sie und lächelte.

Er sagte nichts und genoss immer noch ihre Hand auf seinem Arm.

58

Steiger wischte sich den Mund ab und hielt sich an der Reling fest. Der Wind war relativ stark, trotzdem war der Seegang nicht besonders hoch, und er wunderte sich, warum ihm so schlecht wurde. Glücklicherweise kam die Übelkeit erst jetzt, und er hatte nicht schon während der Zeremonie kotzen müssen, als die Urne seines Vaters an einem Tampen ins Wasser gelassen wurde. Sie hatten jeder noch eine Blume hinterhergeworfen, irgendeiner der Seeleute hatte in eine Pfeife geblasen, und dann war es vorbei gewesen.

Artur Stojkovic kam die Reling entlang und fragte: »Geht's wieder?«

»Einigermaßen«, sagte Steiger und spuckte einen kleinen weißen Rest ins Wasser.

Mit einem eigenartigen Blick sah sein Bruder sich um, sagte: »Komm mit!« und ging zum Heck des Schiffes.

Nach dem Krankenhaus hatte Steiger noch ein paar Wochen mit Krücken zu Hause verbracht. Eines Morgens war ihm die Idee gekommen, den Mann, der den Vornamen seines Vaters trug, anzurufen, und sie hatten sich auf ein Bier getroffen. Dabei hatte Steiger feststellen müssen, dass der Vorname nicht die einzige Parallele zwischen den beiden war, denn sein Halbbruder sah aus wie die Latinoversion seines Vaters in jungen Jahren, und saufen konnte er wie ein Weltmeister.

Seitdem hatten ein paar dieser Treffen stattgefunden,

weil Artur wie besessen davon war, alles über seinen Vater zu erfahren, und irgendwann im Laufe der Zeit hatte Steiger aufgehört, ihn auch in seinen Gedanken Halbbruder zu nennen.

»Sie hat mir nie etwas über ihn erzählt, und als Kind und auch später noch hat es keinen Tag gegeben, an dem ich nicht daran gedacht hätte, ihn kennenzulernen, von einem Vater von der Schule abgeholt zu werden, solche Dinge eben.«

Steiger hatte ihm erzählt, was Artur Adam in seinem letzten Brief über Mara Stojkovic geschrieben hatte, und er war sich sicher, dass seinem Bruder das gefiel. Sie beide hatten von dem Mann, dessen Asche gerade im Meer versank, einfach ein sehr unterschiedliches Bild im Kopf, und Steiger fragte sich, ob das damit zu tun haben könnte, in welcher Stimmung sie gezeugt worden waren, oder ob es einfach daran lag, dass sich sein Bruder und sein Vater nie kennengelernt hatten. Artur hatte nie die Chance gehabt, ein blaues Holzmesser geschnitzt zu bekommen, und Steiger war sich sicher, dass es das war, was er sich als Kind gewünscht hatte. Aber die beiden hatten auch nicht die Chance gehabt, sich täglich zu verletzen und voneinander enttäuscht zu sein. Steiger hatte keine Ahnung, was besser war.

»Ich hoffe, du bist damit einverstanden. Ist ein bisschen eigenmächtig, ich weiß«, sagte Artur, als sie am Heck des Schiffes angekommen waren.

»Ich habe keine Ahnung, wovon du sprichst.«

Artur holte eine Dose mit Schraubverschluss aus einer kleinen Reisetasche, die Steiger schon den ganzen Tag aufgefallen war.

»Ich weiß, dass es verboten ist. Aber nachdem du mir

seinen Spruch erzählt hast, er habe genug Zeit unter der Erde verbracht, da hab' ich mir gedacht, dass er bestimmt nicht in einer Dose auf dem Grund der Nordsee liegen will. Das hier ist seine Asche.«

Nachdem er begriffen hatte, was gerade ablief, musste Steiger lachen. »Und wie bist du da drangekommen?«

»Die Urne war beim Bestatter. Ich bin hingegangen, hab' ihm meine Geschichte erzählt und gefragt, ob ich mal 'ne Stunde mit meinem Vater allein sein könnte. War nicht mal gelogen. Er konnte das verstehen.« Er sah Steiger mit einem traurigen Lächeln an. »Es ist die letzte Chance, dass ich einmal etwas für meinen Vater tun kann.«

Er schraubte die Dose auf und gab sie Steiger.

»Jeder eine Schüppe«, sagte er. »Aber du zuerst, du warst ja auch zuerst da.«

Steiger nahm die Dose und schüttete etwas von der Asche über die Reling, wo das Pulver sofort vom Wind verwirbelt wurde und kleine Strudel bildete.

Er gab die Dose seinem Bruder zurück, der sie einen Augenblick in der Hand hielt und ansah. Dann schleuderte er den Rest in den Wind und sagte: »Gott mit dir.«

Im ersten Augenblick war Steiger überrascht, dann fiel ihm wieder ein, dass Artur bei einem der Treffen erzählt hatte, als Kind mit seiner Mutter immer gebetet zu haben.

Nach wenigen Sekunden war von der Asche seines Vaters über dem Grau des Wassers nichts mehr zu sehen.

Er sah seinen Bruder an, der geradeaus aufs Meer blickte und dem die Tränen liefen.

Aber vielleicht kam das auch vom Wind.

Dank

Es gibt einige Menschen, die an der Entstehung dieses Buches einen Anteil haben.

Auch nach siebenunddreißig Dienstjahren gibt es noch Dinge bei der Polizei, die ich nicht weiß. Es ist beruhigend, dass ich mich in diesen Fällen jederzeit auf die Unterstützung und das Wissen meiner Kolleginnen und Kollegen verlassen kann. Petra Kipp, Christine Schmitt, Ralf Gelhot und besonders Ralf Östermann von der Bielefelder Polizei haben mich in vielen Gesprächen an ihrem großen Erfahrungsschatz u. a. über vermisste Personen, Leitstellenarbeit oder Todesermittlungen teilhaben lassen, wofür ich ihnen von Herzen danke.

Dank auch an meine Kollegen Udo Golabeck und Oliver Schrader, die als alte Ermittler häufig beim morgendlichen Kaffee alles, was ich über den Fall erzählte, reflektierten und mir hilfreiche Rückmeldungen gaben.

Großer Dank auch an Wolfgang Wittrien von der Dortmunder Polizei. Alles, was in diesem Buch über Dortmund steht und richtig ist, verdanke ich ihm. Sollten Fehler dabei sein, gehen diese auf meine Kappe.

Ich danke Jürgen Rogall für das spontane Parallellesen, es war mir eine große Hilfe.

Ein ganz besonderer Dank an meine Lektorin Barbara Heinzius, deren außergewöhnliche persönliche und professionelle Begleitung jede Minute der Zusammenarbeit zu einer reinen Freude machte.

Ganz großer Dank an meine Familie und hier zunächst an unsere Kinder Julia und Lukas, dass sie meine Schreibphasen so wohlwollend und motivierend begleiteten.

Am meisten danke ich aber meiner Frau Elke. Ihre Hilfe und Unterstützung war von den ersten Gedanken zu dieser Geschichte über unzählige Gespräche bis zum letzten Drücken der Entertaste so allumfassend, dass es dieses Buch ohne sie so nicht geben würde.

»Unbestritten das derzeit größte Talent des deutschen Polizeiromans.« *(WDR)*

288 Seiten
ISBN 978-3-442-45230-9

288 Seiten
ISBN 978-3-442-45912-4

384 Seiten
ISBN 978-3-442-46305-3

288 Seiten
ISBN 978-3-442-46487-6

Überall, wo es Bücher gibt und **GOLDMANN** unter www.goldmann-verlag.de